# 楊萬里選集

中國古典文學名家選集

周汝昌 選注

上海古籍出版社

**圖書在版編目(CIP)數據**

楊萬里選集 / 周汝昌選注. —上海：上海古籍出版社，2012.12(2023.11 重印)
(中國古典文學名家選集)
ISBN 978-7-5325-6469-9

Ⅰ.①楊… Ⅱ.①周… Ⅲ.①楊萬里(1127～1206)—作品集 Ⅳ.①I214.422

中國版本圖書館 CIP 數據核字(2012)第 091798 號

中國古典文學名家選集
**楊萬里選集**
周汝昌　選注
上海古籍出版社出版發行
(上海市閔行區號景路 159 弄 1-5 號 A 座 5F　郵政編碼 201101)
(1) 網址：www.guji.com.cn
(2) E-mail：guji1@guji.com.cn
(3) 易文網網址：www.ewen.co
上海中華商務聯合印刷有限公司印刷
開本 890×1240　1/32　印張 13.75　插頁 6　字數 344,000
2012 年 12 月第 1 版　2023 年 11 月第 8 次印刷
印數：10,001—11,100
ISBN 978-7-5325-6469-9
I·2565　定價：65.00 元
如有質量問題，請與承印公司聯繫

# 出版説明

上海古籍出版社及其前身中華書局上海編輯所一向重視中國古典文學的普及工作，早在二十世紀六十年代，在出版《中國古典文學作品選讀》等基礎性普及讀物的同時，又出版了兼顧普及與研究的中級選本。該系列選本首批出版的是周汝昌先生選注的《楊萬里選集》和朱東潤先生選注的《陸游選集》。

一九七九年，時值百廢俱舉，書業重興，我社爲滿足研究者及愛好者的迫切需要，修訂重印了上述兩書，并進而約請王汝弼、聶石樵、周振甫、陳新、杜維沫、王水照等先生選輯白居易、杜甫、李商隱、歐陽修、蘇軾等唐宋文學名家的作品，略依前書體例，加以注釋。該套選本規模在此期間得以壯大，叢書漸成氣候，初名"古典文學名家選集"。此後，王達津、郁賢皓、孫昌武等先生先後參與到選注工作中來，叢書陸續收入王維、孟浩然、李白、韓愈、柳宗元、杜牧、黄庭堅、辛棄疾等唐宋文學名家的選本近十種，且新增了清代如陳維崧、朱彝尊、查慎行等重要作家的作品選集，品種因而更加豐富，并最終定名爲"中國古典文學名家選集"。

本叢書的初創與興起得到學界和讀者的支持。叢書作品的選注者多是長期從事古典文學研究的名家，功力扎實，勤勉嚴謹，選輯精當，注釋、箋評深淺適宜，選本既有對古典文學名家生平、作品特色的總論,又或附有關名家生平簡譜或相關研究成果,所以推出伊始即深受讀者喜愛,很快成爲一些研究者的重要參考用書,在海内外頗獲好評。至上世紀九十年代,本叢書品種蔚然成林,在業界同類型選集作品中以其特色鮮明而著稱:既可供研究者案頭參閱,也可作爲古典文學愛好者品評賞鑒的優秀版本。由於初版早已售罄,部分品種雖有重印,但印數有限,不成規模,應讀者呼籲,今特予改版,重新排印,并稍加修訂。此叢書將以全新的面貌展現在讀者面前。

上海古籍出版社

二〇一二年十二月

# 致　讀　者

一九七九年元旦佳辰，接到了出版社爲準備重印此集的工作用書，囑加處理，心頭不免思緒聯翩。想在這個特大的好日子裏，藉此機會，向初次拿到此書的讀者談幾點感想。不擬寫成一篇官樣的“重印説明”，免去浮詞套語，讓我們親切地(不拘一格地)“交流”一下思想感情。

這本書，編述於一九六二年，連頭帶尾，不覺已是十八九個年頭過去了——這是些多麽非同一般的年頭啊！現在它又有了重印的可能。這種可能，是廣大人民在黨的領導下向惡勢力艱苦鬥争而得來的。這種可能，是多麽令人珍惜！

我從十四歲開始，自己學詩，包括看和寫。中間涉獵的研究課題十分龐雜，但和詩未嘗真離開過。單就“注詩”一事來説，舊來的各種詩注我看，現代的新注我也看。如何纔是對今天的讀者特别是青年讀者更有助益的注解法？是我常常考慮的問題之一。想推動這種工作，就拿范石湖作例子，編了《范成大詩選》，想朝着自己的設想向前邁步。事情都是“歷史的”，各有各的特定歷史條件，當時若想“違離”已有的“規格”太遠了，就不易被接受。因此，步子不敢邁得太大。框框不來找人，人也自去找框框，真是“未能免俗”。後來又作《白居易詩選》，自然也想在可能範圍内“實現”自己的“理想”。但還是受各種局限。(客觀上的,有與人合作的問題,有貫徹領導意圖的問題,儘管最後是我一手全部定稿,也不肯將己見處處强加於人。)到了編注這個選集,這纔第一次真的按自己的設計進行一切。深深感謝出版社的信任,他們條條框框看來比較少,似乎也不那麽怕這怕那地怕得那等的顧慮重重、約束種種,大膽放手地讓我照自己的想法作。這一點,我至今是印象深刻,不能忘掉的。

此書出後,得到了鼓勵,一般讀者,青年同志,高校教師,研究者,特别是海外的一些教授、學者,都表以好評。有的下語份量極重,我是不敢照原話引録的。

若依這些上述情况而推,豈不是説,我是“躊躇滿志”了,正好“再接再厲”了嗎? 並非如此。第一,我的一切著述寫作,没有一種不是在冗雜忙亂中急就趕做而成,從未有够得上真是從容推敲、反覆錘鍊的愜心之作。第二,作完這本選集,自己估量,待做的其他性質的工作太多,今後精力很難集中在注詩上了。果然,從那以來,再也無法(也不想)做同類的“選注體”了。

當時尚不愜心,何况二十來年之後重加回顧。無奈此道又實是荒廢已久,爲學不進則退。因此,重印原該細加修改,以至部分重撰纔是。可是自覺力已難及。尤其令我嘆氣的,是雙目大壞,重新細讀、細改一過,已經是不可能了。

和出版社的同志們爲此商量辦法,已歷一年之久,現在蒙他們决定,不必再改,可先重印,以供需求。對此,我確實是深感慚愧。計無所出,就只好這樣辦了,除了向讀者表示歉懷,也盼望讀者能理解上述情况,把此書的質量當作“歷史的”事物來分析看待。

我所以選取了南宋的范、楊二家來作選注,如果我本來認爲他們毫無介紹的價值,那自然無此情理,但是也不可誤解爲我在文學史上是最“崇拜”他們,把他們的作品當做“最好”的東西來推薦。

事情不會是那樣子的。選取此兩家的主要原因是,肯在他們身上花工夫的似乎不多,前人爲此而做的扎實工作又幾乎没有。這是難度很大的活計,開荒墾土,苦一些,似乎比只在花園裏剪枝灌水更有意思。這是從注者講。如從讀者講,肯拿這本選集來看,也絶不等於這是最喜歡楊萬里的風格,或是準備要學"誠齋體"。不應這麽推理。但是相信如果能認真讀一讀,是不會覺得毫無收益的。

通過這一選注本,或者可以體會到,我們要想了解一位作家,起碼應知道多少有關的事情。至于楊萬里,他的最突出的長處何在? 我覺得至少可以指出一點:他有頭腦,對事物感受敏鋭,能思考,敢發表見解。他是"理學家"兼詩人,學詩不肯死在"黄陳"江西派的籬下,敢于自出手心眼。他講"理學"(聽見這個名稱,不要怕),他舉的話頭大抵來自周、孔、程(聽見這些人,也不要怕),但是可以看他對他的"先哲"們並不一味膜拜,一味迷信,一味盲從,却頗敢提出異議和新解,有分析,有評論。在他所處的那等歷史的、階級的局限下,他能如此,是值得我們深思的。就這一點,也能啓發我們。因此,詩之外,也不妨讀讀他的散文。連《庸言》這種"語録"式的文字,也未嘗不可一看。我覺得楊萬里在他那個時代來説,思想確是比較解放,我們今天讀他的詩文,應該想到,向歷史上的文學家們學習,究竟要汲取什麽樣的養料。

青年讀者看見我注得話多了些,也不要怕,不要叫"繁瑣"嚇住。歷史事物本身是異常複雜的,話太少了,有時説不清,簡而不明,不一定勝於"繁"而得當,况且繁與不繁,絶不是"字數"上的多寡之分。見到字數多了的地方,更要耐心一些看看究竟,害怕"繁"的,往往助長了懶漢思想,字數略多了一點,便斥之爲"繁瑣",滿足於浮光掠影,這是很害人的。事實上,這些注解,少數還可以在"工具書"上查知梗概,更多的是無處可查的,我們作注的,爲一事一物，常常是要作大量研考，一切弄清了，然後纔提煉成爲幾句話的；每一個這種題目，要寫，都可以寫成一篇“論文”。我不曾畏“繁”，如果連這麼一點提煉成果還嫌“繁”，這種看法，就難以苟同了。

此書在一九六三年重印過一次，還是遺留下了一些誤字，這次經出版社同志十分細心的核閱，得以改正。我的疏失謬誤，雖然此次未能盡數檢索，盼望讀者一有發現即爲指出，積攢起來，還可以在下次重印時糾補。

周汝昌寫記

一九七九年一月

# 引　言

## 一

親愛的讀者，我先介紹一首小詩給你：

> 小憩人家屋後池，緑楊風軟一絲絲。輿丁出語太奇絶："安得樹陰隨脚移？"

這首詩寫的是：夏天行路在真州（今江蘇儀徵）道上，行人都又熱又累，就在路旁人家屋後水邊緑柳蔭中坐下來，歇歇腿，涼快涼快；可是不能總坐在這裏，要走了，真有點捨不得離開這塊小小的清涼避暑之地，於是轎夫忽然説出一句"癡語"來："要是這'樹蔭涼兒'也跟着咱們一塊兒走——那該多好啊！"

你看，這首小詩設想多麽出人意表。

你一定猜想，"這就是你要介紹的楊萬里的詩吧？"你猜錯了。這是清代郭麐的作品。郭麐，字祥伯，號頻伽，著有《靈芬館詩集》；此篇是其初集卷三《真州道中絶句》四首之一。

這位詩人又在《登吴山望江二首》中寫道：

飛鳥欲何去？翼然乘遠風。夕陽方在半，——忽墮亂流中！

你看他登吴山、望大江，纔見夕陽還在半空，一眨眼，忽已落在江波流盪之中了！寫得多麽生動，多麽活，彷彿如在眼前。别人的詩，多像一幅幅的畫面，雖美，可是死的；他的詩，簡直像電影，在你眼前動起來了，活起來了，——而且活動得那麽妙。

你一定讀過不少的詩，可是你有過很多的這樣的感覺嗎？

你一定説，這郭麐真有點意思；他怎麽這麽會寫詩呢！他的老師是誰？

他的這種詩的"老師"就是楊萬里。

楊萬里，你對他有些陌生吧？其實，在詩壇傳統習慣上很少人直呼詩人之名，例如楊萬里，多稱之爲"誠齋"。提誠齋，聽着耳熟的或許就較多了。下面我還是用"誠齋"這個稱呼，——顯得熟諗些，親切些。

誠齋的詩，首先給你的印象就是這種奇趣，這種活勁兒，令你耳目一新，令你爲之拍案叫絶。

還是舉兩首看吧。——也看看郭祥伯學誠齋學得怎麽樣，及不及格。

嶺下看山似伏濤，見人上嶺旋（去聲）争豪：一登一陟一回顧，——我脚高時他更高！

——《過上湖嶺望招賢江南北山》之二

霽天欲曉未明間，滿目奇峯總可觀。却有一峯忽然長（Zhǎng）！——方知不動是真山。

——《曉行望雲山》

坐看西日落湖濱，不是山銜不是雲：寸寸低來——忽全没，分明入水——只無痕。

——《湖天暮景》

這種奇趣，這種活勁兒，就是誠齋的首創，也是誠齋的獨擅。

奇與活之間，自然時時流露出風趣、幽默。這是讀者可以體會得到的。試讀這樣的詩：

稚子相看(平聲)只笑渠(他)，老夫亦復小盧胡(笑貌)：一鴉飛立鉤欄角，——仔細看來還有鬚！

——《鴉》

這不但詩人和他的小孩子在笑，我們讀者看了他們笑，也要跟着他們一起笑。

吕晚村(留良)在《宋詩鈔》中給誠齋作評傳時説過這樣一段話：

後村(南宋劉克莊)謂"放翁(陸游)學力也，似杜甫；誠齋天分也，似李白。"〔一〕蓋落盡皮毛，自出機杼。古人之所謂似太白者，入今之俗目，則皆"俚諺"也。初得黄春坊選本，又得槜李高氏所録，爲訂正手抄之，見者無不大笑！嗚呼，不笑、不足以爲誠齋之詩！

這個笑，和剛纔我們之所謂笑是兩種不同性質的笑。我們的笑，是"奇文共欣賞"的笑；他們的笑，是對"俚諺"的嗤笑。

在那些嗤笑者看來，作詩的必須道貌岸然、板起面孔，寫出些堂皇冠冕的話言，那纔是"好詩"、纔是"高格"；像誠齋這樣子的，就是"俚俗"，是"粗鄙"，是"惡調"，是"叫囂"，是"魔障"。——這些詞兒都是前人確實對誠齋用過的，並不是我製造的話。

老子説過一句話："下士聞道則大笑。"吕晚村所遇到的那些人，不敢説就都是"下士"；但是他們可能是戴久了"傳統詩派"的有色眼鏡，乍看到這種新鮮活潑、迥不猶人的詩風，確實有點不習慣，因而就譁然大笑了。然而，"不笑、不足以爲誠齋之詩"，這話真對。誠齋的詩，假如其獨創性不是那麽鮮明顯著得動人耳目，哪怕是誠齋的前輩詩人們有過一位半位曾經膽敢這樣寫過詩，那"笑"的程度也就不至於那麽"大"、那麽譁然了。

試想，在我們來歷久遠的詩壇上，在誠齋之前，有蘇李、有曹劉、有陶謝、有李杜、有高岑、有王孟、有韋柳、有元白、有韓孟、有張王、有温李、有皮陸、有歐梅、有蘇黄、有秦晁……那風格特異、偏工獨造，真是何啻千變萬態！要想在這些大師的脚下來再伐山林、重闢天地，若不是具有大見識、大手眼、大膽氣，如何辦得到？這見識、手眼、膽氣，無怪乎有些"下士"要少見多怪、驚訝譁笑，因爲那都是他們無法設想的啊。

明代王構（肯堂）的《修辭鑑衡》引過一段話："老杜'詩清立意新'，最是作詩用力處，蓋不可循習陳言、只規摹舊作也。魯直（北宋黄庭堅）云：'隨人作計終後人'；又云：'文章切忌隨人後'。此自魯直見處也。"黄魯直懂得這層道理，創立了自己的詩派；别人見他獲得成功，也想學步，可是不知道要學他的精神，却去一味學他的死辦法和酸習氣，結果走入死衚衕。誠齋却説：

> 傳派傳宗我替羞，作家各自一風流。黄（庭堅）陳（師道）籬下休安脚，陶（潛）謝（靈運）行前更出頭。
>
> ——《跋徐恭仲省幹近詩》之三

他正是以這種不肯傍人籬下、拾人遺唾的精神，達到了“推陳出新”的境界，創造了他的“誠齋體”〔二〕，在詩歌史上建立了自己的詩派；連他所最佩服的同時齊名詩人范石湖（成大），有時也要學一學他的詩體和手法〔三〕。他的另一詩友張功父（鎡）在《南湖集》中説他：“自作詩中祖”〔四〕，就指出了這一點。

## 二

討論誠齋詩的，大都先要談到他的奇趣和活勁兒，有個名目，曰“活法”。他的這個特色並不待後世人出來表揚揭示，他的朋友在當時就都能見到。張鎡一再説過：

……今誰得此微妙法？誠齋四集新板開。我嘗讀之未盈卷，萬彙紛綸空裏轉。〔五〕

筆端有口古來稀，妙悟奚（何）煩用力追？〔六〕

造化精神無盡期，跳騰踔厲即時追。目前言句知多少，罕有先生活法詩！〔七〕

葛天民説：

參禪學詩無兩法：死蛇解弄活鱍鱍；氣正心空眼自高，吹毛不動會生殺。〔八〕

周必大説：

誠齋萬事悟活法。〔九〕

略晚些的詩人,如劉克莊説:

> 後來誠齋出,真得所謂活法、所謂流轉圜美如彈丸者,恨紫微公(吕本中)不及見耳。[一〇]

再晚些,元代劉祁則説:

> 李屏山(李之純)教後學爲文,欲自成一家,每日"當别轉一語,勿隨人脚跟"。……晚甚愛楊萬里詩,曰:"活潑剌底人難及也!"[一一]

方回評及《南湖集》時也説:

> 端能活法參誠叟。

説誠齋是:

> 飛動馳擲。[一二]

這幾乎是有目共覩,衆口一詞[一三]。至於現代人最能欣賞誠齋詩而又善於拈舉的,當推錢鍾書先生,他説:

> 以入畫之景作畫、宜詩之事賦詩,如鋪錦增華,事半而功則倍。雖然,非拓境宇、啓山林手也。誠齋、放翁,正當以此軒輊之。人所曾言,我善言之:放翁之與古爲新也;人所未言,我能言之:誠齋之化生爲熟也。放翁善寫景,而誠齋擅寫生;放

> 翁如畫圖之工筆，誠齋則如攝影之快鏡：兔起鶻落，鳶飛魚躍，稍縱即逝而及其未逝，轉瞬即改而當其未改；眼明手捷，蹤矢躡風：此誠齋之所獨也。〔一四〕

這段話把誠齋的"活法"闡發得真是曲盡其妙。

誠齋詩的"活法"，除了包括着新、奇、活、快、風趣、幽默幾層意義之外，還有一點，就是層次曲折、變化無窮。陳衍（石遺）曾説過兩段話：

> 宋詩人工於七言絶句而能不襲用唐人舊調者，以放翁、誠齋、後村爲最：大抵淺意深一層説，直意曲一層説，正意反一層、側一層説。〔一五〕

這很對。對誠齋説來，則又不限於七絶一體。

> 夫漢魏六朝詩豈不佳？但依樣胡盧，終落空套。作詩當求真是自己語。中晚唐以逮宋人，力去空套。宋詩中如楊誠齋，非僅筆透紙背也，——言時摺其衣襟，既向裏摺，又反而向表摺，因指示日（按此係其門人記録他的談話，故有此插語）：他人詩，只一摺，不過一曲折而已；誠齋則至少兩曲折。他人一摺向左，再摺又向左；誠齋則一摺向左，再摺向左，——三摺總而向右矣。生（謂其門人）看誠齋集，當於此等處求之。〔一六〕

這個譬喻更是生動具體，善巧方便，實實有助於我們的了解。

誠齋的五、七言古體詩，筆致尤活，層次尤多。試讀一首五古：

仰頭月在天，照我影在地；我行影亦行，我止影亦止。不知我與影、爲一定爲二？月能寫我影，自寫却何似？——偶然步溪旁，月却在溪裏！上下兩輪月，若个(哪个)是真底？爲復水是天？爲復天是水？

——《夏夜玩月》

再看一首七古：

老夫渴急——月更急：酒落盃中月先入！領取青天併入來，和月和天都蘸濕。天既愛酒自古傳，月不解飲真浪言；舉盃將月一口吞，——舉頭見月猶在天！老夫大笑問客道："月是一團還兩團？"酒入詩腸風火發，月入詩腸冰雪潑。一盃未盡詩已成，誦詩向天天亦驚！焉知萬古一骸骨，——酌酒更吞一團月！

——《重九後二日同徐克章登萬花川谷月下傳觴》

你看，這樣的詩，是不是大藝術家的一種"絶活"？評家説他"筆端有口"；其實，"口"又有幾個是這般的妙口？看他横説豎説，反説正説，所向皆如人意，又無不出乎人意，一筆一轉，一轉一境，如重巒疊起，如紋浪環生。所以講他的"活法"，迅疾飛動是一面，層次曲折又是一面。

周必大跋上面的後一首詩説：

韓退之(愈)稱柳子厚(宗元)云："玉佩瓊琚，大放厥辭。"蘇子瞻(軾)答王庠書云："辭、至於達而止矣！"誠齋此詩，可謂樂斯二者。〔一七〕

這不能不算賞音。可惜仍嫌未能道着真肯綮。能"放"能"達"的文章,古今來指不勝屈;像誠齋這樣的活法,恐怕未必都同時來得吧。

## 三

上來的這麼多話,都講的是誠齋的"活法"。不講是説不過去的,因爲這是他的重要特色之一;所以大家談他時也都喜歡講講。可是,假如讀誠齋詩而只見"活法"、不見其他,那就未免又"死"於"活法"之下。説誠齋不以"活法"見長,固然不可;説誠齋只以"活法"見長,恐怕同樣地不可。看了大家都講誠齋的"活法",於是讀誠齋詩,就一地裏去尋找"活法",是會出毛病的。

我們或許説,他的詩若不都合"活法",這不足爲異:他在"活法"用不上時,在獨創性不夠時,在學古不化時,在文思不至時,……都可以寫出"非活法"詩,寫出和傳統詩風無大差别的詩來,這也是理所當然,就不必再提到話下了。

有這麼一想。可是我的意思還不在於此。

講"活法",又要講"非活法"(姑且如此妄稱),好像"活法"和"非活法"是兩種截然不同、兩無交涉的事,或者説,"活法"之外,别有一種"法",説不得"活",——當然也説不得"死",但總之是得另立一項名目了。

可以這樣理解;但也不可以僅僅如此理解。

真正的問題恐怕在於:要把"活法"只看作是"耍筆頭","掉槍花",打一趟子"花拳綉腿",賣弄一路"小聰明",乃至打打諢、抓抓哏,使觀者有點眼花撩亂、由不得眉開眼笑,覺得"倒好耍子"——這樣是不是正確?

假如只把"活法"如上述那樣去理解,自然誠齋詩中就有許多好像不屬於"活法"的;假如還不可以那樣去理解,還有一些别的道理在作用着，那麽看上去不屬於“活法”的，却也未嘗不和“活法”有瓜葛。

有一則小故事，很耐人尋味。

讀過《千家詩》的，都知道那一首爲大家所習誦的小詩：

梅子留酸軟齒牙，芭蕉分緑與窗紗。日長睡起無情思（去聲），閑看兒童捉柳花。

這就是誠齋有名的《閑居初夏午睡起》絶句。粗粗一看，很可能以爲這是官僚、士大夫們吃飽了、無事作、閑得不耐煩的作品，根本要不得。我要提醒讀者：不了解那個作者彼時彼地的具體處境、時代背景，又不了解他的獨特的筆法和用意、思想和作風，這樣去看詩，有時是很誤事的。當日誠齋的這首詩，被張紫岩（浚。南宋最堅決的抗金愛國的名將兼名相、誠齋平生最服膺的師友之一）看見了，讀後喜曰：“廷秀（誠齋的字）胸襟透脱矣！”〔一八〕

這句評語，真是出乎我們一般的意想之外。“這不有點風馬牛不相及了嗎？”

張浚對這首詩的全部理解如何（古人評詩文，往往只就一點一面而借題發揮），我們不得而知，知了也未必全然符合我們今天的認識。此刻要説的是：他那句話却正道着了誠齋“活法”的又一面。這倒不必因爲張浚是理學家之一而説他是戴了道學眼鏡去評詩，正如同誠齋是南宋時“于道學有分”者，不害其爲能懂詩、會作詩的人。

誠齋自己在《和李天麟二首》五言律中曾説：

學詩須透脱，信手自孤高。

又説：

參時且柏樹，悟罷豈桃花？

這後面兩句是用了禪宗的兩則小故典，其用意也可説就是要闡明“透脱”之義。他又在《蜀士甘彦和、寓張魏公（浚）門館、用予見張欽夫（栻。浚之子）詩韻作二詩見贈、和以謝之》五言律裏説：

不是胸中别，何緣句子新？

正説明同一個意思，——也正可以和上引張浚“胸襟透脱”的話相印證。大約甘彦和、楊誠齋、張欽夫等，都和張浚互相講論過這個道理，所以誠齋這裏就寫出了“若不是胸襟透脱，怎能得詩句清新”這番意思。

透脱，——什麽叫透脱呢？這是很難講説的。必不得已，鹵莽些説，透脱就是“執著”的反面。禪宗的門徒問師父：“如何是祖師（達摩）西來意？”師父不正面來回答、來説明那個“西來意”，却説道：“庭前柏樹子（子是語尾虚詞，如同‘樹葉子’的‘子’）！”笨學生不懂老師是力破他發問中的那一點“意”（拘執於向“意”上去求解，就要離開了所要學的和“意”完全無干的真目標了），因此就隨眼隨事地指向院中生長着的一棵柏樹，意思猶如説：“院子裏長了棵柏樹！——這又有甚‘意’？”這學生不會師意，就死抱住老師所指的那棵柏樹不放鬆，要向它去“參悟”道理——可是那能參得到什麽呢？結果必然愈“參”愈遠。這就是“執著”於柏樹、也就是禪家所説的“死於句下”了。

透脱，就是不執著的結果。——爲了避免越説可能越“玄虚”，不妨簡單地説成是：懂得了看事物不能拘認一迹、一象、一點、一面,而要貫通各迹、各象、各點、各面,企圖達到一種全部透徹精深的理解和體會(他們能不能作到這一點,那全然是另一問題,我們這裏只要知道他們至少在主觀願望上和努力探索的精神上是如此的);能够這樣了,再去看事物,就和以前大大不同,心胸手眼,另是一番境界了。這就是他們所説的透脱。(參看四五—四七《和李天麟二首》注釋。)

在此來談這些,不是説"禪理"、講"道學";是説明,要想較比"掉筆頭""耍槍花"等等更爲深刻正確地了解誠齋的"活法",必須知道他心目中有這樣一層道理,而且他自己曾明白地提出來,要作爲學詩的一種"法門"。這也就可以説明,他的作品所以具有那種特色,確是和他這種見解有關係的。

了解這層關係,頗有必要,因爲這樣就不致於把他的"活法"理解爲是一種"文字把戲",是一種"油腔滑調",就不致於把誠齋詩誤認爲僅僅是一種"聰明靈巧"類型的"玩意兒"。這是很要緊的一點。

同樣道理,了解了上述關係,也就不致於把"日長睡起無情思"真認作是吃飽了閑得不耐煩的作品,也不致於像禪門學生"參柏樹""吃桃花"一樣地執著於"捉柳花"了。這點恐怕也很要緊。

再舉個小故事。誠齋有一首絶句,説:

> 飽喜飢嗔笑殺儂,——鳳凰未必勝狙公。幸逃暮四朝三外,——猶在桐花竹實中!
>
> ——《有嘆》

劉後村讀了,竟然"不曉所謂";而"晚始悟其微意"。這微意是什麼呢?劉後村"悟"得有點道理:原來誠齋從江東漕臣辭官歸里,仍領祠禄(宋代優待官僚們,他們和朝廷意見不合的,願意去職的,有過失的，就給個“祠官”的空銜，不任事，不到班，回家凈領官薪，等於養老、退休）；作者自己向自己開了火，大加譏諷：你以爲你棄官離職就“清高”了嗎？是“鳳凰”了嗎！你以爲你這樣就不再像猴子受養猴的“朝三暮四”（餵食時的愚弄手段）的擺佈了？可是你這“鳳凰”不還是吃人家的“桐花”和“竹實”（傳説中鳳凰以此二物爲食）嗎——要靠祠禄嗎？你這鳳凰究竟比猴子清高多少？

果然，誠齋在此詩作後不久就連祠禄也謝絶了，真正地、徹底地“掛冠”爲民了〔一九〕。

這也是一種“胸襟透脱”的表現。至於作者，本意可以是自喻，如劉後村所解；而在讀者衡量，這對當時封建官僚們説來，又有其較普遍的現實意義了。

這種手法（其實也要包括看法），説仍然是傳統的“比興”體，“寄託”義，固可；説是他的“活法”中之一法，也無不可。這樣去認識活法，活法乃大；他這樣去運用活法，活法乃正。

諸家對“活法”一詞的認識，本也並不盡同。例如人都説吕本中纔是首倡“活法”這一理論的，但吕本中只説：

> 學詩當識活法。所謂活法者：規矩備具、而能出於規矩之外；變化不測、而亦不背於規矩也。是道也，蓋有定法而無定法，而無定法而有定法。知是者，則可與語活法矣。
>
> ——《夏均父集序》，《後村大全集》卷九十五《江西詩派》引

他的主旨是講作詩的“規矩”，如何運用“定法”、變化“定法”之道，而“規矩”“定法”是指詩律、句法一類的東西，還没有超出音節、格式、文法、章法的圈子。誠齋的活法，雖然也可以包括着這一層而言（他運用得確很靈活，變態多方），但其真精神却早已跨越了吕本

中的範圍而指向作品内容方面的事情，關係到作者的認識事物的方法問題，要探本窮源得多了。至於我們初步只看到他的筆致、筆意特别活而不板的現象，那則是他在認識上、表現上都實踐了他的理論的結果了。

談誠齋的活法，應當看到這些區分和聯系，庶幾不致拘於一隅，也纔不致以此爲彼地攪亂了。

上面我們説了許多的“舊話”，但對於誠齋活法的另一則要義却還没有接觸到，就是：對誠齋（和他的學生）説來，活法同時還就是他的浪漫主義。

讀者請想，若是我們一般人，在人家屋後池邊柳蔭中歇了，捨不得走開，要寫詩，不過寫出些這地方多麽好啊！我是多麽捨不得離開啊！恨不得我不是行路人、就住在這裏才好啊！……等等，而絶寫不出“安得樹陰隨脚移”。道理安在？就因爲我們只執著於上面的那種思路、理路，被我們的“常識”拘管得寸步難移：柳樹是木科植物，木科植物是札根入地、土生土死的，萬世不會移動；日光投射在它身上、落不到地面，才成爲樹陰；樹既不會走路，“陰”當然不可能“移”。説樹陰要移，那不是搗亂嗎？説夢話嗎？

要是都這樣來講死理，就没有什麽活法了，——也就没有什麽浪漫主義了。

宋代講活法的不一其人，可是並不能都寫出富有浪漫主義精神的好詩來。這也就是誠齋的活法不盡同於他們的活法、亦即其獨立價值的所在。

## 四

講誠齋的“活法”，不止是爲談他作品的藝術性，更重要的目的是要通過他的活法來看其思想性。作品的思想内容之有無、深淺，固然先是取决於思想内容的本身的存在和情況，但是作者的表現方式、手法、作風，和我們讀者對這一特定方式手法作風的理會的程度，也會影響到我們的“目力”和“視界”，也就影響到我們的判斷和衡量的問題。（至於我們對作品能不能充分掌握其創作背景、其他條件等等，也同樣要緊，但這個問題就不必在誠齋身上特别提出來了。）

誠齋有一篇《頤菴詩藁序》，説：

> 夫詩何爲者也？尚其詞而已矣；曰：善詩者去詞。然則尚其意而已矣；曰：善詩者去意。然則去詞去意，則詩安在乎？曰：去詞去意，而詩有在矣。然則詩果焉在？曰：嘗食夫飴與荼乎？人孰不飴之嗜也？初而甘，卒而酸。至於荼也，人病其苦也；然苦未既，而不勝其甘。——詩亦如是而已矣。昔者暴公譖蘇公，蘇公刺之；今求其詩，無刺之之詞，亦不見刺之之意也，乃曰：“二人從行，誰爲此禍？”使暴公聞之，未嘗指我也，——然非我其誰哉？外不敢怒，而其中媿死矣！三百篇之後，此味絶矣；惟晚唐諸子差近之。……

這就説明，誠齋對詩的理解和要求，和對其他文章是迥然不同的。他認爲，作詩不能是像作論文一個樣的作法。作論文，就是要逕直地講道理、宣意旨，開門見山，單刀直入，有啥説啥，實話實講。作詩却要用完全不同的表現法了。詩，不能像糖。因爲糖得要甜，所以就得讓人放在嘴裏馬上就感覺甜纔行，否則人就會不滿意，説這糖真糟透了！哪裏還成糖？而且因爲人對糖的要求只是一味“甜”而已，别的不要糖來承擔義務，所以糖也用不着在“甜”以外再具備什麼奥妙。詩要是這樣，那就完了！那就是令人感覺膚淺的東西了,讀者没有多少經驗時可能一下子很喜歡這樣的作品;有些水平,就會感到不滿足了。

照誠齋的意見,詩應該像茶才行。茶並不是讓人一下子就得其真味的(小孩子不會喜歡喝茶;却可能把市上薰茶的茉莉花香當作茶香,那當然又是另一問題了),因爲茶不是把它的真味擺在最表皮、最浮面上,而是讓你"品"而後得,回味而甘的。詩,正應當像茶味那樣,不是要把詞意逕直淺露地擺在表皮、浮面,而要將詞意釀化而成一種具有深度的"味道",須使讀的人經過涵詠玩味纔能領略感受,而領略感受之下却又説不出,道不得,也無法傳達給别人。——這纔是詩的藝術,詩的力量。

他又舉具體的例子説:

> 寄邊衣曰:"寄到玉關猶萬里,——戍人猶在玉關西。"弔戰場曰:"可憐無定河邊骨,猶是春閨夢裏人。"折楊柳曰:"羌笛何須怨楊柳,春風不度玉門關。"三百篇之遺味,黯然猶存也。近世唯半山老人(王安石)得之。予不足以知之,予敢言之哉?

則可見他所仰慕、祈嚮之所在了。這纔是他説"去詞去意而詩有在"的真意旨,並非是真正主張作詩連詞句也不要考究、連意思也不要存在的一種"空"物而已。

他的意見正確不正確呢?這是個討論起來很麻煩的題目,不是幾句話所能談清楚的。不過我們這裏並不是要來回答這一問題,而是要説明,由於誠齋的主張是這樣,那麽他自己的表現手法就不會是與此相反的,而假如我們忽略了這一點,還拿衡量一般論文乃至衡量那些逕直顯豁的表現方式的詩作的標準來衡量誠齋的詩,自然就會失却了他的那種"遺味"了。——"遺味"之得失,也許還不要緊,要緊的却是這樣一來,我們對他那些作品的思想性的強弱深淺也會在認識上有所阻閡了。

關於這點,不得不費些事來説明一下。

誠齋在宋光宗紹熙改元的那一年(一一九〇),在秘書監任上,奉命借焕章閣學士,爲金國賀正旦使的接伴使。誠齋此一行,寫出了一連串極有價值的好詩,甚至可以説在全集中也以這時期的這一分集(《朝天續集》)的思想性最集中、最强烈。在這一連串詩中,爲首的是他第一次要渡長江往北迎接敵使的《過揚子江》兩首七律。這兩首詩是很有名的,曾獲得賞音的:

> 衹有清霜凍太空,更無半點荻花風。天開雲霧東南碧,日射波濤上下紅。千載英雄鴻去外,六朝形勝雪晴中。攜瓶自汲江心水,——要試煎茶第一功!
>
> 天將天塹護吴天,不數殽函百二關。萬里銀河瀉瓊海,一雙玉塔表金山。旌旗隔岸淮南近,鼓角吹霜塞北閑。多謝江神風色好:滄波千頃片時間。

大家都看到詩是不壞,但是不少人也同時抱憾:這麽好的詩,爲什麽兩首的兩處結句却是如此的"洩氣"?——因爲,這樣寫,都寫"走"了!無論如何得説是敗筆了。

清代大詩評家紀昀在評前一首時却提出了他自己的看法,説:那結句是"用意頗深——但出手稍率,乍看似不接續。"[二〇]

紀昀畢竟是有眼光,看出"似不接續"的問題恐怕不能淺之乎視之,作者於此另有作用,而且其"用意頗深"。這實在有見頭。不過,他認爲那"頗深"的"用意"是什麽呢?他説:

> 結乃謂人代不留、江山空在，悟紛紛擾擾之無益，且汲水煎茶、領略現在耳。

這簡直糟透了！紀昀這人有時很有些眼力識解，有時却荒謬絶倫，至令人不能置信。

原來他説的什麽“人代不留”“江山空在”，就是在注解原詩腹聯“千載英雄鴻去外，六朝形勝雪晴中”兩句的。這兩句，高明如紀昀，竟會不懂，直如小兒之見，真乃異事。那兩句，明明是借古弔今；“千載英雄”，指的就是紹興年代乃至乾淳之際的劉、岳、韓、張諸位大將，國之干城（姜白石所謂“諸老凋零極可哀”的諸老）；“六朝形勝”，就是指“直把杭州作汴州”的南宋小朝廷（因爲它也是“偏安江左”）：這意思，不用説看誠齋全集，單是翻一下《朝天續集》本卷，也會見得出是瞭如指掌。誠齋原句，以表面壯闊超曠之筆而暗寓其憂國慮敵之夙懷，婉而多諷，微而愈顯，感慨實深，怎麽竟給講成是“人代不留”“江山空在”的濫調了呢？這不是荒謬已極了嗎？

紀昀的荒謬並不止此，最謬在於“紛紛擾擾之無益”和“領略現在”。誣人至於此極，只能説明紀昀並未讀過誠齋全集，開口亂道。誠齋的思想，和紀昀的思想，可説是“君處北海，吾處南海”，千里萬里。

誠齋此行諸作中，有一首《雪霽曉登金山》七古〔二一〕。那金山，也就是前面那首七律中的“一雙玉塔表金山”的金山。在七古中，他也以表面贊美之詞熱鬧之筆寫了金山一頓“金宫銀闕起峯頭，槌鼓撞鐘聞九州”等等，——然後忽然在結尾説出了下面兩句話：

> ——大江端的替人羞！金山端的替人愁！

真可謂石破天驚,雷轟電掣,令人爲之變色! 只這兩句,就把南宋恥辱小朝廷算是挖苦到家了! 誠如他所説的:"今求其詩,無刺之之詞,亦不見刺之之意也,……使暴公聞之,未嘗指我也——然非我其誰哉? 外不敢怒,而其中媿死矣!"

他説"三百篇之後,此味絶矣;惟晚唐諸子差近之。"於此,我們乃不妨説:"南宋誠齋亦差近之。"

至於是什麼具體事件使他如此痛切感憤而出此的呢? 也有故事:原來當時金山絶頂建有呑海亭一座,亭名甚壯,"登望尤勝";可是這亭作什麼用呢? 是"每北使來聘,例延至此亭烹茶"的! ——當時亭館皆極壯麗,專爲招待金使,"殷勤"無所不至。

明白了這一故事,然後纔明白,誠齋的那"羞"、那"愁"爲何會如此深切(原詩上兩句明明説出"天風吹儂上瓊樓,不爲浮玉飲玉舟"),也然後纔明白,爲何他一渡揚子江,望見金山,便寫出了"攜瓶自汲江心水,要試煎茶第一功"的話來了!

那是詩人多麼深刻沉痛的感慨羞憤啊! ——而被不明深意的人看成爲"敗筆";看出"用意頗深"的人,又把深意歪曲作"紛紛擾擾之無益,且汲水煎茶,領略現在耳"。這就無怪乎誠齋在評論李咸用的詩時曾有"桓靈寶哀梨"之嘆了。

問題是,假如我們不了解誠齋的這種表現方式、手法、作風的話,就會影響到我們的"目力"和"視界",影響到我們的判斷和衡量,而可能認爲誠齋詩談不到什麼思想性,他只會描寫自然瑣碎景物,興趣不在國計民生,不免有"遠離時代社會現實"的缺點——我個人一度就有過這樣的看法。

後來愈讀愈覺得不是那麼回事,没有那樣簡單。誠齋臨卒以前不久,自理詩卷,曾經寫道:"南窗兩横卷,一讀一沾襟! 只有三更月,知予萬古心! ……"這位八十歲的老詩人面對着平生嘔心之作,流着眼淚,而説出這樣沉痛的話來,是什麽緣故?假如我們掉輕心、失具眼,把他的千秋萬古的苦心密意都給"看没了",豈不是非常對他不起了嗎?

## 五

誠齋對詩的理論,有一篇正式的文章:《詩論》。我説"正式",是相對於他的《誠齋詩話》和一些"詩序"類的零言碎語、閑談瑣録而説的。我們如果要考察他的詩的理論,固然不能全丢開他的零碎言論,可也更不能不着眼於"正式"的文章。

《詩論》説:

> 天下之善不善,聖人視之甚徐而甚迫。甚徐而甚迫者:導其善者以之(至)於道,矯其不善者以復於道也。……天下皆善乎?天下不能皆善,則不善亦可導乎?聖人之徐,於是變而爲迫。非樂於迫也,欲不變而不得也。迫之者,矯之也。是故有詩焉。詩也者:矯天下之具也。

誠齋認爲:詩(本指《詩經》,但意義當然通於一般古典詩歌,故作泛語看正自不妨),不是别的,只是矯正不善的工具。

他説:

> 而或者曰:"聖人之道,禮嚴而詩寬。"嗟乎!孰知……詩之寬爲寬之嚴也歟?……蓋天下之至情:矯生於媿,媿生於衆。媿,非議則安,議,非衆則私。安,則不媿其媿,私,則反議其議。……聖人……於是舉衆以議之,舉議以媿之。則天下之不善者,不得不媿。媿、斯矯,矯、斯復,復、斯善矣。——此

> 詩之教也。詩果寬乎？聳乎其必譏，而斷乎其必不恕也！詩果不嚴乎？

他認爲：詩是羣衆的意見，有過必譏，斷不寬恕。是一種最嚴厲的批評。

他説：

> 詩人之言，至發其君宫闈不修之隱慝，而亦不捨匹夫匹婦“復關”“溱洧”之過；歌詠文武之遺風餘澤，而歎息東周列國之亂哀窮屈，而憎貪讒。深陳而悉數，作非一人，詞非一口，則議之者寡耶？

他的例證説明了諷刺譏議是古代詩歌的主要任務。

> 今夫人之一身，暄則倦，凜則力；十日之暄，可無一日之凜耶？《易》、《禮》、《樂》與《書》，暄也；《詩》，凜也。人之情，不喜暄而悲凜者，誰也？不知夫天之作其倦、强其力而壽之也。

誠齋認爲，這種羣衆的譏議，好比冷天氣對人的刺激，可以使他振作、强健起來，活得更久些。

像這樣的認識，在我國的詩歌文藝理論批評史上，稱得起是卓見；比起最著名的白居易的“諷諭詩”的理論來，至少並無遜色。

在《和李天麟二首》中他寫道：

> 句中池有草，字外目俱蒿。

就是説，作詩，詞采詩風，要像六朝大詩人謝靈運因夢謝惠連而寫出“池塘生春草，園柳變鳴禽”那樣的清新自然的佳句，而内涵意旨，要“蒿目而憂世之患”（《莊子·駢指》），——關切國家社會、世道民生。

他在《和段季永左藏惠四絶句》中説：

> 道是詩壇萬丈高，端能辨却一生勞。阿誰不識珠將(和)玉？若个(誰人)關渠風更騷？

風騷就是《詩經》《楚辭》中“緣政而作”、批判現實的那種現實主義和浪漫主義的優良傳統。空有“珠玉”般的美好字面而無關“比興”“美刺”之道，誠齋對這種詩表示了他的不滿。

這些，是他的創作理論。我們想要認識誠齋的詩，自然不能無視於這些地方。

當然，光“説”不算，還要看“作”。我們應當看看他的實踐和言論合不合套。

清人潘定桂有《讀楊誠齋詩集九首》七律〔二二〕，對誠齋詩頗致贊賞，其第二首説：

> 一官一集記分題，兩度朝天手自攜。老眼時時望河北，夢魂夜夜繞江西；連篇爾雅珍禽疏(去聲)，三月長安杜宇啼：試讀渡淮諸健句，何曾一飯忘金堤？

腹聯兩句以下，尤爲能相賞誠齋於“牝牡驪黄之外”。他這裏的提法是極有見地的。只是他既然還是就誠齋的《朝天續集》那一部分而舉例（這一部分詩，如前所説，是誠齋奉命作迎接金國來使時所寫,由杭州出發,遠渡江淮,一路所見,觸目傷心,悲羞憂憤,成爲他詩集中思想性最突出、最集中的一部分),就可能使不善讀者仍舊誤會爲誠齋只有這一集中寫出了些愛國詩。

我們不妨試先就開卷第一集《江湖集》來看看情況。

宋高宗的恥辱"小朝廷",延續了三十五六年之久,好容易盼得他傳位給"有志恢復"的孝宗,一上來就掀起了二十年來所未有的北伐抗敵之戰,人心振奮已極,不幸連勝之後,忽遇一小挫折,致成"符離之潰",孝宗馬上罷撤愛國抗戰派,進用投降求和派,割地請和,並下詔"罪己",以北伐爲犯了"大錯誤",自打嘴巴。誠齋有《讀罪己詔》三首五言律,諄諄勸告孝宗萬不可懲此小失就中途變策,必須發奮自强,定有後効可圖。清代翁方綱最看不上誠齋詩,把它當作"魔障",也不能不承認這三首詩是"極佳"的好詩(不過他以爲誠齋好詩只有這三首,别的一筆抹殺了,那份"勢利眼"可真夠瞧的)〔二三〕。

《路遇故將軍李顯忠、以符離之役私其府庫、士怨而潰、謫居長沙》詩,也就這一敗役發抒了他的感慨。

《道逢王元龜閣學》,對皇帝任用奸黨,忠臣一個一個被排擠離去,致其嘆憤。《紀聞》,對朝廷新除授的非材,加以婉諷。《跋蜀人魏致堯撫幹萬言書》,太息國人進獻長策之徒然枉費、毫不見采。《故少師張魏公挽詞》,對愛國宿將名臣張浚的齎志以殁,深表悲痛。《讀張忠獻公謚册感嘆》,嘆張浚,也就是嘆國計之日非。《虞丞相挽詞》,挽弔采石抗戰的虞允文,至比之爲諸葛。……

《立春日有懷二首》,警勸翰林詞臣們,應該懂得點規諫之道,不要再以綺語豔詞來"啓導"皇帝了。《又和(蕭伯和)風雨二首》,完全是借春光來譏諷朝政。《濟翁弟贈白團扇子一面、作百竹圖、有詩、和以謝之》是借扇子來比喻國家半壁河山爲人斷送。《豫章江皋二首》則也是寄託家國之懷,……這些詩就有比較明顯的,就有十分深隱婉蓄的了。其餘很多寫愁懷的,分明也不是"閑愁閑恨"。

至於關念民生的,如《視旱遇雨》,如《憫農》,如《農家嘆》,如《憫旱》,如《旱後郴"寇"又作》,如《宿龍回》,如《旱後喜雨》,如《過西山》,如《辛卯五月送邱宗卿太博出守秀州》之一,如《觀稼》,如《農家》,如《秋雨嘆》……

詩也許有高有次,但總不能否認它們的具有内容、不是和社會現實距離很遥遠的。

秦檜,這個徹底投降賣國的大漢奸,不但生時凶燄萬丈,人人畏之賽過豺狼神鬼,談虎色變,(宋人筆記載有一則:某人狂放自負膽量氣節,人謂曰:你若敢講一個人的話,我即服你。他問是誰,其人附耳,方説得一個"秦"字,他變色掩耳急走,口内連呼:"放氣!放氣(放屁)!"人傳以爲笑。我看這倒不是此人堪笑與否的問題,正足見彼時之"空氣"是多麽可怖了!)即在死後,因他關係太鉅,也很少人敢於觸犯時諱,在詩中評議他。可是誠齋却在《宿牧牛亭秦太師墳菴》中寫道:

> 函關只有一穰侯,瀛館寧無再帝丘!天極八重心未已,台星三點坼方休。請看壁後新亭策,恐作移中屬國羞!今日牛羊上丘壠,不知丞相更嗔不(fōu)?

這詩一上來就提出:爲國柱石、興亡所繫的賢相只有一個,可是横加誣陷放廢送死完事;而像唐朝許敬宗樣善媚"人主"的巨奸却不難再遇——秦太師果然"遭際明君"了。(推之,他的門徒們〔像湯思退之流〕也豈難繼掌國柄!)三、四兩句説:"太師爺"若不"壽終正寢”，是不甘於僅僅“位極人臣”的——他陰蓄異志，要作金國牽線的傀儡皇帝（像劉豫）。五、六兩句對太師爺死前還要圖謀把已然在他殘酷迫害之下的全國忠義愛國人士五十餘位一網打盡的“偉大計劃”進行了尖刻的諷刺！

宋高宗的居心是有其不可見人的隱微的，正如明代文徵明的詞所説：“嘆區區、一檜亦何能？——逢其欲！”和清代鄭板橋的詩所説：“金人欲送徽、欽返，其奈中原不要何？”他爲了保持他自己的“中興事業”，不惜任何代價，而他又要顧全“面子”，他的被金人擄去的皇帝父親和皇帝哥哥既然“不宜”回國，而他又要盡“孝道”，怎麽辦呢？妙得很！他決意既不接還他父親，也不接還他哥哥，他却裝得哭哭啼啼的，口口聲聲想他的“庭幃”——生母韋后（史稱顯仁太后），死也要接還她。他的願望實現了，——可他付了一筆可觀的“接母費”！這筆費用計開：稱“臣”於金，受金人的“册封”，自居“藩國”，皇帝要向金人叩頭行禮；每年向金國納“貢”，銀、絹各二十五萬（兩、匹），其餘禮物不可勝計；以淮水、大散關爲界，半壁山河億萬人民送給敵人；割唐、鄧二州，商、秦之半給金國；——最重要的，還要自己殺死敵人最怕的岳將軍，因爲金人表示過：不殺岳飛，金、宋是不能言和的。他用這樣高的代價，换回來一個六十歲的老太婆，算是唯一的“勝利”和“遮羞布”，大事鋪張慶賀。對這事情，誠齋却發表了一點意見。

他寫了一首《題曹仲本出示譙國公迎請太后圖》。

詩的起頭，説“德壽宫前春晝長，宫中花開宫外香（全是諷刺）；太皇（高宗）頤神玉霄上，都人久不瞻清光。”——忽然又有機會見着他了：原來是在這幅迎母圖的畫裏他出現了。接着寫畫中景象。然後點破題。然後就説：

向來慈寧(指韋后)隔沙漠,倩鴈傳書鴈難託。迎還騩馭彼何人:魏武子孫曹將軍(曹勛)。將軍原是一縫掖(書生),忽攘兩臂挽五石(弓);長揖單于(指金國皇帝)如小兒,奉歸慈輦如折枝。

誇獎了曹勛(他是當日的奉迎使臣)一頓功勞以後,乃説:

功蓋天下只戲劇,笑隨赤松(仙人)蠟雙屐,飄然南山之南、北山北。

這是爲何呢? 原來——

君不見:岳飛功"成"不抽身,却道秦家丞相嗔?

真好結尾! 這纔叫"曲終奏雅"。若只爲了比喻"功成身退",或功成不退而被禍,舉多少例子舉不出? (例如韓信,不好麼?)爲何單單要舉岳飛? 他分明帶筆點明了從金國接回韋后的真"價錢",把問題提到尖端了。

他有一首《過石磨嶺、嶺皆創爲田、直至其頂》絶句,説道:

翠帶千鐶束翠巒,青梯萬級搭青天。長淮見説田生棘,此地都將嶺作田!

他看到山嶺地區,耕地稀罕,都在山坡一層層地開爲"梯田",於是想到,淮河沿邊,千里荒蕪,棄而不耕,却擠得此地只好耕山嶺了! ——不消説,長淮以北半壁河山若仍屬自家,不知可抵多少梯田耕用!? 這所謂"大道上洒香油,小路上揀芝蔴"了。把兩件事結合起來,一經拈舉,精彩百倍。這是多麽深刻的諷刺!

這樣寫詩,不愧是實踐了他自己的"聳乎其必譏,而斷乎其必不恕"的理論。

## 六

上面只就他的詩來説話。若談到他的文,那麽看看它有無内容及思想性,對了解這個作家,也是有幫助的。

這裏説文,是較廣義的,包括詩、詞以外的各體文字而言,裏面有賦。賦是一種介乎詩、文之間的體製,它的章法、敍致,近乎文,而用韻、修辭,有時近乎詩;敍述故事,和後來興起的傳奇、小説又有些淵源。早些的,很多是張皇鋪敍京都宫室的大篇,寫山川、動植、物産、珍寶……簡直像類書;較晚的,變爲詠物、抒情的小賦,但也多數逃不出堆砌典故、羅列名物、考究詞藻的風氣。總之,要講思想性、人民性,是不太多的。下面我們選了誠齋的兩篇賦:《海鰌賦》和《浯溪賦》。

《海鰌賦》是寫采石之役,宋朝以海鰌船大破要想渡江南侵的金兵,建立奇功,化險爲夷的主題,由金國完顏亮的驕氣十足寫起,寫出海鰌船的神妙,敵人的愚蠢和驚慌失措、大敗而逃,最後死於瓜步;賦尾憑弔遺迹、感激戰功,而表示天險不可恃賴,必須修仁政、重人材、收民心,國家才有希望。

《浯溪賦》借着剥蘚讀碑——唐代元結的《中興頌》——爲引子,以唐玄宗、肅宗的往事爲影射,把宋徽宗、高宗兩個皇帝毫不客氣地批評了一通。誠齋特别指出:皇室骨肉寡恩,人倫敗壞,棄賢用奸,天人並怒,"水蝗税民之畝,融堅椎民之髓",人心失盡,縱無外患,豈得不亡?高宗不顧一切,亟亟自己做上了皇帝,何其急切?豈不可譏!不過,即使"耄荒"的徽宗真能回來,又有誰還擁護他、爲他效命？大家恐怕是要“掉臂”而去的了。然則怎麽辦？——那問題就在：高宗自己做了皇帝，也尚不妨，只是你如果不自長進，也變爲“耄荒第二”，那人們也是會照樣子“掉臂”的！

這樣的賦，纔顯得賦之爲體，完全可以很好地利用，寫出極有價值的作品來。

至於他的上於皇帝的許多“書”、“劄子”、“策”，份量很大，篇篇都是慷慨流涕、極言時事，盡抉國家之利病，力攻投降之非策。這些文章，見地警闢，説理周徹，文筆條達，感情痛切，讀去都深深使人感動。其用筆之活，也如他的詩一樣，引人入勝，一點也不使讀者感到枯燥沉悶。

就中以《千慮策》三十道，尤爲難得。這些策，包括了“君道”、“國勢”、“治原”、“人才”、“論相”、“論將”、“論兵”、“馭吏”、“選法”、“刑法”、“冗官”、“民政”等十幾項，每項又分爲上、中、下等篇目。當時的羅大經，曾記下一段掌故，值得我們引一下：

> 虞雍公（允文）初除（剛剛授官）樞密，偶至陳丞相應求（俊卿）閣子内，見楊誠齋《千慮策》，讀一遍，歎曰：“東南乃有此人物！某初除，合薦兩人，當以此人爲首！”應求導誠齋謁雍公，一見握手如舊。誠齋曰：“相公且子細（仔細）：秀才子、口頭言語，豈可便信？”雍公大笑。——卒援之登朝。……〔二四〕

虞允文在此以前與誠齋了無交誼，固是求賢若渴、愛才如命，然而假如誠齋的策文不是真能饜心切理、感人深至，怎麽能使虞允文那樣佩服？

誠齋還有些篇“論”；還有若干的“傳”“墓誌”“神道碑”“行狀”，傳寫當時的許多忠義愛國之士的生平事蹟，其中心思想也無不是貫穿着他的一向的政治態度的。只要繙一繙他的全集,這種印象不會不深深地印在讀者的心目中。

誠齋肯爲人民講話,也敢爲人民講話。

他在《轉對劄子》中說:

> 臣聞保國之大計,在結民心;結民心,在薄賦斂;薄賦斂,在節財用。

他指出南宋統治者肆意壓榨小民,窮極殘酷,剥奪來的民脂民膏,百般浪費;他指出根本問題在於皇帝,他說:

> 而議者乃曰:"有司(該管官員)不能爲陛下節財也。"不知有司安能節財?**節財在陛下而已!**

他在《民政》中說:

> 臣聞民者,國之命、而吏之仇也;吏者,君之喜、而國之憂也:天下之所以存亡,國祚之所以長短,出於此而已矣。
>
> 且吏何惡於民而仇之也?非仇民也,不仇民、則大者無功,而其次有罪:罪驅之於後,功啗之於前,雖欲不與民爲仇,不可得也。
>
> 吏所以贊上(皇帝)之決、而先上之行者,非贊其便民者也,**贊其不便民者爾**。曷爲不贊其便民而贊其不便民者耶?**贊其便民者無功,而贊其不便於民者則有功也!**

他一語道着了要害:封建統治集團,上起皇帝,下包官吏,是人民的死對頭，人民的仇敵。凡是害民的，皇帝就喜、就有功；相反的，就不喜、就有罪。

他揭發出官吏的黑暗：

> 朝廷將額外而取一金，以問於其土之守臣，必曰："可也。"民曰："不可。"不以聞矣。——不惟不以聞也，從而欺其上曰："民皆樂輸(納)。"又從而矜其功曰："不擾而集。"
>
> 江西之郡，蓋有甲郡以絹非土産而言於朝，乞市之於乙郡者。此何謂也？民所最病者，與官爲市也：始乎爲市，終乎抑配(强派)。……今乙郡之諸邑，已有論税之高下而科之者矣，無一錢償民也；民之不願者，官且治之。……且有所謂"和買"者，已例爲正租矣；又有所謂"淮衣"者，亦例爲正租矣；今又求鄰郡之絹：是三者之絹，與正租之絹，爲四倍而取之矣！民何以堪？而吏不以聞！
>
> 且甲郡欲市乙郡之絹，何不遣吏私市之？何必假朝命而官市之哉!？此必有姦焉。甲郡則出大農(户部)之錢，且書之曰："某日出某錢以市某郡之絹也。"——然某錢不及乙郡之民也。此必有私之者矣！民何從而訴哉？蓋民訴於朝廷，朝廷下之於州縣；州縣執訴者笞之，以誣其服；又呼其民，强使之書於紙曰："官有錢償我矣。"州縣以訴者之所服，與民之所書，而復於朝廷，無以詰也。罰一懲百，誰敢復言者？

看這裏面種種内幕的奥妙！多麽令人髮指！誰來替人民説句話？誠齋説了。

他最後警告封建統治者，説：

> 唐趙贊爲一切聚斂之策，德宗盡用之。及涇卒之變，都民散走，而賊大呼曰：“汝曹勿恐：不奪汝商貨僦質矣！不税汝‘間架’‘陌錢’矣！”德宗亦聞此也乎!?

這個問題在我們今天看來提得如果還不算全好；在當時説來也就算尖鋭到頂了！

合詩文而看，像誠齋這樣的一位作家，實在並不是只講技巧形式而並無思想内容的，相反，他的作品和時代現實結合得非常之密切。

誠齋因爲對人民喜愛得很，也寫出了很多塑造人民種種可愛形象的小詩，還十分注意吸收民歌的優點，藉以反映人民生活。本書選入了不少這種作品，讀者具眼，這裏就不再一一羅列介紹了。

## 七

誠齋作品有思想性時，我們不應視而不見，對其價值加以貶低、縮小；因爲談到這點的還不多，所以不能不爲之稍事表白。然而既屬“矯枉”，就可能令人感覺“過正”。誠齋作品無思想性時，我們也不應代爲“製造”，對其價值加以增飾、誇揚。誠齋詩並不是全無缺點的。較爲明顯的，就是應酬詩很多，“急就章”不少，混在全集裏，就把好詩的比例相對減弱了，假如他編集時勿貪“四千二百首之多”，肯於割愛，痛加芟汰，就更好了。——提到這點，其實别位詩家又何嘗不是如此。（至於質量較差的詩往往有史料價值，删之也很可惜，那則是另外一個問題了。）

誠齋的長處，已如上述，是在“活法”。他的短處，説來好笑，也還是在“活法”。——不是在於“活法”本身，而是在於他對自己的

“活法”有點過於自喜、自負、自恃。一題到手,不管值不值得費墨汁,揺筆即來,横説豎説,反説正説,説上一頓,很爲熱鬧,看上去像個“玩藝兒”,細按下去,究竟又没甚麽;例如題某人某某樓、某某閣,詠某某花、某某草,就常常犯這個毛病。“活法”本來是好東西,可是過於仗恃它,意識它,用濫了,寫滑了,張口它就來,下筆它就在,於是本來是很活的活法,有時却也“物極必反”地變而爲死的窠臼。誠齋的毛病就是既破了舊的窠臼,又有點愛往這個新的窠臼裏跳。歸根結蒂:只要一刻脱離了内容而追求形式和技巧,不管是什麽形式技巧,都必然會失敗。

他的作品情況不平衡,有的極爲沉婉深至,有的又很滑快淺率。紀昀在《四庫提要》裏一再評他是“頹唐”,大約就是只看見了後者一面。他的評語極不全面,但也道着了誠齋的一病。

附帶説明一下,這“頹唐”一詞,不指人的品行態度,是指文筆的率意。全祖望在《鷗鴣先生神道表》裏所説的“生平作詩幾萬首,沉冤淒結,令人不能終卷;晚更頹唐,大似誠齋”;亦即此意,以他的《史雪汀墓版文》所説的“……一變而爲玉川,晚乃信筆,不復作意,遂爲誠齋,——然其實學誠齋而失之者”來合看,尤爲清楚;我們不可誤會。

因爲選集裏不是要選十分壞的反面作品,所以這裏只將幾點指出就夠,就不更作詳盡的羅舉和分析了。

## 八

誠齋生活的時代,就是陸放翁、辛稼軒生活的時代,讀者已了解其概況,我想這裏就無庸重述,只簡單地介紹一下誠齋的生平和爲人吧。

楊誠齋,名萬里,字廷秀,自號誠齋野客;吉州吉水湴(pèng)塘人。生於建炎元年(一一二七)[二五],小於陸放翁兩歲、小於范石湖一歲。家世没有做官的,很清寒;誠齋做了官,始終保持儉苦的家風;他的肖子長孺(東山)也不墜門風。誠齋是"清得門如水,貧唯帶有金。"[二六]東山到臨死時連衣衾都没有[二七]。

誠齋在紹興二十四年(一一五四)中了進士,時年二十八歲,和他的齊名詩友范石湖是同年登第。初授贛州司户,繼調永州零陵丞。紹興三十二年(一一六二),自焚其少作詩篇千餘首,決意拋棄從前專學"江西派"的道路,詩格至此一變,始存稿爲《江湖集》。是年秋,離零陵任。在永州日,得見謫居在此的張浚,張浚加以勉勵,對他持身立節,發生了很大的影響;此後誠齋終身奉之爲師;"誠齋"之名,也就是因張浚曾勉以"正心誠意"之學而取的。

宋高宗傳位給孝宗,政局上發生了一次巨大的變化,孝宗即位,鋭意恢復,張浚得以起用,入相後,即薦誠齋,除臨安府教授。誠齋纔入京(杭州),旋即丁父憂,在家守服。服滿,知隆興府奉新縣,初次實踐了他的不擾民的政治志願,和人民關係很好,獲得治績。

乾道六年(一一七〇),上《千慮策》,大爲樞密虞允文和宰相陳俊卿所重,薦爲國子博士,開始作京官。次年,孝宗欲用佞幸外戚張説爲簽書樞密院事(軍國要職),物議譁然;張栻時爲侍講,力争不可,並向虞允文嚴詞質問,却因此被擠出守袁州。誠齋抗章争張栻之不當去位,又致書虞允文規以正理。這種爲公忘私的精神,真是難得之至。

此後遷太常博士、升太常丞,兼禮部右侍郎,轉將作少監。一直在杭州。

淳熙元年(一一七四),被命出知漳州、旋改爲知常州。編詩爲《荆溪集》《西歸集》。

六年,提舉廣東常平茶鹽。在任上,因“盜”沈師進入廣東境,他率兵前往鎮壓,作了一件和反抗南宋政府的人民爲敵的壞事,正如辛稼軒鎮壓“茶寇”,范石湖鎮壓“水賊”一樣。因此升廣東提點刑獄。

淳熙九年(一一八二)七月,以丁母憂去任。編詩爲《南海集》。

十一年冬初服滿,召還杭州爲吏部員外郎。次年,升郎中。五月,應詔上書,極論時事。又次年,以樞密院檢詳官兼太子侍讀,歷守尚書右司郎中,遷左司郎中,兼侍讀如故。宰相王淮問爲相之道,答以人才爲先;又問當今誰爲人才,即舉朱熹、袁樞等六十人,多係正人端士。今集中存有《薦士録》。

十四年,夏旱,應詔上書,遷秘書少監。高宗卒,以力争張浚當配享廟祀、指洪邁不俟集議、專輒獨斷,無異“指鹿爲馬”,惹惱了孝宗(因爲這等於比他爲秦二世),乃出知筠州。編詩爲《朝天集》《江西道院集》。應該説明一下,這場争論,其實質還是抗敵派和主降派之争,並非在“禮”上的無謂的門户之見。

十六年(一一八九),光宗受禪,召爲秘書監。

紹熙改元(一一九〇),借焕章閣學士,爲金國賀正旦使接伴使。兼實録院檢討官。後值孝宗《日曆》修成,以職任的關係,例應由他作序,而宰臣却教别人作序,乃自以“失職”力請去朝,光宗挽留。旋又因要進孝宗《聖政》書,宰臣以他爲進奉官,孝宗對他猶懷舊惡,見其名列爲進奉官,大不痛快,説:“楊萬里爲何還在這裏?”光宗不懂,孝宗説:“他在策文中比我爲晉元帝!甚道理?”〔二八〕遂出爲江東轉運副使。編詩爲《朝天續集》。

朝議要行鐵錢於江南諸郡,誠齋疏其不便,不奉詔,因此忤宰相,改知贛州,不赴,乞祠官而歸。編詩爲《江東集》。

從此以後,就再不出山了。寧宗慶元元年(一一九五),有召赴京，辭不往。五年，遂謝禄致仕。嘉泰三年（一二〇三），進寶謨閣直學士，給賜衣帶；開禧元年，召赴京，復辭；二年（一二〇六），升寶謨閣學士——這都無非是些虛官銜罷了。是年卒，年八十整；贈光禄大夫，謚“文節”。其最晚的詩，編爲《退休集》。

綜計一生存稿：詩四千二百首之多，詩文全集一百三十餘卷，今全存。

他一生除了做地方官，只做到秘書監，是文學“清秘”之職，和政柄挨不上邊。因爲孝宗憎厭他，終不得大用，無法抒展抱負。

皇帝爲什麽憎厭他？只因他秉性剛直，遇事敢言，不給任何人留情面。

倪思在他將要被外放爲江東漕臣時，上書諫留，説：“孔子曰：吾未見剛者。……爲其挺特之操，可與有爲，賢於柔懦委靡、患得患失者遠矣！若朝廷之上，得如此三數輩，可以逆折奸萌、矯厲具臣，爲益匪淺。竊見秘書監楊萬里：學問文采，固已絶人；乃若剛毅狷介之守，尤爲難得！夫其遇事輒發，無所顧忌，雖未盡合中道，原其初心，思有補於國家，至惓惓也！”〔二九〕周必大也曾説：“立朝諤諤，知無不言，言無不盡”，“有折角之剛”〔三〇〕。詩人葛天民則説：

> 亦不知他好官職，但知捹得忍飢七十年，脊梁如鐵心如石；不曾屈膝不皺眉，不把文章作出詩。〔三一〕

連孝宗那樣厭惡他，也不得不承認他是“有性氣”〔三二〕。

晚年因見權奸韓侂胄當國，誓不出仕，韓築南園，要請他作一篇“記”，堅決峻拒。知道韓專僭日甚，憂憤怏怏成疾，家人知道他憂國心重，凡一切時政消息俱不敢報知。忽一日有族子從外而至，不知其情，遽言侂胄出兵之事，誠齋痛哭失聲，呼紙大書其罪狀，憤恨筆落而逝[三三]。

他一生視仕宦如敝屣,隨時準備唾棄,正和倪思所說的"患得患失"之輩成爲對照。在京日,估計好了由杭州回家的盤纏,裝入一隻箱子裏,經常鎖置卧處;戒家人不許買一物,恐怕一旦回家時行李累贅,"日日若促裝"待發者[三四]。由這一件事,也可想見其爲人了。

誠齋的太太羅夫人也是值得一提的,年七十多時,每寒天臘月亦必早起,先熬一鍋熱粥,給僕人喫,説:"奴婢亦人子也。"八十多高齡時隨兒子在官,猶親自種蔴紡績;生四子三女,都自乳,説"飢人之子,以哺吾子,是誠何心哉!"一生儉樸刻苦[三五]。

在誠齋教養下成長起來的長子伯孺,也是名詩人,人稱東山先生。爲湖州守時,彈壓豪貴,愛養小民,極有治聲,郡人至肖其像,祀於學宫[三六]。這和陸放翁的兒子陸子遹宰溧陽,以田六千畝獻權貴,權貴酬以田價,陸子遹反而逮捕田主、焚其房屋、灌以糞尿、逼寫"獻契"、一錢不給的罪行相較[三七],真是一天一地之比了。

誠齋父子,視金玉如糞土。誠齋滿江東任,應有餘錢萬緡,棄於官庫,不取而歸。東山帥廣東,自以俸錢七千緡代貧户納租。自家老屋一區,僅避風雨,三世不加增飾。史良叔到其家,所見無非可敬可師之事,至繪圖而去[三八]。

由這種種事迹看來,誠齋實在是叫我們佩服敬愛的一位大詩人。

## 九

我初次知有誠齋這個名字,是由於先述堂師的文評中引了他的一首絶句,當時就很想讀他的集子,可是貧居無書,只有想望。後來忽然在家門口往西不遠的小集市上遇到三册日本選刊的誠齋詩殘本，月藍布面、白棉紙，很可愛，一見之下，大喜望外，急爲收得，如獲至寶。興奮地抱回來，馬上就愛上它了。這已是二三十年前的舊事，至今記憶如新。

當時本没有讀過幾首詩，可是深覺誠齋的風格和别人迥然不同，有如珍品異味。這緣法，一結而不可解；以後亂讀幾本書，知道得多些了，而始終愛誠齋之心不少减（這也許是所謂“嗜痂之癖”吧）。後來特别注意南宋詩人，這興趣也還是由誠齋引起的。

因此之故，作學生時在課餘對他作了些研讀的工夫，以至今天來給誠齋作注，也還是得力於那一段時間。這説來是夠慚愧的，這麽多年來，學力水平，很少長進。

過去給誠齋詩作注的，我只見有一種，是商務的“學生國學叢書”本，夏敬觀選注（文，未見有選注本）。可惜那種注釋太簡略了，每首詩不過寥寥數條，每條不過寥寥數字，不解决任何重要問題，完全不能滿足我們的需要（這次我作注，因手邊並無此書，也未加以參考）。今天要注他的詩，全部是艱鉅的草創工作。

唐代大詩人韓退之曾説過：“爾雅注蟲魚，定非磊落人。”這却使作注的見了未免有點兒“觸目驚心”！真的，磊落人也許正是不耐煩來理會這些“張長李短”“米鹽瑣屑”；可是肯來作這個工作的，却講不得，實在無從“磊落”起，——若太“磊落”了，那就雖然不受韓愈的奚落，可要挨讀者的埋怨了。而且，這種注釋又不止“蟲魚”而已，簡直是天文地理、三教九流，無所不包，無所不有。再説，像誠齋這樣的宋儒，他們肚子裹的書册都是富極了，説句大白話，都“埋伏”着一些典故在内。憑着個人的這一點點知識，要來嘗試這種“不磊落”的工作，實在是一件“癡事”。——例如，前文第三節裹曾引過他“飽喜飢嗔笑煞儂”的詩句，一向以爲不過是“大白話”，羌無故實；誰知不然，直到此刻寫引言，纔知道“王者治心治身，乃治家國;今陛下尚未能去飢嗔飽喜,何論太平?”乃是道士王棲霞答對南唐李昪的話:就可以説明,這種“癡事”怪不得“磊落人”是不肯也不屑作的,而肯來作的是多麽“膽大妄爲”了!

對青年讀者來説,我可以把作注比擬爲一種“教學”工作;這二者都是具有三方面的關係的:授課者——課本——聽課者。授課者必須對主題精通,纔能談到教人。但僅僅精通還不行,他還必須“會教”——善於了解聽課者,善於發現問題、估計問題、分析解決問題,而且還得要會運用表現方法、傳達方式。這些條件,缺一不可。許多飽學的老師,課堂效果却並不一定都理想,問題就在於此。而我個人,這些條件都很差,勉强來從事這種複雜的工作,是有些不自量力的。

好注釋,應該密切結合作品,透闢、中肯、詳而不煩、簡而不陋、恰如其分,既要富於啓發性,又要給讀者留有獨自尋味、思考的餘地,亦即要“應有盡有,應無盡無”。文字本身也應該有些味道,不但讀作品是享受,讀注文也應該不致相反。從這些點來稱量,我都太不夠標準了。

這個選集的正文,詩的部分是依據《四部叢刊》影宋寫本和《四部備要》據乾隆吉安刻本重排本相互校勘寫定的。前者可據性較大;後者異文,多出於不學者(不懂誠齋的特殊字法句法)的妄改或傳刻訛誤;但因前者是手寫本,亦時有訛奪,又賴後者得以救正,問題大致都獲得解決;凡屬這種,書中一概不列校記,以避煩碎。其他書中(如宋人筆記)引文或有異字,則有時引録以備參考。文的部分只有《叢刊》本可據,偶有寫誤,如“北”誤“比”之類,從上下文可以確切判斷,即逕行改定,亦不再列校記。疑有漏文處,以括弧增字表示之。

選目方面最費了斟酌,前後逐篇審慎抉擇,從各種不同的角度、關係來衡量、考慮,反覆不下十餘次,我的這部《誠齋集》上畫滿了各式各樣的取捨記號。雖然如此，要説全部選得妥當，當然未必。對於詩，選七絶最嚴，因原集此體最多，真是選不勝選，我是偏重思想性和寫得比較深婉味厚的，許多有奇趣妙語但究竟意味不深長的，大都在割棄之列。文雖好而篇幅太長的，一概未選。

再回來説到注，我的毛病，在於心太切，因此有時不免失於説得太多、太盡。學識不夠，工作條件也差，起碼的參考書也多不具備（地方誌書之類尤其缺乏）。病體又限制我去乞助於公私藏書家和博采通人、廣求教益。只好因陋就簡。有時不得原書，勢須轉引。恐怕也難免訛誤。

幾年以前承中華書局來邀我選注黄山谷的詩文，以當時的精力、條件來考慮，實在不敢答應，恐怕輕諾失信，於是商量，可否改作誠齋，因爲我早先應了一處出版社，要作誠齋的稿子，曾鋪下一個荒草；後來出版社計劃改變了，我的荒草就丢下來；現在拾起來還比較容易些。蒙中華書局不棄，就讓我這樣作了。

但因健康關係，這工作始終進行不快。最後還是得到訥兄的大力幫忙，特别是他犧牲了兩個暑期的休息，幫我收拾整理並補苴彌縫，纔算是勉强完成了。我的三個孩子，分擔了抄録工作。没有這些助手，我是很難交卷的。借此機會，向他們致謝。在解決一些疑難問題上，政揚兄始終是我的熱心的“顧問”，在病中仍然替我解答查考；他卧病不能到圖書館，至懇其夫人代爲借書；他的淹貫精通，有問必復，使我又感激又佩服。對政揚，我的謝意是難以一言半語來宣喻的。

此外，爲了查兩句唐詩，蒙静希師和一兩位同志幫忙。中華書局上海編輯所的同志們提出許多寶貴意見，給我以種種協助。也在此深致謝意。

雖然如此，稿中缺失錯誤，由於我的譾陋，一定還很多，盼望讀者給我指教,這樣,我就有了更多更好的"助手",可以把有缺點的書逐步改進得好一些。

最後,在插圖方面,承吉水縣文教局、文化館大力協助,獲得遺像、故居、墓址的照片,並極可貴。謹志於此,以銘高誼。

周汝昌

一九六二年十一月

〔一〕見《後村大全集》卷一百七十四《詩話》前集。參看同書卷九十七《茶山誠齋詩選序》:"湯季庸評陸、楊二公詩,謂誠齋得於天者不可及。"

〔二〕名目見嚴羽《滄浪詩話·詩體》。原文是"楊誠齋體"。

〔三〕可看《石湖居士詩集》卷二十九《同年楊廷秀秘監接伴北道、道中走寄見懷之什、次韻答之》七古,卷三十三《枕上二絶效楊廷秀》七言絶句。

〔四〕見卷四《楊伯子(東山)見訪、惠示兩詩、因次韻、並呈誠齋》。

〔五〕《南湖集》卷三《楊秘監爲余言初不識譚德稱國正、因陸務觀書方知爲西蜀名士、繼得秘監與國正唱和詩、因次韻呈教》。

〔六〕同書卷二《誠齋以南海、朝天兩集詩見惠因書卷末》。

〔七〕同書卷七《攜楊秘監詩一編登舟因成二絶》。

〔八〕《南宋羣賢小集·葛無懷小集》葉一。

〔九〕《平園續稿》卷一《次韻楊廷秀待制寄題朱氏涣然書院》。

〔一〇〕劉克莊《江西詩派小序·總序》。

〔一一〕見《歸潛志》卷八。

〔一二〕《南湖集》卷首方回《讀張功父南湖集》詩并序。

〔一三〕惟清人全祖望《宋詩紀事序》却説"東夫之瘦硬,誠齋之生澀,放翁之輕圓,石湖之精致:四壁並開。"頗異衆人。

〔一四〕錢鍾書《談藝録》"放翁詩"條。

〔一五〕《石遺室詩話》卷十六。
〔一六〕《陳石遺先生談藝録》葉一。
〔一七〕《省齋文稿》卷十一《跋楊廷秀飲酒對月辭》。
〔一八〕《鶴林玉露》卷十四。
〔一九〕見《後村大全集》卷百七十四《詩話》前集。
〔二〇〕見《瀛奎律髓刊誤》卷一"登覽類"葉十五紀評。
〔二一〕本書已選入，請檢看，見第一九八頁。
〔二二〕《楚庭耆舊遺詩》後集卷十九。
〔二三〕見《石洲詩話》卷四。
〔二四〕《鶴林玉露》卷十。
〔二五〕舊説多謂楊氏生於宣和六年(一一二四)，實誤；唯于北山先生《陸游年譜》所論最確，可看其書第一四頁。此不具列。
〔二六〕《鶴林玉露》卷十四引徐靈暉贈詩，按全詩見《二薇亭詩集》卷上。
〔二七〕《鶴林玉露》卷四。
〔二八〕見張端義《貴耳集》卷下。原文叙事有誤。
〔二九〕見周密《癸辛雜識》前集引。
〔三〇〕《省齋文稿》卷十九《題楊廷秀浩齋記》及《書稿》卷七(慶元二年第二書)。
〔三一〕同注〔八〕。
〔三二〕《鶴林玉露》卷五。
〔三三〕此事見《宋史》本傳，係據誠齋子東山所叙而云然。然有人懷疑，誠齋一生力主抗戰，不會反對北伐。東山當時或因韓事敗被謗，輿論洶洶之際，有意爲此飾詞，非實録也。
〔三四〕《鶴林玉露》卷七。
〔三五〕同書卷四。
〔三六〕同書卷七。
〔三七〕事詳俞文豹《吹劍録》外集。
〔三八〕參《鶴林玉露》卷四、卷十四所記合叙。

# 目　録

## 詩選

## 詞賦選



## 文選

# 詩選

## 和蕭判官東夫韻寄之〔一〕

湘江曉月照離裾〔二〕，目送車塵至欲晡〔三〕。歸路新詩合千首〔四〕，幾時乘興更"三吾"〔五〕？眼邊俗物只添睡〔六〕，别後故人何似臞〔七〕？尚策爬沙追歷塊〔八〕，未甘直作水中鳧〔九〕！

〔一〕"和"某人"韻"，按照其人來詩的用韻而作詩答和；和，讀去聲；首作爲"倡"，答作爲"和"。例如原倡用"一東"韻，和詩也用"一東"韻，叫"用韻"；全用原倡的幾個韻脚字而不必拘原次序，叫"依韻"；連次序也依照的，叫"次韻"或"步韻"：三者都是"和韻"；但宋人所謂"和韻"實際多指"次韻"而言了。"蕭東夫"，名德藻，號千巖老人；福建閩清人；紹興三十年(一一六〇)進士。"判官"，在此是地方官的屬僚名稱；此指何處判官，未詳。

〔二〕"湘江"，源出廣西興安陽海山，入洞庭湖，長二千餘里，爲湖南名川。其水自西南來，流到零陵以北十里的湘口，與瀟水相會，名爲瀟湘。"離裾"，猶言離襟，亦即離懷、離情。這句寫零陵曉别。

〔三〕"晡(bū)"，申時(下午三時至五時)，泛言則指日昳時、晚飯時。這句接説，早來别後，去車已遠，天色漸晚，猶自竚立望其踪影。力寫惜别之情。

〔四〕"合"，該當；是揣想意料之詞。"合(入聲字)千首"三字，本應作

“平仄仄”的格律,此處變爲“仄平仄”,叫作“拗格”,偶一變用,取其聲調新穎峭健。這句説蕭德藻歸去,一路上定有很多新詩句。蕭當時本和尤袤、范成大、陸游有“南宋四家”詩人之目(後來蕭爲楊萬里所替代,而成爲“尤、楊、范、陸”四大家)。

〔五〕“乘興”,晉朝王徽之的故事:徽之棄官,居山陰(今浙江紹興);一天,夜大雪,他醒來開户酌酒,四望皎然,因起而彷徨;忽然想念戴逵(其時戴在剡(shàn)溪),即便夜乘小船去訪他。經宿纔到。可是既已到門,不入而返。人問他是何緣故,他答道:“吾本乘興而行,興盡而返,何必見戴?”(見《世説新語·任誕》)。“三吾”,作者原注:“浯溪、峿臺、㾁亭,永人語爲‘三吾’。”作者時任永州零陵縣丞,零陵當時即爲永州州治所在地(今湖南零陵);浯溪,在永州祁陽縣南五里,山溪匯流,風景奇勝,唐元結愛其山水,遂在此卜居;有《中興頌》摩崖碑遺跡。又在其南建亭(名㾁亭),在其北築臺(名峿臺)。永州人因這三個名字各含有一个“吾”字,所以有“三吾”的稱呼(按祁陽縣東有三吾驛);此處即用以代指永州。這句問蕭:何時乘興再來訪我?

〔六〕“俗物”,用晉朝阮籍的故事:嵇康、阮籍、山濤等在竹林酣飲,王戎後至,阮籍便説:“俗物已復來敗人意!”(見《世説新語·排調》)杜甫詩:“眼邊無俗物,多病也身輕。”此間多是些庸俗利禄之輩,以此見得越發思念詩友蕭德藻。

〔七〕“故人”,指蕭。“臞(qú)”,瘦。“何似臞”,瘦到什麼樣子了?據《本事詩》云(其事未必可靠):李白才氣高逸,不屑作律詩,因此戲嘲杜甫(因爲他多作律詩,而且“律切精深”)説:“飯顆山頭逢杜甫,頭戴笠子日卓午(正午);借問别來太瘦生(生,語詞無義)?——總爲從前作詩苦!”這句説“别後故人何似臞”,正就是指“别來太瘦生”而言,是打趣的話。(這一聯“只”“何”二字“平”“仄”對調爲“仄”“平”,也是一種“拗格”。)

〔八〕“爬沙”,爬,一作杷,形容螃蟹行走很遲鈍。唐韓愈詩:“爬沙脚手鈍”;參看張憲詩:“爬沙夜蟹行”。“歷塊”,説良馬行走神速,“過都、越國”之時，僅如經歷“一塊（土塊）”而已；漢王襃《聖主得賢臣頌》：“縱馳騁騖，忽如景（影）靡，過都越國，蹶如歷塊，追奔電，逐遺風，周流八極，萬里一息。”杜甫的論詩絶句説：“龍文虎脊皆君馭，歷塊過都見爾曹。”這句説自己的才力遠不能和蕭相比，尚不自量，要鞭策鈍材來强追駿足。是謙詞，又是壯語。

〔九〕“直”，只，僅。“水中鳧”，用《世説新語・排調》：“王子猷（徽之）詣（造訪）謝公（安），謝曰：‘云何七言詩？’答云：‘昂昂若千里之駒，汎汎若水中之鳧。’”兩句話本是《楚辭・漁父》裏寫屈原被放後，請問漁父，此後做人做事的態度將以何者爲是：昂昂如駒乎，還是汎汎如鳧乎？作者此處引用，説不甘消極自棄，表面仍是扣住作詩而説，但實際當然還是包括着做人而言，即當時封建士大夫的人生觀的問題。

據作者《千巖摘稿序》説：“吾友蕭東夫，余初識之於零陵，一語意合，即襆被往其館，與之對床。時天暑，東夫詰朝欲蚤（早）行；五鼓，東夫先起，吹燈明滅，搔首若有營者。余亦起，視之，蓋東夫作詩一章以贈余别也。余即和以答賦。東夫喜曰：‘定交如定婚：吾與子各藏去一紙。’自是别去，各不相聞者十有六年。”其事當在紹興三十二年（一一六二）夏天。但本篇並不就是臨别時的和詩，而是别後又有和作而寄給蕭德藻的。蕭的詩格，有和作者相近的地方；南宋劉克莊曾指出：“蕭千巖：機杼與誠齋同，但才慳於誠齋而思加苦，……同時獨誠齋獎重，以配范石湖、尤遂初、陸放翁，而放翁絶無一字及之。……真誠齋敵手也。”（見《後村詩話》）作者此時正在經歷着他平生第一次的詩歌創作方面的重大變化（包括主張和作風而言），開始摒棄江西派。除了生活實踐上的首要原因，可能也和認識蕭德藻有關係。

## 題湘中館

清境故應好，新寒殊不勝〔一〕。征衣愁着盡，凭檻喜猶能〔二〕。亂眼船離岸，關心山見稜〔三〕。箇中有句在〔四〕，下語更誰曾〔五〕？

江欲浮秋去〔六〕，山能渡水來。娵隅蠻語雜〔七〕，欸乃楚聲哀〔八〕。寒早當緣閏〔九〕，詩成未費才〔一〇〕。愁邊正無奈，歡伯一相開〔一一〕。

〔一〕“勝”，讀平聲如“升”。“不勝”，禁當不得。

〔二〕上句寫久客在外，下句寫筋力、心情，猶能登高望遠，包含着尚有志爲國的意思。“凭”，同“憑”。“檻”，欄干。

〔三〕上句寫見别人的歸舟，動一己的鄉思。下句寫見山之顯峯稜，念人之有骨氣。

〔四〕“箇中”，猶言此間；箇，相當於現代語的“這箇”。“句”，特指詩句而言；“有句”，有“詩”。“在”，古代語尾虚詞，略相當於平聲的“哉”字(現代的“啊”字)；禪宗語録記載當時僧人問答語，最多此例，如《傳燈録》記五祖問六祖説：“米熟未？”對曰：“米已熟，——尚欠篩在！”詩中如杜甫“詩酒尚堪驅使在”、蘇軾“詩老不知梅格在”等皆其例，多易誤會爲“存在”義。

〔五〕“下語”，略如説“着語”、“出語”。説這之間大有“詩”啊，可是怎麼無人寫出過一句——道着過一句呢？

〔六〕比較同時詞人辛棄疾《水龍吟》：“楚天千里清秋，水隨天去秋無際！”(水天無際，廣闊的碧空、江水，不啻是“秋”的代表體，越顯得秋的高遠空爽。)這句説江好像要把“秋”漂走了，極寫秋水江天之浩蕩。下句則寫隔江山色如過水而來。

〔七〕“娵(jū)隅”，《世説新語·排調》的故事：郝隆爲桓温南蠻參軍，三月三日會飲，要作詩，郝作一句云：“娵隅躍清池。”桓問“娵隅是何物？”答曰：“蠻名魚爲‘娵隅’。”此處題湘中館而説“蠻語”，可參看《國語》注：“蠻夷，楚也。”一義，楚在南方，古時亦稱“荆蠻”，是當時中原人自以爲文明文化都高，看不起南方發展較晚的地方，所以有這種輕視侮辱性的稱呼。

〔 八 〕“欸(ǎi)乃”,如唐柳宗元詩:“欸乃一聲山水緑”,其義爲櫓聲;這裏則是指船夫打“號頭”(棹歌)時的唱和聲。《演繁露》:“元次山(唐元結)《欸乃曲》五章(按係在湖南道州所作),全是絶句,如《竹枝》之類。其謂‘欸乃’者,殆舟人於歌聲之外,別出一聲,以互相(相,去聲,動詞,即“和”義)其歌也。”黄庭堅詩序説:“……予戲作《林夫人欸乃歌》二章與之;《竹枝歌》本出三巴,其流在湖湘耳;欸乃,湖南歌也。”所以説“楚聲哀”。《雲麓漫鈔》寫吴中棹歌“每於更闌月夜,操舟蕩槳,抑遏其詞而歌之,聲甚悽怨。”可以參看。湘中棹歌,當亦相類,這是當時勞動人民經常受壓迫忍飢寒的怨歌。欸乃,一説音ǎo－ǎi。

〔 九 〕是年紹興三十二年(一一六二),閏二月。因有閏月,所以秋涼在月份上顯得早了。

〔一〇〕猶如説我豈是只會作詩而已,言外見不甘只作詩人。可參看唐李商隱詩:“江令當年只費才”,屈復《玉谿生詩意》云:“只費才,可惜空費其才也。”與作者此句是相反相成的語式。

〔一一〕“愁邊”,猶言愁中。“歡伯”,酒的別名,《易林》:“酒爲歡伯,除憂來樂。”“開”,開解,寬慰。

《隨園詩話·補遺四》:“‘白水遥連郭,青山直到門。’畏壘山人詩也;‘野水白連郭,亂山青到門。’王子乘詩也。二詩各臻其妙;然觀楊誠齋:‘江欲浮秋去,山疑渡水來。’則又瞠乎後矣!”

## 明 發 石 山〔一〕

明發愁仍集,寒雲又作屯〔二〕。懸知今定雨〔三〕:正坐夜來暄〔四〕。便恐禾生耳〔五〕,寧論客斷魂〔六〕!山深、更須入,——聞有早梅村。

〔一〕“明發”,本義是天色剛發亮;此處變其義,用作早晨啓程的意思。

〔二〕“作屯”,聚集。“又”,見前此陰雨已很連綿了。

〔三〕“懸知”,預知,早知。“懸”有憑空揣料的意思。

〔四〕“坐”,由於。“夜來”,昨天;也説作“夜來箇”或“夜箇”,今口語猶存。“暄”,暖。

〔五〕“禾生耳”,指雨澇莊稼黴爛生黑穗病。《朝野僉載》記諺語:“秋雨甲子,禾頭生耳。”

〔六〕“寧”,哪用。“斷魂”,言愁甚。唐杜牧詩:“清明時節雨紛紛,路上行人欲斷魂。”這一聯兩句説澇雨對農田關係最大,客途行路的一點困難愁悶,哪裏提得到話下呢。

## 普明寺見梅

城中忙失探梅期〔一〕,初見僧窗一兩枝。猶喜相看那恨晚?——故應更好半開時〔二〕! 今冬不雪何關事,——作伴孤芳却欠伊〔三〕。月落山空正幽獨〔四〕,慰存無酒且新詩〔五〕。

〔一〕“城中”,古代詩人用此詞多含憎厭之意,用它來指争名奪利、紅塵喧囂之地。“探梅期”,探看梅花的時期——梅花是否將要開放,何時是看梅花最好的時光。

〔二〕這一聯兩句,意思幾層曲折,筆意十分靈活圓轉。律詩中對仗工整的各聯,容易作得呆板,作者却善於化板爲活。有人指出他這種句法,是由於最善學杜甫的“東閣官梅動詩興,還如何遜在揚州。此時對雪遥相憶：送客逢春可自由？幸不折來傷歲暮，——若爲看去亂鄉愁！江邊一樹垂垂發，朝夕催人自白頭。”(《和裴迪登蜀州東亭送客逢早梅相憶見寄》)。學得好這種筆意的人並不多(參看第三二九頁《唐李推官披沙集序》注〔一六〕)。“看”、“那”，讀平聲。

〔三〕“何關事”，有什麽關係，——猶言“倒不要緊”。“欠伊”，欠他，指欠雪——來和孤芳(梅花)作伴。作者在他的詩裏屢次表示梅和雪必須同伴，那麽它們二者的清高品格就更能相得益彰。

〔四〕暗用《龍城録》的神話故事：“隋開皇中，趙師雄遷羅浮。一日，天寒日暮，在醉醒間，因憩僕車於松林間酒肆傍舍。見一女人，淡妝素服，出迓師雄。時已昏黑，殘雪對月，色微明。師雄喜之，與之語，但覺芳香襲人，語言極清麗。因與之扣酒家門，得數杯，相與飲。少頃，有一緑衣童來，笑歌戲舞，亦自可觀。頃醉寢，師雄亦懵然，但覺風雨相襲。久之，時東方已白。師雄起視：乃在大梅花樹下，上有翠羽，啾嘈相顧，月落參(星宿)横，但惆悵而已！”意思説淡妝女人是梅樹所化，緑衣童子即翠羽鳥也。“幽獨”，略如説孤寂，但更含清高之義。參看《九歌》：“幽獨處乎山中。”

〔五〕“慰存”，相互安慰存問，憐恤。“無酒”，反用上引趙師雄與梅花“相與飲”的典故。

## 立春日有懷二首

飄蓬敢恨一年遲〔一〕，客裡春光也自宜〔二〕：白玉青絲那得説？一杯嚥下少陵詩〔三〕！

玉堂着句轉春風〔四〕，諸老從前亦寓忠〔五〕。誰爲君王供帖子〔六〕？——丁寧綺語不須工〔七〕。

〔一〕“敢”,豈敢,哪敢。本篇作於紹興三十二年(一一六二)年底,是年臘月内立春,歲將盡,春已來,猶客宦在外,故有此句。

〔二〕古代風俗,立春日寫“宜春”二字,貼於門庭楣柱之間,叫作“宜春帖”,取節令“吉利”的意思。本句的“宜”字即暗用此一風俗故典。

〔三〕“少陵”,指唐代大詩人杜甫。少陵原,在陝西西安之南,杜甫家居在此,故取爲號。杜甫《立春》詩:“春日春盤細生菜,忽憶兩京梅發時:盤出高門行白玉,菜傳纖手送青絲。……”是追憶當年太平時在長安立春日喫春盤生菜的詩句,盤爲白玉,菜似青絲,極言其美好。據《摭遺》,東晉時李鄂於立春日以蘆菔、芹芽爲菜盤,以相餽贈;《四時寶鑑》説:唐人在立春日作春餅、生菜,號爲“春盤”;《齊民月令》説,食生菜是取“迎新”之義。據《宋史》,宋時猶存這一風俗。這裏作者説,在客中,哪有家鄉的春盤可享,只好一杯淡酒,把杜少陵的這首詩當生菜“吃”了吧!上引杜詩接云:“……巫峽寒江那對眼,杜陵遠客不勝悲!此身未知歸定處,呼兒覓紙一題詩。”作者的四句詩,正是曲折而生動地表達了這種國危家遠、客里逢春的情緒。“那”,讀平聲如“挪”。參看蘇軾詩:“吾詩堪咀嚼,聊送别酒噍。”陳師道詩:“酌我岩下水,噍子山中篇。”

〔四〕“玉堂”,翰林詞臣的官署,宋時學士院的正廳。“着句”,猶言作詩。“轉春風”,能使風光流轉的意思。這句説翰林詞臣們正在“玉堂”給皇帝撰作“春帖子”詞。參看下注。

〔五〕“諸老”,指北宋歐陽修、蘇軾等老輩詩人。“寓忠”,作品中寄以規諫之意。《宋史·歐陽修傳》:“在翰林日,仁宗(趙禎)一日見御閣‘春帖子’,讀而愛之,問左右,對曰:‘歐陽修之辭。’乃悉取宫中諸帖閲之,歎曰:‘舉筆不忘規諫,真侍從之臣也。’”可作參證。蘇軾《内制集》中如元祐三年“春帖子”詞,皇太閣六首之五:“宫中侍女減珠翠,雪裏貧民得袴襦。”這對統治者説來都是非常“煞風景”的話,但也正是規諫“寓忠”的好例子。餘不多引。

〔六〕“帖子”,指“春帖子”詞。宋制,不但立春日翰林要作“春帖子”,一年八節,都要有新帖子詞。不但皇帝閣要張貼,太后、太妃、夫人等閣也要有。但這不過是應景的故事，不是真有人定要去讀這些照例云云的應制之作。其體都是五言、七言小絶句詩。“君王”，此指新即位的孝宗趙昚。

〔七〕“丁寧”，囑咐。“綺語”，華美浮豔之詞。“工”，凡是善於一件事的，都可稱“工”，如言“工詩善畫”。這是向當時的詞臣們進一言：向老前輩的爲民敢諫的精神學學吧，不要只把些好聽的諛詞去獻媚皇家了，——前一任皇帝的荒淫享樂，已經够可觀了。兩首立春小詩，由自身的卑吏生活轉想到皇帝宫中的奢侈，嘆息詞臣文風之不振，而官場之諂媚，民生之疾苦，國勢之阽危，都含詞隱約。

按南宋從建炎以來，“春帖子”的制度早已間斷，到紹興“和議”既成，十三年立春，學士院才又恢復呈撰帖子詞的故事。劉克莊《後村大全集》(卷百七十五)論及“春端帖子”，引作者此題第二首，而説：“使此老爲之，必有可觀。”又周煇《清波雜志》(卷十)亦云：“‘春端帖子’，不特詠景物爲觀美；歐陽文忠公嘗寓規諷其間，蘇東坡亦然，司馬温公自著日録，特書此四詩，蓋爲‘玉堂’之楷式。自政(和)、宣(和)以後，第形容太平盛事，語言工麗以相誇：殆若唐人宫詞耳！近時楊誠齋廷秀有(亦引第二首)之句，是亦此意。”可參看。

## 曉立普明寺門時已過立春去除夕三日爾將歸有嘆〔一〕

蕭蕭淅淅荻花風，慘慘澹澹雲物容〔二〕；欲雪不雪關得儂〔三〕？得歸未歸一莞中〔四〕。年華縱留春已换，半生作客今何恨？夜來飛霰打僧牕〔五〕，便恐雪真數尺强〔六〕。催科不拙亦安出〔七〕？吾民瀝髓不濡骨〔八〕！邊頭犀渠未晏眠〔九〕，天不雨粟地流錢〔一〇〕！

〔 一 〕“去”，距離。“除夕”，此仍指紹興三十二年（一一六二）除夕。“爾”，而已。

〔 二 〕“雲物”，本指日旁雲氣，古時在重要節日觀察雲物，占驗年景（語出《周禮》、《左傳》）。此處只泛指雲容天色。

〔 三 〕“儂”，我。“關得儂”，關我何事？其實是反語，詩意正説陰天增加愁懷。

〔 四 〕“一莞（wǎn）”，一笑。“莞爾”，小笑貌。

〔 五 〕“霰（xiàn）”，又名米雪，雪珠，雨點下降時遇冷凝結而成的小冰粒，多在雪前出現。《詩經・小雅・頍弁》：“如彼雨（降，去聲，動詞）雪，先集維霰。”

〔 六 〕“數尺强”，比數尺還多，這句極力模擬將有大雪。“强”，同“彊”，有餘的意思。參看杜甫詩：“一夜水高二尺强。”上句説夜來已然落霰了，是下雪的兆頭。

〔 七 〕“催科”，官吏向人民催討租税。韓愈《順宗實録》記載唐陽城（字亢宗，北平人）作道州刺史時，愛惜百姓，賦税不登；上司觀察使屢次誚責。後當考課（評比官吏的“成績”），陽城就自寫考語，道：“撫字（愛養百姓）心勞，催科政拙：考‘下下’！”後來觀察使派人去按治他，他就載了妻子高飛遠走了。“亦安出”，計將安出？説催科不落個“拙”字的考評，又有什麽辦法呢？

〔 八 〕“瀝髓不濡骨”，將骨髓擠乾了也濕潤不了骨頭，换言之，髓已無餘——人民脂膏已被搾盡了！“瀝”，飲酒到完時的杯底餘滴；此用爲動詞，猶言搾乾、罄竭。“濡”，沾溼，澤潤。

〔 九 〕“邊頭”，猶言邊境，國界線上。“犀渠”，指甲或楯等戎裝兵器而言，此處則用以指被甲持楯的守邊戰士。參看隋盧思道詩：“犀渠玉劍良家子。”“晏眠”，安眠。守邊戰士尚未能高枕安眠，可見國家尚在危急之中，强敵伺隙即來。

〔一〇〕“雨（去聲）粟”，天上往下落糧食，借用《淮南子・本經》：“昔者倉頡作書,而天雨粟"的話。(其他書中亦屢有"天雨粟"之語,不具引。)"地流錢",《新唐書·劉晏傳》:"四方貨殖低昂及它利害,雖甚遠,不數日即知:是能權萬貨重輕,使天下無甚貴賤而物常平。自言如見錢流地上。"字面是善於理財通貨,但實際意義是封建統治集團聚斂苛重,靡費、侈樂無度。天上不往下掉糧食,而地上尚要錢如水流,當然就只有瀝民之髓了。比較同時詩人范成大詩:"但得田間無嘆息,何須地上見錢流!"辛棄疾詞:"莫管錢流地,且擬醉黄花。"

案本年夏天,金發兵數萬圍海州,鎮江都統制張子蓋,聽從張浚的指示,大敗金兵於石湫堰,溺死的幾達半數,其餘的也敗逃了。冬天,金以十萬兵屯河南,聲言將進窺兩淮。張浚以大兵屯駐盱眙、泗、濠、廬州等地,金兵不敢動,但仍以文書索割海、泗、唐、鄧、商等州及歲幣以爲威脅。詩中"邊頭"句所指即在此。

## 除夕前一日歸舟夜泊曲渦市宿治平寺

江寬風緊折綿寒〔一〕,灘多岸少上水船。市何曾遠船不近〔二〕,意已先到燈明邊。夜投古寺衝泥入,溼薪燒作蟲聲泣〔三〕。冷牕凍壁更成眠?——也勝疎篷仰見天〔四〕!市人歌呼作時節〔五〕,詩人兩膝高於頰〔六〕:還家兒女問何如,明日此懷猶忍説?

〔一〕晉阮籍詩:"海凍不流綿絮折";梁庾肩吾詩:"勁氣嚴凝海,清威正折綿。"宋惠洪詩:"霜威折綿寒入頬","折綿寒",言寒甚,絲綿所不能抵禦。這句寫天惡,下句寫路艱。

〔二〕"近",靠近,行近。動詞。説此間離市集並不遠,可惜船不能靠攏而入市。所以下句説心意因盼望人烟所在,已經先神馳嚮往於市中燈光亮處去了。

〔三〕"蟲聲泣",比喻溼柴不易燃燒,着火時發出吱吱唧唧的聲音,好像蟲鳴一般。

〔四〕上句説古廟中冷屋凍壁,哪裏還睡得着?"更",哪更的語意。但接着説,這比起剛才在船裏挨凍的滋味已經强多了!宋陳師道《謝人送炭》:"冷窗凍壁作春温。""壁",一作"筆",非。

〔五〕"作時節",猶如現在説"過年""過節"。

〔六〕"詩人",作者自指。"膝高於頰",誇張形容凍得身子蜷曲起來,膝蓋都快比臉"高"了。

按以上係(宋高宗)紹興三十二年(壬午·一一六二)所作,作者時任零陵丞。

## 過百家渡四絶句

出得城來事事幽,涉湘半濟值漁舟〔一〕。也知漁父趁魚急〔二〕,——翻著春衫不裹頭〔三〕!

園花落盡路花開,白白紅紅各自媒〔四〕。莫問早行奇絶處,——四方八面野香來。

柳子祠前春已殘〔五〕,新晴特地却春寒。疎籬不與花爲護,只爲蛛絲作網竿。

一晴一雨路乾溼,半淡半濃山疊重〔六〕。遠草平中見牛背，新秧疎處有人蹤。

〔一〕“涉”，徒步涉水；此處是泛義，即渡水。“半濟”，渡到半途。

〔二〕“漁父”，漁民，漁夫。“趁”，追趕捕捉。按此義當讀 niǎn，不讀 chèn。

〔三〕這句省去“不道”“不料”一類的話，和上句的“也知”相呼應。意思説，不是不知道漁父趕逮魚忙得緊，但不至於穿翻了衫子、光着腦袋呀！“裹頭”，即戴帽。古時男人也留長髮，裹頭戴巾。起初以幅帛臨時裹頭，爲頭巾；後來巾變爲軟胎定型的帽子，而語言中仍舊沿用“裹”字。變爲名詞時，也就叫作“巾裹”（猶如“著衣”，變爲名詞即説作“衣著”）。古時人正式裝束少有不裹頭戴巾的，光着腦袋被認爲是很不禮貌、很不“體面”的樣子。但此處作者並不是以此來指嫌漁父的“儀表不整”，相反，語氣正是十分歡喜勞動人民的這種隨隨便便、不爲封建禮教所拘的風格，不像士大夫那樣虛僞造作。

〔四〕“媒”，介紹。這裏指各種顏色的野花都自以其美麗來引人喜愛。

〔五〕“柳子祠”，唐柳宗元曾貶官爲永州司馬，當地有祠廟紀念他。“春已殘”，春天已將盡了。

〔六〕這首起二句以對仗的形式來寫，和從第一句就押韻的格式不同。“路”“山”二字把定格的“平”“仄”對調爲“仄”“平”，是拗格。

## 負丞零陵更盡而代者未至家君攜老幼先歸追送出城正值泥雨萬感驟集〔一〕

吾父先歸吾未可〔二〕，我母已行猶顧我〔三〕。兒女喜歸未解悲〔四〕，我愁安得似兒癡〔五〕？牆頭人看不須羨，居者那知行者嘆！昨日幸晴今又雨，天公管得行人苦〔六〕！吾母病肺生怯寒〔七〕，晚風鳴屋正無端〔八〕。人家養子要作官，——吾親此行誰使然〔九〕？

〔一〕“負丞”，就是作縣丞的意思。唐韓愈《藍田縣丞廳壁記》裏敍崔立之作藍田縣縣丞，“始至，喟(嘆)曰：‘官無卑，顧材不足塞職(能力不能勝任)。’既噤不得施用，又喟曰：‘丞哉丞哉！余不負丞，而丞負余。’”因此後人往往以“負丞”爲“作丞”的謙語，猶言材不足作丞。“更盡”，指官限期滿(語出《漢書》)。代者，指繼任者。“家君”，稱自己的父親。

〔二〕“吾未可”，我尚不得歸。

〔三〕“顧”，回顧，顧念。

〔四〕“未解悲”，還不懂得悲愁的事。參考杜甫詩：“遥憐小兒女，未解憶長安。”

〔五〕“安得”，哪能得？

〔六〕“管得”，猶言“哪裏管”，是反面語式，感嘆語氣。

〔七〕“病肺”，患肺疾，如喘嗽。生怯，生怕；生，助詞。

〔八〕“無端”，没道理，换言之，即很猖狂。

〔九〕“然”，如此，像這個樣子——指受此風雨行途之苦。

## 和仲良春晚即事五首〔一〕(録二)

貧難聘歡伯〔二〕，病敢跨連錢〔三〕？夢豈花邊到？春俄雨裏還〔四〕！一犂關五秉〔五〕，百箔候三眠〔六〕。只有書生拙：窮年墾紙田〔七〕。

筍改齋前路〔八〕，蔬眠雨後畦。晴江明處動，遠樹看來齊。我語真彫朽〔九〕，君詩妙斲泥〔一〇〕。殷勤報春去：恰恰一鶯啼〔一一〕！

〔一〕“仲良”，姓張，名材，山東人，是作者在零陵時的同僚，零陵縣的司法參軍。作者另篇和張仲良詩原注説：“仲良抗章極言時事，不報。”可知也是愛國有志之士。“即事”，就眼前的事物情景而寫爲詩的意思。

〔二〕“歡伯”，見第五頁《題湘中館》注〔一一〕。

〔三〕“敢”，哪敢。“連錢”，毛色青白相雜成斑的馬。《爾雅》注：“色有深淺，班駁隱粼，今之連錢驄。”白居易詩：“連錢嚼金勒。”起兩句説，貧難置酒，病不能騎：無法出遊。

〔四〕“俄”，俄頃，猶言轉眼，不久。這兩句説，有花盛開的好地方夢亦未曾一到，而春光在一場雨中已經逝去了（兼指花因一雨已凋零殆盡了）。“遷”，變，逝。

〔五〕“一犂”，指春雨，一犂是指雨量大小，浸潤度恰到犂頭入土的那麽深。參看宋田晝詩：“夜來春雨深一犂。”“秉”，古量名，十六斛爲一秉。《論語·雍也》：“冉子與之粟五秉。”這裏指莊稼的豐收。全句略如俗語所説“春雨貴如油”的意思。

〔六〕“箔”，蠶簾，亦作蠶薄，以萑葦編成。《齊民要術》：“蠶比至再眠，常須三箔：中箔上安蠶，下箔障土氣，上箔防塵埃。”蠶蜕皮前，不食不動，稱爲“眠”，共經四眠：初眠，二眠，三眠，大眠。每眠蜕皮一次。大眠後纔上簇作繭。“候”，動詞，按時、及時安排的意思。這説此時正當蠶三眠之季。“百箔”統指養蠶諸户而説，言其盛多。

〔七〕“窮年”，猶言一年到頭，整年整月的。窮是窮盡義，説把時光都花費於某事上。“紙田”，大略同於“硯田”的譬喻，見蘇易簡《文房四譜》引《語林》：“以洪筆爲鋤耒，以紙札爲良田，以玄墨爲稼穡，以禮義爲豐年。”但作者意思是説文人只會以文字爲事，因此“紙田”便含有空而無實的語氣。這是作者自愧於不能農桑生産，無裨世用的話。

〔八〕春晚夏初，竹子不規則地出生新筍，佔去地方，把書齋前面的人行路給改了樣子。

〔九〕“彫朽”，彫同雕，《論語・公冶長》：“宰予（孔子弟子）晝寢，子曰：‘朽木不可雕也，……’”説宰予不可造就。此處是作者用以自謙詩之不佳。

〔一〇〕“斲泥”，用宋陳師道詩：“平生斲泥手，斤斧恐長休。”陳詩意係用《莊子・徐无鬼》：“郢人堊（泥）漫（污）其鼻端，若蠅翼，使匠石斲之；匠石運斤（斧）成風，聽而斲之，盡堊而鼻不傷”一段故事。此處猶言“大匠”。（按黄庭堅詩先云：“應懷斲泥手，去作主林人。”）

〔一一〕“恰恰”句，用杜甫詩：“自在嬌鶯恰恰啼。”《石洲詩話》（卷一）：“杜詩：‘自在嬌鶯恰恰啼。’今解恰恰爲鳴聲矣，然王績詩：‘年光恰恰來’；白公《悟真寺》：‘恰恰金碧繁。’疑唐人類如此用之。”按解爲鳴聲者，恐誤。此似仍爲恰好、恰巧義。參看王庭珪詩：“火爐恰恰簾垂地”；陳造詩：“小杏惜香春恰恰，垂楊弄影午疎疎。”又爲融和適意之義。然則此詞意義複雜，未易確指。姑列衆説備考。

## 夜離零陵以避同僚追送之勞留二絶簡諸友〔一〕

已坐詩臞病更羸〔二〕，諸公剛欲餞湘湄〔三〕。夜浮一葉逃盟去〔四〕，——已被沙鷗聖得知〔五〕！

思歸日日只空言，一棹今真水月間〔六〕。半夜猶聞郡樓鼓〔七〕，明朝應失永州山〔八〕。

〔一〕“同僚”，指同在零陵作官的。“絶”，絶句的簡稱，絶句是格律齊整、四句成篇的小詩。“簡”，動詞，猶言寄致。

〔二〕“坐”“詩臞”，見第二頁《和蕭判官東夫韻寄之》注〔七〕。“羸”(léi)，瘠瘦。

〔三〕“剛欲”，硬要，偏要。餞行必置酒，爲病羸者所不能勝飲，所以説“剛欲”。“湘湄”，湘水之濱。

〔四〕“浮一葉”，駕一葉小舟。“逃盟”，脱逃約會，不踐諾言。

〔五〕“聖得知”，聖是唐宋時代俗語，義爲乖覺、伶俐、刁鑽、精靈，這説沙鷗偏很伶俐，已被它先得知了。韓愈詩：“泥盆淺小詎成池，夜半青蛙聖得知。”

〔六〕“一棹”，亦指小舟。棹，亦作櫂，撥水行船之具。

〔七〕“郡樓”，指永州郡樓。“鼓”，古代報時刻用敲擊鐘鼓的辦法。

〔八〕這句説到天明就再看不到永州的山色了。作者因官滿脱身而去，很高興，可是三年的時間，和永州地方也有了感情，所以又有惜别的意思。

## 讀罪己詔 時有符離之潰〔一〕

莫讀“輪臺詔”〔二〕，令人淚點垂〔三〕！天乎容此虜〔四〕？帝者渴非羆〔五〕。何罪良家子〔六〕？知他大將誰〔七〕！願懲“危度口”〔八〕，倘復鴈門踦〔九〕！

亂起吾降日〔一〇〕，吾將强仕年〔一一〕。中原仍夢裏〔一二〕，南紀且愁邊〔一三〕。陛下非常主〔一四〕，羣公莫自賢〔一五〕！“金臺”尚未築〔一六〕，乃至羨强燕〔一七〕？

只道六朝窄〔一八〕，渠猶數百春〔一九〕。國家祖宗澤，天地發生仁〔二〇〕。歷服端傳遠〔二一〕，君王但側身〔二二〕。

楚人要能懼，周命正維新〔二三〕。

〔一〕紹興三十二年(一一六二)夏六月，宋高宗趙構在做了三十六年的卑辱無道的皇帝以後，傳位給他的養子趙眘(慎)，是爲孝宗。趙眘在作皇太子時很有志氣，人們對他都寄以極大的希望，以爲恢復可期。即位後，立即起用一些因爲反對秦檜賣國而爲趙構貶謫的老臣宿將，手書召見張浚(時判建康府)，張浚力陳"和議"之非，勸他堅意以圖恢復。趙眘於是加張浚以少傅官爵，封魏國公，除江淮宣撫使，節制屯駐軍馬。次年改元隆興，正月，進張浚爲樞密使，都督江淮東西路軍馬，開府於建康(今南京)。四月，召見，二三十年來未曾有的北伐大計由此劃定，決意不通過三省、樞密院(因爲主和派竭力反對)，出師渡江。適值李顯忠、邵宏淵二將來獻進取之策，張浚遂遣顯忠出濠州，指靈璧；宏淵出泗州，指虹縣。一月之内，連復靈璧、虹縣、宿州三城，金兵大敗。一時人心振奮已極，義兵、降卒，紛紛來歸。既而金以十萬兵來攻宿州，顯忠、宏淵二將因私憾不合，致宿州復陷，宋兵大敗於符離集(今安徽宿縣以北)，金人乘勝斬首四千餘級，獲甲三萬，宋兵赴水死者不可勝計。這一戰役，關係宋朝國運極大。愛國人士無不痛惜至極，而投降主和派則以爲藉口，大肆攻擊張浚。趙眘遂動摇，罷張浚都府，進用秦檜餘黨湯思退作宰相，盡撤邊防，主動割地求和，南宋由此一蹶不復再有重振的希望了。趙眘以爲北伐是自己犯了大"錯誤"，所以下詔責備自己，這種詔書稱爲"罪己詔"。事在當年六月十四日。

〔二〕"輪臺詔"，用漢武帝的"哀痛詔"來比擬宋孝宗的罪己詔。《漢書・西域傳・贊》略謂：孝武之世，圖制匈奴，乃通西域以斷匈奴右臂(比喻之詞)，匈奴果因此遠遁；後經五世，聚養生息，天下殷富，於是開邊通遠，聚珍奇，興土木，種種奢侈、享樂，不可盡述，以此用度不足，遂行一切取財聚斂剥削之道，民力大竭，加以凶年，"寇盜"(人民反抗)並起，"是以末年遂棄輪臺(西域地名)之地，而下哀痛之詔，豈非仁聖之所悔哉！”“輪臺詔”，指此。但漢武帝是後悔開邊擴張，而宋孝宗是欲圖抗仇復國，二者是不可同日而語的。作者用這個典故，不過是替自己的國家和皇帝趙眘作門面話，只是一種飾詞而已。

〔三〕“令”字，讀平聲。

〔四〕“天乎”，呼天，問天，表憤慨。“虜”，古時稱敵人爲虜，往往特指來自北方入侵的敵人。自六朝稱北人爲“虜父”，宋時蜀人猶呼中原官爲“虜官”，中原方言爲“虜語”。

〔五〕“渴非羆(pí)”，指封建帝王渴望賢者輔佐他來統治全國，《史記·齊世家》：“西伯(周文王在殷時爲西伯)將出獵，卜之，曰：‘所獲非龍非彲，非虎非羆：所獲霸王(去聲)之輔。’”《宋書·符瑞志》：“文王將畋，史徧卜之，曰：‘將大獲，非熊非羆，天遣汝師，以佐昌(周文王名昌)。’……王至於磻溪之水，吕尚(姜太公)釣于涯，王下趨拜曰：‘望公七年，今乃見光景於斯！’”作者此句隱指當時的宰相史浩(尚書右僕射平章事，兼樞密使，操軍政大權者)竭力阻撓北伐，不足以爲“輔佐中興”之材。語式極其婉蓄。

〔六〕“良家子”，指戰士們。《漢書·趙充國傳》：“始爲騎士，以六郡良家子善騎射補羽林(漢代禁軍名稱)。”同書《地理志》如淳注“良家子”，云：“醫、商、賈、百工，不得豫(參預)也。”封建時代竟把技藝、商賈、工匠等人都劃在“良家”之外；“良家子”，猶言“家世清白”的人。參看杜甫《悲陳陶》：“孟冬十郡良家子，血作陳陶(地名)澤中水。”作者説，此一戰役之潰敗，於士兵何罪？意即不是戰士們不用力，没打好，而是怨將官李、邵二人。

〔七〕《漢書·高帝紀》二年八月：漢王(劉邦)至滎陽，命酈食其(yì jī)去遊説魏王豹，豹不聽。漢王以韓信爲左丞相，與曹參、灌嬰共同攻打魏王豹。及酈食其回來，漢王問：“魏大將誰也？”酈答云：“柏直。”漢王説：“是口尚乳臭(言其猶如小孩子)，不能當韓信。……吾無患矣！”九月，果將魏王豹虜獲，遂定魏地。杜甫《後出塞》：“悲笳數聲動，壯士慘不驕。借問大將誰？恐是霍嫖姚(此大將指安禄山)。”作者此處説,以雙方大將來比,張浚可當宋朝的韓信,完全不弱於金國,乃竟取敗,所以尤堪痛憤。此役金方爲左副元帥赫舍里志寧和大將孛撒。

〔八〕“危度口”,作者有原注,説:“見《光武紀》二年注。”按《後漢書・光武帝紀》,更始元年故趙繆王子林詐以卜者王郎爲成帝子子輿,並立之爲皇帝,都于邯鄲。二年正月,光武(劉秀)北至薊縣,而故廣陽王子劉接起兵薊中以響應王郎,薊城内紛擾驚恐,傳言鄲邯使者方到;於是光武趕緊坐車南逃,晨夜不敢入城邑,在道旁野宿進食,至饒陽,又乏食,乃自稱鄲邯使者入驛舍以騙飲食,幾乎被識破受捕。後逃出南門,“晨夜兼行,蒙犯霜雪,天時寒,面皆破裂。至呼沱河,無船,——適遇冰合,得過,未畢數車而陷。”這是漢朝破王莽而“中興”的新皇帝在“即位”以前的一段艱危狼狽的經歷。“呼沱河”下注云:“在今代州繁時縣,東流經定州深澤縣東南,即光武所度處,今俗猶謂之‘危度口’。”作者此處引這個典故,是以後漢光武來影射南宋“中興”的高宗趙構。建炎三年二月趙構南逃途中,金兵攻至長江北岸的瓜洲,於是倉皇渡江繼續南遁,狼狽萬狀,所以相比於“危度口”。“懲”,戒鑒於往事前例的意思。

〔九〕“雁門踦”,見《漢書・段會宗傳》:段會宗爲西域都護,西域服其威信。及三年官滿,還爲沛郡太守,又徙爲雁門(郡名,有今山西西北部分地)太守,數年,坐法免官。西域諸國上書皆願仍得會宗以爲官,陽朔(漢成帝年號,始公元二四年)中,乃復爲都護。其爲人好大節,矜功名,谷永憐其年老,以書戒告他,略云:“方今漢德隆盛,遠人賓服……願吾子因循舊貫,毋求奇功,終更(官限滿了)亟還,亦足以復雁門之踦(jī)。萬里之外,以身爲本,願詳思愚言。”本是勸他不要貪功、晚節保身的意思。但段會宗没有聽他,晚年又建過一次功。踦,指“命運”不佳,遭遇挫折。此處用此以望張浚,不要氣餒,將來成功,以挽回這次的失敗。參看宋陳師道詩:“得无魚口厄,聊復鴈門踦。”

〔一〇〕“吾降”,原注降“音烘”,係用《離騷》:“唯庚寅吾以降”的話,指出生、降生。作者生於高宗建炎元年(一一二七),是年金人立張邦昌爲"楚"帝,擄徽宗、欽宗北行,北宋亡。故云。

〔一一〕"强仕年",用《禮·曲禮》"四十曰强而仕"的話,指四十歲。强仕,意謂士大夫到四十歲志氣已堅强,不爲利害禍福所動,可以出仕了。作者作此詩時年已三十七歲,故云。

〔一二〕"中原",指淪陷於金的河南故土。"仍夢裏",仍舊是在夢中才能一到之地,言四十年尚未恢復。

〔一三〕"南紀",用《詩經·小雅·正月》:"滔滔江漢,南國之紀。"《箋》謂以江漢喻吴楚之君。南宋以淮水與金爲界,偏安於南方,所以用此爲喻。"且愁邊",且,上聲,方在如何,距完結尚遠的表進行語意的詞;愁邊,猶言愁裏。這説,不要講中原故國,連南紀半壁江山也日在岌岌不保之中!

〔一四〕"陛下",封建專制時代,臣僚們稱指皇帝之詞,陛,堦。陛下,指皇帝殿堦下侍衛之臣等,意謂皇帝地位太"高",不敢直指,只能向其堦下諸人告語,求其轉達。這句是頌揚宋孝宗的話頭;當時都認爲孝宗不同於高宗投降賣國,有意恢復,寄以很大的期望。

〔一五〕"羣公",指"政府諸公",執政大臣們。這個詞往往帶有諷刺意味。"自賢",猶言"身謀",只爲個人利益打主意,置國家人民於不顧。當時自高宗朝以來的大官僚,除少數錚錚者,大多是"自賢"之輩。孝宗下罪己詔後,奸臣尹穡,依附湯思退,立即劾張浚。賢者相繼引去。不但真正的投降派,即如陳康伯、周葵、洪遵等,亦誤信金人的要索詭計,以爲當和。羣公,指湯思退黨及誤信金人的臣僚們。

〔一六〕"金臺",指黄金臺,戰國時燕昭王在易水東南建臺,置千金,招延天下士,號黄金臺。昭王是燕王噲的兒子,名平。燕爲齊國所破,所以昭王厚禮以求賢士,後來樂毅、鄒衍等都來投他。乃以樂毅爲上將軍,伐齊,齊地幾盡爲所得,燕國自此復强。

〔一七〕這句並不是説南宋尚未能如昭王厚禮求賢興國、哪裏有羨慕燕國復强的資格;而是説:金人尚未能如燕國築臺求賢那樣懂得治國，可以成大事；以南宋之力，何至於竟羨慕起它來——畏而求和乎？“乃至”，寧至，哪裏至於。燕，凡作國名、地名時，都讀陰平聲如“烟”。

〔一八〕“六朝”，吴、東晉、宋、齊、梁、陳，六個朝代，都在江南建國，爲“偏安”之局，故云“窄”。約略同時，北方則爲鮮卑族的北魏、北周等國家。

〔一九〕自吴孫權稱帝（吴大帝）計起，至隋統一，約得三百六十年（二二九——五八九），故云“數百春”；春，年。“渠”，他，統指六朝。

〔二〇〕這兩句一聯，要一氣連讀，即本是一句話，中間不過一逗，和把兩個整句併列爲一聯的不同，叫作“流水對”。意思説，宋朝歷代皇帝的“恩澤”，可擬於春天的生養萬物。“祖宗”，古代祀法以廟號不遷、最尊者爲祖，其次有“德”而宗之者爲宗，祖只一個，宗可無數，皆指帝王廟號而言，如宋代皇帝，始宋太祖，其下太宗、真宗、仁宗……等相繼，即其例。“發生”，春天的别號。《爾雅·釋天》：“春爲發生。”據《禮·鄉飲酒·疏》説：“五行，春爲仁。”春天能使萬物發生，故爲仁。《禮》經文又云：“天地温厚之氣，始於東北，而盛於東南，此天地之盛德氣也，此天地之仁氣也。”仁統指春夏而言，故下文又以春爲聖，夏爲仁云云。把宋朝歷代皇帝説成有很大的“恩澤”，乃至比爲“春仁”，是作者身爲封建士大夫的看法，但也由於這是出於愛國之心，所以説宋朝對人民有“好處”，尚有一定的人民基礎，人心向宋，不會亡國。

〔二一〕“歷服”，見《尚書·大誥》：“弗弔，天降割于我家不少，延洪惟我幼沖人，嗣無疆大歷服。”《正義》云：“嗣，訓繼也。言子孫承繼祖疆境界，則是無窮大數長遠。卜世三十，卜年七百，是長遠也。”這本是周武王死後，管、蔡、武庚、淮夷等皆叛，周公相周成王（幼沖人）的話。作者用來以比喻宋朝“運數”一定會傳之久遠，不會滅亡。“端”，端的，真個，果然。

〔二二〕“側身”，《詩經·大雅·雲漢·序》：“宣王承厲王之烈，内有撥亂之志，遇烖（災）而懼，側身修行，欲銷去之。天下喜於王化復行，百姓見憂,故作是詩也。"《疏》云:側爲"反側"義,"憂不自安,故處身反側,欲行善政,以消去此災也。"所以作者用此語義來規諫孝宗,别無他途,只有側身修行,以行善政,外患才能銷彌。

〔二三〕東周時自莊王歷僖王、惠王,至襄王初年,齊國諸侯爲桓公,任用管仲爲相,成霸業,倡"尊王(周室)攘夷"的政策,以"九合諸侯,一匡天下"著稱,爲當時尊奉周朝天子的諸侯盟主。其間唯楚國三年不貢,不尊王室,齊率諸侯伐之,盟於召陵。《詩經·大雅·文王》:"周雖舊邦,其命維新。"周在殷代時早自(公元前一三二七)古公亶父徙於岐(陝西岐山),即號周,所以是"舊邦"。"維",乃。言此舊國,至周文王時乃一"新"其"國命"。後來以"維新"指皇帝行改良新政。這裏以楚指金人,以周比宋朝。其意則在説,只有幡然改變以前的屈辱求和的投降政策,力圖自强,才能使敵人畏懼,不敢來侵犯;動摇這一信念,反而下詔罪己,改用湯思退黨以代張浚,是不能挽救國難的。一説,"楚人"句不指金國,係用《左傳》宣十二年"欒武子曰:'楚自克庸以來,其君無日不討(治)國人而訓之,于民生之不易,禍至之無日,戒懼之不可以怠,……'"仍是指宋朝自己,要時刻警惕戒懼的意思。

## 路逢故將軍李顯忠以符離之役私其府庫士怨而潰謫居長沙〔一〕

貪將如中使,兵書不誤今〔二〕。只悲"熊耳甲"〔三〕,誰怨裹蹏金〔四〕? 賈傅奚同郡〔五〕? 朱游獨折心〔六〕。書生何處説? 詩罷自長吟〔七〕!

〔一〕符離之役,見前首注〔一〕。李顯忠,清澗人,自幼有奇男子之稱,十七歲即隨父親李永奇在行陣立功。後陷於金。永奇教以用計收復延安歸宋,爲金人所覺,家屬二百口皆遇害。顯忠不得已僅以二十餘人奔夏國。後又謀歸宋,夏兵不從,遂大破夏兵,終歸祖國。金來侵,屢立奇功破敵,忠勇過人,威名遠震。而符離一役,不幸爲邵宏淵掣肘,致大潰敗。餘見下注。"故將軍",猶言前將軍(語出《史記·李廣傳》)。

〔二〕《唐書·侯君集傳》:"夫將帥之臣,廉慎少而貪没多。軍法曰:使智、使勇、使貪、使愚。故智者樂立其功,勇者好行其志,貪者邀趨其利,愚者不利其死。"首二句用此語,意謂貪帥不可使。"中使",猶言堪使。(《心書·將弊》:"夫爲將之道,有八弊焉:一曰貪而無厭。"此貪似爲另一義。)

〔三〕《漢書·劉盆子傳》:樊崇爲將,劉盆子肉袒投降,積甲於宜陽城(在河南洛陽西南)西,高與熊耳山齊。據《宋史》,符離一役,宋軍大潰,金人獲甲三萬。南宋開國以來多年積累的軍資器械,喪失殆盡。"熊耳甲"指此。

〔四〕"褭蹏(niǎo-tí)金",即俗稱馬蹄金。褭,要褭,古駿馬名;蹏,同蹄。漢武帝好"祥瑞",因鑄黄金爲麟趾、褭蹏之形。見《漢書·武帝紀》。此泛指錢財。《清波雜志》據《符離記》,記載説:"隆興改元夏,符離之役,王師入城,點府庫,有金一千二百兩,銀二萬兩,絹一萬二千匹,錢二萬五千貫,米豆共六萬餘石,布袋十七萬條。"可見數目之鉅,爲人矚目。據《宋史·李顯忠傳》,李、邵二將初收復宿州,邵宏淵欲發倉庫犒賞士卒,顯忠不許,移軍出城,只以現錢犒士兵,士兵皆不悦。可見"誰怨"句實有所指。然顯忠不許擅動倉庫,可能是出於保護國家財産的用意,不一定就是要自飽私囊,當時必有藉此中傷顯忠者,故流言甚盛。如《續宋中興編年資治通鑑》即説:"宏淵與顯忠不相能(不和),而顯忠又私其金帛,不以犒士,士憤怨,遂潰而歸。"即其一例。

〔五〕"賈傅",漢賈誼,雒陽人,漢文帝召用;後欲任以公卿之位,而周勃、灌嬰、馮敬等人都嫉妬讒害他,遂出爲長沙王太傅,過湘水時作賦以弔屈原,隱以被讒遠謫自比。世人因稱之爲“賈長沙”。按顯忠軍敗,還見張浚,納印待罪;責授果州團練副使、筠州安置(貶謫),改潭州(長沙)安置。所以有爲何與賈誼謫地相同之問。“奚”,何。

〔六〕“朱游”句,漢朱雲,字游,魯人;成帝時,爲槐里令,上書言願借上方劍,斬佞臣一人。蓋指丞相張禹。成帝大怒,下令欲殺之,將被御史拖下殿,猶手攀殿檻力争,致檻爲之折。以辛慶忌救免。其後當修整殿檻,成帝特命勿易新檻,留此痕迹以旌表敢言直諫之臣。按此以喻胡銓。作者《胡公行狀》(本集卷百十八)云:“隆興元年六月忠獻張公(張浚)自建康入奏,圖恢復計,侍御史王十朋力贊之,於是忠獻公督師進討金人。既克宿州,以大將李顯忠欲私其金帛,且與邵宏淵私憤,復敗於虜。上憂甚,十朋亦自劾(實在是仍舊反對議和),上愈怒。公(胡銓)言:近者淮上之衂,……願益强其志,毋以小衂自沮。……公言宿州之敗,誤國之將,厚賂權貴,游説自解,安處善地,誅戮不加;禍亂之漸,間不容髮。願毋忽諸!”是隱有請斬敗將之意。所以作者以朱雲的請斬佞臣爲比。“折心”,猶言痛心。

〔七〕此句用杜甫“新詩改罷自長吟”句法而變其意。一層意思是,書生於這等國家得失大事全然無法救助,只能作首詩來抒寫一下感慨;又一層意思是,詩已無濟於用,可是如果聞風足采,亦不爲虚費,如今則無人聽取,唯有自作自吟而已。是沉痛語。

按李顯忠事,當時議論不一。《宋史·李顯忠傳》,敍符離之役,邵宏淵一力破壞,顯忠苦戰到底的情形,應參看。其略云:“顯忠躬率將士鏖戰,……遂復靈壁,入城宣布德意,不戮一人,中原歸附者踵接。時邵宏淵圍虹縣,未下,顯忠遣靈璧降卒開諭禍福,金貴戚大周仁及蒲察徒穆,皆出降。宏淵恥功不自己出,又有降千户訴宏淵之卒奪其佩刀,顯忠立斬之(指斬邵宏淵之卒。可見顯忠軍紀之嚴明)。由是二將益不相能(不和)。(中敍顯忠攻取宿州城,宏淵不過在後跟隨而已。)宏淵欲發倉庫犒士卒,顯忠不可,移軍出城,止以見(現)錢犒士,士皆不悦。金帥孛撒自南京(指汴京)率步騎十萬來,顯忠親帥軍遇於城南,戰數十合,孛撒大敗,遂退走。……翼日,敵益兵至。顯忠謂宏淵並力夾擊。宏淵按兵不動。顯忠獨與所部力戰百餘合,殺左翼都統及千户萬户,斬首虜五千餘人。俄增兵復來逼城,顯忠用克敵弓射却之。宏淵顧衆曰:'當此盛夏,摇扇於清涼,猶不堪,況烈日中被甲苦戰乎!'人心遂摇,無鬭志。(中敍諸統制、統領多逃遁而去。)金人乘虚復來攻城,顯忠竭力捍禦,斬首虜二千餘人,積屍與羊馬牆平!城東北角敵兵二十餘人已上百餘步,顯忠取軍所執斧斫之,敵始退却。顯忠曰:'若使諸軍相與掎角,自城外掩擊,則敵兵可盡,金帥可擒,河南之地指日可復矣!'宏淵又言:'金添生兵二十萬來,儻我軍不返,恐不測生變。'顯忠知宏淵無固志,勢不可孤立,嘆咤曰:'天未欲平中原耶?何沮撓若此!'是舉所喪軍資器械殆盡。幸而金不復南。"則自始至末,邵宏淵之喪心誤國可見。犒士之事,誣顯忠私飽,出宏淵之挑唆亦明。又作者所撰《丞相太保魏國正獻陳公(陳俊卿)墓誌銘》曾説:"大將李顯忠、邵宏淵連下虹、靈璧二縣,禽其大將大周仁、蕭琦,縛至麾下,將乘勝長驅。……而顯忠等已進破宿州,虜亦大發河南之兵以來。顯忠鏖戰城下,自朝及昃,殺傷過當,虜氣熠焉。中興以來,王師之捷,鮮(少)有此舉!會夜雨不相知而驚,虜潰而北,我師潰而南。而流言以爲我師'大失利'、虜且乘勝而至;主和議者又侈其説以摇衆。……其實所亡失財(纔)數千人。"則這一戰役的失敗内幕與真相,以及愛國名將顯忠的屈枉,大概可見。作者寫此詩時,瞭解尚未必清楚,還受有流言的影響。(後來朝廷知其故,將顯忠自潭州移撫州,乾道元年還會稽,復防禦使等官,賜銀三萬兩、絹三萬匹、綿一萬兩,進上將軍,並賜第於杭州。淳熙四年七月卒,謚忠襄。宋季周密《齊東野語》有論顯忠一則,可代表不同意見。文繁不具引。)

## 道逢王元龜閣學〔一〕

秋日纔升却霧中〔二〕;先生更去恐羣空〔三〕。古誰云遠——今猶古〔四〕;公亦安知世重公〔五〕? 軒冕何緣關此老〔六〕? 江山所過總清風〔七〕! 我行安用相逢得〔八〕? 不得趨隅又北東〔九〕!

〔一〕“王元龜閣學”,名大寶,元龜是字,潮州人。愛國老臣趙鼎謫居潮州,人無理睬者,大寶獨敢與之相來往,趙鼎嘆爲“過人遠矣!”後知連州(今廣東連陽各族自治縣),主戰老將張浚亦謫居在此,命其子張栻從之講學,張浚謫居困窘,大寶並時加資助。南渡後,孝宗即位,除禮部侍郎。張浚起復爲都督,將興兵北伐,收復中原,大寶竭力贊助;及符離潰敗,誹謗百出,大寶説:“危疑之際,非果斷持重,何以息横議?”宰相湯思退欲罷退張浚,力主投降“和議”,大寶奏:“今國事莫大於恢復,莫讐於金敵,莫難於攻守,莫審於用人!”並指出湯思退以節財爲名,要覈减軍籍、月餉,實際是撤銷國防力量,“臣恐不惟邊鄙之憂,而患起蕭牆(内亂)矣!”始終不屈不撓,堅决主戰。起居郎胡銓奏説:“近日王十朋、王大寶相繼引去,非國家之福!”隨即以敷文閣直學士提舉太平興國宫(即“領祠禄”,作掛空銜的不任事的祠官,宋朝用這一辦法來處置與“朝廷”意見不和的臣僚)。後來湯思退誤國流竄,中外皆以大寶前言不得見用爲恨。《宋史》卷三百八十六《王大寶傳》,可參看。

〔二〕這句明寫天氣,暗喻孝宗趙眘初即位好像很有志氣有作爲,旋即動摇,任用奸臣,打擊賢者,如日在霧中。參看《史記·龜策傳》:“日月之明,而時蔽于浮雲。”陸賈《新語》:“邪臣蔽賢,猶浮雲之障白日也。”李白詩:“總爲浮雲能蔽日,長安不見使人愁!”略同此意。

〔三〕韓愈文:“伯樂(善相馬者)一過冀北之野,而馬羣遂空。”本謂識人者能網盡羣材;此處借用,謂賢良之“羣”已“空”,稍變其意。參看胡銓奏疏所説:“陛下自即位以來,號召逐客(爲高宗所罷斥的忠臣義士)。與臣同召者: 張燾、辛次膺、王大寶、王十朋。今燾去矣,次膺去矣,十朋去矣,大寶又將去! 唯臣在爾。”正是所謂“羣空”了。

〔四〕這句説王大寶有古人忠烈之風,今人而無異古人。

〔五〕這句表面是説大寶尚不能充分體會世人敬重他自己的程度,實則其意在説,皇帝昏憒,不顧全國人民愛國抗戰的願望、反對和議的憤慨,任用奸臣湯思退,要走投降的道路。

〔六〕“軒冕”,古時大夫以上的官才得乘軒(坐車)服冕(戴冠),因此以軒冕代表高官貴爵。這説大寶豈是以利禄名位爲懷的人。

〔七〕“清風”,即指王大寶的清風亮節,高尚的品格。也可能是用《南史·謝譓傳》:“入吾室者,但有清風;對吾飲者,惟當明月。”以指其交遊之嚴,不與奸佞同流。

〔八〕“安用”,哪用。“安用……得”,是“安用得……”的倒裝,作者慣用這類句法,以見警峭。

〔九〕“趨隅”,猶言追陪末座。《禮記·曲禮》:“毋踐履,毋踖席,摳衣趨隅,必慎唯諾。”説在長者面前,當提衣從席之下角而升席就座,表示恭敬。“又北東”,指作者此時正在赴杭的路上,向北東的方向走(“北東”,語出《書經》)。時張浚作相,薦楊萬里,除臨安府教授。本篇末二句是倒裝,意謂,恨不能一同高蹈引退,那麽道途相逢,徒令人轉增感嘆,倒不如不遇見爲得了。

## 過下梅

不特山盤水亦回〔一〕,溪山信美暇徘徊〔二〕?行人自趁斜陽急〔三〕,關得歸鴉——更苦催〔四〕!

〔一〕“不特”,不僅,不只。“盤”,盤曲;“回”,縈迴:都是説景物的不徑直、不平板。

〔二〕“信美”,誠然優美——美倒是美。語出王粲《登樓賦》:“雖信美而非吾土。”下面要接“可是”“無奈”一類語氣的話了。“暇”，豈暇，何暇的意思，不是正面話。

〔三〕“趁(niǎn)”，追趕。這説天晚要趕路，唯恐日落，好像和太陽賽跑，先要趕到站，尋着店頭，所以很“急”。

〔四〕“闞得”，哪裏闞得；“闞得歸鴉”，却干礙歸鴉什麽事？天快黑了，在路者都要有個歸宿之處，鳥和人原不兩樣：詩人本意亦即在於此。可是話説得别致，偏要埋怨歸鴉，説它是有意來催人，人本已够“心急”了，哪裏禁得再加上歸鴉叫得人心慌意亂呢！這樣遂見詩趣。

## 宿　度　息

薄雲翳佳月〔一〕，風爲作金篦〔二〕。我行以事役〔三〕，雲行亦忙爲〔四〕？如何今夕寒、只與客子期〔五〕？忘情豈我輩〔六〕，能禁秋興悲〔七〕？短檠不解事〔八〕，唤我哦新詩〔九〕！

〔一〕“翳(yì)”，蒙蔽。

〔二〕“金篦(bī)”，亦作金鎞，印度治眼病、塗眼藥的金製具，兩頭塗藥處圓滑，中細，如小杵形。《涅槃經》：“如目盲人、爲治目故，造詣(往訪)良醫，是時良醫即以金鎞决其眼膜。”杜甫詩：“金鎞空刮眼。”按上句用“翳”字爲動詞，而翳適又爲目病之名(如生矇)，所以又暗把月喻爲目、雲視爲翳，而風遂成“金篦”。這是詩人的修辭手法。

〔三〕“事役”，係爲事所役使，非主動願望。

〔四〕“爲”，問句的語尾助詞，無義。

〔五〕“期”,會。這説今夜的寒氣,好像只和作客的旅人有約會,單單來找他。——客子易感,而居人不覺。

〔六〕“忘情”,不動情,好像把它遺忘了。《世説新語·傷逝》記王戎説:“聖人忘情,最下不及情:情之所鍾,正在我輩!”“我輩”,上不能比“聖人”,下不至於愚癡的人——當然是指封建士大夫一流人。

〔七〕“秋興悲”,晉潘岳曾作《秋興賦》,内容是嘆老悲窮。至杜甫作《秋興》八首,則寄託了深厚的家國之感。本篇所説,所不能忘情的秋興之悲,正指國家民族之憂。李白詩:“誰云秋興悲。”

〔八〕“短檠(qíng)”,指矮燈,貧士所用以照讀的。韓愈詩:“長檠八尺空自長,短檠二尺便且光。”寫寒士苦讀的情景。“不解事”,不曉事,不體諒人的心緒。

〔九〕“唤我”,招呼我——引誘我。“哦”,吟。古人作詩時,是自己“拿”着腔調反覆地吟唱(即所謂“美讀”法)所構思而未定的詩句(亦即推敲咏味的過程),所以哦詩、吟詩、就是作詩。本是詩人有所感而要作詩,來借燈光,却偏説是燈來找他叫他作詩。

## 見澹菴胡先生舍人

澹翁家近醉翁家〔一〕:二老風流莫等差〔二〕。黄帽朱耶飽煙雨〔三〕,白頭“紫禁”判鶯花〔四〕。補天老手何須石〔五〕?行地新堤早着沙〔六〕。三歲别公千里見,端能解榻瀹春芽〔七〕!

〔一〕“澹翁”,指胡銓。是當時愛國人士中最稱錚錚者,作者平生所欽佩的前輩之一。詳見第三七四頁《跋忠簡胡公先生諫草》注〔一〕。“醉翁”,指北宋歐陽修(自號“醉翁”),修亦廬陵人,故云。

〔二〕杜甫詩:“與子成二老,來往亦風流。”(“二老”語本《孟子》),此句用其語。“莫等差”,猶言没差别,相去不遠。

〔三〕“黄帽”,古代刺船郎戴黄帽,故以代稱。“朱耶”,唐、五代時西突厥沙陀部姓朱耶(亦作朱邪)。沙陀本在今新疆北境;此以泛指胡銓所流謫的極遠之地——歷貶廣州、新州、吉陽軍,秦檜死,才量移衡州。紹興三十一年得“自便”——不再被“編管”。

〔四〕“紫禁(jìn)”,本指皇宫,此特指中書省,唐代曾名“紫微省”。“判鶯花”,指胡銓在孝宗即位後召對,旋爲中書舍人。中書舍人主文翰之事,草制誥,簽判諸房文件。“鶯花”,本指春日花鳥景物,在此隱有諷刺意味。

〔五〕“補天”,用《淮南子·冥覽》所記“女媧氏鍊五色石以補蒼天(因“天柱”折,所以西北方的天缺壞了)”的神話故事;此處暗喻治危邦、扶亂世的意思。

〔六〕唐代宰相初拜官,京兆府就派人運沙鋪路,從其住宅鋪到長安城東街,叫作“沙堤”。這句是承上文“判鶯花”而來,意謂教胡銓作中書舍人有何意義?這樣愛國老臣應當作宰相,來挽救南宋全國的危局。

〔七〕胡銓自紹興三十一年得自便歸里,作者和他會見;到此時隆興元年,爲時三載;兩人都是江西人,却在杭州又會了面。作者此時剛到杭州,所以胡銓作東道主人,留他話舊喝茶,又感慨又快慰。“解榻”,用《後漢書·徐穉傳》所記:南昌太守陳蕃不接賓客,惟徐穉來,特設一榻,平日懸掛,來時則解下來給他坐卧。“瀹(yuè)春芽”,烹茶。茶以嫩芽爲上品,唐秦韜玉《采茶歌》:“天柱春芽露香發”;宋歐陽修詩:“共約試春芽。”

## 同君俞季永步至普濟寺晚泛西湖以歸得四絶句〔一〕(録二)

閣日微陰不礙晴〔二〕,杖藜小倦且須行〔三〕。湖山有意留儂款〔四〕，約束疎鐘未要聲〔五〕！

煙艇横斜柳港灣，雲山出没柳行間。登山得似遊湖好〔六〕？却是湖心看盡山。

〔一〕“君俞”“季永”，皆人名，前者姓符，後者姓胡。

〔二〕“閣日”，猶言遮日、阻日，而語意較輕。

〔三〕“杖藜”，杖，動詞，謂持杖。藜，藜杖的省稱，但多屬泛詞，不一定即藜木所作。

〔四〕“儂”，我。“款”，款曲、款洽——流連、親熱。

〔五〕“約束”，拘管、叮囑等義。“鐘”，古時報時的銅鐘，敲擊發聲；此特指晚鐘，打晚鐘後即城門下鑰，不得通行。“聲”，動詞；“未要聲”，且莫鳴，且慢響！

〔六〕“得”，豈得、哪得的省語，勿作正面語氣解。

## 同岳大用甫撫幹雪後遊西湖早飯顯明寺步至四聖觀訪林和靖故居觀鶴聽琴得四絶句時去除夕二日〔一〕(録二)

紫陌微乾未放塵〔二〕，青鞋不惜涴泥痕〔三〕。春風已入寒蒲節〔四〕，殘雪猶依古柳根。

冰壺底裏步金沙〔五〕，真到林逋處士家〔六〕。未辦寒泉薦秋菊〔七〕，且將瘦句了梅花〔八〕。

〔一〕“撫幹”，這裏當指京城撫諭使下所設的幹辦官(非由政府正式任命，本官自已委派的，供差遣之用)。“飯”，上聲，動詞；飯某處，在某處用飯。“步”，動詞，步行。“林和靖”，指北宋林逋，字君復，隱居西湖孤山，二十年足不入城市，不娶，種梅養鶴爲伴，人因目之爲“梅妻鶴子”。卒後宋仁宗賜謚“和靖先生”，工詩書畫。

〔二〕“紫陌”，指京城的街道，或京城郊野之路，此當爲後一義。唐劉禹錫詩：“紫陌紅塵拂面來，無人不道看花回；玄都觀裏桃千樹，盡是劉郎去後栽。”即此所本。“未放塵”，猶言未讓塵土飛起，指雪後新晴未久。

〔三〕“青鞋”，和“布襪”連稱，指野人所穿，杜甫詩：“吾獨何爲在泥滓？青鞵布襪從此始！”蘇軾詩亦云：“布襪青鞵弄雲水。”“涴（wò）”，沾染。

〔四〕“寒蒲節”，蒲於初春即生芽，此時已交立春，故云。

〔五〕“冰壺”，指雪後的世界寒涼潔净，如一冰壺。“底裏”，最深隱處，這裏只如口語“底兒上”。“金沙”，指雪後土地被日光照耀反射的景色。

〔六〕“處（chǔ）士”，隱士。

〔七〕蘇軾《書林逋詩後》：“（上略）我笑吴人不好事，好作祠堂傍修竹；不然配食水仙王，一盞寒泉薦秋菊。”説林逋是“神清骨冷無由俗”的高人，所以祭品也只當是一盞寒泉一束秋菊即够了。作者用此。“辦”，置備。“薦”，進獻食品。

〔八〕“瘦句”，清瘦的詩句，指不豐麗，含有不媚不俗的意思。“了”，猶言“料理”“打點”“處置”。

按以上係（宋孝宗）隆興元年（癸未・一一六三）所作，作者是年秋離零陵任，赴調至杭州。

## 甲申上元前聞家君不快西歸見梅有感二首〔一〕

官路桐江西復西〔二〕，野梅千樹壓疎籬。昨來都下�

籃底〔三〕，三百青錢買一枝〔四〕！

千里來爲五斗謀〔五〕，老親望望且歸休〔六〕。春光儘好關儂事〔七〕？細雨梅花只做愁。

〔一〕“甲申”，古代用干支紀年、月、日，此處甲申指宋孝宗隆興二年（一一六四）。“上元”，正月十五，元宵燈節。“不快”，不適，患病的婉語。

〔二〕作者從杭州回家鄉江西，沿浙江往西走。浙江到桐廬縣南，和桐溪匯合後，稱爲“桐江”。

〔三〕“昨來”，昨日，也可泛指前幾天。“都下”，指南宋的行都，杭州。“筠（yún）籃”，竹籃，此指賣花者所攜。

〔四〕“青錢”，銅錢，古時的貨幣。銅色青。三百錢，當時約可買米三、四斗之多。

〔五〕“五斗謀（móu）”，猶言“餬口之計”。晉陶潛曾恥爲五斗米向鄉里小兒（小人）折腰（行禮，低聲下氣），棄官而去。舊解多以爲五斗米是指作縣令的微俸，實則古時縣令俸禄比五斗米高出不知多少倍；五斗米實指普通人每月的食米量而言（此依繆鉞先生《陶潛不爲五斗米折腰新釋》説）。

〔六〕“望望”，瞻望的形容。“休”，語尾虚詞，無義，略如“了”“吧”之類。不作“休止”解，這裏“歸休”二字不連詞。參看作者“暑天寒果飣來餕，水果清於木果休”的句法。

〔七〕“關儂事”，干我甚事？

## 晚春行田南原

西疇前日塵作霧〔一〕，南村今日波生路〔二〕。雲子從來疎廣文〔三〕，衝雨學稼當辭勤〔四〕？農言"秧好殊勝麥，其如緑針未堪喫〔五〕！"吾生十指不拈泥〔六〕，毛錐便得傲蓑衣〔七〕？只願邊頭長無事〔八〕，把耒耕雲且吾志〔九〕。不愁官馬送還官〔一〇〕，借牛騎歸不用鞍！

〔一〕"西疇"，用陶潛《歸去來辭》："農夫告余以春及，將有事於西疇。"穀田爲田，麻田爲疇，泛言無别。"塵作霧"，言乾旱。

〔二〕"南村"，當指作者故鄉南溪村。"波生路"，言雨足，路上都是水。

〔三〕"雲子"，本一種白色小石，細長而圓，狀似飯粒；杜甫詩："飯抄雲子白"，比喻米飯佳美。"疎廣文"，廣文本指鄭虔，此係作者自比。杜甫《醉時歌(贈廣文館博士鄭虔)》："諸公衮衮登臺省，——廣文先生官獨冷；甲第紛紛厭粱肉，——廣文先生飯不足！"此言米飯疎遠廣文，即杜詩廣文先生單是飯都喫不飽之意。

〔四〕"學稼"，用《論語·子路》"樊遲請學稼"之語，稼，種穀；泛言農事。"當"，豈當，哪當。"勤"，辛苦，勤勞。

〔五〕"其如"，其奈，無奈。"緑針"，即指上句的"秧"，稻秧新栽，僅如針尖出水面上，故亦名"秧針"。這句説雨足秋稻雖宜，無奈春夏旱災已不及救，目前怎麽辦？即"遠水不解近渴"的意思。

〔六〕"不拈泥"，指不曾幹過一點莊稼活兒。

〔七〕"毛錐"，指筆，《五代史·史弘肇傳》："安朝廷，定禍亂，直須長鎗大戟；若毛錐子安足用哉？"這裏以文士不知稼穡、不曾略事勞動自媿於農民。地主階級的士大夫，有時能這樣想，要算是難得的。比較同時詩人范成大詩："嗟余豈能賢，與彼(農民)亦何辨？……不知憂稼穡，但解加餐飯。""便得"，豈便得？"傲"，他動詞。"蓑衣"，以代指田中的農民，因係雨後作詩，故云。

〔八〕"邊頭"，見第一〇頁《曉立普明寺門時已過立春去除夕三日爾將歸有嘆》注〔九〕。

〔九〕"把耒"，持農具耕作。耒(lěi)，鋤類的木柄。"雲"，指莊稼成片，一望如雲。宋黄庭堅詩："黄雲喜麥秋"；王安石詩："割盡黄雲稻正青”：都指麥田説。“且吾志”，且從吾志，且遂我的心願。

〔一〇〕將官馬送還不騎——辭官不作。

## 送傅山人二絶句〔一〕

江山有約未應疎〔二〕，浪自忙中白却鬚〔三〕。我昔屬官今屬我〔四〕，子能略伴瘦藤無〔五〕？

談天渠外更誰先〔六〕，聊復憐渠與酒錢〔七〕。富貴不愁天不管〔八〕，——不應丘壑也關天〔九〕！

〔一〕“傅山人”，是一位走江湖、謁仕宦的算命先生。當時以此爲業的很多，走謁官僚士大夫之門，騙吃喝、打抽豐。

〔二〕“江山有約”，和山水有盟約，即指歸隱不仕。“疎”，忽略、忘記、疎遠。

〔三〕“浪自”，徒然、枉自、白白地。“忙中”，指争名奪利之中。“白却”，猶言白了。白却鬚，這樣“忙”到老，度過一生。

〔四〕這説當初身子屬官，現在是自己的了，已脱卸了名韁利鎖，自由自在。

〔五〕“子”，你。“瘦藤”，指遊山逛景時所攜的細藤杖。“無”，問詞，略同“否”“麽”。説：“你能來陪我一同徜徉於山水之間，自樂其樂嗎？”言外已否定了他的“職業”——他是專門給人看“富貴”的。

〔六〕“談天”，戰國時齊人鄒衍善談能辯，國人稱爲“談天衍”；今借用指談“命理”，過去有“批八字”的一類迷信辦法，即屬此種。“渠”，他。“渠外”，除他以外。這句表面誇説傅山人“命理”的“造詣”是首屈一指了。

〔七〕這句隨即表示了不信這些迷信東西，給他些酒錢，不過看他可憐——他不過也是藉此騙人餬口罷了。比較范成大詩:“呼號(平聲)賣卜誰家子? ——想欠明朝糴米錢!”皆一語道破究竟。

〔八〕説“富貴”自有“天”管——因爲迷信宿命論的説法以爲富貴都是“命運”“註定”的。語氣則實是這樣:若説富貴之事是“天管”,倒也罷了,那就任他去管吧——干我何事? 所以下面緊接末一句:可是難道山水之樂也關着“天”的事——也要算命打卦嗎? 小詩一句一轉,尖刻諷刺,充分表示了反對迷信、否定“命運”、鄙夷富貴的精神。

〔九〕“丘壑”,即“山水”。《漢書·敍傳》:“漁釣於一壑”“棲遲於一丘”。《晉書·謝安傳》:“放情丘壑。”皆指隱者所居。

# 憫　農

稻雲不雨不多黄〔一〕,蕎麥空花早着霜〔二〕:已分忍飢度殘歲〔三〕,——更堪歲裏閏添長〔四〕!

〔一〕“稻雲”,見第三五頁《晚春行田南原》注〔九〕。此句言水田遇旱災。

〔二〕此句言旱田遇凍災。

〔三〕“分”,讀去聲,音“份”,甘願、認可——俗語“認頭”“認了”的意思。“殘歲”,殘餘日月,指一年的期末,冬景。

〔四〕“更堪”,哪裏更堪。“閏添長”,夏曆置有閏月的年,比常年長出一個月的日子來,窮苦人民更覺難度。此詩作於隆興二年,這年閏十一月。

按以上係(宋孝宗)隆興二年(甲申·一一六四)所作,作者因父病由杭返家。

# 寒食上塚〔一〕

逕直夫何細〔二〕！橋危可免扶？遠山楓外淡，破屋麥邊孤。宿草春風又〔三〕，新阡去歲無〔四〕。梨花自寒食，時節只愁予〔五〕。

〔一〕“寒食”，節名，《荆楚歲時記》：“冬至後一百五日，即有疾風甚雨，謂之寒食，禁火三日。”一説，在冬至後一百六日。應在清明節前一二日。古時風俗這一天不得舉火作飯，須冷食，故名。人家皆在是日拜掃墳墓。參看第八四頁《清明雨寒》注〔二〕。“上塚”，猶口語“上墳”。此寒食指乾道元年（一一六五）的寒食節。

〔二〕“逕”，同徑，小路。“夫”，陽平聲如“扶”，語助詞。“夫何細”，怎麽這麽窄！

〔三〕“宿草”，指舊墳上隔年的野草，其根已陳，故云宿草。《禮·檀弓》：“朋友之墓，有宿草而不哭焉。”這句説墳草陳根經春風一吹，又都重生發緑了。“又”，動詞。唐白居易《咏春草》：“野火燒不盡，春風吹又生。”此處暗用。

〔四〕“新阡”，新墳。阡本指墓道，這裏即以代指墓。杜甫詩：“幾處有新阡。”

〔五〕“愁予”，此處是使我生愁的意思。

按作者去年遭父喪，丁憂在家，上塚詩當是爲亡父上墳、牽連感觸而作。但應注意，作者的詩意却絶不是只在傷悼個人的亡親（如果是那樣，則詩的措詞、語氣都要大不同了）。作者所悲痛的還有去年逝世的忠義愛國老臣張浚，這是作者平生最敬愛、最知己的師友。作者爲他作了輓詩、祭文和傳記。“新阡去歲無”，就是泛包這些感觸而説的。“時節只愁予”,也不是一點“時序驚心”的俗濫意思,而實是指的家國之感。

# 農　家　嘆

兩月春霖三日晴,冬寒初暖稍秧青〔一〕。春工只要花遲着〔二〕,愁損農家管得星〔三〕!

〔一〕“稍”,已然。不是“少”“微”一義。

〔二〕“春工”,把春天擬人格化,稱爲春工,略如“東君”“春神”之類,但没有那種“神”味。“着”,是“着花”的着(開花)。

〔三〕“愁損”,猶言愁壞了。“星”,極小之量,如“一星半點”之星。“管得星”,代“春工”擬言,猶如説“管得屁事!”“活該!”諷刺語,極沉痛。

# 旱後郴“寇”又作

自憐秋蝶生不早〔一〕,只與夜蛩聲共悲〔二〕;眼邊未覺天地寬〔三〕,身後更用文章爲〔四〕? 去秋今夏旱相繼,淮江未浄郴江沸〔五〕。餓夫相語:“死不愁,今年官免和糴不〔六〕?”

〔一〕“秋蝶”,生不逢辰的譬喻,蝴蝶是在春天活動的,因爲那時節有花;若生在秋季,就不對頭了。這是作者自嘆不生在太平時代。唐李商隱詩:“秋蝶無端麗,寒花只暫香。”

〔二〕“夜蛩(qióng)”，秋夜鳴吟的蟋蟀。蟋蟀一名“吟蛩”，詩詞中的蛩，都是指此。(單言蛩，本義是蝗蟲。)秋蝶不能像春蝶在花間快活，只有和蟋蟀一樣，在秋夜發出悲吟。

〔三〕唐岑參詩：“九州天地寬”；唐王建詩：“愁盡覺天寬”；這裏詩人説，愁時則覺天地宇宙都窄悶。參看唐孟郊詩：“出門即有礙，誰謂天地寬？”

〔四〕“身後”，身死之後。“更用文章爲”，説人愁死了空作些文詞留下又有什麽用？此係用白居易《編集拙詩成一十五卷因題卷末》詩：“世間富貴應無分，身後文章合有名”句意。

〔五〕本篇作于乾道元年(一一六五)，是年兩淮地方災傷極重，飢民紛紛起而反抗官府。二月，皇帝下令蠲免兩淮災傷州縣的身丁錢絹，並速決繫獄犯人，藉以緩和階級矛盾鬥争。湖南也大旱，五月，郴(chēn)州(治所在今湖南郴縣)宜章縣李金領導的人民反抗復起。統治集團派劉珙爲湖南安撫使、兼知潭州，進行鎮壓。

〔六〕“和糴”，當時官府害民虐政之一，一名“助軍糧草”，是官府以籌助軍餉官民商量交易爲名而實際向民硬派數額、强買食糧的毒辣辦法，起初還定價給錢，後來則低作價、多要糧，甚至朝廷發下的購糧錢帛等物都被歷層官府扣留自飽私囊，不發給售糧户，成爲白搶人民的糧食，更有的乾脆令農民按官價出售了，要錢要物，不要糧，種種“折變”名目，弊竇百端。所以詩人記録餓夫的痛語：死倒不要緊，今年的和糴免不免呢？——看來，人餓死不在話下，和糴的罪難還是逃不掉的！“不”，義同“否”字，只是讀“否”的平聲。

按和糴的弊政，不自宋始，從唐代就有了，白居易有《論和糴狀》，其中説：“臣伏見有司以今年豐熟，請令畿内及諸處和糴，令收賤穀以利農人。以臣所觀，有害無利。何者？凡曰和糴，則官出錢，人出穀，兩和商量，然後交易也；此來和糴事則不然：但令府縣散配户人，促立程限，嚴加徵催，苟有稽遲，則被追捕，迫蹙鞭撻，甚於税賦；號爲‘和糴’，其實害人。……況度支比來所支和糴價錢，多是雜色匹段，百姓又須轉買，然後將納稅錢；至於給付不免侵偷，貨易不免折損，所失過本，其弊可知。”可以參看。宋代的弊病，大概相類，只是比唐代變本加厲了。作者的《千慮策·民政》説：“往歲郴‘寇’之作，亦守臣和糴行之不善之所致也。”又：“朝廷舊歲免和糴，而江西之州，有因秋租而每斛敷和糴十之二者。”都可見當時封建統治者殘酷剥削掠奪、逼民爲盜的事實，作者雖然站在統治階級立場而稱呼飢民爲“寇”，可是已然抉出了那種官逼民反的階級壓迫、鬥争的實質。

按以上係（宋孝宗）乾道元年（乙酉·一一六五）所作，時作者丁憂家居。

## 又和風雨二首〔一〕

東風未得顛如許〔二〕，定被春光引得顛。晚雨何妨略彈壓〔三〕？不應猶自借渠權〔四〕！

風風雨雨又春窮〔五〕，白白朱朱已眼空〔六〕。拚却老紅一萬點〔七〕，換將新緑百千重〔八〕。

〔一〕題目是承接集中前一題《和蕭伯和韻》而言。

〔二〕“東風”，春風。“未得”，未到得，本不致於。“顛如許”，顛狂到這等地步。下一句的“定”字，是以意判斷之詞。

〔三〕“彈（tán）壓”，壓服，制服。

〔四〕“借渠權”，假借他以權勢，即縱容、助虐。

〔五〕“春窮”，春盡，春天又算完了。

〔六〕“白白朱朱”，指各色的花；韓愈詩：“同遊百花林，朱朱兼白白。”“眼空”，已絶跡於視界之中。

〔七〕“拚(pān)却”,豁除了。“老紅”,表面指開久將謝的花。“萬點”,用杜甫詩:“一片(瓣)花飛減却春,風飄萬點正愁人!”猶言落花萬片。

〔八〕“換將”,換來,換取。“重”,平聲。

這兩首小詩意在暗諷當時在朝諸臣僚的朋黨盤結、交相爲惡,正人漸被排擠而去,都换了一色的佞幸之輩。

## 又和二絶句〔一〕

一冬寒不到深山,豈有春來更會寒。幸自趁晴行脚好〔二〕,却嫌沙入破鞋間!

剪剪輕風未是輕〔三〕,猶吹花片作紅聲〔四〕。一生情重嫌春淺,——老去與春無點情〔五〕!

〔一〕承集中前一題《又和(蕭伯和)聞蛙》而言。

〔二〕“幸自”,原自,本來是。“行脚”,本指僧人遠出、脚行天下、訪師求法而言。此處借爲散步之意。

〔三〕“剪剪”,形容春風嫩寒刺面。參看唐韓偓詩:“側側輕寒剪剪風。”

〔四〕唐劉長卿詩:“閑花到地聽(去聲)無聲”,作者反用,説落花有聲可聞。紅言花色,“紅聲”連文,鑄詞極新穎。

〔五〕“老去”,自從老大以來,老來。“無點情”,没有一點情了。是憤激語,不是正面如實語。

# 三月三日雨作遣悶十絶句(録二)

荒餘只怪不愁聲〔一〕,好語煩君細細聽〔二〕:——秧早不由田父懶,蠶遲端待柘陰成〔三〕。

却是春殘景更佳,詩人須記許生涯〔四〕:——平田漲緑村村麥〔五〕,嫩水浮紅岸岸花。

〔一〕“荒餘”,荒年之後。“只怪不愁聲”,奇怪爲什麽却聽不到人們的愁嘆之聲。

〔二〕“好語”,喜語,令人聽來高興的消息。宋蘇軾詩:“輦路歸來聞好語。”

〔三〕這兩句正面寫喜雨。秧因得雨而生長得快,不由農夫不趕快處置;蠶事嫌遲,也正待桑柘快長好葉子來喂養:一下雨都不成問題了。柘(zhě),木名,多叢生山中,葉可飼蠶,故常與桑連稱桑柘。在詩裏,要説桑而苦於格律當用仄聲,即徑以柘字代替(此等平仄互代的例子很多,如郭代城、荻代蘆、莎代草等都是)。在此即泛指桑。

〔四〕“許生涯”,這般的生活、如此的景象。

〔五〕南宋時期,北方人民紛紛渡江南遷,小麥的市場驟然擴大,種植隨之而日益普遍。《鷄肋編》:“建炎之後,江、浙、湖、湘、閩、廣,西北流寓之人徧滿,紹興初,麥一斛至萬二千錢,農獲其利,倍於種稻,而佃户輸租只有秋課(米),而種麥之利獨歸客户,於是競種,春稼極目,不減淮北。”

# 閑居初夏午睡起二絶句

梅子留酸軟齒牙〔一〕,芭蕉分緑與窗紗〔二〕。日長睡起無情思〔三〕,閒看兒童捉柳花。

松陰一架半弓苔〔四〕,偶欲看書又嬾開〔五〕;戲掬清泉灑蕉葉,兒童誤認雨聲來。

〔一〕"留酸",言尚未熟透的梅子,食後尚有餘酸。"軟齒牙",因食酸而牙齒覺軟,俗稱"倒牙"。别本作"流酸""濺齒牙",恐未可據。

〔二〕"與",别本作"上"。窗紗大都是緑色的,但日久易成黯淡,芭蕉又把新"緑"分給了窗紗,就顯得更緑了。寫初夏景象很得神。

〔三〕"思",讀去聲,名詞。

〔四〕"半弓","方弓"是丈量土地面積的一種單位名稱,簡稱爲"弓",舊時以五尺爲一弓(長度),也叫一步,二百四十方弓爲一畝。詩句説松蔭覆罩的小塊地上生滿了緑苔,才半弓地,極言庭院之小。

〔五〕"看",讀平聲。

羅大經《鶴林玉露》説:"楊誠齋丞零陵時(按此説誤),有春日絶句云:'梅子流酸……(略)',張紫巖(按指張浚)見之,曰:'廷秀胸襟透脱矣!'"又周密《浩然齋雅談》説:"詩家謂誠齋多失之好奇,傷正氣,若'梅子流酸……(略)',極有思致;誠齋亦自語人曰:'工夫只在一"捉"字上。'"然此實用白居易"誰能更學孩童戲,尋逐春風捉柳花"語,周説未可盡憑。

# 和李天麟二首

學詩須透脱〔一〕,信手自孤高〔二〕。衣鉢無千古〔三〕,丘山只一毛〔四〕。句中池有草〔五〕,字外目俱蒿〔六〕。可口端何似:霜螯略帶糟〔七〕。

句法天難祕〔八〕,工夫子但加〔九〕。參時且柏樹〔一〇〕,悟罷豈桃花〔一一〕? 要共東西玉〔一二〕,——其如南北涯〔一三〕! 肯來談箇事〔一四〕? ——分坐白鷗沙〔一五〕。

〔一〕“透脱”,指識度、胸襟的通達超豁,不縛於世俗情見,心境活潑,機趣駿利,不執著,不黏滯。這是宋儒的一種理想,希望在生活體驗中對事物認真探索、通曉以後而能達到的一種修養境地。參看《捫蝨新語》:“讀書須知出入法。始當求所以入,終當求所以出:見得親切,此是入書法;用得透脱,此是出書法。”但這只是就讀書一點而論。

〔二〕“孤高”,孤,猶言一空倚傍、不拾人牙慧、隨人作計,而自有樹立。高,謂超妙。這種“信手”而能拈來的能力,是心胸“透脱”的結果,不是主張隨意亂寫、信口亂道的意思。參看《滄浪詩話・詩法》:“學詩有三節:其初不識好惡,連篇累牘,肆筆而成;既識羞愧,始生畏縮,成之極難;及其透徹,則七縱八横,信手拈來,頭頭是道矣。”《養一齋詩話》(卷二):“先愛敏捷,次必艱苦,終歸大適:學詩之三境也。”並參看作者《荆溪集序》。

〔三〕“衣鉢”,佛門師徒傳授法統的兩件生活用具:袈裟和飯鉢(形略如盂、碗)。例如《傳燈録》:“池州使君問五祖(弘忍)曰:會中有五百僧,不傳衣鉢,爲甚却付與盧行者(六祖慧能)?”這句是反對當時詩家(特别是江西派)立宗派、争門户、講傳統的風氣,而説:

没有不斷的法統——誰都可以起來自作開山祖師。

〔四〕"丘山"句,意謂丘山至重,一毛至輕,而不迷信偶像,工夫到了家,就能舉重若輕,無不如意。

〔五〕指六朝詩人謝靈運的一則故事,《南史·謝惠連傳》:"……惠連十歲能屬文,族兄靈運加賞之,云:'每有篇章,對惠連,輒有佳語。'嘗於永嘉西堂,思詩竟日不就;忽夢見惠連,即得'池塘生春草',大以爲工,嘗云:'此語有神功,非吾語也。'"此言作詩文采風格要清新自然,如謝的佳句那樣。"池塘生春草,園柳變鳴禽",見其《登城上樓》詩。

〔六〕《莊子·駢拇》:"蒿目而憂世之患。"注云:蒿,目亂也。《爾雅翼》以爲蒿細弱而陰潤,最易棲塵,蒿目云云即"眯眼塵中而憂世"之意,與"目亂"義近。此言作詩不但要有藝術性,還要有思想内容,須有關係憂世愛民的寓意。"字外",猶言表面意義之外。由此可見作者是不主張用很淺露、很徑直的表現手法的。

〔七〕"霜螯",秋蟹。糟蟹最鮮美,别有風味。作者以此來比喻:詩須有特殊的味道,才能"可口"——叫人愛讀。

〔八〕"句法",作詩的法度——不指一般的硬格律、死規矩,指自己深造有得的獨創、妙契。杜甫詩:"佳句法如何?"

〔九〕"子",君,你。

〔一〇〕《傳燈録》:僧問趙州從諗禪師:"如何是祖師(達摩)西來意?"答曰:"庭前柏樹子!"(子,語尾虚詞,不作"種籽"解。)徒弟問"意",是要求"解",而禪家所學的道是不能像嚼飯喂人、靠言語説解來學的(必須親自去實行、體驗才行),師父爲了破他的"意障",所以隨口舉所見院中柏樹來答對他。這種特别的教導的方式是禪家獨創的。一般人不了解,以爲是弄玄虚,以河漢之言、奇特之語來欺人;而誤會的又死抱了答語(如"柏樹")去求解。"參(cān)",參究道理;參本"參會""參與"義;後單用爲"尋究"義。

〔一一〕《神仙傳》:志勤禪師在溈山,因見桃花而悟道,作偈語曰:"自從一見桃花後,三十年來更不疑。"按以上兩句並非談禪,也不是以詩爲禪，只不過以參禪的歷程來比喻學詩的工夫。能够下工夫、不斷地參究，自有達到“透脱”的時期。

〔一二〕“東西玉”，即“玉東西”的倒語，指酒杯。《夢粱録》和王安石詩李壁注都有明文；一説指酒，誤。黄庭堅詩：“美酒玉東西。”這句説，想和你聚會、樽酒論文。

〔一三〕這句説，怎奈各在一方，不能如願。“南北涯”，如水之兩邊、兩岸。

〔一四〕“箇事”，即現代語“這事”，——學詩。

〔一五〕“白鷗沙”，野水荒涯，與鷗鳥爲伍的地方。水邊、水中之地皆可泛稱爲沙，非“沙磧”義。王安石詩：“坐占白鷗沙。”此暗用其語。

按這兩首詩寫得並不算好，但較全面地反映了作者對學詩下工夫的看法，對好詩的幾點要求；所以幾經斟酌，還是選録在此。他的以禪喻詩的辦法，雖是受了江西派前輩的啓發，却又給後來反江西派的詩論家(如嚴羽)以影響。但如嚴羽的《滄浪詩話》，全從藝術風格立論，避開内容不談；而作者明白地提出了“蒿目時艱”是主要條件之一。這是個很重要的區别。至於禪學本身，禪和道學家的關係，禪家的表現方式和唐、宋以來某些藝術上的手法問題的關係，這幾個不同的複雜的課題，都不是簡注所能説得清楚的，只好從略(其實，就連什麽是禪宗的“道”，什麽是“悟”，怎樣才是“透脱”，也不是簡注所能説得清楚的)。

## 分宜逆旅逢同郡客子〔一〕

在家兒女亦心輕〔二〕，行路逢人總弟兄；未問後來相憶否，其如臨别不勝情〔三〕！

〔一〕“分宜”，縣名(今江西分宜縣)，宋時置，其地分自宜春縣(在宜春之東)，故名。“逆旅”，旅店，客舍。“客子”，離鄉作客的人，與旅人、游子等義同。

〔二〕“心輕”,没放在心上。

〔三〕“不勝情”,言惜别之情甚深。勝,平聲,任、堪之義。

# 宿龍回

大熟虚成喜〔一〕,微生亦可嗟〔二〕。禾頭已生耳〔三〕,雨脚尚如麻〔四〕。頃者官收米〔五〕,精於玉絶瑕〔六〕。四山雲又合〔七〕,奈爾老農家!

〔一〕“大熟”,莊稼大豐收。“虚成喜”,喜事已成空,白白歡喜了一陣、盼望了一回。

〔二〕“微生”,猶言百姓的“不值錢”的性命。“嗟”,嘆。(可改讀 jia 以協韻。)

〔三〕“禾頭已生耳”,見第六頁《明發石山》注〔五〕。

〔四〕雨落如線狀,叫作“雨脚”,亦稱“雨足”。“如麻”,言雨之密。

〔五〕“頃者”,用法不一,或指過去,或指近今,這裏是過去義(宋人用法皆如此),説上次的經驗如何。

〔六〕“精”,本義即是擇選米之精美者。“絶瑕(xiá)”,無瑕;玉往往夾石夾雜質雜色,叫作瑕,純净如一者難得,故玉以無瑕爲最可貴。此言官府收租米,挑剔極端苛細,都要上好的精米,有一點不合也繳納不上。

〔七〕“合”,聚。俗語説:“一塊雲彩下不成雨。”陰雲四合,天黑成一色,久雨不晴之象。

# 紀　聞

人道真虛席〔一〕，心知必數公〔二〕。賓王欺釣築〔三〕，君實誤兒童〔四〕。天在昇平外〔五〕，春歸小雪中〔六〕。“何曾忘諸老，——渠自愛松風〔七〕！”

〔一〕“虛席”，席是座位，虛席即是虛其位以待賢能的意思。“人道”，人説如此，可見只是揣度、傳聞；“真”，只此一字已含有“這回是真的了”的語意，可見以前都假。——何況這回的真也保不定。

〔二〕“數公”，語含諷刺，——反正不出這幾位人物之中！一解，“數”字應讀上聲，所指係某一人。

〔三〕“賓王”句，唐初馬周，字賓王，茌平人；家貧嗜學，不謹細行，鄉人薄之，又數爲人所辱，作客依人爲活；因論天下事，得唐太宗召對，太宗大悦；後官至中書令，始終得皇帝寵任甚厚。《新唐書・馬周傳・贊》：“周之遇太宗，顧不異哉！由一介草茅，言天下事若素宦于朝、明習憲章者，非王佐才，疇以及兹？其自視，與築巖、釣渭亦何以異迹？……然周才不逮傅説、吕望，使後世未有述焉，惜乎！”築巖，指殷相傅説，出身於版築賤役中；釣渭，指周相吕望（姜太公），得之於釣屠野人中。這句説：今天的“馬周”也自以“釣築之才”來欺人。

〔四〕“君實”句，北宋司馬光，字君實，是名宰相之一，雖然是反對王安石變法的主要保守人物，但也作了不少對人民有利益的事，因此在人民中間很有聲望。《宋史・司馬光傳》：“凡居洛陽十五年。天下以爲真宰相，田夫野老，皆號爲‘司馬相公’，婦人孺子，亦知其爲‘君實’也。帝崩，赴闕臨（哭弔），衛士望見，皆以手加額，曰：‘此司馬相公也！’所至民遮道聚觀，馬至不得行，曰：‘公無歸洛，留相天子，活百姓！’”蘇軾詩：“走卒知司馬，兒童誦君實。”作者則說：今天的"君實"相公，却騙了兒童，誤賺他一場歡喜。以上兩句皆指當任宰相盜名欺世。

〔五〕"昇平"，太平盛世——諷刺語。一解，此句乃"昇平在天外"的顛倒隱諷語。

〔六〕"小雪"，一場小雪。不指"小雪"節氣。以上兩句宕開正題，以閑語微詞寄慨寓諷，實謂昇平無望。

〔七〕末兩句是詼諧、譏諷而感慨的口吻："諸老"，相對於"數公"而言，指愛國的、有才幹的老臣。——朝廷上何曾把諸老忘掉了不加任用，但只他們自愛松風（指高隱閑居，聽松風之音），不肯出山罷了！其實是反面話。南宋的政治特點之一，就是專門排擠正人忠義之士而寵信漢奸、投降派、佞幸小人之輩。《南史·陶弘景傳》："特愛松風，庭院皆植松，每聞其響，欣然爲樂。"

按本篇編於乾道二年除夕之前，是年十二月，以葉顒爲尚書左僕射，魏杞右僕射並同平章事，蔣芾參知政事，陳俊卿同知樞密院事並兼參知政事，可謂一時之選，多爲反對主和派的正義愛國人士，和作者詩中所譏諷的殊不相合。而去年秋，參知政事虞允文罷，冬十二月，以洪适爲尚書右僕射同平章事兼樞密使，一人而握兩府大權，洪适曾爲太學生等七十餘人劾論爲投降派湯思退黨，是作者心所不喜的人物。頗疑此詩乃去年冬作，而編集時誤入本年者。

按以上係（宋孝宗）乾道二年（丙戌·一一六六）所作，作者家居，一度至湖南。

## 丁亥正月新晴晚步二首

嫩水春來别樣光，草芽緑甚却成黄：東風似與行人便：吹盡寒雲放夕陽〔一〕。

急下柴車踏晚晴〔二〕，青鞋步步有沙聲。忽逢野沼無人處：兩鴨浮沉最眼明。

〔一〕這句正寫題目中所説的晚晴，而第一、二兩句，便是夕陽照映之下的景色。

〔二〕“柴車”，弊陋粗簡的壞木車子。

## 都下無憂館小樓春盡旅懷二首〔一〕（録一）

不關老去願春遲〔二〕，只恨春歸我未歸。最是楊花欺客子〔三〕：向人一一作西飛〔四〕！

〔一〕“都下”，指杭州，南宋初年，尚在語言間稱杭州爲“行在”“行都”，心中猶存故都汴梁；後來直稱杭州爲首都，把舊京故國忘净了。“無憂館”，作者自名其寓所。

〔二〕“願春遲”，希望春天慢點過，不要一下子到春盡。下句“春歸”，指春天完了，四季循環，來而復去，故曰“歸”。

〔三〕“楊花”，柳絮。“欺”，故意惱人，所以是欺。“客子”，見第四七頁《分宜逆旅逢同郡客子》注〔一〕。

〔四〕春天東風向西吹。作者故鄉江西，在杭州之西。所以妬羨楊花一個一個地都因風向西飛去。楊花飛時，是春盡的“警報”，關合上文春歸而我不得歸的意思；楊花以飄泊著稱，而此處卻羨慕尚不如楊花都能西飛——好像有所歸宿。可比較高士談（宋人而陷於金國）詩：“來時官柳萬絲黄，去日飛毬滿路旁。我比楊花更飄泊！——楊花只是一春忙。”用意不同，構思皆巧。好在巧而不纖,感情真摯。

# 跋蜀人魏致堯撫幹萬言書〔一〕

雨裏短檠頭似雪〔二〕,客間長鋏食無魚〔三〕。上書慟哭君何苦〔四〕,政是時人重《子虚》〔五〕。

〔一〕“魏致堯”,其人未詳。“撫幹”,見第三二頁《同岳大用甫撫幹雪後遊西湖早飯顯明寺步至四聖觀訪林和靖故居觀鶴聽琴得四絶句時去除夕二日》注〔一〕。“萬言書”,寫給皇帝、議論國策的長篇奏疏,當時多稱爲萬言書(寫給公侯的,則别名爲“長書”)。

〔二〕“短檠”,見第三〇頁《宿度息》注〔八〕。“頭似雪”,言髮白。此用韓愈《短燈檠歌》:“長檠八尺空自長,短檠二尺便且光。……太學儒生東魯客,二十辭家來射策;夜書細字綴語言,兩目眵昏頭雪白。”短檠是貧士照讀所用的燈。

〔三〕戰國時馮諼(一作“讙”)爲齊國孟嘗君的門下客,孟嘗君以常禮待他,乃彈其劍鋏(音“頰”,劍把)而歌曰:“長鋏歸來乎——食無魚!”這裏比喻魏致堯生活貧苦、不受人重視。

〔四〕“上書慟哭”,用賈誼的故事。賈誼,已見前,他給漢文帝上書,極論天下事,有“竊惟今之事勢,可爲痛哭者一,可爲流涕者二,可爲長太息者六,若其他背理而傷道者,難徧以疏舉”的話。

〔五〕“政”,同“正”。“《子虚》”,賦名,漢司馬相如所作。賦中託名爲“子虚公子”“烏有先生”“亡是公”三人的言詞,“子虚”“烏有”“亡(無)是”,都是根本没有這個人、這回事的喻意。這裏是雙關語,指没有一點實際意義、價值的浮靡文詞。按當時愛國有志的人士,爲了抗敵救國,多給皇帝上書,切論國家大事,盼他努力救弊圖强;可是言之諄諄,聽之藐藐,一點也不被重視,等於白費。所以作者有此憤慨。

按以上係(宋孝宗)乾道三年(丁亥・一一六七)所作,作者一度至杭。

## 人日詰朝從昌英叔出謁〔一〕

四序各自佳〔二〕,要不如春時〔三〕。何必花與柳、始愛春物熙〔四〕?今晨駕言出〔五〕,從公南山西:泥軟屨自愜〔六〕,風嫩面不知〔七〕;寒草動暖芽,晴山餘雨姿;水日亦相媚〔八〕,蹙紋生碎暉〔九〕;鳥聲豈爲我,我聽偶自怡。出門初憚煩〔一〇〕,載塗乃忘歸〔一一〕;但令我意適,豈校出處爲〔一二〕?路人見我揖〔一三〕,屬我有所思〔一四〕;我不見其面〔一五〕,信口聊應之。——徐悟恐忤物〔一六〕,欲謝已莫追〔一七〕!我率或似傲〔一八〕,彼愠獨得辭〔一九〕?

〔一〕"人日",夏曆正月初七日。"詰朝(zhāo)",平旦,天明時。語出《左傳》。"昌英叔",名輔世,號達齋,和作者是族叔姪,是進士同年,又是詩友,唱和很多。"出謁",去拜望人;此當指賀年節。

〔二〕"四序",四季。

〔三〕"要",總之。

〔四〕"春物",春日景物。"熙",和樂的樣子。

〔五〕"駕言出",指出外遊走。《詩經・邶風・泉水》:"駕言出遊,以寫我憂。"言,語助詞,無實義。駕,指駕車馬。

〔六〕"屨(jù)",麻鞋。"愜",舒服。

〔七〕"面不知",所謂"吹面不寒楊柳風",尚知吹面;現在則連知都不知：極言風柔。

〔八〕"媚"，愛悦。引伸爲兩相投合、相得益彰、互爲發揮的意思。

〔九〕"蹙(cù)紋"，皺紋，指春水微波，漾成細紋。參看唐劉禹錫詩："瀼西春水縠紋生。"

〔一〇〕"憚煩"，嫌麻煩，怕費事。

〔一一〕"載塗"，猶言上了路。(語出《詩經》)。"忘歸"，樂而忘返。

〔一二〕"校"，同"較"；計較。"出處(chǔ)"，出外、家居；往往是雙關出仕、退居而言，這裏正如此。"爲"，反面句、疑問句末尾的語詞，無義。

〔一三〕"見我揖"，見了我給我作揖爲禮。

〔一四〕"屬(zhǔ)"，適值、正在某時。

〔一五〕"不見其面"，没有注意去看清是誰。這兩句可比較杜甫詩："仰面貪看鳥，回頭錯應人。"

〔一六〕"徐悟"，隨後纔想到。"忤物"，得罪於人。物，人、事等都包在内，是和"我"相對待的稱呼。

〔一七〕"謝"，謝罪，道歉。"莫追"，來不及了。

〔一八〕"率"，坦率，簡率，不拘細節。和傲慢表面有時相似，而實大異。但往往因此得罪"在乎""介意"的人。

〔一九〕"愠(yùn)"，惱怒。"獨得辭"，哪得免其咎。說，得罪了人，其過在我，又怎麼能免得了使人家不痛快呢？——無怪人家要惱了。言外還有這樣意思：既然惱了，怎麼辦呢？——那就隨它去吧！此詩借此以寫封建社會裏没有機心、没有城府的善良人反要到處碰壁。

## 次日醉歸〔一〕

日晚頗欲歸，主人苦見留〔二〕；我非不能飲，老病怯觥籌〔三〕；人意不可違，欲去且復休；我醉彼自止〔四〕，醉亦何足愁？歸路意昏昏，落日在嶺陬〔五〕；竹裏有人家，欲憩聊一投；有叟喜我至，呼我爲"君侯"〔六〕；告以"我非是"，俛笑仍掉頭〔七〕。機心久已盡，猶有不下鷗〔八〕；田父亦外我〔九〕，我老誰與遊？

〔一〕此題係接承集中前二題《人日詰朝從昌英叔出謁》《暮宿半塗》而來。

〔二〕"主人"，指作者在新正初七日出外賀年所到的那一家。"見留"，猶言相留。"主人苦見留"，主人苦苦地相留。

〔三〕"觥(gōng)籌"，觥，本是兕牛角所作的飲酒器，籌，指行酒令所用的酒籌。歐陽修文："觥籌交錯"，形容聚飲歡譁，很熱鬧。

〔四〕"彼"，指主人。"止"，指不再苦留勸酒。

〔五〕"陬(zōu)"，隅。

〔六〕"君侯"，漢時對列侯的尊稱。後來泛稱"尊貴"者亦偶用之。此句描摹老農民見了士大夫、官僚的稱呼口吻。

〔七〕"俛"，同俯；低頭。"仍"，更，並，兼。不是"仍舊"義。"掉頭"，摇頭，表示不同意、不相信。

〔八〕"機心"二句，《列子・黄帝》："海上之人有好(去聲)漚(鷗)鳥者，每旦之(往)海上從漚鳥遊，漚鳥之至者百住而不止。其父曰：'吾聞漚鳥皆從汝遊，汝取來，吾玩之。'明日之海上，漚鳥舞(盤飛於空中)而不下也。"機心，指心有圖謀、打算；此處借爲"分别心"之義。"不下鷗"，不落下來和人親近的鷗鳥，指上文的農家老叟。

〔九〕"田父"，老農民。"外我"，見外於我，把我和他區别開來，不作"一家人"看待。

封建時代的士大夫，逢仕途不得志而家居時，偶然和農民接觸一下，便自以爲是和農民一樣了，把自己説成"老農""田夫"之類，例子很多。可是農民是不會把他們這些統治階級的人物當"自家人"看的，階級界限是分明的。這首詩反映了這一情況。作者因此感到悵惘，並以爲這只是

“機心”的問題,他是不能理解農民所以“外”他的道理的。就本篇而論,全詩分爲兩段:自“醉亦何足愁”以上,全寫所“謁”之家,可斷爲官僚仕紳人物,作者對之無一字貶語,而心下不喜、勉强酬應之情溢於言表;自“歸路意昏昏”以下,全寫投宿老農之家的情景,無一字贊語,而欣喜之意亦見於言外。兩相對照,抑揚顯然。詩意之可取,在於這一點。

## 上元夜里俗粉米爲繭絲書古語置其中以占一歲之福禍謂之繭卜因戲作長句〔一〕

去年上元客“三衢”〔二〕,衝雨看燈强作娱。今年上元家裏住,村落無燈惟有雨。隔溪叢祠稍簫鼓〔三〕,不知還有遊人否〔四〕?兒女炊玉作繭絲〔五〕,中藏吉語默有祈〔六〕。小兒祝身取官早〔七〕,小女只求蠶事好。先生平生笑兒癡〔八〕,逢場亦復作兒嬉〔九〕:不願着脚金華殿〔一〇〕,不願增巢上林苑〔一一〕;只哦少陵七字詩,但得長年飽喫飯。心知繭卜未必然〔一二〕,醉中得卜喜欲癲〔一三〕!

〔一〕“里俗”,鄉里風俗。“粉米爲繭絲”,粉,動詞,磨米爲粉;爲,製作。繭絲,其狀未詳。據《天寶遺事》載:都中上元日造麪繭,餡中置紙簽或削木書官品,人自探取,以爲占卜。當是一種粉團類食品,正月節間藉以爲游戲的性質。不過南方是以米粉代麪,而作者家鄉風俗所卜又不限“官品”,此爲小異。

〔二〕“三衢”,指衢州,今浙江衢縣。此詩乾道四年元宵節所作。去年此際作者由江西赴杭道中過此地,其《上元日晚過順溪》絶句云:

"恰恰元宵雨脚垂",可與本篇所敍參證。

〔 三 〕"叢祠",語出《史記·陳涉世家》,叢字解釋不一(如《後漢書》"叢亭"注引《博物記》云:次睢有"大叢社",即次睢社,蓋睢水之旁有妖神,民社祀之。此叢亭、叢社、叢祠,義皆同,叢字義則始終未明。又如"叢臺"之解,或以爲臺構"叢連",或以爲有嘉禾"叢生",其望文生義,略同此類。故或説此叢祠乃"叢木"中之神祠,或以爲乃荒祠,疑亦未必可據。又有爲"叢鬼"所"憑"之祠叫"叢祠"的説法)。後來沿用以指祠廟之地。

〔 四 〕"否",協韻讀音如"斧"。

〔 五 〕"炊玉",指蒸煑米繭。韓愈詩:"白玉炊香粳。"

〔 六 〕"默有祈",説卜者心中叨叨唸唸,暗自祝禱,有所求請——希望得個"好兆頭"。

〔 七 〕"身",我,自己。

〔 八 〕"先生",作者自謂。"平生",本義是"夙昔",普通往往用爲"平素"的意思。

〔 九 〕"逢場""作兒嬉","逢場作戲"的變用。語出《傳燈録》,場,本指技藝表演的場地,後來借用此語爲遇事聊復隨喜之意。

〔一〇〕"着脚",猶言立足、插脚。"金華殿",漢代未央宫中殿名,成帝時鄭寬中、張禹等人在此講説《書經》《論語》。着脚金華,指作文學侍從一類的臣僚而言。

〔一一〕"增巢",即橧巢、榛巢,巢居之義。"上林苑",漢武帝所增修的秦代舊苑,在長安之西,周三百里,離宫七十所,極侈麗,司馬相如有《上林賦》。又東漢洛陽也有上林苑,爲皇帝校獵之所。這句説不願作皇帝的弄臣,如鳥獸之被囿居於"禁苑"。

〔一二〕"未必然",猶言未必應驗。

〔一三〕"得卜",得到所祈願的卜籤。"癲",狂;喜欲顛狂,極言其喜,狀如小兒之狂,見其天真風趣。

按以上係(宋孝宗)乾道四年(戊子·一一六八)所作,作者家居。

## 春日六絶句(録二)

遠目隨天去〔一〕,斜陽着樹明。犬知何處吠?人在半山行。

春醉非關酒,郊行不問塗〔二〕。青天何處了〔三〕?白鳥入空無〔四〕。

〔一〕“遠目”,望遠之目,兼指廣闊的視界。“隨天去”,隨天空而遠望無際。參較辛棄疾詞:“水隨天去秋無際。”

〔二〕“塗”,同途。“不問塗”,信步而行,漫無目的。

〔三〕“了”,盡頭。

〔四〕比較杜甫詩:“一行白鷺上青天”,黄庭堅詩:“白鳥去盡青天回。”本篇寫青天無際,白鳥入空,漸至於望不見——“無”。正是“遠目隨天去”的另一表現和寫法。

## 夏夜追涼〔一〕

夜熱依然午熱同〔二〕,開門小立月明中。竹深樹密蟲鳴處,時有微涼不是風〔三〕。

〔一〕“追涼”,覓涼,取涼。

〔二〕説夜間仍然和白天一樣的熱。

〔三〕比較同時詩人范成大《六月七日夜起坐殿廡取涼》詩:“畏暑中夜

起,出門月露清。晶熒卧銀漢,錯落低玉繩(星)。綱户閉妙香,石樓棲古燈。風從何處來?殿閣微涼生。桂旗儼不動,藻井森上征。……”其上文雖設言風從何來,而接説桂旗不動,可見非真有風,不過是夜深氣清、静中生涼而已。正所謂“時有微涼不是風”了。

## 初秋暮雨

禾穟輕黄尚淺青〔一〕,村舂已報隔林聲〔二〕。忽驚暮色翻成曉:——仰見雙虹雨外明。

〔一〕“穟”,同穗。

〔二〕“村舂”,村中舂米的聲響。這説稻田晚熟的尚未黄透,而早收的已在舂米了。

## 秋日晚望

村落豐登裏〔一〕,人家笑語聲。溪霞晚紅濕〔二〕,松日暮黄輕。只麽秋殊淺〔三〕,如何氣許清〔四〕?不應久閑散、便去羨功名。

〔一〕“豐登”,莊稼豐收。

〔二〕比較南宋趙彦端詞:“波底夕陽紅濕。”趙詞成爲名句,而作者此句却很少爲人提到。(其他詩家用“紅濕”字,大都指花枝著雨的景色,與此不同。)

〔三〕“只麽”,只這等,只如此。麽,去聲。“秋殊淺”,秋很淺,剛入秋才不多幾日。

〔四〕“許”,這般,這麽。

按以上係(宋孝宗)乾道五年(己丑·一一六九)作者家居所作。

## 過秀溪長句

去年來此上巳日〔一〕,今年重來未寒食〔二〕;臨溪照影老自羞,慚愧春光尚相識〔三〕。秀溪何許好春容〔四〕?最是溪深樹密中:海棠開盡却成白,桃花欲落翻深紅〔五〕。

〔一〕“上巳”,古時以夏曆三月上旬中的巳日(一説“巳”是“己”字的沿誤)爲上巳日,官民都舉行“修禊”。臨東流水以洗濯宿垢、滌除疢病。後世直以三月初三日爲上巳,六朝已如此。

〔二〕“寒食”,見第三八頁《寒食上塚》注〔一〕。

〔三〕“慚愧”,在此是“僥倖”“感謝”義,與上句“羞”意不相犯。

〔四〕“何許”,何處,哪裏。“許”古音“滸”,轉平聲即作“行(háng)”,今口語猶存此音。

〔五〕“翻”,與上句“却”字對文互義:却,倒,反而。

## 淺夏獨行奉新縣圃〔一〕

我來官下未多時,梅已黄深李緑肥〔二〕。只怪南風吹紫雪，——不知屋角楝花飛〔三〕。

〔一〕"奉新"，縣名，今縣名同，在江西南昌市以西。"縣圃"，當時地方官衙内大都有種植花木、以供遊憩的一塊園地，稱之爲圃（圃本義是種蔬之地）。作者此時來作奉新縣令。

〔二〕"梅已黄深"，梅子快熟透了。

〔三〕"楝"，木名，羽狀複葉，如小長卵形，有鋸齒；夏日開五瓣淡紫色花，所以上句比喻楝花飄落爲"紫雪"。

## 過　西　山

一年兩踏西山路〔一〕，西山笑人應解語〔二〕："胸中百斛朱墨塵〔三〕，雨捲珠簾無半句〔四〕！"殷勤買酒謝西山："慚愧山光開我顔〔五〕！鬢絲渾爲催科白〔六〕，塵埃滿胸獨遑惜〔七〕？"

〔一〕"西山"，在江西新建縣以西，一名南昌山，古名散原山。

〔二〕"應解語"，料應將會説話，——表示它對行人（做官的）的哂笑。

〔三〕"朱墨塵"，指因辦理公文案牘而生的庸俗氣。《北史·蘇綽傳》："綽始制文案程式，朱出墨入，及計帳户籍之法。"歐陽修詩："簿領朱墨徒紛淆。"朱墨，指兩色筆批辦公牘簿籍，也作"丹墨"，黄庭堅《與徐彦和書》："想丹墨之暇，左右經史，時以古人用心處一洗刀筆之塵也。"本句用其語意。

〔四〕唐王勃《滕王閣（在南昌之西）詩》："滕王高閣臨江渚，佩玉鳴鸞罷歌舞；畫棟朝飛南浦雲，珠簾暮捲西山雨。"傳爲名句。這裏假擬西山嘲笑作者，只會做官"辦公"、作不出半句像王勃那樣寫西山的好詩句來。

〔五〕“慚愧”,見第六〇頁《過秀溪長句》注〔三〕。“開我顔”,使我喜而開顔——笑。上句的“謝”是兼答謝、謝過之義。

〔六〕“鬢絲”,鬢邊的白髮。“催科”,見第一〇頁《曉立普明寺門時已過立春去除夕三日爾將歸有嘆》注〔七〕。

〔七〕“獨”,豈獨。“獨遑”,哪裏顧得及。作者回答西山説,頭髮爲催科之事都焦愁、憂憤得白了,區區胸中“朱墨塵”又哪裏還提得到話下?設用問答的方式,寥寥數筆,把不願做官的真苦惱鉤勒出來,向一般誤解者説,以爲我不願做官只是要避“俗”嗜“雅”,不致妨礙了“詩酒”閒逸之樂,那真是太淺乎言之了;同時也向讀者展示了當時人民的痛苦,否定了只寫“畫棟飛雲”“珠簾捲雨”的詩人。這種有深刻意義而又寫得非常乾净、曲折的手法,是作者所擅長的。

按以上係(宋孝宗)乾道六年(庚寅·一一七〇)所作,作者赴奉新縣任。

## 豫章江皋二絶句〔一〕

幸自輕陰好片秋〔二〕,如何餘熱未全休?大江欲近風先冷,平野無邊草亦愁!

只今秋稼滿江郊,猶記春舡掠屋茅〔三〕。可是北風寒入骨:荻花争作向南梢〔四〕。

〔一〕“豫章”,今江西南昌市。“江皋(gāo)”,江邊地,此指贛江邊。

〔二〕“幸自”,本來,原是。“好片秋”,好一片秋光。

〔三〕“舡(xiāng)”,船。“春舡掠屋茅”,春天裏駕船擦着屋簷而行——水災慘景。

〔四〕“荻花”,荻似蘆葦而小,亦生水邊,常與蘆並稱或互相代用,不必拘看。蘆荻,《詩經》稱爲“蒹葭”者是。上句“北風”,隱指金國,此句“争作向南梢”,寫連蘆荻也好像心依故國。

## 辛卯五月送丘宗卿太博出守秀州二首〔一〕

馮翊端誰可〔二〕？丘遲肯去麽〔三〕？繭絲臣敢後〔四〕,饑饉帝云何〔五〕？身達當難免〔六〕,能稱未要多〔七〕：但無田里嘆,不必袴襦歌〔八〕。

老矣渠憐我,超然我愛渠。論詩春雨夜〔九〕,解手藕花初〔一〇〕。夢只江湖去〔一一〕,情知伎倆疎〔一二〕。未應五馬貴〔一三〕、不寄一行書。

〔一〕“辛卯”,宋孝宗乾道七年(一一七一)。“丘宗卿”,名崈(chóng),江陰人,隆興元年進士。丞相虞允文器重他的才幹,推薦他,並舉以自代。得召見,首次和孝宗趙眘對話,即以直言忤觸。此時係自太常博士出知秀州(今浙江嘉興)。“太博”,太常博士之省。崈後鎮四川、禦江淮,皆有功。《宋史》稱“崈儀狀魁傑,機神英悟,嘗慷慨謂人曰:‘生無以報國,死願爲猛將以滅敵!’其忠義性然也。”

〔二〕“馮翊(yì)”,漢郡名,其官爲左馮翊,是當時京城近畿“三輔”之一,此因秀州是南宋都城杭州的近郡,所以相比擬。“端”,端的、真個、到底。“誰可”,誰可堪此大任。

〔三〕“丘遲”,字希範,梁武帝時爲司空從事中郎,出爲永嘉(今浙江永嘉)太守。八歲能文,鍾嶸評其詩爲"點綴映媚,如落花依草。"此以同姓詩人守郡相比。"肯去麽",不說丘崈爲朝廷所不樂,被摒斥而出守外郡,而轉設問詞,與上"端誰可"都是婉語微諷。

〔四〕"繭絲",《國語·晉語》:"趙簡子使尹鐸爲晉陽,請曰:'以爲繭絲乎?抑爲保障乎?'"注云:"繭絲,賦税。"意謂苛斂民財,如抽絲于繭。"臣敢後",代丘崈設言:既要我去守秀州(恐怕不是爲了"爲保障"吧),那麽"繭絲"效命,我豈敢後時(遲誤)?宋代地方官,賦税成績是最重要的"考課",上司催督極嚴。

〔五〕"饑饉",年凶歲荒,穀不熟爲饑,蔬不熟爲饉。這句反問最高統治者:可是年荒民苦、繳納不出,這將怎麽辦呢?

〔六〕此暗用《世説·排調》:"初謝安在東山居布衣時,兄弟已有富貴者,……劉夫人戲謂安曰:'大丈夫不當如此乎?'謝乃捉鼻曰:'但恐不免耳!'"

〔七〕"能稱",能幹、會做官的名聲;《後漢書·樊儵傳》:"夏勤……爲京、宛二縣令、零陵太守,所在有理能稱。"

〔八〕"袴襦歌",指《後漢書·廉范傳》所記成都禁止人民夜作,以防火災的事;廉范(字叔度)來爲蜀郡太守,廢舊禁,但嚴使儲水防備,百姓稱便,乃作歌曰:"廉叔度:來何暮!不禁火,民安作;平生無襦今五袴!"説人民生活因此好轉些了。襦,短上衣,即襖(實際特指冬衣,如後世之棉襖是)。作者説,何必博取五袴之歌方爲仁政,只要田間無嘆苦之聲就够了——其實只這也是不可能作到的,所以要求也只好如此提法,而不作虚誇不切之言。比較同時范成大詩:"但得田間無嘆息,何須地上見錢流!"

〔九〕丘崈能詩,與當時四大家相倡和。(也能詞,和辛棄疾相倡和。)

〔一〇〕"解手",分手,離别。"藕花初",五月時節的風光。

〔一一〕"江湖",相對於"朝廷""廟堂""城市"而言的、士大夫退隱之地,和"山林"類似。《南史·隱逸傳》:"入廟堂而不出,徇江湖而永歸。"陶潛詩:"良才不隱世,江湖多賤貧。"

〔一二〕"伎倆",辦法,手段。這句是向丘説,你很知道我也不是有"做官本領”的人，——不久也會被斥出京的。參看司空圖《休亭歌》：“休休休，莫莫莫，伎倆雖多性靈惡，賴是常教閑處著。”

〔一三〕“五馬”，指自京出爲太守（州郡地方官）。《漢官儀》說：“漢時朝臣出使爲太守，增一馬（漢制：太守四馬），故曰五馬。”杜甫詩：“人生五馬貴”；下文“不寄一行書”，則全用杜句。

按以上係（宋孝宗）乾道七年（辛卯·一一七一）所作，作者在杭州國子博士任。

## 觀　稼

三年再旱獨堪聞〔一〕？一熟諸村稍作欣〔二〕。老子朝朝弄田水〔三〕：眼看翠浪作黄雲〔四〕。

〔一〕“三年再旱”，三年間兩逢旱災。“獨”，豈、哪的語氣。

〔二〕“一熟”指一季收成。

〔三〕“老子”，作者自稱，猶言“老夫”。“朝朝（zhāo）”，天天。

〔四〕“翠浪”，指大面積的緑色莊稼爲風所吹，莖葉起伏如水波。參看蘇軾詩：“分畦翠浪走雲陣，刺水緑秧抽稻芽。”“黄雲”，見第三五頁《晚春行田南原》注〔九〕。

按以上係（宋孝宗）淳熙元年（甲午·一一七四）作者家居所作。

## 農家六言

插秧已蓋田面，疎苗猶逗水光。白鷗飛處極浦〔一〕，黄犢歸時夕陽。

〔一〕“極浦”,猶言遠浦。《九歌·湘君》:“望涔陽兮極浦”,注:“極,遠也。浦,水涯也。”

## 山　居

鬢秃猶云少〔一〕?書多却道窮?柴門疎竹處,茅屋萬山中。幽夢時能憶,閑題底要工〔二〕?不知蟬報夏?——爲復自吟風〔三〕?

〔一〕“少”,去聲,年少。“秃”,入聲字(在舊體詩中入聲是仄聲;本篇“竹”“屋”等字亦然。前後其他例子,不能備注)。

〔二〕“閑題”,指作詩、隨便題咏,無關重要。“底要”,何須。“工”,見九頁《立春日有懷二首》注〔七〕。

〔三〕“不知……?爲復……?”,是兩問語的一種語式,猶云:是……呢?還是……呢?這裏暗暗地把蟬的“吟夏”和人的“閑題”關合到一起,來設疑發問。

## 待次臨漳諸公薦之易地毗陵自愧無濟劇才上章丐祠〔一〕

亦豈真辭禄,誰令自不才〔二〕?更須三釜戀〔三〕,未放兩眉開〔四〕。道我今貧却〔五〕,何朝不飯來〔六〕?商量若爲可〔七〕？——杜宇一聲催〔八〕！

〔一〕“待次”，等待補官、赴任。“臨漳”，指漳州(今福建漳州)。“毗陵”，常州(今江蘇常州)。這説已有命令出知漳州，尚未到任，又改知常州。“濟劇才”，作事務繁劇的大郡地方官的才幹。“丐祠”，自動請做“祠官”——提舉某道士宫觀，掛虛名，食俸禄，實際不到任，是一種退休狀態。宋朝以這種辦法來處置和朝廷意見不合的臣僚。

〔二〕這兩句是自責：上章請領祠觀，這還算真辭榮禄嗎？不乾脆棄官，貪戀官俸，自恨“不才”——不長進。“令”，讀平聲如“零”。

〔三〕“三釜”，《莊子·寓言》：“曾子再仕而心再化，曰：‘吾及親仕，三釜而心樂。後仕三千鍾，不洎(及)，吾心悲。’”釜，古量名，以六斗四升爲一釜；古時官俸以米穀計；三釜，微俸。作者説爲了養親，還得顧戀這點俸禄。

〔四〕承上句説，因此之故，矛盾爲難，愁眉不解。

〔五〕“貧却”，猶言“窮了”。

〔六〕這句説：哪一天不是有飯吃來着？何曾餓了肚子？——那麽又何必留戀這點微俸！

〔七〕“若爲可”，怎樣才好，心裏才過得去。

〔八〕“杜宇”，子規鳥，其鳴聲如云：“不如歸去！”正在拿不定主張，忽然一聲鳥叫，——問題解決了：還是回家吧！

## 釣雪舟倦睡

予作一小齋，狀似舟，名以釣雪舟。予讀書其間，倦睡；忽一風入户，撩瓶底梅花極香，驚覺，得絶句〔一〕。

小閣明牕半掩門，看書作睡正昏昏；無端却被梅花惱〔二〕：特地吹香破夢魂〔三〕。

〔一〕“驚覺(jiào)”，驚醒。

〔二〕“惱”，猶言撩撥、引惹；實乃言喜歡也。杜甫詩：“江上被花惱不徹。”

〔三〕“吹香”，發散香氣。是指花自動地噴發香氣，不是指人來吹花。宋王安石詩：“隔屋吹香併是梅”；並參看唐李商隱“桂花吹斷月中香”的句法。

## 釣雪舟中霜夜望月〔一〕

溪邊小立苦待月，月知人意偏遲出。歸來閉户悶不看〔二〕，——忽然飛上千峯端！却登釣雪聊一望：冰輪正掛松梢上。“詩人愛月愛中秋？”有人問儂儂掉頭〔三〕：“一年月色只臘裏，雪汁揩磨霜水洗；八荒萬里一青天〔四〕，碧潭浮出白玉盤〔五〕；更約梅花作渠伴，中秋不是欠此段〔六〕？”

〔一〕“釣雪舟”，作者的小書齋名，見前詩自序。

〔二〕“看”，平聲。

〔三〕“儂”，我，作者自指。“掉頭”，見第五五頁《次日醉歸》注〔七〕。

〔四〕“八荒”，猶言八極，指八方各至極遠處。《説苑·辨物》：“八荒之内有四海，四海之内有九州。”此極寫青天之廣遠無邊。

〔五〕“碧潭”，喻青天碧空。李白詩：“小時不識月，呼作白玉盤。”

〔六〕“欠此段”，缺少此段光景——臘月裏的月色既多了雪霜磨洗，又有梅花作伴：格外清冷奇絶。中秋哪得有此？

按以上係（宋孝宗）淳熙二年（乙未・一一七五）作者家居所作。

## 雨　夜

歲晚能無感〔一〕？詩成只獨哦。螢光寒欲淡，秋雨暮偏多。伴老貧無恙〔二〕，留愁酒肯麽〔三〕？吟蟲將落葉〔四〕，爲我拍還歌〔五〕。

〔一〕“歲晚”，既到秋天，年光已是將晚。

〔二〕“無恙”，平安無故。貧，直到老年始終和人爲伴——了無變改，亦不離去。

〔三〕這説酒肯留愁否？——幾杯下肚，愁思皆散。古代詩人總是説酒能解憂，是因爲它能起暫時的興奮、麻醉作用。

〔四〕“吟蟲”，指蟋蟀等秋蟲。“將”，偕同。讀平聲。

〔五〕“拍”者，是落葉；“歌”者，是吟蟲。夜雨中落葉時時墜下一片，錚然有聲，好像是在爲吟哦者、歌唱者打拍子。

## 秋雨歎十解〔一〕（録五）

濕侵團扇不能輕，冷逼孤燈分外明。蕉葉半黄荷葉碧：兩家秋雨一家聲。

厭聽點滴井邊桐，起看空濛一望中〔二〕；橫着東山三十里，真珠簾外翠屏風〔三〕！

老子愁來只苦吟，一吟一嘆爲秋霖；居人只道秋霖苦，不道行人泥更深。

曉起窮忙作麽生〔四〕？雨中安否問秋英〔五〕：枯荷倒盡饒渠着〔六〕，滴損蘭花太薄情！

不是簷聲不放眠〔七〕，只將愁思壓衰年〔八〕。道他滴瀝渾無賴〔九〕，——不到侯門舞袖邊〔一〇〕！

〔一〕“解”，樂曲的段落名稱。古時詩、樂合一，所以樂府辭每一篇中所分的若干段也稱爲“解”。今作者意謂《秋雨歎》十章絶句爲一整篇，而以每一絶句作爲一解，故曰“十解”。

〔二〕蘇軾詩：“山色空濛雨亦奇。”

〔三〕“真珠”，即珍珠。真珠簾，喻雨景遮山，好像眼前掛上了一道珠簾；而山在簾外，就彷彿翠屏風一樣了。

〔四〕“作麽(去聲)生”，當時口語，意即“怎麽着”或“怎麽樣”；“作麽”，即今“怎麽”。“生”，語助無義。

〔五〕“秋英”，秋花。

〔六〕“饒渠着”，且自由他去，姑且莫論。“着”，爲表假設、縱使的語氣。

〔七〕“簷聲”，簷頭滴雨之聲。“不放眠”，不讓人睡，不教人睡着。

〔八〕“思”，讀去聲，名詞。“壓”，欺。“衰年”，指上了年紀的人。

〔九〕“渾”，全然，簡直是。“無賴”，大至狡詐、惡劣、强横，小至頑皮、淘氣，都可説無賴。此爲前一義。

〔一〇〕“侯門”，貴族、大官僚之家。按此詩可比較范成大詩：“茸氈帳下玉杯寬，香裏吹笙醉裏看(平聲)：風雪過門無入處，却投窮巷覓袁安(大雪天閉門忍飢僵卧者)！”雨雪寒冷，只會欺侮窮人，侯門富室，歌舞正歡，連覺也不覺得。

# 劉村渡二首

隔岸輕舟不可呼，小橋獨木有如無。落松滿地金釵瘦〔一〕，遠樹黏天菌子孤〔二〕。

曠野風從脚底生，遠峯頂與額般平：何人知道誠齋叟，獨著駝裘破雨行〔三〕！

〔一〕“金釵”，喻松針。古代髮釵分二股，松針亦多兩針根端相連，形狀相似。

〔二〕“黏天”，指連天——遠望地平線際，好像和天空接上了。“菌子”，喻遠看樹木，不辨枝柯，但見一團，其形如菌。

〔三〕“誠齋叟”，作者自稱。“破”，衝破；“破雨”，猶言冒雨衝風。按此篇可與北宋崔鶠看人作畫詩：“霜落石林江氣清，隔江猶見暮山横。箇中只欠崔夫子，滿帽秋風信馬行！”合看，情事不同，而意境略類。

# 晚歸遇雨

略略煙痕草許低〔一〕，初初雨影傘先知。溪回谷轉愁無路，——忽有梅花一兩枝〔二〕。

〔一〕“煙痕”，指雨中春草初生時的淡緑色，暗用韓愈詩：“天街小雨潤如酥，草色遥看近却無”的意思。“許”，如此，這麽樣的。

〔二〕以上兩句可比較同時陸游詩:"山窮水盡疑無路,柳暗花明又一村。"

按以上係(宋孝宗)淳熙三年(丙申·一一七六)所作,作者在家。

## 晚春即事二絶(録一)

樹頭吹得葉冥冥〔一〕,三日顛風不小停。只是向來枯樹子〔二〕,知他那得許多青?

〔一〕"冥冥",形花木被春風吹得令人發生寂寞之感。參看杜甫詩:"風吹客衣日杲杲,樹攪離思(去聲)花冥冥。"
〔二〕"枯樹子",意即枯樹。"子"無義,只是語助,不可作"種籽"解。如當時禪宗語録所説的"庭前柏樹子",即言柏樹。

按以上係(宋孝宗)淳熙四年(丁酉·一一七七)春日作,作者家居。又按所有以上詩,在本集中爲《江湖集》部分。

## 丁酉四月十日之官毗陵舟行阻風宿椆陂江口〔一〕(二首録一)

蟲聲兩岸不堪聞,把燭銷愁且一尊〔二〕。誰宿此船愁似我?——船篷猶帶燭烟痕。

〔一〕“丁酉”,宋孝宗淳熙四年(一一七七)。“之”,往。“毗陵”,江蘇常州。“裯”,(zhōu,或 chōu,或 diāo),裯陂江亦作“周陂江”,距作者家鄉不遠。

〔二〕“一尊”,一杯,特指酒而言。按這裏的“愁”,不是離懷別緒,而是又要去作官,滿心不願意。

## 玉 山 道 中〔一〕

村北村南水響齊,巷頭巷尾樹陰低。青山自負無塵色〔二〕,盡日殷勤照碧溪。

〔一〕“玉山”,縣名,在江西上饒東北。縣境有懷玉山。

〔二〕作者又出仕,所謂“抗塵容而走俗狀”(《北山移文》語),是爲“有塵俗之色”。而青山自負並無塵色,詩人想像是爲笑人出仕之意,人爲有愧於山了。下言盡日照溪,何等示傲,相形之下,人越發感到羞媿,連照溪見影都感覺没有顔面了。參看孔稚圭《北山移文》:“於是南嶽獻嘲,北壟騰笑;列壑争譏,攢峯竦誚。”

## 過 招 賢 渡(四首録二)

余昔歲歸舟經此,水涸舟膠〔一〕,旅情甚惡。

一江故作兩江分,立殺呼船隔岸人〔二〕。柳上青蟲寧許劣〔三〕!——垂絲到地却回身。

岸上行人莫嘆勞,長年三老政呼號〔四〕;也知灘惡船難上〔五〕,——仰踏桅竿臥着篙〔六〕!

〔一〕“舟膠”,船被滯於淺水,不能行動,俗話:“擱淺。”按此詩作於招賢渡,地在浙江常山、衢縣之間。

〔二〕“立殺”,站煞,等煞。

〔三〕“寧許劣”,怎麽那樣頑皮淘氣!“青蟲”如北京所呼“弔死鬼”之類,常吐絲懸掛枝下。

〔四〕“長(zhǎng)年三老”,船上的梢工、篙工。“政”,同“正”。“號(háo)”平聲,大聲喊叫,此指篙工用力時口中呼喊以助勁助勢。

〔五〕“灘”,水淺溜急的險處,或兼有沙石、暗礁等梗阻。“也知”,説,知是知道——呼起下文的語氣。

〔六〕此句上面省去“可是却不料”“竟然至於”等意的一部分語詞,與上句“也知”暗爲呼應。作者詩中這樣的例子最多,忽略了就失去其生動活潑的語氣。仰踏、臥着,極力寫水灘之難上、篙工之費力。“着篙”,猶言“下篙”。

## 暮立荷橋

欲問紅蕖幾菡開〔一〕,忽驚浴罷夕陽催;也知今夕來差晚〔二〕,——猶勝窮忙不到來!

〔一〕“紅蕖”,紅芙蕖,紅蓮。“幾菡(hǎn)”,猶言幾朵。菡同菡,菡萏即荷花。

〔二〕“差晚”,較晚。由此句可見每夕必來。

# 秋 涼 晚 步

秋氣堪悲未必然〔一〕,輕寒政是可人天〔二〕:綠池落盡紅蕖却〔三〕,荷葉猶開最小錢〔四〕。

〔一〕宋玉《九辯》:"悲哉秋之爲氣也!"封建士大夫往往因秋生悲感,所謂"秋士悲"。這是時代和階級的感情反映。作者提出不同的意見。

〔二〕"政",同"正"。"可人天",可人意的天氣。

〔三〕"落却紅蕖盡"或"盡落却紅蕖"的倒裝。落却,落掉,指花凋謝。

〔四〕"錢",古代貨幣用銅錢,其形圓,故用爲比。

按以上係(宋孝宗)淳熙四年(丁酉·一一七七)夏日以次所作,作者赴官常州任。

# 雪 霽 出 城

梅於雪後較多花,草亦晴初忽幾芽。河凍落痕餘一寸:殘冰閣在柳根沙〔一〕。

〔一〕這兩句寫雪後景物,冬季結冰時原來河面較高,到冰將融時,河面低了,因此原來的殘冰比現時水面高出一寸左右,尚掛在岸邊樹下成爲痕跡,清切如畫,凡是留心過這種景物的都會感到作者寫得好。"閣",即擱。"沙",南方泛稱水邊、水中的地爲沙,如岸沙、洲沙。(吴中謂水中可田之地爲沙,見蘇軾詩自注。)

## 春暖郡圃散策〔一〕(三首録一)

春禽處處講新聲,細草欣欣賀嫩晴。曲折遍穿花底路,莫令一步作虚行〔二〕。

〔一〕"郡圃",此指常州官衙後園。"散策",猶言散步、閒走。
〔二〕"令",讀平聲。這説聽禽、踏草、看花,縱情欣賞,一步有一步的樂趣,都不放過。按詩中"講"字"賀"字用法都别有意趣。

## 休日登城〔一〕

愛他休日更新晴,忍却春寒上古城〔二〕:廢壘荒廬無一好〔三〕,——春來微徑總堪行。

〔一〕"休日",古代官吏每十天給假一日。也叫作"休沐日",好像現代的"星期日"。
〔二〕"忍却",忍耐着。
〔三〕"無一好",本來無一美好可觀之處。

## 浄遠亭午望〔一〕

城外春光染遠山,池中嫩水漲微瀾。回身小却深簷裏〔二〕,——野鴨雙浮欲近欄〔三〕。

竹逕殊疎欠補栽,蘭芽欲吐未全開。初暄乍冷飛猶倦:一蝶新從底處來〔四〕?

〔一〕"净遠亭",常州郡圃中的亭子。

〔二〕"小却",稍退,微藏。

〔三〕人隱身於較幽處,野鴨不知,遂游近亭欄邊來。這寫作者的體貼用心,不忍驚動水禽,見其游近,因而心喜。這和所謂"物我相得""物我兩忘"都貌似而實異,别有情趣。

〔四〕"底處",何處。

## 讀嚴子陵傳〔一〕

客星何補漢中興〔二〕?空有清風冷似冰〔三〕!早遣阿瞞移漢鼎〔四〕,人間何處有嚴陵〔五〕?

〔一〕"《嚴子陵傳》",指《後漢書·嚴光傳》。嚴光,字子陵,本姓莊,避漢明帝劉莊諱改"嚴"。一名遵。餘姚人。少時與劉秀同學;劉秀做了皇帝(後漢光武帝),嚴光改變姓名,隱居不見,披羊裘釣於澤中。劉秀思念他,尋訪得之,三請而後才來;除官諫議大夫,堅辭不就,歸隱富春山,耕釣以終其身。後人稱其垂釣處爲嚴陵瀨(在浙江桐廬以南浙江水濱,俗名收縴埠)。

〔二〕"客星",據史書記載:嚴光既至,劉秀即日造訪,嚴光卧而不起。劉秀入室撫其腹,以相邀勸。後來兩人敍舊,因共卧息,嚴光將一隻脚放在劉秀腹上。明日,太史(官名)奏言有"客星犯御座甚急!(説據"天象",一顆忽然出現的新星侵犯帝座星。)"劉秀笑道:"朕與故人嚴子陵共卧耳!”西漢從高祖劉邦至孺子嬰,爲王莽所篡,建號曰“新”。劉秀(劉邦九世孫)重建漢(東漢,也稱後漢),所以叫“中興”,猶言再興。

〔三〕“清風”,用唐權德輿《嚴子陵釣臺》:“潛驅東漢風,日使薄者醇;焉用佐天下,持此報故人;……柰何清風後,擾擾論屈伸?……”指嚴光的清高的風節。而其下加以“冷似冰”三字,諷刺之意已見。

〔四〕“阿瞞”,曹操的小名。“鼎”,指古代傳國的寶器。傳説夏禹曾鑄九鼎,成湯遷之於商邑,周武王遷之於洛邑,秦得國而取之,失其一。後因稱封建皇帝立都、建國爲“定鼎”,國運爲“鼎運”,奪國篡位爲“移鼎”(見《後漢書·孔融傳·論》)。“移漢鼎”,猶言奪漢之國。曹操挾獻帝,自爲丞相,其子曹丕正式篡漢爲魏。古代史論家以爲篡迹雖在曹丕,篡心實始曹操。“漢鼎”,見《漢書·吾丘壽王傳》:汾陽得寶鼎,羣臣皆賀得周鼎,獨壽王以爲非周;皇帝問他,他答曰:“鼎爲周出,故名曰周鼎;今天祚有德,而寶鼎自出:此天之所以與漢,乃漢鼎,非周鼎也。”“早遣”,假設語氣,若早使、如果早教。這個“早”,是指如果曹氏篡漢事件在嚴光生時就發生,不是早幾年、早一點的“早”。

〔五〕按嚴光鄙夷劉秀做皇帝,堅決不爲封建統治者服務,隱居老死,本無可指摘,歷來詩人題嚴陵釣臺的,多是備極景仰,在當時説來,也用不着非議。作者却這樣不贊成,並非是一般詩家好作“翻案”詩以立異聳聽的習氣,實是結合當時國家危急存亡之際、竟有一班士大夫忍心置不聞問、以“高蹈”自命的情況,而加以尖鋭諷刺,猶如説:若國都亡了,看你們這般“高人”還往哪裏隱居垂釣去?南宋士大夫,形形色色,醜態不一,而這一類人物也是其中一部分,如文及翁在《賀新涼》詞中所描寫的“借問孤山林處士,但掉頭、笑指梅花蕊。天下事,可知矣!”作者正是對這些“但掉頭笑指梅花蕊”的全無心肝者痛下針砭,並不是真有所不滿於漢代嚴光的意思。

## 書齋夜坐(二首録一)

酒力欺人正作眠〔一〕,夢中得句忽醒然〔二〕:寒生更點當當裏〔三〕,雨在梅花蔌蔌邊〔四〕。

〔一〕這説因酒醉而睡着。

〔二〕“忽”,入聲字,屬仄。“醒”,讀平聲如“星”。

〔三〕“更(gēng)點”,古時夜裏報時刻的有更鼓、更漏,也有巡邏打更的人,敲鑼、擊梆而行;點,指一種敲擊銅樂器或此樂器的聲音,韓愈詩:“鷄三號,更五點。”一夜分爲五更(即甲、乙、丙、丁、戊“五夜”),一更分爲五點。“當當”,即“噹噹”,擬聲字。

〔四〕“蔌蔌(sù)”,狀聲字,詩中多用爲落花聲,此則兼狀雨聲。

## 水仙花(四首録二)

韻絶香仍絶〔一〕,花清月未清〔二〕。天仙不行地〔三〕,且借水爲名。

開處誰爲伴?蕭然不可親〔四〕。雪宫孤弄影,水殿四無人〔五〕。

〔一〕“韻”,風韻,韻致,不庸俗,不浮艷。“絶”,極。“仍”,更,亦。

〔二〕此言花、月相比時,連月也算不得清,極言水仙花之清。

〔三〕道家説法:居天上的仙人爲天仙,居人世的而得道的爲地仙或地行仙。此指水仙花不植於土,但以清泉供養,所以説“不行地”。

〔四〕“親”,狎褻。

〔五〕“雪宫”“水殿”,擬水仙爲仙子,故又擬其居處,以寫其清境。“孤弄影”“四無人”,即申説其“蕭然”、其“不可親”。

# 夜坐

背壁青燈勸讀書〔一〕,窺窗素月喚看渠〔二〕。向來諸老端何似?未必千年便不如〔三〕。春後春前雙雪鬢,江南江北一茅廬〔四〕。只愁夜飲無供給,——小雨新肥半圃蔬〔五〕。

〔一〕“背”義有二:爲物(如幔帳)所隔;靠倚而立。此爲後一義。將燈擬人格,不以燈爲照讀,而覺其爲勸人讀書。

〔二〕“喚看渠”,喚,和上句“勸”意略同,猶言引誘人、招邀人。看,讀平聲。渠,他。

〔三〕“向來諸老”,指所讀書中記敍的古人、或書之著者。“端”,到底,究竟。“千年”,指時至讀書者已在千年之後。兩句意謂古人畢竟到何境界?自己豈便真趕不上他們嗎?

〔四〕“茅廬”,隱者所居草屋。

〔五〕“肥”,動詞,指雨滋潤植物,生長得好。參看杜甫詩“紅綻雨肥梅”的字法,蘇軾詩“雨中擷園蔬”、徐寅詩“南園夜雨長秋蔬”等句意。這首詩是作者以極婉蓄的語式感懷國事、自撫抱負的作品。

## 新　柳

柳條百尺拂銀塘〔一〕，且莫深青只淺黄〔二〕。未必柳條能蘸水〔三〕，——水中柳影引他長〔四〕！

〔一〕“拂”，輕輕挨着，如拂拭狀。“銀塘”，喻塘水之清之美。

〔二〕楊柳初生葉時色嫩緑帶黄，最美；及作深緑色，便蒼老減韻，而春亦晚矣。所以詩人叮囑柳條，願它總是淺黄時候。

〔三〕“蘸(zhàn)”，剛剛挨水，入水不多。“柳條蘸水”，寫其長，垂至水面。

〔四〕岸上柳條和水中柳影幾乎相接，好像聯成一條，顯得加倍地長了。

## 春　曉（三首録二）

拂花紅露濺春衣，柳外春禽睡未知。天借晴光與桃李〔一〕，更將剩彩弄游絲。

一年生活是三春〔二〕，二月春光儘十分。不必開窗索花笑〔三〕，隔窗花影也欣欣！

〔一〕“與”，給予。

〔二〕“生活”，這裏猶言好時光、快活的時候。“三春”，春季的三個月時光。

〔三〕“索花笑”，用杜甫詩“巡檐索共梅花笑”的字意。索，須。說對花而喜。

## 上　巳〔一〕(三首録一)

正是春光最盛時：桃花枝映李花枝。鞦韆日暮人歸盡，只有春風弄綵旗〔二〕。

〔一〕“上巳”，見第六〇頁《過秀溪長句》注〔一〕。

〔二〕“綵旗”，唐、宋時風俗，在上巳、寒食、清明這一季節時，婦女盪鞦韆爲戲；《開天遺事》：“天寶宫中至寒食節，競豎鞦韆，令宫嬪戲笑以爲宴樂。”鞦韆架是活的，可以隨時搭架、拆卸，上插綵旗爲飾，——鞦韆的兩隻柱就是兩根旗竿。參看白居易寒食詩：“新晴幾處縛鞦韆”；杜牧詩：“楚鄉寒食橘花時，野渡臨風駐綵旗”；陸游詩：“鞦韆旗下一春忙。”“弄”，猶言拂盪，作者另一首詩云：“春風也解嫌蕭索，自送鞦韆不要人。”略同此意。

## 寒食雨作〔一〕

雙燕銜簾報禁烟〔二〕，唤驚晝夢聳詩肩〔三〕。晚寒政與花爲地〔四〕，曉雨能令水作天〔五〕。桃李海棠聊病眼〔六〕，清明寒食又來年〔七〕。老來不辦琱新句〔八〕，報答風光且一篇。

〔一〕“寒食”，見第三八頁《寒食上塚》注〔一〕及第八四頁《清明雨寒》注〔二〕。

〔二〕“禁烟”，猶言禁火，指當時寒食節風俗，不點火作飯，家家喫預先作好的熟食物過節，——所以也叫“熟食日”。

〔三〕“聳詩肩”，寫寒冷，又兼寫詩人因苦吟而瘦得肩都聳起。蘇軾詩：“夜來應聳作詩肩。”

〔四〕“爲地”，爲地步，作打算，意謂使花可多開些時，不致太暖早謝。“政”，同“正”。

〔五〕“令”，讀平聲。“水作天”，指雨大。

〔六〕“聊病眼”，謂聊以病目賞花，看不到好處。

〔七〕“又來年”，又要等明年了。

〔八〕“不辦”，不能，作不到。“琱(diāo)”，雕刻，喻琢磨文字。

## 寒食相將諸子遊翟園得十詩〔一〕(録二)

三月風光一歲無，杏花欲過李花初。柳絲自爲春風舞，竹尾如何也學渠？

荆溪老守底風流〔二〕！哦就十詩一笑休。天欲做春無去處：只堆濃緑柳梢頭！

〔一〕“寒食”，見第三八頁《寒食上塚》注〔一〕及下首注〔二〕。“相將(平聲)”，相偕。

〔二〕“荆溪老守”，作者自謂，其時他正做常州郡守；荆溪，水名，在宜興；此以指常州。“底風流”，猶言如此風流。此底字作“如許”、“這様”解，與一般作問詞的“底”不同。

## 清明雨寒(八首録二)

脱却單衣著裌衣，禁烟無有不寒時。一年好處君知麽〔一〕：寒食千門插柳枝〔二〕。

桃李一空春已歸，不須更待絮飛時。閉門獨琢春寒句〔三〕，只有輕風細雨知〔四〕。

〔一〕“麽”，讀去聲。

〔二〕“寒食”，見第三八頁《寒食上塚》注〔一〕。《東京夢華録·清明節》：“清明節，尋常京師以冬至後一百五日爲大寒食，前一日謂之炊熟，用麪造棗餬（餅類）、飛燕，柳條貫之，插於門楣，謂之‘子推燕’。”此爲汴京舊俗。《夢粱録·清明節》：“清明交三月節，前兩日謂之寒食，京師人從冬至後數起，至一百五日便是。此日家家以柳條插於門上，名曰‘明眼’。”《武林舊事·祭掃》：“清明前三日爲寒食節，都城人家皆插柳滿簷，雖小坊幽曲（巷），亦青青可愛，大家則加棗餬於柳上。”此爲杭州風俗。常州當亦大同小異。

〔三〕“琢”，即前詩中之“琱”義。

〔四〕清明、寒食節到來，往往伴隨着氣候變化、鬧天氣；如《荆楚歲時記》所載：“冬至後一百五日，即有疾風甚雨，謂之寒食，禁火三日。”唐杜牧詩：“清明時節雨紛紛”，都是例子。詩中屢言春寒，亦即此故。按以上兩句所寫意境，最與同時詩詞家姜夔相近；姜爲受作者之影響甚明。

## 曉登多稼亭〔一〕（三首録一）

雨前田畝不勝荒〔二〕，雨後農家特地忙。一眼平疇三十里〔三〕：際天白水立青秧〔四〕。

〔一〕“多稼亭”，常州郡圃中的亭子。

〔二〕“不勝(平聲 shēng)”,本義同不任、不堪、不禁。泛言不勝如何,即極言其如何,有“説不盡”之意。

〔三〕“疇”,田。細分時穀田爲田,麻田爲疇(一説水田爲田,旱田爲疇),泛言無别。又疇有耕治精好的田、肥美的田等特殊含義。

〔四〕“際天”,猶言接天、連天,——指大片水田,遠望時地平線上水天如相黏接。

## 午熱登多稼亭〔一〕(五首録二)

矮屋炎天不可居,高亭爽氣亦元無〔二〕。小風不被蟬餐却〔三〕,合有些涼到老夫〔四〕!

御風不必問雌雄〔五〕,只有炎風最不中〔六〕。却是竹君殊解事〔七〕:炎風篩過作清風!

〔一〕“多稼亭”,見前首注〔一〕。

〔二〕“元”,同“原”字。

〔三〕“餐却”,喫掉了。古人以爲蟬不食,只是餐風飲露。

〔四〕“合”,理應,該當。是表盼望或怪罪的語氣。“老夫”,作者自指。也説作“老子”。

〔五〕“御風”,借用“列子御風而行”(《莊子》)的話,並無深意。“雌雄”,指宋玉《風賦》中以楚王之風爲“雄風”,庶人之風爲“雌風”(意含諷諫);在此亦只點綴,反跌下文,並無深意。

〔六〕“不中”,不成,不好,要不得。

〔七〕“竹君”,指稱竹子,因晉王徽之愛竹,曾有“何可一日無此君”的話,後人遂多以“此君”稱竹;此暗用其典。

# 憩懷古堂

新葺懷古堂〔一〕,舊臨郭璞池〔二〕;去歲夏徂秋〔三〕,無日不此嬉:茨菰無暑性〔四〕,芙蕖有涼姿〔五〕。今年池水乾,老子來遂稀;豈惟來不留,亦復去靡思〔六〕。朝來偶一到,又覺景特奇:水含霽後光〔七〕,荷於風處攲〔八〕;便有白鷗下,驚起翠羽飛〔九〕;方池灩牕東〔一〇〕,長池横簷西;紅緑向背看〔一一〕,觴詠朝夕宜〔一二〕。此堂初無情〔一三〕,此池諒何知;如何涉斯世〔一四〕,乖逢亦有時〔一五〕?

〔一〕"葺(qì)",以草覆屋,泛言修蓋房屋。"懷古堂",常州郡圃堂名。

〔二〕"郭璞池",郭璞,晉時聞喜人,善卜筮。晉南渡,曾至江南,池當是其古跡。

〔三〕"徂(cú)",往,(時光)消逝。"夏徂秋",自夏至秋。

〔四〕"茨菰",即慈姑,草本,植於水田,葉肥,形如燕尾,秋日開三瓣白花,冬掘其球莖,可食,一名白地栗。

〔五〕"芙蕖",荷花。

〔六〕"靡",無,不。

〔七〕"霽(jì)",雨過天晴爲霽。

〔八〕"攲(qī)",傾側;指荷爲風吹得摇擺。

〔九〕"翠羽",翠鳥。

〔一〇〕"灩(yàn)",水滿泛溢的形容。此作動詞用(瀲灩,聯詞,常用爲水、日相輝映的狀詞)。

〔一一〕"紅緑",指荷花荷葉。"向背",此指從不同角度來看荷的花葉,例如從東望去如花與人相對,從西望去又如相背而立。

〔一二〕"觴(shāng)詠",飲酒賦詩。晉王羲之《蘭亭序》:"一觴一詠。"觴,酒盃;作動詞義爲勸飲。

〔一三〕"初",原來,本自。

〔一四〕"涉",涉歷,經歷。"涉世",經歷世事。

〔一五〕"乖逢",乖,不合;逢,相投:即"遇合"與否的意思。作者一生頗有"乖逢"之感,不能舒展抱負,所以對着堂池景物也爲它們發生感慨。

# 望　雨

雲興惠山頂,雨放太湖脚〔一〕;初愁望中遠,忽在頭上落;白羽障烏巾〔二〕,衣袖已沾渥。歸來看簷溜,如瀉萬仞壑;霆裂大瑤甕,電縈濕銀索〔三〕;須臾水平階〔四〕,花塢失半角;定知秧疇滿,想見田父樂!向來春夏交,旱氣亦太虐;山川已徧走,雲物竟索寞〔五〕;雙鬢愁得白,兩膝拜將剥〔六〕;——早知今有雨,老懷枉作惡〔七〕!

〔一〕"惠山""太湖",皆在江蘇南部,距作者當時所在地荆溪甚近。惠山一作慧山,在無錫以西,太湖即在其南。太湖之東爲蘇州,西爲宜興。

〔二〕"烏巾",烏紗巾,一種頭巾、便帽。

〔三〕此聯兩句句法相同:謂雷霆巨響如大玉甕爆裂,閃電明光如濕銀索(繩)縈曲。

〔四〕"須臾",時間不大。

〔五〕"雲物",見第一〇頁《曉立普明寺門時已過立春去除夕三日爾將歸有嘆》注〔二〕。

〔六〕此句説禱雨跪拜,膝蓋都磨得破裂了。古時人遇旱,要向龍神等處乞雨,是迷信行爲。

〔七〕"作惡",猶言愁惱。按末兩句是得雨以後喜極之語,故意這樣説,並非真的説遇見旱災不應該愁慮。

## 聞一二故人相繼而逝感嘆書懷

故人昔同朝,與游每甚歡;豈緣勢利合,相得文字間。有頃各補外〔一〕,不見今六年;我來荆溪上,敲榜索租錢〔二〕;故人復雙入〔三〕,飛上青雲端〔四〕;我雖世味濇,羨心能恝然〔五〕?忽傳故人去〔六〕,得書墨未乾;又傳故人亡,驚悼摧肺肝〔七〕!鼎貴良獨佳〔八〕,安貧未遽賢〔九〕?向以我易彼,安知不作難〔一〇〕?今以彼易我,試問誰當慳〔一一〕?如何捐此軀,必要博好官〔一二〕?顧謂妻與子:"官滿當歸田:我賤汝勿羞,我貧汝勿歎〔一三〕。從汝丐我身〔一四〕,百年庶團欒〔一五〕。"妻子笑答我:"修短未易言〔一六〕:富貴必速殞〔一七〕,郭令當夭殘〔一八〕;貧賤果永算〔一九〕,顔子壽必延〔二〇〕。"我復答渠道:"薄命我自憐。我福肯如郭?我德敢望顔?造物本嗇與〔二一〕,我乃多取旃〔二二〕?借令彼不怒〔二三〕,退省我獨安〔二四〕?汝言自有理,我意不可還〔二五〕!"

〔一〕"有頃",爲時不久。"補外",自朝官出爲外郡官。

〔二〕"敲榜",拷打。官向人民催索租税,人民繳不上,官就刑罰逼索。這種殘酷剥削、欺壓人民的罪行,是作者所最反對而感到傷心的。

〔三〕"雙入",指兩位故人一齊被召回京朝。

〔 四 〕“青雲”,指高位。《史記・范雎傳》:“(須)賈(人名)不意君能自致於青雲之上。”

〔 五 〕“恝(jiè)然”,淡然無憂慮、不理會、不動心的形容。

〔 六 〕“去”,離開,指又被排斥離去京職。

〔 七 〕“摧肺肝”,摧傷臟腑,極言痛悼之情。杜甫詩:“塌然摧肺肝。”

〔 八 〕“鼎貴”,方且欲貴,始貴。鼎是“當”義,此亦猶言方當貴顯。“良獨”,誠然,自是。

〔 九 〕“未遽賢”,此猶言“豈不賢?”

〔一〇〕“向”,當初,昔者。不是“向使”的省詞(假使)。“我易彼”,以我作他。“作難”,爲難。兩句話是説:當時若我把我的處境、地位去换他的,他焉見得不是很作難——非常不願意?

〔一一〕兩句是説,如今若他以他的處境、地位來换我的,則這回該是誰不願意换了呢?——自然是我了。“慳(qiān)”,吝嗇,不願。

〔一二〕“捐此軀”,捨了這條性命。“博好官”,换取好官做。

〔一三〕“歎”,讀平聲如“灘”。

〔一四〕“丐”,乞取。即請求同意、允准。

〔一五〕“庶”,庶幾,盼幸之詞。“團欒”,團圓,猶言聚首——百年偕老。

〔一六〕“修短”,壽命的長短。

〔一七〕“殞(yǔn)”,死。

〔一八〕“郭令”,唐郭子儀,他是舊日以“富貴壽考”俱全著稱的大官僚。令,中書令(官名)。“夭殘”,早亡。

〔一九〕“永算”,壽數長久。

〔二〇〕“顔子”,孔子弟子顔回,以貧著稱,而又早亡。

〔二一〕“造物”,古時迷信、宿命論的説法,以爲萬物皆係由“造物者”所創造,而萬物的“命運”都是由“造物者”註定、賜予的。“嗇與”,吝於施予,不多給人“福氣”。

〔二二〕“旃”,“之焉”的合音字。

〔二三〕“借令”,假使。“彼”,指“造物”。

〔二四〕“退省(xǐng)”,退而自已思考省察。“我獨安”,我豈能心安?

〔二五〕“還”,挽回,扭轉。

按此詩末段關於“宿命”的認識自然是錯誤的,作者已借妻子的詰難駁辯予以否定,不過是借話頭來作文章。可是不敢“多取”、心不“獨安”的思想畢竟顯明。但作者主要的意旨仍是鄙夷高官貴爵和看不起拚命向上爬的統治階級人物,這一點在他是終身如一的。

## 苦熱登多稼亭〔一〕(二首録一)

吏散庭空便悄然,不須休日始偷閑。鷗邊野水水邊屋,城外平林林外山。偶見行人回首却〔二〕,亦看老子立亭間〔三〕。暮蟬何苦催歸急,只待涼生月半環!

〔一〕“多稼亭”,見第八四頁《曉登多稼亭》注〔一〕。

〔二〕“回首却”,“回却首”的倒裝,猶言回轉頭來。參看陸游《老學庵筆記》(卷四):“至(黄庭堅寫本)詩中作‘吹愁去’,(唐人趙嘏)(原本)詩中作‘吹愁却’。却字爲是。蓋唐人語,猶云‘吹却愁’也。”

〔三〕“看”,讀平聲。“老子”,作者自稱。

## 暮熱游荷池上(五首録一)

細草摇頭忽報儂〔一〕,披襟攔得一西風〔二〕。荷花入暮猶愁熱:低面深藏碧傘中〔三〕。

〔一〕“細草摇頭”,寫風來。“報儂”,好像報告於我：風來了！

〔二〕“披襟”,敞衣坦胸。宋玉《風賦》:“有風颯然而至,王(楚襄王)乃披襟而當之,曰:‘快哉此風！……’”

〔三〕“碧傘”,指緑荷葉好像是給荷花打着涼傘。

## 閏六月立秋後暮熱追涼郡圃

上得城來眼頓明,暮山争獻數尖青。垂楊舞罷西風葉,——一葉多時獨未停。

夏欲盡頭秋欲初,小涼未苦——爽肌膚。夕陽幸自西山外〔一〕,一抹斜紅不肯無〔二〕。

〔一〕“幸自”,本自,原是。

〔二〕參看蘇軾詩:“斜照江天一抹紅。”

## 讀元白長慶二集詩〔一〕

讀遍元詩與白詩：一生少傅重微之〔二〕。再三不曉渠何意？——半是交情半是私〔三〕！

〔一〕“元白長慶二集”,《元氏長慶集》,唐元稹的詩文集;《白氏長慶集》,唐白居易的詩文集。二人齊名,又是好友,其文學主張與風格亦相同。白居易極口稱揚元稹,屢見於其詩文中;但元稹的成就實在遠不逮白居易。“長慶”,唐穆宗(李恒)年號(八二一——八二四),二人編集皆當此時,故名。

〔二〕“少傅”,指白居易,居易曾官太子少傅分司。“微之”,元稹的字。

〔三〕“私”,“私情”之省,指評品不公允。

## 檜逕曉步

老檜陰陰夾古城〔一〕,露叢迎貫日華明〔二〕。曉涼無箇人分却〔三〕,一逕深長獨自行。

雨歇林間涼自生,風穿逕裏曉逾清〔四〕。意行偶到無人處〔五〕,驚起山禽——我亦驚!

〔一〕“檜(guì)”,《本草綱目》:“柏葉松身者,檜也。其葉尖硬,亦謂之栝。”其葉圓針狀,有別於側柏的匾葉,所以又名圓柏。

〔二〕“露叢”,指樹葉上聚集的露珠,唐太宗(李世民)詩:“珠穿曉露叢”;所以從珠的比喻又生出下文的“貫”字,貫即“穿”成“串”的意思,“貫珠”“珠貫”是常用詞。

〔三〕“分却”,分得去,分享。

〔四〕“逾”,越發,益,更。

〔五〕“意行”,恣意而行,隨意之所至而漫步。參看唐劉禹錫詩:“意行無舊路。”蘇軾詩:“意行信足無溝坑。”

## 七月既望晚觀菱壕〔一〕

官壕水落兩三痕〔二〕,正是秋初雨後天。菱荇中間開一路〔三〕,——曉來誰過採蓮船?

〔一〕“既望”,月望的次日——夏曆的十六日。
〔二〕“痕”,水面漲落時在岸邊所留的痕跡。
〔三〕“荇(xìng)”,莕菜,生池水中,葉有長柄,浮於水面,夏日開小黄花,瓣五裂。葉嫩時可食。“開一路”,叢聚的菱荇被分隔開,形成一條通路似的豁口。比較白居易《池上二絶》之二:“小娃撑小艇,偷採白蓮迴:不解藏蹤跡,浮萍一道開。”作者用“倒插筆”,出以想像,便覺更勝。

## 觀　蟻(二首録一)

偶爾相逢細問途,不知何事數遷居〔一〕?微軀所饌能多少〔二〕?——一獵歸來滿後車〔三〕。

〔一〕“數(shuò 入聲)”,頻繁,屢次。
〔二〕“饌(zhuàn)”,猶言飲食,動詞。
〔三〕“後車”,古代王者等人出行時後面跟隨的車輛,亦名副車。《孟子·盡心》:“般樂飲酒,驅騁田獵,後車千乘。”

比較范成大詩:“就食遷居蟻墳壤,隨舍作家蛛裊絲。”這種小詩不獨觀察細緻、摹寫生動,蓋亦對統治階級上層人物有所諷刺。

## 醉　吟

古人亡,——古人在;古人不在天應改。不留三句五句詩，安得千人萬人愛？今人只笑古人癡，古人笑君君不知：朝來暮去能幾許〔一〕？葉落花開無盡時。人生須要印如斗〔二〕，不道金槌控渠口〔三〕！身前只解皺兩眉〔四〕，身後還能更盃酒〔五〕？李太白，阮嗣宗〔六〕，當年誰不笑兩翁？萬古賢愚俱白骨，兩翁天地一清風！

〔一〕“能幾許”，共有若干時日？此句就是所謂日月流轉、“人生幾何”的一種消極頹廢思想。

〔二〕“印如斗”，用《晉書·周顗傳》：“今年殺諸賊奴，取金印如斗大繫肘”的話。金印是古代最高級官僚的“執照”。

〔三〕“金槌”，也作金椎，擊人的武器，《莊子·外物》：“儒以金椎控其頤。”控，音 kòng，打。以上兩句說：只知要追求功名富貴，可忘了遭刑受侮的結果。

〔四〕“身前”，猶言生前；下句“身後”即死後。“皺兩眉”，總是愁悶，不快活——不滿足或不豁達、想不開。

〔五〕以上兩句用《晉書·張翰傳》：“使我有身後名，不如即時一盃酒。”李白詩：“君愛身後名，我愛眼前酒。”即此意。作者說：活着不肯快活，看你死了還能不能喝一鍾？是鄙夷利祿的話。

〔六〕李白，字太白；阮籍，字嗣宗：都是以嗜酒放浪聞名的前代大詩人。是作者所仰慕的人品。這種七言古詩也是學李白的風格。

## 多稼亭前黄菊〔一〕

危亭俯涼圃〔二〕，落葉日夜深；佳菊獨何爲？開花得我心：韻孤自無伴，香浄暗滿襟；根器受正色〔三〕，非緣學黄金；獨違春光早，而俟秋寒侵；豈不愛凋年、坐令淹寸陰〔四〕？奈此清苦操，愧入妍華林。向來朱碧叢〔五〕，亦復悴斯今〔六〕；清霜慘萬象，幽芳耿森森〔七〕。持以壽君子〔八〕，聊爾慰孤斟。

〔一〕“多稼亭”，見第八四頁《曉登多稼亭》注〔一〕。

〔二〕“危亭”，高亭。“俯”，俯臨，居高臨下。“囿(yòu)”，此指園林之地。

〔三〕“根器”，佛家語，以根(基礎)和器(容納量)來比喻學道者的“秉賦”高下不齊。此處亦略如言“秉賦”。“正色”，古時以青、黄、赤、白、黑五者爲正色(二色相合爲“間”色)。此指黄色。

〔四〕“愛”，猶言惜。“凋年”，猶言“暮景”，指歲月遲暮。“坐令”，猶言“一任”、眼看着。“淹”，遲留。“寸陰”，比喻時光的短暫、有限。

〔五〕“向來”，在早、昔日的。“朱碧叢”，指春天紅花緑葉的美麗繁華。

〔六〕“悴(cuì)”，憔悴，凋萎。“斯今”，如今。

〔七〕“幽芳”，指菊花。“耿”，光亮貌，此處猶言發光彩。

〔八〕“壽”，以酒爲祝叫作壽，動詞。

## 促　織〔一〕

一聲能遣一人愁〔二〕，——終夕聲聲曉未休。不解繅絲替人織〔三〕，强來出口促衣裘〔四〕！

〔一〕“促織”，蟋蟀的異名，也作“趨織”，郝懿行《爾雅義疏》：“蟋蟀，今順天(北京)人謂之‘趨趨’，即促織、蟋蟀之聲轉。”按今多寫作蛐蛐。陸璣詩疏引里諺云：“趨織鳴，嬾婦驚。”指天涼了，衣服的需要急迫了。所以“促織”一名也就不止是“聲轉”，而兼有其取義。

〔二〕“遣”,使。
〔三〕“繅(sāo)絲”,將蠶繭抽成絲縷。
〔四〕“衣裘”,指富貴者的豪華衣著。這是對不事勞動生產而只發號施令逼迫人民的封建官僚剥削者的諷刺。

## 迓使客夜歸〔一〕(四首録三)

去時岸樹日猶明,歸到州橋月已昇。水與天争一輪玉〔二〕,市聲人語兩街燈。迎來送往鬚成雪,索筆題詩硯欲冰。浄洗紅塵煩碧酒,倦來不覺睡騰騰。

起視青天分外青,滿天一點更無星。忽驚平地化成水,——乃是月華光滿庭!筆下何知有前輩〔三〕?醉中未肯赦空瓶〔四〕。兒曹夜誦何書册〔五〕?也遣先生細細聽。

病身已怯九秋涼,也復移樽下砌傍〔六〕。只愛盃中都是月〔七〕,不知身上寸深霜!清愁舊覺天來遠,寒夜新添歲樣長〔八〕。不是傍人俱欲睡〔九〕,老人無睡亦何妨?

〔一〕“迓(yà)”,迎接。“使客”,指金國每年照例派來賀元旦、賀皇帝生辰的使臣。參看第一一三頁《郡中上元燈減舊例三之二而又迎送使客》注〔一〕。
〔二〕水中、天上,都有一輪明月。
〔三〕作者表示寫詩不肯盲目追隨、崇拜古代作家。
〔四〕“赦”,饒恕,猶言放過。
〔五〕“兒曹”,兒輩,孩子們。
〔六〕“傍”,同“旁”字。

〔七〕指月影映入酒中。

〔八〕此句只言寒夜增長,而上句呼起的“清愁”、下文點明的“無睡”,都已盡在言外。上句説,舊日覺愁似天樣遠,即全無憂思。

〔九〕“俱”,平聲如“拘”,不讀如“具”。此寫自己因迓使客而引起的感懷國事、愁思無眠,旁人不解,愈顯獨醒不寐的痛苦,而寫來却異樣朗爽别致,使人粗粗讀去不易察覺。

## 城頭秋望(二首録一)

秋光好處頓胡床〔一〕,旋唤茶甌淺着湯〔二〕。隔樹漏天青破碎,驚風度竹碧怱忙。

〔一〕“頓”,安頓,安放,安置。“胡床”,一名交椅,坐具。《清異録》:“胡牀施轉關(樞紐)以交足,穿绷帶以容坐,轉縮須臾,重不數斤。”就是可以隨時支架、拼合的小坐椅。古代人席地而跪坐,故以此種坐具爲胡床,而從宋人起,已經把自唐以前的“席地”之制改變,大致成爲我們今天用桌椅的起坐方式了。

〔二〕“旋”,讀去聲如“鏇”。凡不是預先準備、臨時才作的,都叫“旋”。現在往往寫作“現”,實際口語依然是“旋”字,不是“現”。“甌(ōu)”,小碗。“着湯”,傾入熱開水,即旋沏茶。

## 夜　　雨

幽人睡正熟〔一〕,不知江雨來:驚風颯然起〔二〕,聲若山嶽摧〔三〕。起坐不復寐,萬感集老懷。憶年十四五,讀書松下齋〔四〕;寒夜耿難曉〔五〕,孤吟悄無儕〔六〕;蟲語一燈寂,鬼啼萬山哀〔七〕:雨聲正如此,壯心滴不灰〔八〕。即今踰知命〔九〕,已先十年衰〔一○〕;不知後此者〔一一〕,壯心肯更回?舊學日疏蕪,書册久塵埃;聖處與天似〔一二〕,而我老相催!坐念慨未已,東牕晨光開。

〔一〕"幽人",深居者,隱者。

〔二〕"颯(sà)然",風聲。

〔三〕"摧",猶言坍塌,崩毁。

〔四〕"松下齋",松樹下的書房。語本王維詩:"松下清齋折露葵。"但王維的"齋"本言素食,這裏是變用。

〔五〕"耿",形容不寐者,不指"寒夜"。《楚辭·遠遊》:"夜耿耿而不寐兮",注家以爲耿耿是"不寐貌也"或"不安也",可證。

〔六〕"儕(chái)",等輩之人,伴侣。

〔七〕非真有"鬼"啼,不過出以想像,或借他物的鳴聲以寫此時的特殊境界。亦暗用《九歌》篇名"山鬼"之義。

〔八〕"灰",《莊子·齊物論》:"而心固可使如死灰乎?"後借其語以指心情消極。此言少時壯心不因雨聲而愁思傷懷。

〔九〕"踰知命",年過五十。孔子"五十而知天命",語見《論語·爲政》。

〔一○〕言早十年身心已衰,即四十多歲時已開始見衰了。

〔一一〕"後此者",指從今以後的餘年。

〔一二〕"聖處",宋代儒者所想像的一種道德學問修養最高的境界。"與天似",和天一樣遠,還挨不着邊,差得多。

按此詩寫聽雨夜坐時的複雜矛盾的心情感慨,表達了"壯心未已"的上進之心,實不同於一般傷老悲窮的濫調;一結歸到晨光開曉,仍是展望、開朗的健康情緒。

# 苦　吟

蟻無秋衣鴈無裘〔一〕，霜天謀食各自愁：鴈聲寒死叫不歇，蟻膝凍僵行復休！先生苦吟日色晚〔二〕，老鈴來催喫朝飯〔三〕。小兒誦書呼不來，案頭冷却黄虀麵〔四〕。

〔一〕“裘”，皮袍。

〔二〕“日色晚”，是指早晨的天色已不早了，不指日暮。

〔三〕“老鈴”，鈴指“鈴下”，一種隨從侍衛的軍卒。後用以指官衙中供役的僕人。“朝(zhāo)飯”，早飯。

〔四〕“黄虀(jī)”，虀是指一種冷鹹菜、醃菜，如“泡菜”之類，是貧苦、儉素人的下飯之物。參看《傳燈録》：“僧問：‘如何是和尚家風？’師曰：‘山畬粟米飯，野菜淡黄虀。’”“虀麪”，又名虀羹，即湯餅，——現在的湯麪類。陸游《朝飢食虀麪甚美戲作》之二：“一杯齏餺飥，手自芼油葱。”又《宿北錢清》：“虀餅依然美”句，自注：“店家齏麪有名，已六十年矣。”是當時一般的粗食物。

# 晚風寒林

已是霜林葉爛紅，那禁動地晚來風！寒鴉可是矜渠黠〔一〕？——踏折枯梢不墮空。

樹無一葉萬梢枯：活底秋江水墨圖〔二〕。幸自寒林俱淡筆〔三〕，却將濃墨點栖烏。

〔一〕"矜渠黠",矜誇、賣弄它的智巧、本領。

〔二〕"活底",即"活的",現在的"的"字古時多寫作"底"。"水墨圖",不設彩色、只用墨筆渲染的畫幅,其特點是多不鉤勒輪廓,只憑墨色濃淡枯潤來表現種種景象。

〔三〕"幸自",本自,原是。

按次首第二句的意思,作者另有《東窗梅影上有寒雀往來》詩:"梅花寒雀不須摹,日影描窗作畫圖;寒雀解飛花解舞,君看(平聲)此畫古今無!"可以合看。

## 霜夜無睡聞畫角孤鴈

畫角聲從枕底鳴〔一〕,愁霜怨月不堪聽。擁裯起坐何人伴〔二〕?——只有殘燈半暈青〔三〕。

梅邊玉琯月邊横〔四〕,吹落銀河與曉星〔五〕。城裏萬家都睡着,孤鴻叫我起來聽〔六〕。

〔一〕"畫角",古代軍中所吹奏的樂器,其聲淒厲悲切。"枕底鳴",説人在卧中聽得,聲如出於枕底。

〔二〕"裯(chóu)",本義是單被,此泛指衾被。

〔三〕"暈",日、月旁圍所起的光圈現象叫暈,此指燈火的光暈現象。

〔四〕"玉琯(guǎn)",古樂器名,此以借指畫角。畫角本直吹,後漸變爲横吹,所以説"月邊横"。

〔五〕此言天曉。"銀河",天河。"落",猶言没。

〔六〕按南宋人寫到鴈,往往是和愛國心情聯繫着的,如辛棄疾詞:"生怕見、花開花落,朝來塞雁先還。"陳過詞:"寂寞憑高念遠,向南樓、一聲歸雁。”姜夔詞:“燕(平聲,燕地,即淪陷於金國的燕山府)鴈無心,太湖西畔隨雲去。”又(和辛棄疾):“年年雁飛波上,愁亦關予。”例甚多。此詩亦然。

## 夜聞風聲

作寒作暑無處避,開花落花儘他意〔一〕。只有夜聲殊可憎,偏攪愁人五更睡。幸自無形那有聲?無端樹子替渠鳴〔二〕;斫盡老槐與枯柳〔三〕,更看渠儂作麽生〔四〕!

〔一〕“儘他意”,完全隨他擺佈。“他”,指風。下文的“渠”“渠儂”並同。

〔二〕“無端”,没來由、没道理,表示憤恨的斥責語。“樹子”,就是樹。見第七二頁《晚春即事》注〔二〕。

〔三〕“斫(zhuó)”,此爲砍伐義。

〔四〕“作麽生”,見第七〇頁《秋雨歎十解》注〔四〕。猶言“怎麽樣”。

這首詩是諷刺當時自作威福的權勢者與爲虎作倀的幫兇等人的。

## 小立浄遠亭

清景無終極,頻來未屬厭〔一〕:遠山秋後出,茅屋近來添。

〔一〕“屬厭(yān 平聲)”,飽、滿足。同義複詞。厭,亦作饜。(普通以厭爲憎惡義,因飽足而生憎厭,是本義的引伸。)

## 凍蠅

隔窗偶見負暄蠅〔一〕:雙脚挼挲弄曉晴〔二〕;日影欲移先會得〔三〕,——忽然飛落别窗聲〔四〕!

〔一〕“負暄”,晒太陽取暖。

〔二〕“挼挲(nuó－suō)”,本義是兩手相搓摩。這是蒼蠅停落時兩脚慣作的動作。

〔三〕“會得”,理解得,感覺到。

〔四〕“聲”,動詞,猶言作聲、發聲。蒼蠅撞在太陽晒的紙窗上,發出細微的聲響,如小鼓輕鳴。體會極爲細心。

## 鴉

穉子相看只笑渠〔一〕,老夫亦復小盧胡〔二〕:一鴉飛立鈎欄角,仔細看來還有鬚!

〔一〕“穉子”,同“稚子”,兒童。“渠”,他。

〔二〕“盧胡”,笑貌。《後漢書·應劭傳》:“……掩口盧胡而笑。”

## 霜寒轆轤體〔一〕(二首録一)

滴地酒成凍,喧天鴉訴寒。窗風經怒響,簾日漏温痕。偶爾尋梅去,其如駐屐難〔二〕。沙鷗脚不襪,故故踏冰翻〔三〕!

〔一〕“轆轤體”,指作律詩時用韻的格式。古韻一度分得細,宋時取其音近可以通押的合併而用。《詩人玉屑》以爲八句中四個韻脚,頭二韻脚用一個韻、次二韻脚用另一韻的,名爲“轆轤格”。隔句遞換的名爲“進退格”。本篇“寒”“難”屬“寒”韻,“痕”“翻”屬“元”韻,隔句换,依其説當爲進退格,而作者呼爲轆轤體(其别篇亦然)。是宋人意見並不一致。未知誰是。

〔二〕“其如”,其奈。“駐屐”,泛言猶云住脚,但本句着重“屐”字,與下文“襪”呼應。“難”,言其冷得站不住脚。

〔三〕“故故”,此爲“故意”義(另義爲“屢屢”)。這是羡慕沙鷗之耐冷:人穿着鞋子,脚都凍得站不住,而它連“襪子”都不“穿”,却特特去踩冰,把冰都蹬碎了!

## 苦寒(三首録一)

畏暑長思雪繞身;苦寒却願柳回春〔一〕。晚來斜日無多暖,映着西窗亦可人〔二〕。

〔一〕“却”,又。

〔二〕“可人”,語出《禮記·雜記》,本謂“性行”“堪可(可取)”的人。蘇軾詩:“稺竹真可人,霜節已專車。”猶是此義。普通借爲可愛、可喜一類意思。

## 雪後十日日暖雪猶未融

地凍雪起立,簷生冰倒垂:日穿銀笋透〔一〕,風琢玉山攲〔二〕。今曉還差暖〔三〕,清寒退尚遲。生愁便銷去,將底伴吟髭〔四〕?

〔一〕“銀笋”,即指第二句所寫簷頭倒垂的冰霤——雪化時由簷頭滴流欲下、又遇冷而凍成的冰柱,下細上粗。

〔二〕“玉山”,即指第一句所寫的積而未化的雪堆。“攲(qī)”,傾斜。

〔三〕“差暖”,較暖。

〔四〕“將底”,拿什麽?“吟髭”,作詩的人構思時愛撚弄髫鬚,所以説吟髭,參看第一二四頁《病後覺衰》注〔八〕。

## 兒啼索飯

飽暖君恩豈不知〔一〕?小兒窮慣只長飢〔二〕;朝朝聽得兒啼處,正是炊粱欲熟時〔三〕!

〔一〕封建士大夫,不事勞動生産,或過剥削生活,或兼求仕禄,以爲是皇帝“賞”他衣飯,所以説“君恩”。參較同時詩人陸游詩:“畊壠

(指"種地",實際是過地主剥削生活)關心事,祠官荷(去聲)主恩。"作者此處則加上"豈不知"的話,已隱然有不然之意見於言外。

〔二〕"長飢",猶言經常挨餓。參看陶潛詩:"疇昔苦長飢,投耒去學仕。"又"弱齡逢家乏,老至更長飢。"小兒長飢,已將上句的"飽暖"頌詞推翻;又故作婉言,説:小兒啼飢,不關皇帝事,不過是他"窮慣了"愛哭着索飯吃的緣故罷了。

〔三〕"炊粱欲熟",燒飯將好未好之時。又暗用"黄粱夢"的典故:唐《枕中記》傳奇小説記有盧生者,經行邯鄲(地名,在今河北省)道上,在旅舍中遇一道人;盧生自歎窮困,道人授以一枕,囑曰:"枕此,當令子(你)榮適如意。"時旅舍主人正炊黄粱爲飯。盧生就枕,即夢得崔氏富家美女爲妻;中進士,做節度使,立戰功,十年爲相;子孫皆"騰達";年至八十餘壽考而終,——遂夢醒。醒來見旅舍依然,黄粱猶未蒸熟;還不相信是夢境。這本是道家虚無出世思想,而小説家欲借"夢幻"以否定"功名富貴"的。作者用此,却是以"兒啼索飯"的現實生活來寫他的看破仕途。意思説,宦情本已淡薄的很,再加孩子餓得一哭,簡直完全"夢醒"了!

# 寒　雀

百千寒雀下空庭,小集梅梢話晚晴〔一〕;特地作團喧殺我〔二〕,——忽然驚散寂無聲。

〔一〕天晴則鳥如有好音,可比較白居易詩:"鳥臨窗語報天晴;"陸游詩:"雙鵲飛來噪午晴。"又參看蘇軾詞:"寒雀滿疏籬,争踏芳英(指梅花)落酒卮。"

〔二〕"作團",結夥成羣,鬧成一團。

羣雀喧人,一時驚散,是人們習見習聞的情景,小詩能傳其神。

## 和范至能參政寄二絕句〔一〕(録一)

夢中相見慰相思:玉立長身漆點髭〔二〕。不遣紫宸朝補衮〔三〕,却教雪屋夜哦詩〔四〕!

〔一〕"范至能",即同時齊名詩人范成大,作者所最佩服的詩友之一。成大字至能,蘇州人(籍貫有二説:崑山,吴縣)。曾官參知政事。詩格清新,很能反映當時的民生疾苦,以《四時田園雜興》六十首尤有名;愛國詩篇也不少。

〔二〕"玉立",兼操行與風標而言,參看《山公啓事》:"征南將軍羊祜,禮儀玉立,可以肅整朝廷。"黄庭堅詩:"丈人玉立氣高寒。""漆點",喻黑而光彩。由"點漆"一詞掉轉而來,《晉書·杜乂傳》:"眼如點漆,此神仙人也。"

〔三〕"紫宸",唐代宫殿名,《唐會要》:"始御紫宸殿聽政。"此以指朝廷。"朝(zhāo)",早晨。古代朝會都在清晨。"補衮",比喻規諫皇帝的過失。《詩·大雅·蒸民》:"衮職有缺,維仲山甫補之。"衮職,指天子,周代天子所服龍衣,名衮衣,故以代稱天子。參看晉張華《尚書令箴》:"補我衮闕(缺)。"

〔四〕"雪屋",隱者所居,參看唐鄭谷詩:"烟簑春釣静,雪屋夜棋深。"宋梅堯臣詩:"遥看松竹深,雪屋藏山衲。"王安石詩:"何如雪屋聽窗知。"按范成大不止是詩人,有多方面的才幹,從四川制置使任召回時,陸游(時在范幕)作詩送他,知將大用,寄以很大的期望。回杭後於淳熙五年(一一七八)四月拜官參知政事。但剛剛兩個月,便被奸佞御史借私憾細故而參劾,立即得罪落職罷政。所以作者在此表示他的憤慨。

# 穉子弄冰

穉子金盆脱曉冰〔一〕,綵絲穿取當銀鉦〔二〕:敲成玉磬穿林響,——忽作玻瓈碎地聲〔三〕!

〔一〕説銅盆裏面的水經夜凍成一整塊,早起來小兒把它弄脱盆底取下來。

〔二〕“鉦(zhēng)”,古代樂器名,鑼類,或即用以代稱鑼。

〔三〕“玻瓈”,亦作玻璃、頗黎,在古時是一種天然的玉類美石的名稱,也叫水玉,不是現代的人造玻璃。唐李賀詩:“羲和(日神)敲日玻瓈聲。”

古時詩歌裏寫及兒童生活的並不算多,因此這種小詩也頗覺可貴。

# 梅花數枝篸兩小瓷瓶雪寒一夜二瓶凍裂剥出二水精瓶梅花在焉蓋冰結而爲此也〔一〕

何人雙贈水精瓶?梅花數枝瓶底生;瘦枝尚帶折痕在,隔瓶照見透骨明。大枝開盡花如雪,小枝未開更清絶;争從瓶口迸出來,其奈堪看不堪掇〔二〕!人言水精初出萬壑時,欲凝未凝如凍脂;上有江梅花正盛,吹折數枝墮寒鏡〔三〕;玉工割取到人間,琢出瓶子和梅看〔四〕;至今猶有未凝處：瓶裹水珠走來去。——只愁窗外春日紅：瓶子化作“亡是公”〔五〕！

〔一〕“篸”，同簪，用爲插義。“水精”，同水晶。這題目敍梅瓶因水結冰漲裂，將破瓷剥去，剩下冰裹梅枝，還是瓶子的形狀，所以比爲水晶瓶。

〔二〕“掇”，拾，采，取。

〔三〕“寒鏡”，比喻水晶涼冷而透明。

〔四〕“和梅”，連帶梅花。“看”，平聲。

〔五〕“亡是公”，喻無有。本是漢司馬相如《子虛賦》裹假託的人名。化作“亡是公”，化爲烏有了。

## 十二月二十一日迎春

星淡孤螢月一梳〔一〕，迎春早起正愁予。土牛只解催人老〔二〕，春氣自來何事渠〔三〕？官柳野梅殘雪後〔四〕，金幡玉勝曉光初〔五〕。却思歸跨春山犢，藺栗仍將掛《漢書》〔六〕。

〔一〕曉星欲没，其光如螢火之微弱。月在下旬漸缺，窄窄如彎梳形狀。參看黄庭堅詩：“月高雲插水晶梳。”

〔二〕“土牛”，古時立春日以泥作春牛，行“鞭春”的禮儀。《夢粱録》“立春”條：“臨安府進春牛於禁庭。立春前一日，以鎮鼓鑼吹妓樂，迎春牛往府衙前迎春館内；至(立春)日侵晨，郡守率僚佐以綵仗鞭春。街市亦售賣小春牛，花裝欄座，上列百戲人物，春幡雪柳，以相遺贈。”本來含有警示農時的意思。鞭春亦名打春、班春，將土牛打碎，争相拾取，以取豐稔之兆。參看宋何耕《録二叟語》："立春日，通天下郡邑設土牛而磔（碎裂）之，謂之'班春'。……黎明，尹率掾屬（地方長官率領屬吏），相與祠（祭）句芒（木神），環牛而鞭之三匝，退而縱民磔牛。民讙譁攫攘（搶取），盡土乃已。俗謂其土歸置之耕、蠶之器上，則蕃孳而稼美，故争得之，雖一丸不忍棄。"而《鷄肋編》又記載："而河東之人乃謂土牛之'肉'宜蠶，兼辟瘟疫，得少許則懸之帳上，調水以飲小兒，故相競有致損傷者。"這則是極迷信、極不衛生的以土作藥的兒戲、荒謬作法了。"只解"，只會，只能够。

〔三〕"自來"，自然會到來。"何事渠"，何必要打春費一層手續？"事"，從事。"渠"，它，指打春。

〔四〕"官柳野梅"，杜甫詩："市橋官柳細，江路野梅香。"官柳，官家種植的柳樹，《晉書・陶侃傳》記陶侃嘗命諸營種柳，有都尉名夏施，盜官柳栽在自己門前，陶侃一見即認出是武昌西門前柳。是其例。野梅相對於官梅而言；官梅，亦指官衙所植；杜甫詩："東閣官梅動詩興，還如何遜在揚州。"

〔五〕"金幡玉勝"，也説作金旛綵勝。古時風俗，立春日剪綵作各種圖案爲旛勝，戴在頭鬢上，男女皆然。《東京夢華録》"立春"條："宰執親王百官，皆賜金銀幡勝，入賀訖，戴歸私第。"《夢粱録》則説："懸於幞頭（官僚禮帽）上。"參看辛棄疾詞："看美人頭上，裊裊春旛。""曉光初"，説清早就都戴了旛勝過節。

〔六〕"繭栗"，指牛犢角小如繭栗形。《漢書・郊祀志》注："牛角之形成如繭，或如栗：言其小。""掛《漢書》"，《唐書・李密傳》："以蒲薦（蒲編的墊子）乘牛，掛《漢書》一帙（於）角上，行且讀。"楊素看見了，問："何書生勤如此？"作者因感於在官中應酬立春節各種俗禮無謂而思歸，神往於掛角讀書的在野生活。

按以上係（宋孝宗）淳熙五年（戊戌・一一七八）所作，作者在常州任。

## 春　興

窗底梅花瓶底老，瓶邊破硯梅邊好。詩人忽然詩興來，如何見硯不見梅？急磨玄圭染霜紙〔一〕，撼落花鬚浮硯水；詩成字字梅樣香，却把春風寄誰子〔二〕？

〔一〕“玄圭”，指墨。宋陳師道謝人惠墨詩：“解囊賜玄圭。”玄，言墨色黑；圭，言墨形狀似圭。（一種玉器名稱，《書經・禹貢》：“禹錫玄圭。”）宋何薳《春渚紀聞》：“東魯陳相作方圭樣，銘之曰：‘洙泗之珍’，佳墨也。”即是此種形式。“霜紙”，喻紙之潔白。《事物紺珠》：“凝霜紙出黟縣。”

〔二〕“誰子”，誰人。

## 細　雨

孤悶無言獨倚門，梅花細雨欲黄昏。可憐簷滴不脱灑〔一〕：點點何曾離舊痕〔二〕！

〔一〕“脱灑”，超逸，豁達，大方，不沾滯拘迂。“脱”字在此是入聲借作平聲字。

〔二〕這寫簷端的雨溜，滴到地上，總是落在一個凹窪内。但這又正是寫人的“孤悶”，心情的“不脱灑”，恰似簷溜點點都落在一處痕跡上。

# 觀小兒戲打春牛

小兒着鞭鞭土牛，學翁打春先打頭〔一〕。黄牛黄蹄白雙角，牧童緑蓑笠青篛〔二〕；今年土脈應雨膏〔三〕，去年不似今年樂。兒聞年登喜不飢〔四〕，牛聞年登愁不肥〔五〕。麥穗即看雲作帚〔六〕，稻米亦復珠盈斗。大田耕盡却耕山〔七〕，黄牛從此何時閑〔八〕！

〔一〕“學翁”，模仿爸爸的作法。“打春”，見第一〇八頁《十二月二十一日迎春》注〔二〕。

〔二〕“牧童”，指泥塑春牛傍邊照例有一個牧童形貌的句芒神像，作爲陪伴；《澠水燕談録》：“俚語以牧童爲‘芒兒’。”正可互證。“篛”，同“箬”，竹皮。“笠青篛”，青篛笠的倒裝；笠是竹編雨帽。古代每年立春的土牛和句芒，其服制顔色等都隨年份而有所變化。其詳見《鷄肋編》。

〔三〕“應雨膏”，言土脈因雨而肥潤。《詩・曹風・下泉》：“芃芃黍苗，陰雨膏（動詞，去聲）之。”所以後來把及時的甘霖好雨稱爲膏雨（如俗語説“春雨貴如油”）。土地肥沃也叫膏壤，土壤的滋潤性叫土膏。

〔四〕“年登”，此指年景有收成的兆頭。

〔五〕牛因年景好、農事忙、工作多，所以愁不得肥。

〔六〕“雲作帚”，大片的熟麥比擬爲黄雲（見第三五頁《晚春行田南原》注〔九〕）。帚又是每個麥穗肥大的比擬。雲作帚，極力形容麥子長得好。下句以珠比稻米。

〔七〕“大田”，平原之田。“却”，再。“耕山”，耕山田，如梯田之類。

〔八〕按作者另有《江山道中蠶麥大熟》三首之二寫道：“黄雲割露幾肩

歸，紫玉炊香一飯肥。却破麥田秧晚稻，未教水牯卧斜暉。”可以合看。

## 夜　坐（二首録一）

繡簾無力護東風，燭影何曾正當紅〔一〕。獸炭貂裘猶道冷〔二〕，——梅花不易玉霜中〔三〕！

〔一〕“正當(dàng)”，猶言真個的、正式的。今俗語多作“正經(經字上聲，或亦作正緊)”。這句寫天寒風大，蠟燭光色都顯得黯淡不紅了。比較杜甫詩“爐存火不紅”句意。

〔二〕“獸炭”，把炭屑和成泥，作成獸形，燃燒用以温酒，叫作獸炭；晉人羊琇想出這種刁鑽作法，於是洛下豪貴人家們争相仿效。這是當時統治階級的窮奢極侈的腐朽生活之一例。“貂裘”，貂皮袍，貴重的皮衣，封建大官僚地主們的冬服。

〔三〕“不易”，就是口語裏的“不容易”的意思。“玉霜”，言霜潔白如玉，並見出寒冷意味。

## 燭下和雪折梅〔一〕

梅兄衝雪來相見，雪片滿鬚仍滿面；一生梅瘦今却肥〔二〕，——是雪是梅渾不辨〔三〕。唤來燈下細看渠〔四〕，不知真個有雪無？——只見玉顔流汗珠，汗珠滿面滴到鬚〔五〕！

〔一〕“和雪”，連雪，帶着雪。
〔二〕“一生”，猶言向來、歷來。
〔三〕“渾”，全然。
〔四〕“唤來”，唤近前來，實即謂將梅花折來。“看”，平聲。
〔五〕此句和第二句兩次提到的“鬚”，是指梅花蕊很長，有點像鬚，俗亦稱爲“花鬚”，所以作此有趣的想像擬喻。

## 郡中上元燈減舊例三之二而又迎送使客〔一〕（七首録四）

紅錦芙蓉碧牡丹〔二〕：今番燈火減前番。雪泥没膝霜風緊，——也有遊人看上元。

北使纔歸南使來〔三〕：前船未送後舡催〔四〕。元宵行樂年年事，——兒女嗔人夜不回〔五〕。

兒時行樂幾時愁？老去情懷嬾出遊。市上人家重時節：典釵賣釧買燈毬〔六〕。

村裏風回市裏聲〔七〕，月中人看雪中燈。滿城只道歡猶少，不道譙門冷似冰〔八〕。

〔一〕“上元”，正月十五日燈節。燈節本是在新春歲首，人民自己歡樂的節日，統治階級却藉機會窮奢極侈，自圖享樂，苦害百姓。“使客”，指當時宋、金兩國在“和議”的局面下照例互相派遣的賀年、節（及皇帝生辰）的使臣，每年要往來八次，供應騷擾，人民負擔極重，地方官也苦於應酬不暇，極爲煩惱。據記載，宋往金，帶禮物金器一千兩、銀器一萬兩、綵段一千匹，香茶、藥料、果子、錢帛、雜物等不計其數;來使在路上要賜御筵四次,每次費錢一萬八千五百貫,僅此一項即達五十九萬貫,其他供應尚不在内。這一題目,上元減燈例至三停去二,"而又"迎送使客,言下有無限事故内容在。

〔二〕"芙蓉""牡丹",指花形的綵燈。

〔三〕"北使",從金國來的賀年使臣;"南使",宋朝派往金國的使臣。

〔四〕"舡(xiāng)",船。以上兩句譏諷使臣往來無謂騷擾之意在於言外。

〔五〕借兒女孩童埋怨爸爸不回家帶他們看燈過節而抒發自己的作地方官侍候使臣的憤慨煩惱。"嗔(chēn)",斥責,報怨。

〔六〕這句反映了當時民生凋敝、尚且不得已陪伴統治階級强行尋樂鋪張浪費的風氣。"釧(chuàn)",鐲子類裝飾品。杜甫詩:"家家賣釵釧。"

〔七〕"風回"句,説風將城市裏的節日諠譁聲音傳送到村鄉裏——也沾染上了一些歡騰氣味,但言外正見骨子裏是冷落蕭條的。

〔八〕"譙(qiáo)門",古代建築,上爲樓、下爲門,以守望敵人、列兵屯住的處所。這句説,醉生夢死的人們正嫌元宵節還不够熱鬧,可是這時誰能想起還有守禦警戒的戰士們在寒宵中過着冷似冰的生活呢?

按以上係(宋孝宗)淳熙六年(己亥·一一七九)春日所作,作者常州任將滿。又按以上自《晚春即事》詩至此在本集中是爲《荆溪集》部分。

## 將近許市望見虎邱〔一〕

許市人家遠樹前,虎邱山色夕陽邊。石橋分水入别港〔二〕,茅屋垂楊仍釣船〔三〕。

〔一〕“許市”,地名,在無錫、蘇州之間,望亭東南。“虎邱”,山名,在蘇州西北、閶門之外,以風景著稱。

〔二〕“别”字入聲借作平聲,與第一一〇頁《細雨》“脱”字同。“入”字用仄聲,所以下句第五字用平聲“仍”字以救之(《細雨》用“離”字同)。這也是一種拗體的格式。

〔三〕“仍”,更有,再加上。

## 晨炊白昇山 俗傳葛仙翁于此白日昇天,故名。〔一〕

千峯爲我旋生妍〔二〕,我爲千峯一灑然。雲掠石崖啼鳥樹,雨添山澗落花泉。心知僮僕多飢色,目斷茅簷半穗煙〔三〕。只道晨炊食無肉,竹根斤筍兩三錢〔四〕。

〔一〕“白昇山”,在浙江餘杭之南。“葛仙翁”,指晉葛洪。所謂“俗傳”,當然是迷信。

〔二〕“旋”,見第九七頁《城頭秋望》注〔二〕。此有“特意”之意。“妍”,美好,嫵媚。

〔三〕“目斷”,猶言望穿雙眼,十分盼望、等待之詞。此寫飢甚,望早飯快些作好。

〔四〕“斤筍兩三錢”,每斤筍才值兩三個銅錢,極賤。——不是更有味嗎,何必要吃肉呢?

## 小舟晚興(四首録二)

蒻篷舊屋雨聲乾〔一〕,蘆簸新簷暖日眠〔二〕。枕底席邊俱綠水，脚根頭上兩青天。

人在非晴非雨天，船行不浪不風間。坐來堪喜——還堪恨：看得南山失北山！

〔一〕“蒻(ruò)篷”，蒲席所編製的船篷。蒲蒻，蒲子未老時極爲柔軟，編爲席，細軟可愛，叫作蒻席。

〔二〕“蘆廢”，當作籚篨(fèi)，粗竹席；《玉篇》：“籧，篨也；江東人謂之籚篨。”（見《簡齋詩集》胡注《正誤》所引）這裏指船上席篷——是所謂“屋子”，所以“房簷”也是席子作的。

## 宿潭石步

三更無月天正黑，電光一掣隨霹靂；雨穿天心落篷脊〔一〕，急風横吹斜更直。疎篷穿漏濕床席，波聲打枕一紙隔〔二〕：夢中驚起眠不得，攬衣危坐三嘆息〔三〕！行路艱難非不歷，平生不曾似今夕。天公嚇客惡作劇〔四〕，不相關白出不測〔五〕。收風拾雨猝無策〔六〕，如何乞得東方白〔七〕？垂頭縮脚正偪仄〔八〕，——忽然頭上復一滴！

〔一〕“篷”，船篷。

〔二〕上句説頭上的水，這句説身下的水。船底波聲洶洶，人卧船中，覺得僅如隔一張薄紙，極寫切近挨身的感覺。

〔三〕“危坐”，端坐。

〔四〕“嚇客”，嚇人。“客”字常常是代“人”字的仄聲字，“人”在旅途中固然正好，即不着重旅途一義時亦可用“客”字相代。

〔五〕“關白”，關照一下，通知一聲。出漢王褒《僮約》。
〔六〕説倉卒之下，無計使風停雨止，束手受困。
〔七〕“乞得東方白”，巴到、盼到天亮。
〔八〕“偪(bī)仄”，地方窄隘不能舒展動轉，引伸爲一切窘迫的形容。

## 春盡感興〔一〕

春事匆匆掠眼過〔二〕，落花寂寂奈愁何！故人南北音書少，野渡東西芳草多〔三〕。筍借一風争作竹〔四〕，燕分數子别成窠。青燈白酒長亭夜〔五〕，不勝孤舟兀緑波〔六〕？

〔一〕“興”，去聲。“感興”，猶言感懷。
〔二〕“春事”，猶言春光、花事。“過”，平聲。“掠眼過”，過眼即逝，極言其快。
〔三〕《楚辭·招隱士》：“王孫遊兮不歸，芳草生兮萋萋。”唐李商隱文：“見芳草則怨王孫之不歸。”因此詩中常常因芳草聯想到離情。此處則隱喻自己之尚未歸去。
〔四〕一番風過，筍都很快地拔地而起、長成新竹。“借”，憑藉其力量。
〔五〕“長亭”，路途中的驛站、休憩之所；也指旅店。《白帖》：“十里一長亭，五里一短亭。”唐王昌齡詩：“送客短長亭。”這句説旅中飲酒遣夜。
〔六〕“兀”，摇兀，顛簸；此爲形容小船在水中摇擺飄蕩。

## 插秧歌

田夫抛秧田婦接，小兒拔秧大兒插；笠是兜鍪簑是甲〔一〕,雨從頭上濕到胛〔二〕。喚渠朝餐歇半霎〔三〕,低頭折腰只不答〔四〕,——“秧根未牢莳未匝〔五〕,照管鵝兒與雛鴨〔六〕。”

〔一〕“兜鍪(móu)”,古時的胄,俗名頭盔,戰士所戴的金屬冠,以防護頭部。“甲”,鎧甲。

〔二〕“胛”,肩背部分。

〔三〕“朝(zhāo)餐”,早飯。“霎”,本義是短暫的小陣雨,通用以指極短時間。

〔四〕“折腰”,把腰彎得成九十度角的樣子。“只不答”,指不肯馬上停下來吃飯去,——口中却另有話説。

〔五〕“莳(shí)”,把秧分成許多小束,分别均匀插植,叫做莳;因此所分的每一小束也叫莳。“匝(za 入聲)”,周遍爲匝,此指秧莳剛插上,尚未能生發挺勁。

〔六〕“照管”,管看着,隄防着——不讓它來作踐。

## 午　　憩(二首録一)

嫩緑桐陰夾道遮,爛紅野果壓枝斜〔一〕。日烘細草香無價,——況有三枝兩朵花!

〔一〕“壓”,入聲字。“斜”,和上句的“遮”,都和“花”字押韻,屬“麻”韻。

## 度　小　橋

危橋度中半〔一〕,深溪動人心〔二〕。欲返業至此〔三〕,

將進眩下臨〔四〕。已涉尚回顧〔五〕,溪水知幾深?誰能大此橋〔六〕,以安往來人?

〔一〕“危橋”,危有“在高而懼”的意思,所以生出險義。在“危樓”“危亭”等詞中,着重其高義。在此則着重其險而可懼義(橋極窄小),不一定和高度有關。“度中半”,指度橋走到橋半腰。

〔二〕“動人心”,使人心驚。

〔三〕“業”,已然。

〔四〕“眩下臨”,因下臨深水而駭怕得眼眩,俗語説“眼暈”。參看唐王勃文:“飛閣流丹,下臨無地。”極言閣之高,從閣上往下看竟看不到地。臨,居高而俯視其下的意思。

〔五〕上一聯寫走至橋半腰、進退兩難的恐懼心情。此寫既已度過的心理,已度尚回頭顧望,想想當時在橋上之險,更令人駭怕。“涉”,步行渡淺水。此借爲“度”“過”義。

〔六〕“大”,動詞,指把橋改建,使它加寬加穩。

## 四月四日午初出浙東界入信州永豐界〔一〕

外面千峯合,中間一逕通;日光自摇水,天静本無風;村酒渟春緑〔二〕,林花倦午紅。莫欺山堠子,——知我入江東〔三〕。

〔一〕“信州”,州治在今江西上饒縣。參看注〔三〕。

〔二〕“渟(tíng)”,水静止不動爲渟。這裏用以寫酒杯滿灎的意味。“緑”,古代酒清澈則發碧色。

〔三〕“山堠(hòu)子”,古代道旁紀里程的小堡子,五里設隻堠,十里設雙堠。“入江東”,是極曲折的意思:作者以爲,連山堠子也不贊成他離家去作官;要想瞞着它,可是它却早看到眼裏,記得清楚:你不是去過江東、剛剛回來的嗎!

## 宿靈鷲禪寺(二首録一)

初疑夜雨忽朝晴!——乃是山泉終夜鳴。流到前溪無半語,——在山做得許多聲〔一〕!

〔一〕此寫山泉在山時因水路曲阻,衝激作響;及流出山下,水路寬平,遂無一點聲音。以此來諷刺當時的士大夫,未做官時有許多“高論”,一旦有了地位,依然和其他官僚一樣,了無建樹。可比較作者《讀陳蕃傳》詩:“仲舉高談亦壯哉!白頭狼狽只堪哀。枉教一室塵如積,——天下何曾掃得來?”

## 晨炊玉田聞鶯觀鷺

曉寒顧影惜金衣〔一〕,着意聽時不肯啼。飛入柳陰多去處〔二〕,數聲只許落花知。

清溪欲下影先翻〔三〕,隻鷺還將雙鷺看〔四〕。緑玉脛長聊試淺〔五〕,素瓊裳冷不禁寒〔六〕。

〔一〕此首寫鸎(黄鶯),所以説“金衣”,唐玄宗(李隆基)在宫苑中見黄鶯,呼爲“金衣公子”,即指其黄色翎羽(見《開天遺事》)。“顧影”,欣賞自己的影像。“惜”,愛憐。

〔二〕“柳陰多去處”,柳陰多(濃密)的地方。

〔三〕“清溪欲下”,指鷺要飛下溪水中去。“影先翻”,指看的人未見真鷺,先看見水中鷺影。“翻”,飛。而在此又雙關倒影的意思。

〔四〕“將”,平聲;當作,如同。這寫鷺和影子成爲一雙。“看”,讀平聲。

〔五〕“緑玉”,喻寫鷺的緑腿。“淺”,淺水。

〔六〕“素瓊”,白玉,喻寫鷺的白羽。

## 過石磨嶺嶺皆創爲田直至其頂

翠帶千鐶束翠巒〔一〕,青梯萬級搭青天〔二〕。長淮見説田生棘〔三〕,此地都將嶺作田!

〔一〕“鐶”,即“環”字。古時的腰帶,本有環孔,也叫帶銙。後來演變,用飾物將帶裝飾成若干“格”狀,每一“格”仍沿一鐶之名。《隋書·禮儀志》:“侯王貴臣多服九環帶,惟天子帶加十三環,以爲差異。”《塵史》:“今帶止用九胯:四方、五圓,乃九環之遺制;胯且留一眼,號曰‘古眼’,古環象也。”這裏以山田的畦區喻爲帶鐶。“千鐶”,寫其長,如千鐶寶帶束在山腰。此是就横下裏看。

〔二〕此是就縱下裏看,正寫山間梯田的級次。“搭”,搭度,搭到,搭接。

〔三〕“長淮”,淮河,南宋和金國的交界。“見説”,猶言承告知,即聽得説之意。“棘”,野生的小酸棗樹,叢木,有粗刺。“田生棘”,寫一片荒蕪之象。南宋時代淮河一帶大片地區戰後皆淪爲荒地,景象極爲淒慘;史稱乾道六年江淮東路農田荒蕪四十萬畝以上。

## 四月十三日度鄱陽湖 湖心一山曰康郎山，其狀如蛭浮水上。〔一〕

泊舟番君湖〔二〕，風雨至夜半。求濟敢自必〔三〕？苟安固所願；孤愁知無益，暫忍復永歎。夜入忽自睡，倦極不知旦；舟人呼我起，順風不容緩。半篙已湖心〔四〕，一葉恰鏡面〔五〕；仰見雲衣開〔六〕，側視帆腹滿〔七〕；天如瑠璃鐘〔八〕，下覆水晶椀；波光金汁瀉，日影銀柱貫〔九〕。康山杯中蛭，廬阜帆前幔〔一〇〕。豁然地無蔕〔一一〕，渺若海不岸；是身若虛空，御氣遊汗漫〔一二〕。初憂觸危濤〔一三〕，不意拾奇觀〔一四〕。近歲六暄涼〔一五〕，此水三往返：未涉每不寧，既濟輒復玩〔一六〕。游倦當自歸〔一七〕，非爲猿鶴怨〔一八〕。

〔一〕"四月十三日"，是淳熙五年（戊戌·一一七八）的事。"鄱（pó）陽湖"，在江西北境，長江之南，我國著名大湖之一。"康郎山"，本名抗浪山，亦稱康山。"蛭（zhì 或 diè）"，蠕形動物，環蟲類，體形扁長，吸食人畜血液。

〔二〕"番（pó）君湖"，即鄱陽湖。漢吴芮爲番陽（縣名，秦置）令，得民心，封番君。漢時改稱其地爲鄱陽；鄱陽湖古名彭蠡、彭澤，隋代始從鄱陽得今名。鄱陽縣即在鄱陽湖東岸。

〔三〕"求濟"，想要平安渡過。"敢"，豈敢，哪敢。"自必"，自以爲必定能辦到、能如所願。必，動詞，本義是專執定見；此爲意料必然的意思。

〔四〕"半篙"句，謂淺淺地將篙一點，船已到湖心，言雨後風停，水漲易行。

〔五〕“一葉”，喻小舟漂浮。“鏡面”，喻平静的湖面，可以反映倒影。

〔六〕“雲衣”，指雲。暗用李白詩“雲想衣裳花想容”句意，而創造“雲衣”一詞。

〔七〕“帆腹”，船帆得風，漲滿如飽腹。——是順風得駛的現象。

〔八〕“瑠璃”，古傳大秦國（羅馬帝國）出産五色琉璃，中國以爲寶石；此以喻晴天的碧空如青琉璃一般可愛。“鐘”，古代銅製樂器，形略如覆盂；此以喻人仰看天空、見其當中頂高而周邊下垂（接近地平線），如鐘形覆蓋。所以下句説“下覆”。參看蘇軾詩：“下視九萬里，……屬此琉璃鐘。”“水晶椀（碗）”，喻明浄的大湖如水碗。

〔九〕雲開，日光從隙縫下射，如一道銀柱。

〔一〇〕“廬阜”，江西九江市南的廬山。此句説遠望廬山，與帆前的一面幔帳相似。

〔一一〕“地無蔕”，蔕同蒂，果與枝相連處。地無蒂，喻寫人飄在大湖之上，覺得整個大地都像浮起來動盪、如同没有了根蒂的繫連處一樣。下句句法同本句；“渺若”即“渺然”，“若”不作“似”解。

〔一二〕“御氣”，猶言乘風而行。“汗漫”，廣遠至極、不可知之境。杜甫詩：“甘爲汗漫遊”，《淮南子·道應》：“吾與汗漫期於九垓之外”，注：“汗漫，不可知之也。”

〔一三〕“觸危濤”，冒驚濤駭浪之險。

〔一四〕“拾”，無意而得。“觀”，讀去聲，名詞。“奇觀”，猶言奇景。

〔一五〕“六暄涼”，六度寒暑，六年。

〔一六〕“輒”，即，就，每一如何便如何。“玩”，去聲（今久訛爲平聲字，與“頑”相混），玩賞，玩味。

〔一七〕“游倦”，指倦厭仕宦。《史記·司馬相如傳》：“長卿故倦游”，集解：“厭游宦也。”

〔一八〕“猿鶴怨”，用孔稚珪《北山移文》：“蕙帳空兮夜鵠怨，山人去兮曉猨驚。”鵠、猨，即鶴、猿。本是嘲諷隱者變節而出仕的意思，這裏故意反説。

## 病後覺衰

病着初無惱〔一〕，安來始覺衰〔二〕。人誰長健底〔三〕？老有頓來時〔四〕。山意淒寒日〔五〕，秋光染瘦詩〔六〕。小松能許劣〔七〕：學我弄吟髭〔八〕！

〔一〕“病着”，即用口語，正在病中。“初無惱”，還不覺得煩悶、苦痛。

〔二〕“安來”，病痊以後。“衰”，本是“支”韻字，押韻讀如“雖”。

〔三〕“底”，即今“的”字。此句説，人誰是長久健壯的？到頭有衰老時。

〔四〕“頓來”，一下子到來。

〔五〕“淒”，意動詞。全句説山意因寒日而變得淒涼黯澹。

〔六〕此句説本來清瘦的詩句又被秋色感染，增加了一層淒清瘦勁的氣味。

〔七〕“能許”，即古語“寧馨”的一音之轉，今口語猶存類似的話，意即“那麽樣子的”，此爲表示“甚”“很”的程度。“劣”，頑皮，淘氣。

〔八〕“弄吟髭”，説小松自弄（其實是微風動摇）松鬣（葉），好像是模仿詩人吟詩時撚弄鬍鬚。唐盧延讓詩：“吟成幾個字，撚斷數莖髭。”説詩人構思、推敲甚苦，心裏想着，手裏一味撚鬍子，都撚斷了。唐杜荀鶴詩：“吟髭白數莖。”“髭（zī）”，鬍子，口上的叫髭，頤下的叫鬚。

## 戲　筆（二首録一）

野菊荒苔各鑄錢〔一〕：金黄銅緑兩争妍。天公支與窮詩客〔二〕,——只買清愁不買田!

〔一〕古代錢幣用金屬鑄造;野菊和荒苔都圓如錢形,所以比擬爲鑄錢。因此下句又説菊黄如金錢,苔緑如銅錢。

〔二〕"支",用俗語,即今"支付"義。"詩客",詩人。

## 重九日雨仍菊花未開用轆轤體〔一〕

良辰巧與賞心違〔二〕,四者能并自古稀〔三〕。恰則今年重九日,也無黄菊兩三枝〔四〕。閉門幸免吹烏帽〔五〕,有酒何須望白衣〔六〕。政坐"滿城風雨"句〔七〕,平生不喜老潘詩!

〔一〕"重九日",九月九日,重陽節。"仍",加以,更加上一種情況。"轆轤體",見第一〇三頁《霜寒轆轤體》注〔一〕。此詩爲"微""支"二韻合押。

〔二〕謝靈運《擬魏太子鄴中詩集序》:"究懽愉之極,天下良辰、美景、賞心、樂事: 四者難并。"此句説重九佳節,偏巧遇上雨天,令人敗興。

〔三〕"并",平聲字如"兵",與"並"去聲字異;湊合、聚齊的意思。"四者",即指上注所説的"四者難并",詞章家相承稱爲"四難"。

〔四〕此一聯兩句是"流水對",即形式上是對仗,但又不是兩個並列、對立的句子,而是一句話連下來的,當中不過一逗。作者慣於運用這種活對。

〔五〕晉孟嘉,給桓温做參軍,重九日,桓遊龍山,佐吏人等都在,戎裝齊整;獨孟嘉的帽子被一陣風吹落,他一點也不覺得。桓命孫盛作文嘲之。事見《晉書·孟嘉傳》。古時人把落冠露頂看爲是最失儀容的事,所以當時大家笑他,後世又傳爲脱灑不拘的佳話。“烏帽”,一種便帽;參看唐李商隱詩:“白衣居士訪,烏帽逸人尋。”這句説下雨不得出遊,但也幸免去陪上司、作應酬。

〔六〕“白衣”,古時僮僕的服色(官僚著皂服)。晉陶潛逢九日而無酒,出籬邊悵望;久之,忽見有白衣人到來,乃是王弘派來送酒的。事見《續晉陽秋》。這説不用仰求他人的贈予,自己有酒,聊以遣悶。

〔七〕“政坐”,只因,正爲。《冷齋夜話》:“黄州潘大臨,工詩,答謝無逸書曰:‘秋來景物,件件是佳句。昨日閒卧,聞攪林風雨聲,欣然起題壁曰:“滿城風雨近重陽。”忽催租人至,遂敗意。止此一句奉寄。’”這事一向傳爲佳話,作者却提出反面的意見,因爲潘詩調子低沉淒苦,作者是不喜歡這種情調的。

按以上係(宋孝宗)淳熙六年(己亥·一一七九)所作,作者去官家居。又按自《荆溪集》諸詩以次至此,在本集中是爲《西歸集》部分。

## 庚子正月五日曉過大皋渡〔一〕(二首録一)

霧外江山看不真,只憑鷄犬認前村〔二〕。渡船滿板霜如雪:印我青鞋第一痕〔三〕。

〔一〕“庚子”,淳熙七年(一一八〇)。

〔二〕這説在大霧中只憑耳中聽得鷄犬之聲才知道前面已到村落所在。

〔三〕可比較唐人温庭筠寫旅人早行的詩:“鷄聲茅店月,人跡板橋霜。”此處則更寫出作者自己是第一個把鞋印兒印在船板上的人。

# 晚出郡城往值夏謁胡端明泛舟夜歸〔一〕

郡城至值夏，兩日非寬程〔二〕；奔走豈吾願？詔書促南征〔三〕。出郭星未已〔四〕，歸棹月已生。問人水深淺，舟子喧未譍；水石代之對〔五〕，淙然落灘聲〔六〕。危峯起夕蒼〔七〕，暗潭生夜清；江轉風颯至〔八〕，病肩難隱稜〔九〕；添衣初懶尋，忍寒良不能〔一〇〕。近城一二里，遠岸三四燈；望闕恐早閉〔一一〕，驅舟祇遲行〔一二〕。多情半環月，久矣將西傾；欲落且小留：知我要入城。月細光未多，大星助之明。至舍心未穩，——麗譙才一更〔一三〕。

〔一〕“郡城”，指江西吉州，今吉安。“值夏”，地名，今作直夏，在吉安以東。

〔二〕“寬程”，寬裕的程限。

〔三〕此指作者將赴官廣東。

〔四〕“郭”，城郭，——即指郡城。

〔五〕“代之對”，代他（舟子，船夫）回答。

〔六〕“淙（chuáng）然”，水石相激之聲。

〔七〕“夕蒼”，暝色，晚來蒼茫的天色。

〔八〕“颯（sa入聲）至”，用宋玉《風賦》“有風颯然而至”語。颯然，風聲。

〔九〕這句説病瘦之人，遇涼冷，不禁兩肩聳起，顯出骨稜。

〔一〇〕“初”“良”二字呼應，説本來懶費事找衣服添，而又實在禁不住冷。

〔一一〕“闕”，指城門。

〔一二〕説驅舟快走，而只覺遲緩不到。

〔一三〕“麗譙(qiáo)”,高樓。門上爲高樓以瞭望曰譙。古時報時的鐘鼓亦多在此間。

## 二月一日曉渡太和江

綠楊接葉杏交花〔一〕,嫩水新生尚露沙:過了春江偶回首,隔江一岸好人家〔二〕。

曉翠妨人看遠山,小風偏入客衣單。桃花愛做春寒信〔三〕,——只恐桃花也自寒。

二月初頭春向中〔四〕,花梢薄日柳梢風。折花客子渾無賴:狼藉須教滿地紅〔五〕!

〔一〕“接葉”“交花”,寫花葉茂密挨連,一片好春景。參看梁吴均詩:“連枝接葉夾御溝”;唐杜牧詩:“名園相倚杏交花。”

〔二〕全篇的章法是倒裝,開頭兩句,即是過江以後再反顧時所見的景象。俗稱“倒插筆”。

〔三〕古時將春天應時而開的二十四種花,分配於三個月間的各節氣,而以爲每一花的風信應期而颳動,其花即開,稱爲“花信風”。因爲應時必來,所以稱爲“信”。二十四番花信風,桃花應在二月驚蟄節,其時猶有春寒。這裏的“信”字,也是這類意思。

〔四〕“初頭”,即用口語,初旬。“向中”,快到一半了。

〔五〕作者見滿地落花散亂,惋惜不知是誰來折花,如此作踐。“無賴”,斥責語。“狼藉”,亂七八糟。

## 萬安道中書事（三首録二）

玉峯雲剥逗斜明，花徑泥乾得晚行。細細一風寒裏暖，時時數點雨中晴。

攜家滿路踏春華，兒女欣欣不憶家。騎吏也忘行役苦〔一〕：一人人插一枝花〔二〕。

〔一〕“騎吏”，作者赴官廣東，路上的護送官兵。“忘”，讀平聲。
〔二〕這句句法即等於説“每人都戴一枝花”。

## 小溪至新田（四首録三）

人烟懡㦬不成村〔一〕；溪水微茫劣半分〔二〕，——流到前灘忙似箭，不容雨點稍成紋〔三〕。

晚雲解事忽離披〔四〕，放出千峯特地奇。欲揀一峯誰子是〔五〕？——總如筆未退尖時〔六〕。

懊惱春光欲斷腸，來時長緩去時忙〔七〕。落紅滿路無人惜，踏作花泥透脚香〔八〕。

〔一〕“懡（mǒ）㦬（luǒ）”，羞慚義；此借指稀疏寥落。
〔二〕“劣”，僅僅，剛剛。
〔三〕“成紋”，指雨點落水激成水圈圓紋。

〔四〕“解事”，懂事，明白人的心思。
〔五〕“誰子是”，猶言哪個最好。“誰子”，即誰，“子”字語尾無義。
〔六〕“退尖”，俗語筆“禿”。
〔七〕這説春光總是來得晚、去得快，好景不多。
〔八〕“脚”根本没法“透”，也不關嗅覺的事，而詩人乃有此語，設想極爲新奇。

## 舟過謝潭

風頭纔北忽成南，轉眼黄田到謝潭〔一〕。髣髴一峯船外影，——褰幃急看紫巉巖〔二〕！

夾江百里没人家，最苦江流曲更斜。嶺草已青今歲葉，岸蘆猶白去年花。

碧酒時傾一兩盃，船門纔閉又還開：好山萬皺無人見，都被斜陽拈出來〔三〕！

〔一〕“黄田”“謝潭”，皆地名。
〔二〕“褰幃”，掀開簾幕。“巉巖”，義爲石勢峻險、不生草木；此用爲峯巒的代詞。
〔三〕“拈(niān)出”，拈是以兩指夾取之義；拈出，標舉、顯示、發明、發揮一類的意思。

## 小泊英州（二首録一）

數家草草劣無多，跕水飛鳶也不過〔一〕。道是荒城斗來大〔二〕,——向來此地着東坡〔三〕!

〔一〕"跕(diè)水飛鳶",《後漢書·馬援傳》:"當吾在浪泊西里間、虜未滅之時,下潦上霧,毒氣重蒸,仰視飛鳶跕跕墮水中。"謂瘴氣使飛鳶亦中毒落水。跕跕,飛墮之貌。此借指英州(今廣東英德縣),在當時爲極南荒遠之地。"過",讀平聲。

〔二〕"斗來大",極言地方之小。《南史·宗慤傳》記載:宗守豫州,典簽(官)多所違執,他説道:"我年六十,得一州如斗大,不能復與典簽共論之!"此用其語。

〔三〕"東坡",蘇軾的號。蘇軾在北宋神宗時新法改革運動中,站在保守落後的大地主階級立場上,反對新法,因此屢遭貶斥。宋哲宗紹聖元年(一〇九四)章惇作宰相,復行新法,起用新黨,蘇軾坐謗訕罪出知定州,旋復落兩職,追一官,知英州。未到任,再貶,惠州安置。蘇軾實未到英州任,作者不過因事抒感,説英州雖小,曾得東坡來作太守,也足以自豪了。

## 三月晦日遊越王臺

榕樹梢頭訪古臺〔一〕,下看碧海一瓊杯〔二〕。越王歌舞春風處,今日春風獨自來。

越王臺上落花春,一掬山光兩袖塵〔三〕。隨分杯盤隨處醉〔四〕:自憐不及踏青人〔五〕。

〔一〕"榕樹",桑科常緑喬木,生兩廣暖地,高達四五丈,夏日開淡紅花,由枝生出多數氣根,又下垂入地,向四方擴張無數,成爲一種特殊景色。"梢頭",言臺之高。"古臺",指越王臺,在廣州越秀山上,漢時南越尉趙佗所築,後趙佗爲南越王,故名。
〔二〕比較唐李賀詩:"一泓海水杯中瀉。""瓊杯",玉杯。
〔三〕"一掬",一捧。山光一掬,言如可掬取,近逼眉睫。
〔四〕"隨分(fèn)",隨力量所及而得享用的。
〔五〕"踏青",春日出遊爲踏青。這是悵恨自己爲"官"的身份所限,羨慕隨意遊春的民人。

## 六月九日曉登連天觀

小立層臺岸幅巾〔一〕,除鶯作伴更無人。曉風草草君知麽〔二〕?——不爲高荷惜水銀〔三〕。

〔一〕"岸幅巾",岸是"高仰"的意思,頭巾本來應該戴得微向前傾,方爲恭敬鄭重,現在隨便將頭巾掀起,往後一推,便顯得高起來,所以説"岸"。岸巾露額,是放浪不羈的神態。
〔二〕"草草",匆匆,這裏是有點蠻横、"亂來"的意思。參看白居易詩:"舉杯未及飲,暴卒來入門;紫衣挾刀斧,草草十餘人;奪我席上酒,掣我盤中飧……""君知麽",設問:你知它是何意故嗎?"麽",讀去聲。
〔三〕"水銀",指荷葉上所貯存的經夜的潔净露珠。

按以上係(宋孝宗)淳熙七年(庚子·一一八〇)所作,作者時赴廣州任。

# 謝建州茶使吴德華送東坡新集〔一〕

黄金、白璧、明月珠，清歌、妙舞、傾城姝：他家都有儂家無，——却有四壁環相如〔二〕。此外更有一床書，不堪自飽飽蠹魚〔三〕。故人遠送《東坡集》，舊書避席皆讓渠〔四〕。兒時作劇百不懶〔五〕，説着讀書偏起晚；乃翁作惡嗔兒癡〔六〕，强遣飢腸饞蠹簡〔七〕。老來萬事落人後，浪取故書遮病眼〔八〕；病眼逢書輒着花〔九〕，筆下蠅頭成老鴉〔一〇〕；病眼將奈故書何〔一一〕？故書一開一長嗟〔一二〕！東坡文集儂亦有，未及終篇已停手：印墨模糊紙不佳，亦非魚網非科斗〔一三〕。富沙棗木新彫文〔一四〕，傳刻疎瘦不失真〔一五〕；紙如雪繭出玉盆，字如霜鴈點秋雲。老來兩眼如隔霧〔一六〕，逢柳逢花不曾覷〔一七〕；只逢書册佳且新，把翫祟朝那肯去〔一八〕。東坡癡絶過於儂〔一九〕：不將一褐易三公〔二〇〕；只將筆頭拄月脇〔二一〕，萬古凡馬不足空〔二二〕。故人憐我老愈拙，不寄金丹扶病骨〔二三〕；却寄此書來惱人：挑落青燈搔白髮〔二四〕！

〔一〕“建州”，宋建州建安郡，後升爲建寧府，舊治在今福建建甌。“茶使”，提舉茶鹽官。“吴德華”，名飛英。“東坡新集”，指新雕印的蘇軾詩文集。

〔二〕“四壁環相如”，《史記·司馬相如傳》：“家居徒四壁立。”説窮得屋裏一無所有，只見四面牆壁光光的。“環”，圍繞。這是作者以相如的貧況自比。

〔三〕“蠹（dù）魚”，亦名蟫、衣魚，一種生書籍中、吃紙的小蟲，往往將書吃得孔洞累累，甚至不能掀讀，是書籍的一大害。

〔四〕“避席”，古時人席地而坐，表示尊敬則要離席而起立，是爲避席，例如《吕氏春秋》説：“桓公避席再拜。”後用爲不敢比抗、讓位認輸的意思。

〔五〕“作劇”，頑耍，遊戲。

〔六〕“乃翁”，本義是作爸爸的對兒子而自稱的話，此處作者用以指自己的父親。“作惡”，不悦，發怒。“嗔(chēn)”，斥責。

〔七〕“强遣”，强行命令。“飢腸”，指小兒的餓肚子——貪頑的心。“饞”，此猶言“愛吃”“嗜好”。“蠹簡”，猶言破書。古時削竹木爲簡版以書寫，現用通用的紙張是後來才發明的；所以猶沿用“簡”來代稱書籍。

〔八〕“浪”，隨隨便便，漫然，徒然。“遮眼”，使眼目有所佔據，實在不是用心細看。《傳燈録》：“僧問藥山：‘爲什麽看經？’師曰：‘吾只圖遮眼。’”蘇軾詩：“遮眼文書原不讀，伴人燈火亦多情。”

〔九〕“着花”，猶言眼睛“生花”“發花”。

〔一〇〕“蠅頭”，指小楷、細字。此句寫老眼看書發花，將小字看成模糊一片。“老鴉”又暗關指惡劣書法爲“塗鴉”的一層意思。

〔一一〕此句是説，目力不濟，書本看不清。

〔一二〕“嗟”，嘆。爲協韻應讀若 jiā。

〔一三〕“魚網”，指好紙；《後漢書·蔡倫傳》：“倫乃造意用樹膚、麻頭及敝布、魚網爲紙。”參看梁劉孝威《謝賜宫紙》文：“鄴殿鳳銜，漢朝魚網，甎茲滑靡，謝此鮮華。”宋黄庭堅詩：“猩猩束毛魚網紙。”“科斗”，古代篆書名稱，此指好的書法。

〔一四〕“富沙”，指建州；《五代史·閩世家》謂王曦之弟王延政爲建州節度使，封富沙王，故云。“彫”，雕刻。

〔一五〕當時木版書，是寫刻本，先覓好書手寫版，然後摹刻，所以説“傳刻”“不失真”。“疎瘦”，宋版書的字體多如此，有歐(陽詢)、柳(公權)瘦勁的風格。

〔一六〕參看杜甫詩：“老年花似霧中看。”所以方有下句“逢花逢柳”的話。

〔一七〕“覷(qù)”,看。

〔一八〕“翫”,同“玩”,欣賞。“崇朝”,終朝,猶言終日,很長的時間。“去”,離開,丢下。

〔一九〕“癡絶”,猶言“儍”極了。此“癡”是表面嘲笑而實際爲贊許的語意,説他不會、不愛做大官,是個“儍瓜”。“儂”,我,作者自稱。

〔二〇〕“一褐(hè)”,一件粗布短衣:指貧者、隱者等人所穿的壞衣服。“三公”,宋始以太尉、司徒、司馬爲三公,後復用周代以太師、太傅、太保爲三公的制度。此泛言最高的官爵、名位。

〔二一〕“月脇”,語本唐皇甫湜序顧況集所説:“逸歌長句,駿發踔厲,往往穿天心、出月脇:意外驚人,語非尋常。”蘇軾詩也曾説:“語出月脇令人驚。”此以喻蘇軾詩文之奇致。

〔二二〕杜甫詩:“須臾九重真龍(馬)出,一洗萬古凡馬空。”

〔二三〕“金丹”,道家名詞,此猶言可使人延年却病的妙藥。“扶”,救。

〔二四〕上句的“惱”,不是惱怒的惱,而是説某物太好,太使人喜愛,以致被它引惹得不能安静;所以此句即寫被佳書所“惱”、丢不開放不下的情態。參看杜甫詩:“江上被花惱不徹,無人告訴只顛狂。”惱字即此義。“挑落”,古代油燈燃久則光暗,須時時挑其燈芯使光復明。此寫一直讀到把燈“挑落”——挑滅了。“搔白髮”,無有辦法、没奈何的表示。極寫觀之不足,不忍去手。

按宋代所刻書爲後世所珍貴,不但因爲版本文字可貴,其紙墨雕刻印刷本身亦成爲一種優美的藝術。宋建州本亦泛名爲麻沙本,在宋代刻本中還是最不算好的。本篇詩附帶反映了宋代雕板藝術的發達與成就。

## 春晴懷故園海棠

故園今日海棠開,夢入江西錦繡堆〔一〕。萬物皆春人獨老，一年過社燕方回〔二〕。似青如白天濃淡，欲墮還飛絮往來。無那風光餐不得〔三〕，遣詩招入翠瓊杯〔四〕。

竹邊臺榭水邊亭，不要人隨只獨行。乍暖柳條無氣力，淡晴花影不分明。一番過雨來幽徑，無數新禽有喜聲。只欠翠紗紅映肉〔五〕，兩年寒食負先生。予去年正月離家之官，蓋兩年不見海棠矣！〔六〕

〔一〕“錦繡堆”，借指花叢繁、如堆錦積繡。（按喻花者有“錦被堆”之名，“錦繡堆”本喻文章，語出《摭言》。此蓋變用。）並參看宋祁《海棠》詩：“長衾繡作地，密帳錦爲天。”

〔二〕“社”，古時祭祀社神（土地神）的日子，有春、秋二社日，春社是向社神“祈請”豐年的意思，秋社是收成後“報謝”社神的意思。春社在立春後第五個戊日（春分前後），秋社在立秋後第五個戊日。古人觀察到燕子是候鳥，以爲它是在春社時來，秋社時去。見《格物總論》。此指春社。

〔三〕“無那（去聲）”，無奈。

〔四〕此句説，用詩句將“春光”招入酒盃中，便可以“餐”得了。是極愛春光的話。

〔五〕用蘇軾詠海棠詩：“朱唇得酒暈生臉，翠袖卷紗紅映肉。”寫海棠花的淡紅淺暈。

〔六〕“寒食”，見第三八頁《寒食上塚》注〔一〕。“負”，辜負。“先生”，作者自指。“之官”，赴官。

## 蜑　户〔一〕

天公分付水生涯〔二〕，從小教他踏浪花。煮蟹當糧那識米，緝蕉爲布不須紗〔三〕。夜來春漲吞沙觜〔四〕，急遣兒童斸荻芽〔五〕。自笑平生老行路，銀山堆裏正浮家〔六〕。

〔一〕“蜑(dàn)户”，古代南方沿海少數民族名稱，封建社會中千百年來被統治階級污辱爲“賤族”，禁令不許在陸地上居住，世世代代以船爲家，自爲婚姻；捕魚介或採珠爲生，還要納稅。（到清代雍正年間才有過解除禁令的事。但真正的民族平等、團結，只有在新中國才能實現。）

〔二〕蜑户的水居，是由於受統治階級欺壓，不許登陸。作者以爲是“天公”教他們在水中生活的，是爲其階級立場所限的錯誤認識。

〔三〕“緝”，績，析植物纖維爲絲縷。這兩句寫蜑户爲水居所限的生活狀況，含有同情、憐憫的語意。

〔四〕“夜來”，昨日。“沙觜”，水邊岸地、由淤積沖涮而成尖角形的。

〔五〕“斸(zhú)”，斫，砍伐。以上兩句寫蜑户乘水漲漫過一角岸地，教兒童趕緊去偷砍一點蘆荻芽，——因爲這可以算是在“水中”幹的事，不算登陸。寫得表面好像很“雅致”，實際沉痛得很。

〔六〕“銀山堆裏”，指大浪；唐貫休詩：“五湖大浪如銀山”；宋黄庭堅詩：“銀山堆裏看青山”，此用其語。“浮家”，指乘船長行，也如同以舟爲家。唐張志和，因事貶官，不復出仕，隱居江湖，自號“煙波釣徒”；顔真卿見其舟敝壞，請爲更换好船（意即欲招之使就館舍），志和説：“願爲浮家泛宅，往來苕、霅（二水名，在浙江）間。”拒絶不就。

## 過顯濟廟前石磯竹枝詞〔一〕（二首録一）

大磯愁似小磯愁〔二〕，篙稍寬時船即流〔三〕。撐得篙頭都是血〔四〕,——一磯又復在前頭!

〔一〕“竹枝詞”,本樂府曲名,源出巴渝地方,唐代劉禹錫撰新詞,一時盛行;後來詩人多以格律較自由的類似山歌體的七言絶句、詠風土的,名之爲《竹枝詞》。

〔二〕“磯(jī)”,江峽間忽然遇石在江中峙立,將江水急流激得怒濤洶湧,最爲行船之險。“愁似”,愁過,即比起來更要愁。這“愁”,是指行船的人愁,不是石磯愁。

〔三〕“寬”,指用力不够大,勁頭不足。“流”,指逆水而上的船,反要順流而下——往回走。

〔四〕這句極言篙師用力之苦,造語奇險。本來篙頭是再撐也撐不出血來的,而詩人却想像篙無異是篙工的肢體部分,也具有知覺血骨。

## 檄風伯〔一〕

峭壁呀呀虎擘口〔二〕,惡灘洶洶雷出吼〔三〕;泝流更着打頭風〔四〕,如撑鐵船上牛斗〔五〕。“風伯:勸爾一杯酒,何須惡劇驚詩叟〔六〕。端能爲我霽威否〔七〕?”——岸柳掉頭荻摇手〔八〕!

〔一〕“檄(xì)”,古代用以徵召、罪責、聲討或曉諭、撫慰的文書。此作動詞用,即以文書通知、交涉。“風伯”,假想的風神。

〔二〕“呀呀”,張口貌。“擘”,此即張開的意思。

〔三〕“洶洶(xiōng)”,波浪駭人的聲貌。“吼(hǒu)”,大聲鳴叫。

〔四〕“泝流”,逆流而上。“更着”,猶言再加上。“打頭風”,逆風。

〔五〕“牛斗”,二星宿名(本指牛宿、斗宿,不是現在所指的牽牛星和北斗星);此用以借指天河,暗用《博物志》中神話故事説有人乘浮槎至天河見牽牛星的典故;這裏是比喻行船之難,幾乎是不可能的事。

〔六〕李賀詩:“飛光飛光勸爾一杯酒。”王注:“《晉書》孝武帝末年長星見於華林園,舉酒祝之曰:長星勸汝一杯酒。”“惡劇”,惡作劇。“詩叟”,作者自指。

〔七〕“端”,真箇,説真的,到底。“霽威”,解怒,停止作威作福的神氣。

〔八〕“掉頭”,摇頭。按柳、荻之所以“摇頭”“摇手”,正是因爲風不肯停之故,如此寫來絶妙。

## 憩 榏 塘 驛(二首録一)

夾路黄茅與樹齊,人行茅裏似山鷄〔一〕。長松不與遮西日〔二〕,却送清陰過隔溪!

〔一〕“山鷄”,雉類,一名山雉,即鸐;雄的羽毛很美麗,有長尾:習性與雉相同。愛在草叢裏覓食蟲、穀,所以相比。

〔二〕“遮西日”,語出杜牧詩:“慚愧江湖釣竿手,却遮西日向長安。”西日,下午的太陽。

## 荔 枝 堂 夕 眺

夕峯褪日半鉦多〔一〕,秋漢吹雲一絮過〔二〕。寂寂庭松今兩月,鶴雛去盡只留窠。

病骨秋臞怯暮清〔三〕,涼風偷帶北風輕。迎寒窗隔重糊遍〔四〕,只放書邊數眼明〔五〕。

閏年秋淺似秋深,蟋蟀將愁傍砌吟。今夕初三元未覺〔六〕,——西樓西角一鈎金〔七〕。

〔一〕“褪(tùn)日”,指山峯把落日漸漸遮没。“鉦”,見第一〇七頁《稺子弄冰》注〔二〕,此以比喻太陽的形色好像一面銅鉦。蘇軾詩:“樹頭初日掛銅鉦”;黄庭堅詩:“金鉦半吐東牆。”

〔二〕“秋漢”,秋日的天河。“一絮”,喻片雲的形狀。“過”,讀平聲。

〔三〕“臞(qú)”,瘦。“暮清”,猶言晚寒。

〔四〕“窗隔”,現在寫作“窗槅”。

〔五〕“書邊”,指窗户透光以便於讀書的那一塊地方。“眼”,即指窗眼,窗槅有櫺,櫺交叉而成窗眼。古代以至近代在玻璃廣泛使用以前,窗户都是用紙糊的。“放”,猶言“讓”、“教”、“許”、“任”。

〔六〕“元”,即今“原”字。“覺”,知覺,想及。

〔七〕“一鈎金”指新月。夏曆每月初三日新月開始出現,彎窄如鈎狀;參考俗諺:“初三——月牙兒鑽。”

按以上係(宋孝宗)淳熙八年(辛丑·一一八一)作者赴廣州途中及初到任時所作。

## 正月三日宿范氏莊四首(録一)

野踐得幽詠〔一〕,不吐聊自味〔二〕。健步忽傳呼〔三〕,云有遠書至;開緘祇暄涼〔四〕,此外無一事。奇懷坐消泯〔五〕,追省寧復記〔六〕?方歡遽成悶〔七〕,俗物真敗意〔八〕！山鵲下虛庭，對語含喜氣〔九〕；一笑起振衣〔一〇〕，吾心本無滯〔一一〕。

〔一〕“野踐”，猶言野行、野遊——指在村野。“詠”，指“詩”——或已成詩句的形式，或僅僅是一種詩的境界、情意。

〔二〕“不吐”，不把它寫出來，還未表達成爲篇章形式。“味”，動詞，玩味，涵詠。

〔三〕“健步”，能行善走的使人、傳信者。

〔四〕“緘”，書信的封口處。“暄涼”，寒暄，客套，應酬泛語。

〔五〕“奇懷”，指方才的“幽詠”情思。“坐”，因此。“消泯”，消逝泯滅，了不復存。

〔六〕“追省(xǐng)”，追尋，追憶。“寧復記”，哪再能追回得來？

〔七〕此句説，纔正欣然有得，一下子被破壞，變成悶惱。

〔八〕“俗物”，見第二頁《和蕭判官東夫韻寄之》注〔六〕。“敗意”，敗人興致。

〔九〕古時人迷信以爲“鴉鳴凶、鵲噪吉”，所以聞鵲而喜。但這裏只是寫鳥無所容心、鳴嘯自得的意思，和迷信無涉。

〔一〇〕“振衣”，抖抖衣服(整容去塵)。

〔一一〕“無滯”，没有芥蒂，不爲瑣事所牽動。

# 舟人吹笛

長江無風水平綠，也無鞾文也無縠〔一〕；東西一望光浮空，瑩然千頃無瑕玉〔二〕。船上兒郎不耐閒，醉拈橫笛吹雲煙；一聲清長響徹天：山猿啼月澗落泉〔三〕。更打羊皮小腰鼓，頭如青峯手如雨〔四〕。中流忽有一大魚，跳破琉璃丈來許〔五〕。

〔一〕“韡(靴)文(紋)”,古代皮靴有細皺紋,故以喻水面波紋。“縠(hù)”,一種細縐紗:唐劉禹錫詩:“瀼西春水縠紋生”;其喻意與韡文相同。

〔二〕“瑩(yìng)然”,玉石的光潤明澈之貌。“無瑕玉”,質地純潔、不夾雜質(如閃光石質、雜色斑等)的玉。此以無瑕美玉之勻净、瑩明來比喻水之湉静清澈。

〔三〕“猿啼”、“澗落”,比喻笛的聲音、曲調的境界。

〔四〕唐人敲羯鼓,技藝精深,宋璟曾描寫其情狀説:“頭如青山峯,手如白雨點。”(見《羯鼓録》)即謂善敲羯鼓的,全以腕力爲高,敲奏時上身絲毫不見動摇,故言頭如山峯之穩,而手下鼓聲如連珠急滚,流轉自如,故言手如雨點之緊。

〔五〕“跳”,讀平聲如“條”。“琉璃”,喻平净的水面。“許”,約計之詞,“丈來許”,丈把,一丈左右。按此寫景,又暗用《韓詩外傳》“伯牙鼓琴,而遊魚出聽”之意。

## 出真陽峽〔一〕(十首録一)

過盡危磯出小潭,回頭失却石峯巉〔二〕。春寒料峭元無事〔三〕,——知我猶藏一布衫〔四〕!

〔一〕“真陽峽”,即湞陽峽,在今廣東英德縣皋石山,又名抄子灘。

〔二〕“失却”,失掉了;這裏是“再没有了”、“再看不到了”的意思。“巉(chán)”,形容磯石的尖削、險惡。

〔三〕“料峭”,形容春風的寒冷,表面不猛厲而暗中有力。

〔四〕説春寒好像故意和衣服少的人過不去,知道我只還存有一件衣衫没穿上,它就冷起來;那麽我只好將這件衣服也穿上算了,——看它還有什麽手段施展?

## 正月二十八日峽外見燕子(二首録一)

社日今年定幾時〔一〕?元宵過了燕先歸。一雙貼水嬌無奈,不肯平飛故仄飛〔二〕。

〔一〕"社日",見第一三六頁《春晴懷故園海棠》注〔二〕。"定",究竟,到底。問詞。作者在正月下旬已見燕,所以想到燕來應在社日前後——在廣東熱地方,季節全"亂"了!

〔二〕"仄",傾側,偏斜,有姿態。

按以上係(宋孝宗)淳熙九年(壬寅・一一八二)作者在廣州任、旅行惠州、英州等地所作。自《荆溪集》諸詩以次至此在本集中爲《南海集》部分。

## 和陳蹇叔郎中乙巳上元晴和〔一〕

御柳梢頭晚不風,官梅面上雪都融。如何閶闔新春夜〔二〕、頓有芙蕖滿眼紅〔三〕?十里沙河人最鬧〔四〕,三千世界月方中〔五〕。買燈莫費東坡紙〔六〕,今歲鼇山不入宫〔七〕。

〔一〕“乙巳”,淳熙十二年(一一八五)。“上元”,正月十五燈節,元宵。

〔二〕“閶闔”,古代神話以爲天帝居“紫微宫”,其宫門名爲閶闔。這裏以指皇帝所在的都城,實指杭州。

〔三〕“頓”,驟然,一下子。“芙蕖”,荷花。宋代花燈以蓮花燈式最爲流行,故以芙蕖爲燈的代稱。

〔四〕“沙河”,即沙河塘,是宋朝杭州燈火最盛的地方。從北宋時即成爲非常熱鬧的去處,到南宋尤甚。蘇軾詩:“燈火沙河夜夜春”;王庭珪詩:“行盡沙河塘上路,夜深燈火識昇平。”可作參證。姜夔正月十一日觀燈詞:“沙河塘上春寒淺,看了遊人緩緩歸。”

〔五〕“三千世界”,具名是“三千大千世界”,佛家名詞(其説以須彌山爲中心、外有“七山”“八海”交互圍繞,海中有“四大洲”,再外有“大鐵圍山”包繞:是爲一“小世界”。合小世界一千,爲“中千世界”。合中千世界一千,爲“大千世界”。“三千世界”即指包括“三”種“千”數的“大千世界”)。此處用來,不過是誇言遍世界、在在處處的泛義,用以襯托豪華、熱鬧的氣氛。

〔六〕“東坡”,蘇軾,字子瞻,自號東坡居士;眉山人;詩、詞、散文、書法,都有很高的成就。熙寧四年(一〇七一)正月,在開封府推官任,其時宋神宗(趙頊)要買“浙燈”四千餘盞,並令減價收買;因此市場上的燈盡數拘收、禁止私買。蘇軾上書切諫,指出“百姓不可户曉,皆謂陛下以耳目不急之玩,而奪其口體必用之資。賣燈之民,例非豪民,舉債出息,畜之彌年,衣食之計,望此數日。”指出當時人民對統治者的“怨讟”,並説“内帑所儲,孰非民力?”“故臣願陛下將來放燈,與凡游觀苑囿、宴好賜予之類,皆飭有司,務從儉約。”見蘇軾集中《諫買浙燈狀》。後買燈之事竟罷。“東坡紙”,即指此諫紙。

〔七〕“鼇山”,一種疊千百盞燈綵爲山形的豪奢辦法。此句下有原注云:“十四日晚有旨:徹(即“撤”字)禁中山棚。”山棚即鼇山燈棚,亦稱燈山、綵山。按《東京夢華録》記北宋時汴京情況:“正月十五日元宵,大内前自歲前冬至後,開封府絞縛山棚。……至正月七日,……燈山上綵,金碧相射,錦繡交輝。……綵山左右,以綵結文殊、普賢,跨獅子、白象,各於手指出水五道,其手搖動;用轆轤絞水上燈山尖高處,用木櫃貯之,逐時放下,如瀑布狀。又於左右門(指綵結的横列三門)上各以草把縛成戲龍之狀,用青幕遮籠,草上密置燈燭數萬盞,望之蜿蜒如雙龍飛走。"《武林舊事》記南宋時杭州情况:"一入新正,燈火日盛,皆修内司諸璫(指太監)分主之,競出新意,年異而歲不同,往往於復古、膺福、清燕、明華等殿張掛,及宣德門、梅堂、三閒臺等處臨時取旨,起立鼇山。……禁中嘗令作琉璃燈山,其高五丈,人物皆用機關活動,結大綵樓貯之。……(宣德門)山燈凡數千百種,極其新巧,怪怪奇奇,無所不有。……大率效(北宋)宣和盛際,愈加精妙。"可見其變本加厲、窮奢極侈之一斑。元宵節本是人民爲自己創造的歡樂遊玩的節日,封建統治者就利用機會,爲了自己享樂,大事鋪張,其爪牙更乘機勒索攤派,弊端百出,給人民造成很大的痛苦。本年偶有禁中撤除燈山之説,也不過是虛飾騙人(晚到十四日纔"有旨",早已鋪張齊備了),燈山以外自更有百般奢靡荒樂之處。作者藉機以含蓄之詞諷刺了這一醉生夢死的荒政。

## 大司成顔幾聖率同舍招遊裴園泛舟繞孤山賞荷花晚泊玉壺得十絶句〔一〕(録三)

小步深登野寺幽,古松將影入茶甌。鈴聲忽起九天半:有塔危峯最上頭。

船開便與世塵疎,飄若乘風度太虛〔二〕。座上偶然遺餅餌,波間無數出龜魚〔三〕。

西湖舊屬野人家,今屬天家不屬他〔四〕:水月亭前且楊柳，集芳園下儘荷花〔五〕。

〔一〕“大司成”，指國子監祭酒一類的官。“同舍”，指同官者。“裴園”，本是裴禧的園子。“玉壺”，南宋御園之一，在錢塘門外。皆西湖地名。

〔二〕“太虛”，太空。

〔三〕此句隱有所諷。

〔四〕“天家”，皇帝家。“他”，指上句的“野人”。這説自南宋以來人民的西湖爲封建統治者霸佔。

〔五〕“且”，“儘”，是對文互義，都是形容很多、一眼望不到頭的意思；參考口語中“且有哩”“且没完哩”的“且”字用法。“集芳園”，南宋有名的御園，高宗趙構建造以爲享樂的地方，勝境很多（南宋末賜與賈似道）。

## 題曹仲本出示譙國公迎請太后圖 自“肅天仗”以下皆紀畫也〔一〕

德壽宫前春晝長〔二〕，宫中花開宫外香；太皇頤神玉霄上〔三〕，都人久不瞻清光〔四〕。今晨忽見肅天仗〔五〕，翠華黄屋從天降〔六〕。一聲清蹕萬人看〔七〕，天街冰銷樓雪殘。北來又有一紅繖，八鸞三駙金轂端〔八〕。輦中似是瑤池母〔九〕，鳳舄霞裳剪雲霧〔一〇〕。太皇望見天開顔〔一一〕，萬國春風百花舞：——乃是慈寧太后回鑾圖，母子如初千古無〔一二〕；朔雲邊雪旗脚濕〔一三〕，御柳宫梅寒影疎。向來慈寧隔沙漠，倩鴈傳書鴈難託〔一四〕。迎還驍馭彼何人〔一五〕：魏武子孫曹將軍〔一六〕。將軍元是一縫掖〔一七〕，忽攘兩臂挽五石〔一八〕；長揖單于如小兒〔一九〕，奉歸慈輦如折枝〔二〇〕。功蓋天下只戲劇〔二一〕，笑隨赤松蠟雙屐〔二二〕，飄然南山之南、北山北〔二三〕。——君不見岳飛功成不抽身，却道秦家丞相嗔〔二四〕！

〔一〕"譙國公"，指曹勛。勛字公顯，陽翟（今河南省禹縣）人。"曹仲本"，未詳，疑當是曹勛的後人。"太后"指顯仁太后。姓韋，開封人，徽宗趙佶的"賢妃"，高宗趙構的母親。靖康二年（一一二七），金人攻陷汴京，擄趙佶、趙桓（欽宗）、韋賢妃、趙構的妻子邢氏等人北去，曹勛是隨從同行者。不久逃回，把趙佶、韋妃、邢氏等的祕信帶給趙構；並建議募敢死之士航海入金國設法把徽宗救回來。但因此之故却被調離出守外郡，九年不得遷升。後來宰相秦檜賣國投降議和，金人纔答應把趙佶、趙桓的靈柩和韋賢妃（這時已"遥尊"爲太后）送回；曹勛充當"報謝"金國副使。正使是何鑄，見了金兀朮竟嚇得伏地不能講話，曹勛一力交涉，才算成功。紹興十二年（一一四二）六月，曹勛又充接伴使迎接韋太后。八月，至浙江臨平鎮，趙構來迎，奉韋太后入居慈寧宫。她是被擄諸皇室人等中唯一得生還的。

〔二〕"德壽宫"，趙構讓位給他的養子趙昚（孝宗）以後，自己作太上皇：居住德壽宫。

〔三〕"太皇"，太上皇帝，指趙構。"頤神"，養神——無事可作、一味享受。"玉霄上"，猶言"天上"。

〔四〕"都人"，京都人士。"瞻"，得見。"清光"，這裏指趙構的"面"。

〔五〕"肅"，整肅，動詞。"天仗"，指皇帝的儀仗，趙構迎韋太后時尚在作皇帝。題已説明：從這句開始，接入敍畫中情景。史書記載：趙構親至臨平迎接，"用黄麾半仗，二千四百八十三人。"

〔六〕"翠華"，指皇帝儀仗中的旗類，以翠羽爲飾。杜甫詩："翠華拂天來向東。”“黄屋”,車名,以黄色繒作車蓋的裏子,皇帝所乘。此皆泛詞,並非宋代實際的“制度”。

〔七〕“清蹕”,皇帝出行要清除道路、禁止行人,是封建統治者駭怕人民反抗他的措施。參看蘇軾詩:“一聲清蹕九門開。”“看”,平聲。

〔八〕“八鸞”,鸞,鸞鈴(取義是鈴聲似鸞之和鳴;一説,鸞口銜鈴,取其形)。皇帝乘車有“四馬鑣,八鸞鈴”,見《説文》。故有鸞車、鸞駕等名稱(鸞,亦作鑾)。下文“回鸞圖”,鸞即“鑾駕”義。“三騑”,古代駕車之馬在中夾轅者名爲“服”、其外兩旁的“跨轅”馬名爲“騑”。《隋書·禮儀志》:“皇太子鸞輅,駕三馬,左右騑。”三騑當即同此義。“金轂端”,以金飾車轂的端頭;轂,車輪中心圓木,貫軸之處。

〔九〕“瑤池母”,神話中的西王母(俗稱“王母娘娘”,《穆天子傳》:“觴西王母於瑤池之上。”瑤池,傳説中神仙所居之地);此指韋太后。

〔一〇〕“鳳舄霞裳”,貴族女服,猶俗言“鳳冠霞帔”之類。舄(xì),鞋。“剪雲霧”,喻衣裳之美好如剪裁雲霧而成。

〔一一〕“天開顔”,指趙構喜見於色。封建時代臣僚諛頌皇帝臉色爲“天顔”。開顔,喜笑。

〔一二〕“母子如初”,指死裏逃生重逢會面,再作母子。“千古無”,表面是頌詞,千古未有之“盛事”,實則是千古未有之恥辱,語言委婉,骨子裏有諷刺。

〔一三〕“朔雲”,北地(金國)的雲。這句是婉詞,只用這來代表韋太后在北地所遭的一切經歷,——那是不能形之筆墨的。下句則隱言韋太后歸來已是寡婦。

〔一四〕漢蘇武等被匈奴羈留,漢昭帝時與匈奴和親,派人求將蘇武等放回,匈奴假言蘇武已死。後來常惠教給漢朝使臣一個計策:向匈奴王説:“我們漢朝皇帝在上林苑射中一隻雁,脚上繫着書信,寫明蘇武等在某處澤中,——根本没有死!”匈奴王大驚。因此後來每每説“雁足傳書”,其實未曾有此事。這裏用此典故,用以切合被北國羈囚的事情。

〔一五〕“䰎(guī)馭(yù)”,指太后的騎乘。《宋史·樂志》:“回䰎馭,弭鳳駕。”

〔一六〕此句指曹勛,用杜甫贈曹霸詩:“將軍魏武(曹操)之子孫。”

〔一七〕“縫掖”,本作逢掖,下擺寬大的袍子,儒者之服。此以代稱“念書人”,即封建士大夫。

〔一八〕“攘臂”,奮臂而起——要用力量、動武的姿態。“挽五石”,挽五石弓,——力量極大。

〔一九〕“長揖”,不行最敬禮,看不起。參看《漢書·高帝紀》:“酈生不拜長揖。”“單(shán)于”,匈奴呼王爲單于。

〔二〇〕“折枝”,譬喻極易作的小事(一解爲折樹枝,一解爲折肢,出《孟子》)。

〔二一〕“只戲劇”,猶言如同頑耍、如同兒戲,——極其容易。

〔二二〕“赤松”,赤松子,古代傳説的仙人,《漢書·張良傳》:“願棄人間事,欲從赤松子遊耳。”“蠟”,動詞,上蠟,敷以蠟質,《晉書·阮孚傳》:“孚性好屐(木鞋子),或有詣(造訪)阮,正見自蠟屐,因自嘆曰:‘未知一生當著幾量屐!’”這裏“蠟雙屐”實指著屐遨遊而言。

〔二三〕《後漢書·法真傳》:“(太守欲聘爲功曹)真曰:‘……若欲吏之,真將在北山之北、南山之南矣!’”

〔二四〕愛國大將岳飛被賣國漢奸宰相秦檜害死,正是在秦檜和金人議和——投降——並派出使臣往金國請迎韋太后的同時,——其實,“議和”投降,迎回韋氏和趙佶等靈柩,正是用爲國干城的岳飛的屈死换來的。作者的詩句,“曲終奏雅”,也正就是大膽揭露了這個事實内幕。因此,詩中表面所説的一些頌揚曹勛的話頭以及勸他功成早退、“明哲保身”的那套消極理論顯然並非作者真實的主要的意旨所在了。杜甫詩:“切莫近前丞相嗔。”

按以上係(宋孝宗)淳熙十二年(乙巳·一一八五)作者在杭州吏部郎中任時所作。

# 雲龍歌調陸務觀〔一〕

墨池楊子雲〔二〕,雲間陸士龍〔三〕:天憎二子巧言語,只遣相别無相逢〔四〕。長安市上忽再值〔五〕,向來一别三千歲〔六〕:王母桃花落幾番〔七〕?北斗柄爛銀河乾〔八〕;雙鬢成絲絲似雪,兩翁對面面如丹。借問"别來各何向〔九〕?"渭水東流我西上〔一〇〕。金印斗大值幾錢〔一一〕?錦囊山齊今幾篇〔一二〕?詩家不愁吟不徹〔一三〕,只愁天地無風月〔一四〕。君不見漢家平津侯〔一五〕,東閣冠蓋如雲浮〔一六〕;又不見當時大將軍〔一七〕,公卿羅拜如星奔。——祇今"雲"散"星"亦散,也無鹿登臺樹羊登墳〔一八〕。何時與君上廬阜〔一九〕,都將硯水供瀑布〔二〇〕;磨鐮更斫扶桑樹〔二一〕,擣皮作紙裁烟霧〔二二〕,——雲錦天機織詩句〔二三〕!孤山海棠今已開〔二四〕,上巳未有遊人來〔二五〕;與君火急到一回,"一杯一杯復一杯",管他玉山頹不頹〔二六〕,——詩名於我何有哉!

〔一〕"雲龍歌",戲指詩篇首二句的"子雲""士龍"兩處字眼,又古有"雲從龍"的話,所以借以爲題。"調(tiáo)",猶言戲。"陸務觀",同時詩人陸游的字。

〔二〕"墨池",晉王羲之習書法的古蹟,在會稽。"楊子雲",漢揚雄(楊、揚古通用。隋朝另有一楊雄,與此無涉),字子雲,博學,著《太玄》《法言》等書;唯未聞與"墨池"有關,其故待詳。一説:江西臨川也有王羲之墨池古蹟,作者是江西人,所以引此爲借喻。《能改齋漫録》(卷十一)'臨川王右軍墨池'條:"臨川郡學,在州治之東,城隅之上，其門庭之間，深而不廣，而旱暵不竭，世傳以爲王右軍之墨池。”曾鞏曾爲作記。此係作者以同姓自比。

〔三〕“雲間”，今上海松江縣的古名。“陸士龍”，晉陸雲，字士龍，有文名，是雲間人，與荀隱初會時，自稱“雲間陸士龍”，荀對曰“日下荀鳴鶴”，見《世說》及《晉書·陸雲傳》，此用其語，以比陸游。

〔四〕以上兩句說，好像是天嫉二人善於詩句，所以使其常在分離而不能相聚。

〔五〕“長安”，周、秦、漢等朝代的都城，借以指南宋行都杭州。“再值”，再次相遇。

〔六〕“三千歲”，誇張寫法，效法李白的浪漫主義風格。

〔七〕“王母桃花”，《武帝内傳》：“七月七日，王母至，自設天廚，又命侍女索桃果，……母曰：此桃三千年一生實。……”民間有“王母娘娘蟠桃會”的傳說，即指此。

〔八〕北斗本是星宿，三星象柄、四星象勺，所以說它柄爛（朽壞）。銀河本是星羣，古人不知，以爲是天河，所以說河乾。以二者繼“三千歲”而又進一步、極力寫時間之久。

〔九〕“何向”，猶俗語“上哪兒去啦？”

〔一〇〕《北史·魏孝武帝本紀》永熙三年：“（高歡反）八月，宇文泰遣大都督趙貴、梁禦甲騎二千來赴，乃奉迎帝過河，謂禦曰：‘此水東流，而朕西上！若得重謁洛陽廟，是卿等功也。’帝及左右皆流涕。”（高歡別立孝静帝，是爲東魏。）又參看唐盧象詩：“萬國來朝渭水東。”這裏似以《北史》語喻分道而馳，和自己的不投時好。

〔一一〕“金印斗大”，《晉書·周顗傳》：“今年殺諸賊奴，取金印如斗大，繫肘。”此指高官。

〔一二〕“錦囊”，《唐書·李賀傳》：“每旦日出，騎弱馬，從小奚奴背古錦囊，遇所得（指詩句）書投囊中。及暮歸，足成之（綴成全篇）。”後因以錦囊指作詩。“山齊”，積稿如山，極言其詩之富。

〔一三〕“徹”，猶言完、了。

〔一四〕“天地無風月”，言宇宙間無詩料對象可供吟詠。

〔一五〕“平津侯”,漢代常以列侯爲丞相,及公孫弘爲相,獨無爵位,乃特封爲平津侯。

〔一六〕“東閣”句,公孫弘作相,“開東閣以延賢人”,見《漢書・公孫弘傳》。班固《西都賦》:“冠蓋如雲,七相五公。”以冠蓋(衣冠車蓋)喻封建官僚士大夫。如雲,言其多。

〔一七〕“大將軍”,漢代韓信、衛青等都曾爲大將軍,位極尊貴。《漢書・汲黯傳》:“大將軍(衛)青既益尊,姊爲皇后;然黯與抗禮。或説黯曰:‘自天子欲令羣臣下大將軍,大將軍尊貴誠重:君不可以不拜。’”

〔一八〕春秋時伍子胥諫吴王夫差,夫差不聽忠言,子胥嘆説:“臣今見麋鹿遊姑蘇之臺也!”意謂吴必亡國,臺榭化爲荒墟,爲野鹿所遊,其事如在目中。見《史記・淮南王傳》。古樂府詩:“今日牛羊上丘壠(墳),當時近前面發紅!”所以説“鹿登臺榭羊登墳”,再加以“也無”,更進一步寫法。

〔一九〕“廬阜”,江西九江市南的廬山。

〔二〇〕這是“都將瀑布供硯水”的倒裝。

〔二一〕“斫(zhuò)”,砍伐。“扶桑樹”,神話説的東海中有巨樹,名扶桑,爲日出之處。樹高數千丈,大一千餘圍,兩幹同根。見《十洲記》。

〔二二〕“擣皮作紙”,相傳蔡倫發明製紙,“造意用樹膚(皮)、麻頭及敝布、魚網以爲紙”。見《後漢書・蔡倫傳》,故云。“裁烟霧”,剪裁烟霧如絲帛。

〔二三〕“雲錦天機”,以雲爲錦而爲天上的機杼所織成的,極言美好,非人間所有。李白詩:“手跡尺素中,如天落雲錦。”

〔二四〕“孤山”,在杭州西湖的後湖與外湖之間,爲名勝之地。

〔二五〕“上巳”,見第六〇頁《過秀溪長句》注〔一〕。

〔二六〕上句“一杯一杯復一杯”,是引用李白詩全句。李白詩又云:“玉山自倒非人推”,晉山濤説嵇康“其醉也傀俄若玉山之將崩”。見《世説・容止》;劉禹錫詩:“紛紛只見玉山頹。”這裏有不屑晉人之意。

# 寒食雨中同舍人約遊天竺得十六絶句呈陸務觀〔一〕（録二）

户户遊春不放春〔二〕，只愁春去不愁貧〔三〕。今朝道是遊人少，——處處園亭處處人。

萬頃湖光一片春，何須割破損天真〔四〕；却將葑草分疆界〔五〕，葑外垂楊屬别人〔六〕！

〔一〕“同舍人”，同官者。“天竺”，山名，在杭州西，分上、中、下三天竺。參看第一六〇頁《九月十日同尤延之觀浄慈新殿》注〔九〕。“陸務觀”，見前首注〔一〕。

〔二〕“不放春”，猶言不讓春白白過去，不饒它。

〔三〕宋代寒食節（清明前二日）到清明節，是杭州統治階級富豪人家遊賞尋樂的日子，市民階層也受了影響，沾染上奢侈遊逛的習氣。《夢粱録》寫此時情形：“都人不論貧富，傾城而出，笙歌鼎沸，鼓吹喧天，……殢酒貪歡，不覺日晚：紅霞映水，月掛柳梢，歌韻清圓，樂聲嘹喨，此時猶尚未絶；男跨雕鞍，女乘花轎，次第入城；又使童僕挑着木魚、龍船、花籃、鬧竿等物歸家，以餽親朋鄰里：杭城風俗，侈靡相尚，大抵如此。”所以當時林升有詩句題道：“山外青山樓外樓，西湖歌舞幾時休？暖風薰得遊人醉，直把杭州作汴州！”諷刺了當時醉生夢死、忘記國恥的醜態。《夢粱録》所説的“不論貧富”，作者這裏所説的“不愁貧”，都是指比起統治階級富豪人家要算貧的一般市民階層而言，其實，他們還是有遊春的能力，真正的貧者，是遊不起春的。

〔四〕“割破”，指一條長堤把湖面分截開。參看下注。“天真”，猶言天然、自然。

〔五〕“葑(fèng)”,水中菰草叢生,根盤結泥土,積久爲田。蘇軾知杭州時曾濬治西湖,取積葑作爲長堤,南起南屏山,北接岳王廟,橫亙湖水,又加桃柳輝映,成爲名勝之地。《宋史·蘇軾傳》:“西湖多葑,自唐及錢氏,歲輒浚治;宋興,廢之,葑積爲田。軾取葑田積湖中,南北徑三十里,爲長堤以通行者,杭人名曰蘇公堤。”簡稱蘇堤。

〔六〕按此詩並非真有所不滿於蘇堤,正是借此隱刺南宋朝廷將半壁河山雙手送與敵國。

## 跋陸務觀劍南詩稿二首〔一〕(録一)

劍外歸乘使者車〔二〕,浙東新得左魚符〔三〕。可憐霜鬢何人問,焉用詩名絶世無〔四〕!彫得心肝百雜碎〔五〕,依前塗轍九盤紆〔六〕。少陵生在窮如蝨〔七〕,——千載詩人拜蹇驢〔八〕!

〔一〕“陸務觀”,陸游字務觀。其詩集名《劍南詩稿》。劍南,唐代所設劍南道,有今四川劍閣以南、大江以北之地,治所在成都。

〔二〕“劍外”,即指劍南。這句指陸游在四川時爲其詩友范成大闢爲成都府路安撫司參議官兼四川制置使司參議官,歸後任江西常平提舉,爲“使者”。

〔三〕這句指陸游新任浙東嚴州守官。“魚符”,本唐代制度,是一種職權的符信,用銅製爲魚形,分爲左右兩片,可以拼合驗勘,做官的佩其左片,以魚袋盛之。宋代只存魚袋之名,只是佩飾,並無實物,只用印信了。

〔四〕“焉用”,何用。“絶世無”,絶代所無,當世第一。

〔五〕這句説作詩用心之苦,如同將心肝雕刻得都粉碎了。“百雜碎”,俗語,亦作百圾碎。

〔六〕“依前”,依舊,依然。“塗轍”,猶言道路,此指“命途”。“九盤紆”,言其艱阨之狀。這兩句説詩作得再好也没有用,“命”還是苦得很,在世路上行不通,“時運”乖舛。

〔七〕“少陵”,杜甫的别號。“窮如蝨”,喻其境遇之困。

〔八〕“蹇(jiǎn)驢”,跛驢——古時極劣的旅行乘騎物;不必拘着“跛”義,意只謂走不快。杜甫詩:“蹇驢破帽隨金鞍。”(參看杜句:“騎驢三十載,旅食京華春。”)以上兩句説,大詩人生時窮困無比,可是千載以下的學詩者都拜他的蹇驢,——極言其傾倒之至。

按這首詩雖是贊陸,隱亦自贊。其另首云:“重尋子美(杜甫)行程舊,盡拾靈均(屈原)怨句新。”也是佳句;但全篇未稱,語意較泛,故未録。

## 新晴讀樊川詩〔一〕

江妃瑟裏芰荷風〔二〕,淨掃癡雲展碧穹〔三〕。嫩熱便嗔疎小扇〔四〕,斜陽酷愛弄飛蟲〔五〕。九千刻裏春長雨〔六〕,萬點紅邊花又空!不是樊川珠玉句〔七〕,日長淡煞箇衰翁〔八〕!

〔一〕“樊川詩”,晚唐杜牧的集子。樊川,水名,在長安南,杜牧祖父杜佑别墅所在。《樊川詩集》今有清人馮集梧注本。

〔二〕“江妃瑟”,此江妃指湘夫人,即湘靈,《楚辭·遠遊》:“使湘靈鼓瑟兮。”

〔三〕“癡雲”,凝聚不散的雲。“碧穹”,碧空,藍色的天空。

〔四〕“嫩熱”,此時是初夏,故云嫩熱。這句以“嫩熱”爲主詞,説好像初夏的嫩熱便來責備人爲何不用小扇——熱雖“嫩”,但已要搧扇子了。

〔五〕這句句法同上句,也以“斜陽”爲主詞。“酷愛”,甚愛。這是想像新晴後的晚日好像很喜歡“弄飛蟲”——使小蟲在斜照中飛舞起來。

〔六〕“九千刻”,猶言九十日(春光)。古時計時法:每一晝夜共分爲一百刻,不是現代每小時分爲四刻的刻。可參看南宋人曾極詩:“九十日春晴色少,一千年世亂時多。”是諷刺時政的句子(曾極曾因此獲罪)。

〔七〕“珠玉句”,喻詩句之好。杜甫詩:“詩成珠玉在揮毫。”

〔八〕“淡煞”,猶言寂寞煞。“箇”,相當現代語的“這個”。“箇衰翁”,這老頭兒——作者自指。

## 幼　圃

蒲橋寓居,庭有刳方石而實以土者,小孫子藝花窠菜本其中,戲名“幼圃”。〔一〕

寓舍中庭劣半弓〔二〕,燕泥爲圃石爲墉〔三〕。瑞香、萱草一兩本,葱葉、蔊苗三四叢〔四〕。稗子落成小金谷〔五〕,蝸牛卜築别珠宫〔六〕。也思日涉隨兒戲〔七〕,——一徑惟看蟻得通〔八〕!

〔一〕“蒲橋寓居”,作者在杭州作官時的寓所。蒲橋,在當時興福坊東鹽橋以東,不通水,係一旱橋。“實以土”句,把中間刳空的方石裝滿了土。“藝”,種植,栽培。“其中”,上面省一“於”字。

〔二〕“劣”，僅僅，剛剛。“半弓”，見第四四頁《閑居初夏午睡起二首》注〔四〕。

〔三〕“燕泥”，設言燕子壘巢所銜的泥，可見其爲量不多。“墉”，牆垣。

〔四〕“蔊(hàn)”，雜草，屬十字花科，生於田野，春日開小黄花；莖葉有辛味，可作菜食，名蔊菜。

〔五〕“穉子”，即稚子，小孩子。“落成”，新建築完工後，舉行某種禮儀來慶祝，叫做落成。“金谷”，晉石崇的園子名金谷，因此成爲好花園子的代稱。

〔六〕“卜築”，擇地建房。“珠宫”，神話中水神所居的宫闕。以上兩句説，别看“花園”小，對小孩子説來，就是金谷名園一般，對蝸牛(水族)説來，就成了别墅新宫。

〔七〕“日涉”，用陶潛《歸去來辭》：“園日涉而成趣”句。

〔八〕“看”，平聲。

## 白紵歌舞四時詞〔一〕(録一)

### 夏

四月以後五月前，麥風槐雨黄梅天〔二〕。君王若道嫌五月，六月炎蒸又何説？水精宫殿冰雪山，芙蕖衣裳菱芡盤〔三〕。——老農背脊曬欲裂〔四〕，君王猶道深宫熱！

〔一〕《白紵舞》，古代雜舞名，其歌辭稱爲《白紵舞歌》，或省稱《白紵歌》，梁武帝令沈約改其辭爲《四時白紵歌》。“四時”，即春秋四季。

〔二〕“黄梅天”，即黄梅雨季，江南四五月間蒸濕多雨，其時正當梅子要熟，色已變黄，所以叫作黄梅雨。一説“梅”即潮濕生霉的霉。

〔三〕可參看《武林舊事·禁中納涼》所記："禁中避暑，多御復古、選德等殿，及翠寒堂納涼：長松修竹，濃翠蔽日，層巒奇岫，静窈縈深，寒瀑飛空，下注大池可十畝；池中紅白菡萏萬柄，……又置茉莉、素馨、建蘭、……等南花數百盆於廣庭，鼓以風輪，清芬滿殿。御笐兩旁，各設金盆數十架，積雪如山。紗廚後先皆懸掛伽蘭木、真臘龍涎等香珠百斛。蔗漿金盌，珍果玉壺。初不知人間有暑氣也！聞洪景盧(按指洪邁)學士嘗賜對於翠寒堂，三伏中體粟，戰慄不可久立，上問故，笑遣中貴人(太監)以北綾半臂(無袖夾衣)賜之。——則境界可想見矣！"又同書卷七："淳熙十一年六月初一日，車駕過宫(指孝宗到高宗宫中去省視)。……堂前假山、修竹、古松，不見日色，並無暑氣。……後苑進沆瀣漿、雪浸白酒。……因閒説宣和間公公(指徽宗趙佶)每遇三伏，多在碧玉壺及風泉館、萬荷莊等處納涼：此處涼甚，每次侍宴，雖極暑中亦著衲襖兒也。"

〔四〕古語常説農民"曝背"而耕耘，指夏天光着脊背挨烈日的曝曬。如《戰國策》所説："解凍而耕，暴背而耨。"

按以上係(宋孝宗)淳熙十三年(丙午·一一八六)作者在杭州樞密院詳檢、太子侍讀任時所作。

## 走筆送濟翁弟過浙東謁丘宗卿(二首録一)

若見丘遲問老夫〔一〕，爲言臞似向來臞〔二〕。更將雙眼寄吾弟，帶去稽山看鑑湖〔三〕。

〔一〕"丘遲"，以比題中的"丘宗卿"，見第六三頁《辛卯五月送丘宗卿太博出守秀州二首》注〔一〕、注〔三〕。

〔二〕“臞”，見第二頁《和蕭判官東夫韻寄之》注〔七〕。“臞似向來臞”，比一向的臞還要臞；“臞似”，臞過。

〔三〕“稽山”“鑑湖”，在浙江紹興。稽山即會稽山，鑑湖又名鏡湖、慶湖，北宋時早已廢涸爲田，南宋初年又稍稍開復。將雙眼寄去以看會稽山水，設想極奇。可參看《吴越春秋》敍伍子胥諫吴王所説：“王若覺寤，吴國世世存焉；若不覺寤，吴國之命斯促矣！員（子胥自稱）不忍稱疾辟易，乃見王之爲擒；員誠前死，掛吾目於門，以觀吴國之喪！”這段設喻（《史記·伍子胥傳》作“而抉吾眼縣（懸）吴東門之上，以觀越寇之入滅吴也！”）。

## 曉出净慈送林子方〔一〕（二首録一）

畢竟西湖六月中，風光不與四時同：接天蓮葉無窮碧〔二〕，映日荷花别樣紅。

〔一〕“净慈”，參看下首注〔一〕。

〔二〕“接天”，寫湖中蓮荷一望無際，遠處水天相接（如遠望地平線，則天空與地面似相黏連），所以是“接天”。“無窮”，無盡，無邊。

## 九月十日同尤延之觀净慈新殿〔一〕

昨雨敗重九〔二〕，謂併敗此行〔三〕；雲師出小譎〔四〕，垂曉偷放晴。初愁落君後，我反先出城；竚立已小倦，喜聞馬來聲。南山有新觀〔五〕，大殿初落成〔六〕；入門山脊動，仰目天心横〔七〕；柱起龍活立，簷飛鵬怒升〔八〕；影入西湖中，失盡千峯稜；天竺拉靈隱〔九〕，駿奔總來庭〔一〇〕：老禪定何巧〔一一〕，幻此壯玉京〔一二〕？書生茅三間，飢眠方曲肱〔一三〕。

〔一〕"尤延之"，名袤，無錫人；紹興進士。詩有名，爲南宋四大家之一，但文集久佚；今僅有後人所輯《梁谿遺稿》一卷。"浄慈"，寺名，當時具名"浄慈報恩光孝禪寺"。與靈隱寺爲西湖南北山二大著名佛寺。《武林舊事》："其宏壯自昔已然，今益侈大矣。"

〔二〕"敗"，破壞。指一場雨擾了重陽佳節。

〔三〕"此行"，指已約會好了同去觀看寺中新建的大殿。

〔四〕"雲師"，神話中的雲神。"出小譎（jue 入聲）"，施展小小的狡獪變化的手段——"神通"。

〔五〕"觀"，去聲，名詞。可觀的景物。

〔六〕"落成"，見第一五七頁《幼圃》注〔五〕。

〔七〕以上兩句寫大殿之嵯峨高大。

〔八〕以上兩句寫大殿之壯麗：蟠龍雕柱，栩栩如生，飛簷如大鵬展翅。

〔九〕"天竺"，本山名，此指山上的三天竺寺之下天竺寺，在飛來峯南，當時具名"天竺時思薦福寺"。《武林舊事》："大抵靈、竺之勝，周回數十里，巖壑尤美，實聚於下天竺寺。""靈隱"，本亦山名，此指"景德靈隱禪寺"，都是杭州最有名的佛寺。"拉"，相牽引同行的意思。

〔一〇〕"來庭"，來朝、"臣服"的意思。這説連下天竺、靈隱二大名寺也向浄慈新殿低頭服輸了。

〔一一〕"老禪"，老僧人。"定何巧"，不知究竟是何神通？

〔一二〕"幻此"，"變"出這個大殿來。"玉京"，本道家名詞，此借指"首都"。

〔一三〕“曲肱”,彎了胳臂當枕頭睡覺。《論語》:“曲肱而枕之。”極言書生之貧。

按凡是稱“報恩光孝”的寺,都是宋高宗趙構逃到南方以後,爲了“紀念”他被虜去的父親徽宗趙佶而指定的。這樣的廟就大肆鋪張修造起來,奢麗無度。而正經事却一點也不辦。此篇詩借“老禪”爲目標,實際是諷刺最高統治者。詩中僅僅以“書生”爲對照相比。然則人民的貧苦又當如何,就不難想見了。

## 九月十五夜月細看桂枝北茂南缺未經古人拈出紀以二絶句

桂樹冰輪兩不齊〔一〕,桂圓不似月圓時〔二〕。吴剛玉斧何曾巧〔三〕,斫盡南枝放北枝〔四〕。

青天如水月如空,月色天容一皎中。若遣桂華生塞了〔五〕:姮娥無殿兔無宫〔六〕。

〔一〕“桂樹冰輪”,冰輪指望日的滿月,蘇軾詩:“雲峯缺處湧冰輪”,也説作“玉輪”、“霜輪”等。桂樹指人在地上看到月亮上面的蔭影,想像成爲桂樹,因此也稱月爲“桂魄”、月光爲“桂華”。“不齊”,猶言不相等、不相同、不相稱。這裏指月輪在十五日雖然十分圓滿,而桂影却不圓滿匀停——如題中所説“北茂南缺”。

〔二〕“時”,猶言“那樣”“一般”,指狀態,不指時間。這種用法在舊詩中很常見。

〔三〕“吴剛玉斧”,指《酉陽雜俎》所記神話:吴剛,漢朝西河人,學仙,有了過錯,謫令伐月中桂樹,桂高五百丈,每一斧子砍過後,只要斧子一離開樹，樹上的創痕立即合上了，如同原來一樣；因此吴剛這一謫罰實際上就是無盡期的永恒勞役。後來則轉變爲"玉斧修月"的説法，以爲桂樹長滿了，月亮就不再明亮，全賴吴剛砍伐修治。

〔四〕"南枝"隱指南宋，"北枝"隱指敵人金國。

〔五〕"生塞了"，猶言生滿了、塞滿了。

〔六〕月中有"嫦娥""玉兔"，是熟知的神話。這裏説她們"無宫""無殿"，即隱指南宋有被金人消滅的危險，以嫦娥、玉兔影射南宋最高統治者。

按南宋文人往往以"玉斧修月"的故典來隱喻國土的完缺、國家的興亡。如當時曾覿《壺中天》詞："雲海塵清，山河影滿，桂冷吹香雪。何勞玉斧，金甌千古無缺！"是佞幸之臣向宋高宗、孝宗阿諛獻媚之語。稍晚王沂孫《眉嫵》詞："千古盈虧休問。嘆慢磨玉斧，難補金鏡！太液池猶在，淒涼處，何人重賦清景？故山夜永。試待他，窺户端正。看雲外山河，還老桂花舊影。"是亡國詞人悼念故國的名句。由宋入元的詩人方回也説："玉斧難修舊月輪"，意同。都是習見的例子。

又按作者有《濟翁弟贈白團扇子一面作百竹圖有詩和以謝之》篇，云："月波初上湧寒金，桂樹風來細有音。特地此君偏作惱，爲儂隔却半輪陰！"亦隱奸臣誤國、中原陷金之恨，可合看。

## 早入東省殘月初上〔一〕

秉燭趨省署〔二〕，兩街猶閉門〔三〕；素娥獨早作〔四〕，碧沼滌黝盆〔五〕：寶釦剥見漆，半稜光剩銀〔六〕。——忽作青白眼〔七〕，圓視向我嗔！黑氣貫瞳子，側睨不敢真〔八〕。皎然一玉李,前行導征輪〔九〕;熒然數金粟,後扈從車塵〔一〇〕。朝雞傳三令〔一一〕,都騎争載奔〔一二〕。星芒銷欲無,月影澹失痕。——金鴉飛上天,吐出紅龍鱗〔一三〕!

〔一〕“東省”,指祕書省。

〔二〕“秉燭”,手持燭臺——其實是指隨行的燈籠,説時光還在夜裏,人已起來行動。“省署”,指祕書省,時作者任祕書少監。

〔三〕“兩街”,街有左右二面,故曰兩街。這句寫街上人家都還未起來。

〔四〕“素娥”,嫦娥;指月亮。“早作”,早起。

〔五〕“澣”,洗。“碧沼”,喻天空;“黝盆”,喻月亮大部分被黑影隱蔽。

〔六〕“釦”,以金飾器口。以上兩句想像譬喻:月本是一隻金色寶盆,而現在金都剥落得露出漆地來,只有少半邊盆口邊沿還剩有銀色——殘月的細彎痕。

〔七〕“青白眼”,晉阮籍能作青白眼——對俗士則拿白眼睛子來“翻”他,對喜歡的人纔拿黑眼珠兒看他。見《晉書·阮籍傳》。

〔八〕“側睨”,斜着眼瞧。

〔九〕“玉李”,喻啓明星(金星),好像給月馭作前導。《金樓子》:“星如玉李”;司馬光詩:“太白明如李。”

〔一〇〕“金粟”,喻未没的殘星,好像給月馭作隨從。“扈(hù)”,隨車侍從的人員。“車塵”,車過後揚起的塵土。

〔一一〕猶俗語:“鷄叫三遍。”參看韓愈詩:“鷄三號,更五點。”

〔一二〕“都騎(jì)”,官僚的乘馬。“載”,語助詞。陶潛文:“載欣載奔。”

〔一三〕“金鴉”,指日,古代神話傳説日中有三足烏。“紅龍鱗”,比喻朝霞紅雲碎如鱗甲。

## 送德輪行者〔一〕

瀝血抄經奈若何〔二〕,十年依舊一頭陀〔三〕。袈裟未著愁多事〔四〕，——著了袈裟事更多！

〔一〕“行者”，有三義：一是男子有志出家、依住僧寺者，即俗謂“帶髮修行”未被正式薙度的；一是行脚乞食的苦行僧人，即頭陀；一是泛指修行者。此詩是第二義。

〔二〕“瀝血抄經”，《鶴林玉露》引作“刺血抄經”：韓愈詩：“瀝血以書辭。”刺血抄寫佛經，是表極端虔誠的作法。也就是一種“苦行”。“若”，君，你。

〔三〕“頭陀”，梵語譯音，義爲“抖擻(除去貪嗔、愚癡、煩惱等)”。

〔四〕“袈裟”，亦名緇衣，僧人所穿的法衣，俗亦名偏衫。“愁”，《鶴林玉露》引作“言”。

宋人羅大經《鶴林玉露》卷八：“楊誠齋贈抄經頭陀詩云云(引全文)。今世儒生竭半生之精力以應舉覓官，幸而得之，便指爲富貴安逸之媒，非特於學問切已事不知盡心，而書册亦幾絶交，如韓昌黎所謂‘牆角君看短檠棄’、陳后山所謂‘一登吏部選，筆硯隨埽除’者多矣，是未知著了袈裟之事更多也。”清人王士禛《香祖筆記》：“近吴湖州園次(吴綺)遊廣州，有僧大汕者，日伺候督撫、將軍、諸監司之門，一日向吴自述酬應雜遝，不堪其苦，吴笑應之曰：‘汝既苦之，何不出了家？’座上皆大噱。……楊誠齋詩云：‘袈裟未著言多事，著了袈裟事更多！’其此僧之謂乎！”(袁枚《隨園詩話》卷十一引此，小誤，又將楊詩另引以爲已之創見，又誤以“言多事”爲“嫌多事”。)是宋人和清人對此詩的理解頗不一致。細玩詩意，似當以宋人所解爲近是。

按以上係(宋孝宗)淳熙十四年(丁未·一一八七)作在杭祕書少監任所作。

# 和段季承左藏惠四絶句〔一〕(録二)

箇箇詩家各築壇,一家横割一江山。——衹知輕薄唐將晚〔二〕,更解攀翻晉以還〔三〕!

道是詩壇萬丈高,端能辦却一生勞〔四〕。阿誰不識珠將玉〔五〕? 若箇闗渠風更騷〔六〕?

〔一〕“左藏”,在此是官名省稱。當時的國庫,分爲左藏東庫、左藏西庫(此外尚有封樁庫、安邊太平庫)。設有庫使等官。

〔二〕這句説當時江西詩派的瞧不起晚唐體詩人,肆行輕薄譏嘲;而此時期凡是反抗江西派、想要擺脱其束縛的,却莫不是從學習晚唐詩人下手。所以當時江西派與晚唐體二者成爲對壘局面。作者是支持晚唐而反對墨守江西、自劃自限的。

〔三〕“更解”,“哪更解”的省語。“攀翻”,攀折、采摘、撫弄等意思,借爲涉獵、汲取義。李白詩:“别後若見之,爲余一攀翻(指驛亭間的三楊樹而言)。”“晉以還”,指六朝詩人。高抬“漢、魏”詩、以爲“高古”不可超越,而輕視六朝、以爲淫靡浮豔,也是當時的一般成見。這首詩意在反對盲目崇拜墨守一個大名頭而不知廣泛汲取各時代各流派的真正長處。

〔四〕“端”,端的,真個。“辦却”,猶言“費掉了”。這説真是把一生的精力都耗在這上面。

〔五〕“阿誰”,誰。阿是語詞,無義。“珠將玉”,珠和玉。“將”,和下句的“更”,互文同義,都是“和”“與”的意思。珠玉,指文詞之光彩動人,杜甫詩:“詩成珠玉在揮毫。”這裏則特指字面的美好,而無内容可取。

〔六〕“若箇”,哪個,誰個。“闗渠”,闗他;“闗”是闗繫、闗涉,“他”是虚詞墊字,無義。“風更騷”,指《詩經》的《風》《雅》部分和《楚辭》的《離騷》,這是最有名的古代詩篇,内容很多是有價值的,反映歷史社會、具有進步思想和人民性,古代注疏家雖然站在封建士大夫的階級立場上,也能看出它們是“緣政而作”的。這些作品對後來的詩歌創作有重大影響,構成一種優良的傳統。“風騷”,就是代表這種概念的一個成詞。參考杜甫詩:“陶謝不枝梧,風騷共推激。”作者指出當時詩人忘掉了他們的創作職責,而只把詩當作吟風弄月、搬弄文字的把戲。

按以上係(宋孝宗)淳熙十五年(戊申·一一八八)作者在杭所作。

## 明發南屏〔一〕

新晴在在野花香〔二〕,過雨迢迢沙路長。兩度立朝今結局〔三〕,一生行客老還鄉。猶嫌數騎傳書札〔四〕,剩喜千山入肺腸〔五〕。到得前頭上船處,莫將白髮照滄浪〔六〕。

〔一〕淳熙十五年(一一八八)四月,作者因議張浚配享事與朝廷意見不合,罷朝官出守高安,既得命令,即出朝寄宿南屏山興教寺。此題則是從南屏啓程的意思。“明發”,見第六頁《明發石山》注〔一〕。

〔二〕“在在”,處處。

〔三〕作者前次自乾道六年至九年曾在朝,作國子博士、太常博士、太常丞、將作少監等官;這次自淳熙十一年至本年,又作京官,由吏部員外郎官至祕書少監。所以説“兩度立朝”。

〔四〕“數騎(jì)”,指來自京中同官者的乘馬送信人。

〔五〕“剩喜”,儘喜,多喜。

〔六〕“滄浪(láng)”,水名。《孟子·離婁》:“滄浪之水清兮,可以濯吾纓;滄浪之水濁兮,可以濯吾足。”詩家相承以爲高蹈江湖的詞句。

按羅大經《鶴林玉露》:“高廟(宋高宗)配享,洪容齋(邁)在翰苑,以吕頤浩、趙鼎、韓世忠、張俊四人爲請;蓋文武各用兩人,出於孝宗聖意也。遂令侍從議。時宇文子英等十一人以爲宜如明詔,而識者多謂吕元直(即頤浩)不厭(滿)人望,張魏公(浚)不應獨遺。楊誠齋時爲祕書少監,上書争之,以‘欺’‘專’‘私’三罪斥容齋;且言魏公有社稷大功五:建復辟之勛(宋高宗曾一度爲苗傅逼迫退位,請太后垂簾聽政。),一也;發儲嗣之議,二也;誅范瓊以正朝綱,三也;用吴玠以保全蜀,四也;却劉麟以定江左,五也。於是有旨,再令詳議。越數日,上忽諭大臣曰:‘吕頤浩等配享,正合公論,更不須議。洪邁固是輕率,楊萬里亦未免浮薄!’於是二人皆求去:容齋守南徐,誠齋守高安。而魏公迄不得配食。誠齋詩云:‘出却金宫入梵宫,翠微緑霧染衣濃。三年不識西湖月,一夜初聞南澗鐘。藏室蓬山真昨戲,園翁溪友得今從。若非朝士追相送,何處冥鴻更有蹤?’又云:(即本篇詩,略。)此去國時詩也,可謂無幾微見於顔面矣!”按給高宗趙構擇臣僚配享廟祀,表面看去,爲此而争人選,好像是封建禮教中無聊之事,值不得去評論,而實質上仍然是愛國主戰和賣國主和兩派的尖鋭政治鬭争中的一種曲折表現。作者堅决支持張浚,因而被斥爲“浮薄”,這件事可以窺見宋孝宗的荒謬的見解之一面。作者離杭,作此二詩,表示出和當時統治集團中的當政派從此就要各奔前程的决心,而詞句間一點訐激牢騷之氣也没有,這事本身就反駁了趙昚對他所下的“浮薄”評語。

## 過 南 蕩(三首録二)

秧纔束髮幼相依〔一〕,麥已掀髯喜可知〔二〕。笑殺槿籬能耐事〔三〕,東扶西倒野酴醾〔四〕。

近岫遥峯翠作圍〔五〕,平田小港碧行遲。垂楊一徑深深去,阿那人家住得奇〔六〕!

〔一〕"束髮",古代習俗,男孩子到成童年紀,要將頭髮結起來。這裏以童子束髮喻新秧的形象,所以下面用一"幼"字雙關。

〔二〕"掀髯",有鬍子的人笑時的形容,掀是形容鬍鬚張起之狀。這裏用掀髯喻麥芒張起,已將成熟,所以下面用一"喜"字雙關。

〔三〕"槿籬",槿,木槿,一種灌木,插之易活,又開各色大花,所以農家多種植以爲籬牆。南齊謝朓詩:"插槿當列墉。"

〔四〕"酴醾",即荼蘼,花色黄白,很美麗,舊日以爲是春天最後開的花。酴醿,本酒名,荼蘼花以色似此酒,故亦名酴醾。因此這裏作者又用"東扶西倒"形容醉人的話來雙關成趣。

〔五〕"岫(xiù)",山的峯巒,與下面"峯"字對文互義。

〔六〕"阿那",阿讀入聲如"屋",發語詞,無義。阿那,亦作"兀那",元曲中多見。

## 過楊村

石橋兩畔好人煙,匹似諸村别一川〔一〕:楊柳陰中新酒店,蒲萄架底小漁船;紅紅白白花臨水,碧碧黄黄麥際天〔二〕。政爾清和還在道〔三〕,爲誰辛苦不歸田?

〔一〕"匹似",比起來。"一川",一片平地,一帶地方。川是"平川"的川,不指水流。這句説,楊村這地方真美,和其他諸村比起來,簡直另是一境,迥然不同。

〔二〕“際天”,接天,挨着了天,——指一眼望不到頭(地平線上),地天相接;不是説麥子“高得”快挨着了天。

〔三〕“政爾”,正爾。“清和”,通常指初夏四月的氣候。“在道”,在旅途中。這句説正當這般清和好季節,却還在旅途——宦途——中奔波。

## 洗面絶句

浙山兩岸送歸艎〔一〕,新擣春藍淺染蒼〔二〕。自汲江波供盥漱〔三〕,清晨滿面落花香。

〔一〕“艎(huáng)”,艅艎,船名。

〔二〕“藍”,蓼科植物,葉可作染料;據《通志》説:藍有三種:蓼藍,染緑:大藍,染淺碧;槐藍,染青。“蒼”,青緑色。此指山色。

〔三〕“盥(guàn)漱”,洗面漱口。

## 嘲穉子〔一〕

雨裏船中不自由〔二〕,無愁穉子亦成愁。看渠坐睡何曾醒,——及至教眠却掉頭〔三〕!

〔一〕“穉子”,見第一五七頁《幼圃》注〔五〕。

〔二〕“不自由”,不自在,不快活,寂寞無聊。下句的“愁”亦即此意。

〔三〕“教”,讀平聲如“交”。“教眠”,叫他躺下正式地睡——他已然悶睏得坐着打起盹來了。“掉頭”，摇頭——説不睡、不睏！

按以上係（宋孝宗）淳熙十五年（戊申·一一八八）作者棄官請祠返里途中所作。

## 感秋五首（録二）

隤照趣夕黯〔一〕，孤燈啓宵明；老夫倦欲睡，似醉復如醒〔二〕；寸心無寸恨，坦如江海清。——秋蛩何爲者〔三〕、四面作怨聲？淒惻竟未已，抑揚殊不平；切切百千語〔四〕，遞遞三四更〔五〕；遶砌尋不得〔六〕，——静坐復争鳴！有口汝自苦，我醉不汝聽〔七〕！

秋曉寒可忍，秋夕永難度〔八〕；青燈照書册，兩眼如隔霧〔九〕；掩卷却孤坐〔一〇〕，塊然與誰語〔一一〕？倒卧、卧不得，起行、行無處。——屋角忽生明：山月到庭户；似憐幽獨人〔一二〕，深夜約清晤：我吟月解聽〔一三〕，月轉我亦步〔一四〕。何必更讀書，且與月聯句〔一五〕！

〔一〕“隤（頽）照”，落日。“趣（cù）”，催促。“夕黯”，夜晚的黑暗。

〔二〕“醒”，讀平聲。這句寫睏的感覺。

〔三〕“秋蛩（qióng）”，吟蛩，蟋蟀。

〔四〕“切切”，形容低聲私語的細碎聲音，又兼有悲切義。《家語·六本》：“援琴而歌，切切而哀。”白居易詩：“小絃切切如私語。”

〔五〕“遞遞”，猶言接接續續。

〔六〕“砌”，階砌，甃石爲階的地方——蟋蟀所居。

〔七〕“不汝聽”，不聽你！古代漢語反面句多將賓詞放在動詞的前面。
〔八〕“永”，長。
〔九〕“如隔霧”形容老人眼花；參看杜甫詩：“老年花似霧中看（平聲）。”
〔一〇〕“掩卷”，合上書不讀了。
〔一一〕“塊然”，獨居無侶的形容。“語”，讀去聲，動詞。
〔一二〕“幽獨”，孤獨，但着重在形容心境；參看第七頁《普明寺見梅》注〔四〕。
〔一三〕我吟詩，月亮懂得聽我吟。
〔一四〕月亮走，我也跟着她走。“轉”，詩詞中凡寫日、月、蔭影的逐漸移動，多用轉字，如蘇軾詞：“桐陰轉午”，杜甫詩：“斜暉轉樹腰”，都是其例。
〔一五〕“聯句”，兩位（或更多）詩人合作一首詩，甲起上句，乙續下句（或其他續法），接聯成篇，叫作聯句。

# 郡 圃 上 巳（二首録一）

尋春不見只思還，——却在來仙小崦間〔一〕：映出一川桃李好〔二〕，只消外面矮青山〔三〕。

〔一〕“來仙”，山名。“崦（yǎn）”，在這裏只是“山”字的仄聲替代字，別無深義。
〔二〕“一川”，見第一五二頁《過楊村》注〔一〕。
〔三〕“消”，須。按一帶平川滿是桃李花，背後有青山作背景，才顯得襯托出的顏色更爲蒨麗，詩中寫到這一點道理的還不多見。又作者《晴後再雪》絶句：“八盤嶺上雪偏清，萬斛瓊塵作一傾，空裏仰看（平聲）都不見，——碧山映得却分明。”亦異曲同工。其細心敏感，皆寫他人所未能寫。

## 披仙閣上觀酴醿（二首録一）

仰架遥看時見些〔一〕，登樓下瞰脱然佳〔二〕：酴醿蝴蝶渾無辨〔三〕，——飛去方知不是花。

〔一〕“仰架”，仰望花架。仰是動詞。“看”，讀平聲。按“些”，和“佳”“花”等字在古時語音是押韻的。

〔二〕“瞰(kàn)”，俯視。“脱然”，形容舒暢喜悦。

〔三〕“渾”，全然。

作者另有《曉行望雲山》一詩：“霽天欲曉未明間，滿目奇峯總可觀。——却有一峯忽然長，方知不動是真山！”與此篇可謂異曲同工。

## 亦山亭前梅子

道旁小樹復低枝，摘盡青梅肯更遺？偶爾葉間留一箇，——且看漏眼幾多時〔一〕！

〔一〕“看”，讀平聲。“漏眼”，偶爲人眼漏掉，未看到。俗語，現在還有這樣説的。這首小詩是暗指南宋朝廷的不容愛國正義人士立足，一個一個都被擠斥而去；偶爾遺漏一個，也不過遲早之間，總會像梅子一樣，被人摘盡才罷。

# 觀迎神小兒社〔一〕

花帽銖來重〔二〕，綃裳水樣秋〔三〕；强行終較嬾，妍唱却成羞；鸜鵒棲葱指〔四〕，芙蕖載錦舟〔五〕。休看小兒社，只益老人愁〔六〕。

〔一〕“社”，即迎神賽會的“會”，具名“社會”、“社火（火即後來的“夥”字，不是燈火、煙火的火）”、“社陌”。參看《水滸傳》第三十二回：“宋江看時，却是一夥舞‘鮑老’的，……那相陪的梯己人却認的社火隊裏，便教分開衆人，讓宋江看。那跳‘鮑老’的，身軀紐得村村勢勢的，宋江看了，呵呵大笑。”又第六十五回：“只得裝扮社火。豪富之家，催促懸掛花燈。”《紅樓夢》第一回：“因士隱命家人霍起抱了英蓮去看社火花燈。”都是例子。因爲各有組織，表演、陳列的技藝、觀賞物品，各不相同，所以各自命名爲“某某社”，猶如後來有稱“某某老會”的；社、會、火，意義略同。南宋時候大都在除夕、元宵等節日與各廟期（“神”的“生辰”）舉行。成人、軍士、伎女裝扮表演的爲多，也有兒童扮演的，如當時杭州有“小兒竹馬”“女童清音”等社。本篇所寫是筠州（江西高安）地方六月間事，當是廟會，如杭州六月六日有顯應觀“崔府君誕辰”廟會，亦即此類。

〔二〕“銖”，古時衡量名稱，二十四銖爲一兩。“來”，約計之詞。“銖來重”，極言其輕巧；也兼寫夏季衣裝之薄。

〔三〕“綃（xiāo）”，生絲所織的綢類。“水樣秋”，形容夏季裝扮、衣綵的顔色都淺雅蒨麗。參考唐温庭筠詞：“藕絲秋色淺”（藕絲，一説指絲織品之細，一説即“藕絲褐”色，簡稱爲“藕褐”，訛作“藕合”“藕荷”者）。

〔四〕“葱指”，寫女童手指之美。“鸜鵒”，歌舞者手中所持之裝飾物。如《夢粱録》所載：“諸行社隊……又有小女童子，執琴瑟，妓家伏役婆嫂喬妝繡體浪兒，手擎花籃、精巧籠仗；其官私伎女，……次擇秀麗有名者，帶珠翠朵、玉冠兒，銷金衫兒、裙兒，各執花斗鼓兒……”，略可見一時習俗。

〔五〕“芙蕖”，荷花。“錦舟”，當是指“划旱船”，舟上飾以荷花，爲蓮舟形象。“划旱船”社，見《武林舊事》；“旱龍船”社，見《西湖老人繁勝録》。各地風俗略同。

〔六〕“看”，讀平聲。“益”，增加，助長。

## 雨後曉登碧落堂

清晨上碧落〔一〕，親手啓後户。斜東見西山，粹碧無纖霧；須臾半崦間〔二〕，冉冉動微絮；吹作千峯雲，立變萬姿度。正北尋米山，遥隔一片雨；亭亭如仙子，曉起瀚月露；天衣異人世，一色製輕素。兩山誰不奇？徘徊未能去〔三〕！

〔一〕“上碧落”，即題中的“登碧落堂”，堂在筠州郡署内。

〔二〕“崦”，見第一七一頁《郡圃上巳》注〔一〕。

〔三〕作者另有一首《碧落堂曉望荷山》詩，寫道：“荷山非不高，城裏自不見；一登碧落堂，山色正對面：如人卧平地，躍起立天半；指揮出伏兵，萬騎横隔岸；後乘來未已，前驅瞻已遠。晨光到巖壑，人物俱蒨絢；緑屏紛開闔，翠旗閃舒卷。安得垂天虹？橋虚度雲巘。老鈐（役卒）偶報事，郡庭集賓贊（衙門裏人位齊集，等參見他、辦公事）。匆匆换山巾，默默下林坂。”也寫得很好，可以合看。“去”，離開。

# 羲娥謡

中秋夜宿辟邪市，詰朝早起，曉星已上，日欲出而月未落，光景萬變，蓋天下奇觀也，作《羲娥謡》以紀之。

羲和夢破欲啓行〔一〕，紫金畢逋啼一聲〔二〕；聲從天上落人世，千村萬落鷄争鳴。素娥西征未歸去，簸弄銀盤浣風露；一丸玉彈東飛來〔三〕，打落桂林雪毛兔〔四〕。誰將紅錦幕半天〔五〕？赤光絳氣貫山川；須臾却駕丹砂轂〔六〕，推上寒空輾蒼玉〔七〕。詩翁已行十里强〔八〕，——羲和早起道無雙〔九〕？

〔一〕“羲和”，古代神話裏的日神。“夢破”，夢醒。——睡够了，一覺醒來。

〔二〕“畢逋”，烏鴉的别稱。《後漢書·五行志》載童謡：“城上烏，尾畢逋。”“紫金畢逋”，喻金色太陽。

〔三〕“玉彈（dàn）”，指啓明星，即序中的“曉星”。

〔四〕“桂林雪毛兔”，喻月，因神話説月中有桂樹、白兔。

〔五〕“幕”，動詞；遮，圍，掩蓋。

〔六〕“須臾”，不一會兒，俄頃之間。“丹砂轂”，喻日形如紅車輪。

〔七〕“輾（niǎn）”，車輪碾軋。“蒼玉”，青玉，喻天空。

〔八〕“詩翁”，作者自指。“十里强”，十里多路。强字用法見第一〇頁《曉立普明寺門時已過立春去除夕三日爾將歸有嘆》注〔六〕。

〔九〕這句猶言：誰説太陽起身是天下數第一的！

## 小憩土坊鎮新店進退格〔一〕

下轎逢新店〔二〕,排門得小軒〔三〕。中間一棐几〔四〕,相對兩蒲團。椽竹青留節〔五〕,簷茅白帶根。明窗有遺恨:接處紙痕斑〔六〕。

〔一〕“進退格”,見第一〇三頁《霜寒轆轤體》注〔一〕。

〔二〕“下轎”,指行途中要頓歇,從竹轎裏下來。竹轎是當時南方旅行所乘坐的交通工具。

〔三〕“排門”,猶言推門,指開門而入。

〔四〕“棐(fěi)几”,榧木几案——實指白木(不加油漆的)几,不是特指榧木所作。晉代大書法家王羲之曾因“棐几滑浄”而寫字於其上,見《晉書》。此與下句寫傢具之簡單樸素。

〔五〕“椽(chuán)竹”,指屋頂椽子是用竹子搭架的。此與下句寫房屋之簡潔清新。

〔六〕上面寫,這樣的小屋子,俱極可人意,無可憾之處;此處接説,只有一點遺恨:窗紙糊時接了一個“接頭”(兩紙黏接處,成爲一條窄線條,因成雙層、較厚,透光性便較差),顯得雪白的窗户暗了一些些。——説是“遺恨”,其實這樣的“遺恨”,正足見這個小村店的可喜。如果以爲詩人本意真是要挑剔吹求,那就是“被作者瞞過”了。

## 詠十里塘姜店水亭前竹林

一見此君面〔一〕,荒村不是村;斜陽與可筆〔二〕,棲雀子猷魂〔三〕。客思方無那〔四〕,詩愁得共論〔五〕;問渠:"能飲否?"——把酒酹霜根〔六〕。

〔一〕"此君",指竹。《晉書·王徽之傳》:"嘗寄居空宅中,便令種竹;或問其故,但嘯咏指竹曰:'何可一日無此君耶?'"後人便以"此君"爲竹的故典。

〔二〕"與可",宋文同,字與可,梓潼人,皇祐進士,曾守湖州,善畫,尤工畫竹,同時的蘇軾對他的畫竹評價極高,作有《篔簹谷畫竹記》,專記其事。這説竹子被斜陽一照,影落地上,如同文與可的名畫一般。

〔三〕"子猷",王徽之的字。徽之愛竹,已見注〔一〕;又曾過人家園子,見竹好,逕入看竹,不向園主人交一語。這説竹上棲雀,大概是徽之的魂靈所化吧?

〔四〕"客思(sì)",猶言客懷、旅人的心情。"無那(nuò)",無奈。

〔五〕"論",讀平聲。這説情懷可以與竹共語。

〔六〕"把酒",持酒。"酹(lèi)",以酒灑地,含有祝祭、勸酬的意思。"霜根",指竹根。

## 過上湖嶺望招賢江南北山(四首録二)

嶺下看山似伏濤〔一〕,——見人上嶺旋争豪〔二〕;一登一陟一回顧〔三〕:我脚高時他更高〔四〕!

曉日秋山破格奇,青紅明滅舞清漪〔五〕;畫工着色饒渠巧〔六〕,便有此容無此姿〔七〕。

〔一〕"伏濤",波濤有"起"有"伏",伏濤是指比較平静、未有大浪掀起的水勢——比喻在嶺下看山，看不出有多大高峻特起之勢。

〔二〕“旋争豪”，旋，見第九七頁《城頭秋望》注〔二〕；争豪指和人争勝——你高，我更高！

〔三〕“陟(zhì)”，升高。

〔四〕作者另有《寄題王國華環秀樓》二首之二：“平地看山山絶低，上樓山色逐層奇。不知山與樓争長(zhǎng)？爲復(還是)樓隨山脚移？”與本篇可合看。

〔五〕這句寫日光照山，又倒映在江水中，江水動盪，青紅彩絢，而隨水波舞動。“漪”，猶言水，但含有波紋微盪的意思。

〔六〕“着色”，指彩色繪畫，相對於“水墨”畫而言。“饒渠巧”，憑他怎麽巧，任他再巧。

〔七〕“容”，指不動的形、色；“姿”，指活的動的姿態神情。

## 江　水

水色本正白，積深自成緑；江妃將底藥〔一〕、軟此千里玉〔二〕？詩人酒未醒〔三〕，快吸一川渌〔四〕；無物嗍清甘〔五〕，——和露嚼野菊。

〔一〕“江妃”，想像的江神；我國古代神話中凡山川之神多屬女性。“將底藥”，拿什麽藥？

〔二〕“千里玉”，喻江水。

〔三〕“詩人”，作者自指。“醒”，讀平聲。

〔四〕“渌”水清爲渌；此作名詞。“快吸”的“快”是形容痛快，不是指時間的快慢。吸，即飲義。吸渌，意思是要以此解酒。

〔五〕“清甘”，指江水。“無物”，意指没有“就”水喫的菜，——猶如喝酒要有“下”酒之物。

## 下横山灘頭望金華山（四首録一）

山思江情不負伊〔一〕，雨姿晴態總成奇：閉門覓句非詩法〔二〕，只是征行自有詩〔三〕。

〔一〕“思”，去聲；名詞。“伊”，他。此詩是四首之二，前一首説：“篙師只管信船流，不作前灘水石謀；却被驚湍旋三轉，倒將船尾作船頭。”伊，承上詩指篙師而言。

〔二〕“閉門覓句”，出黄庭堅詩：“閉門覓句陳無已，對客揮毫秦少游。”上句寫陳師道（字無已，曾做正字官），作詩時構思之艱苦；下句寫秦觀（字少游），正相反，揮筆立成。《石林詩話》：“陳無已每登臨得句，即急歸，卧一榻，以被蒙之——謂之吟榻——家人知之，即貓犬皆逐之，嬰兒稚子亦皆抱持寄鄰家。”正是“閉門覓句”的詳細注脚。嚴格説來，“閉門覓句”只是整個創作過程中正式着手寫作的一個步驟，本亦無可厚非，因爲其以前階段的所謂“登臨”“得句”，其實就是包括着他生活中的實踐、感受、構思等等過程而説了；後來則往往把“閉門覓句”絶對化，以爲陳師道僅僅靠這來作詩，那是並不完全正確的。元元好問詩：“池塘春草謝家春，萬古千秋五字新。傳語閉門陳正字：可憐無補費精神。”雖然意在説明詩句貴自然，主張信手而得，無事艱苦鍛鍊，但也是一種把“閉門覓句”絶對化的認識，並且徹底否定寫作這一步驟中的用心攻苦，另成一種偏頗之見。作者這裏則又不僅是把“閉門覓句”理解爲生活圈子狹小，而且可能含有關上門只務空想，或只向書册、文字、格律等技巧形式問題上費心思的意思了。詩人遣詞見意，往往如此引伸推演；讀者只可分别領其大旨，而不必以詞害義。

〔三〕“征行”，旅行。作者意思説，出門游歷，山光水色、雨態晴姿，都足以添詩思、供詩料。作者在當時還不可能明白生活方是創作淵泉這一重要意義。不過封建士大夫的生活圈子是很狹隘的，旅行就是他們生活中的重大變换了，而且旅行究竟可以使他們見聞加廣，感受加深，和人民有較多些的接觸機會，所以他們在旅行中往往確能産生較多較好具有充實内容的詩篇，而不只是增添了“詩情”“詩料”，這也是事實。只是我們依然不能誇大作者的本來認識，誇大得至於和我們今天的認識一樣。例如同時詩人陸游在此詩的二十多年以後也曾寫道：“法不孤生自古同，癡人乃欲鏤虚空。君詩妙處（指所題蕭毓秀詩卷）吾能識：正在山程水驛中。”又有書札云：“大抵此業（作詩）在道途則愈工，……願舟楫鞍馬間加意勿輟，他日絶塵邁往之作，必得之此時爲多。”和作者此詩的意思是相差不多的，説者却往往肆爲誇大，以爲這種見頭怎麽怎麽了不起，似可不必。

## 出横山江口

白璧當江岸〔一〕，青旗定酒家〔二〕：斷崖侵屋窄〔三〕，細路入門斜〔四〕。縣近瞻雙塔，洲横隔一沙〔五〕。——何須後來客、始信此詩嘉〔六〕？

〔一〕“白璧”，指山，石白如玉；這裏“璧”只是“玉”的代字，不關形狀。

〔二〕“青旗”，酒簾，酒旗，酒店所插的“望子”。唐人詩如竇叔向：“愁見河橋酒幔青”；白居易：“紅板江橋青酒旗”，已言酒旗色青。宋洪邁《容齋續筆》：“今都城與郡縣酒務及凡鬻酒之肆，皆揭大簾於外，以青白布數幅爲之；微者隨其高卑小大（指酒旗的大小隨酒店大小規模而異);村店或掛缾瓢、標箒杆。”可見當時風俗。“定”,料斷之詞;因見酒簾挑出,知定有酒店在彼。

〔三〕“斷崖”,即承第一句“白壁”而來,又兼寫酒家之“屋”。

〔四〕此句承第二句正寫酒家。

〔五〕“沙”字用法見第四七頁《和李天麟二首》注〔一五〕。

〔六〕“嘉”,好,美。此二句並非真是作者十分自信自誇這首詩就好得異常,不過是説,此處景物可喜,作首詩寫出這般景物來,詩能傳景,已覺親切不惡;其實只是意在説景物好。

## 宿蘭溪水驛前三首(録一)

水色秋逾白,山光夜不青;一眉畫天月〔一〕,萬粟種江星。小酌居然醉,當風不覺醒〔二〕。誰家教兒子、清誦隔疏櫺〔三〕?

〔一〕將新月形狀比喻爲眉,而古代婦女以黛畫眉(所謂描眉),所以又用“畫”關合,因此説“畫天”。——上面的“眉”又兼作“單位”計詞而用,句法很奇。全句的語法是:“一彎”“畫眉於天空的”“新月”。下句倣此。

〔二〕“醒”,讀平聲。

〔三〕“清誦”,清亮的讀書聲。“疏櫺”,指透出聲音的窗櫺。

## 過白沙竹枝歌〔一〕(六首録一)

絶憐山崦兩三家〔二〕,不種香秔只種麻。耕徧沿堤鋤偏嶺，都來能得幾生涯〔三〕！

〔一〕“竹枝歌”，即“竹枝詞”，見第一三八頁《過顯濟廟前石磯竹枝詞》注〔一〕。

〔二〕“絶”，極。“崦(yǎn)”，崦嵫本山名(古時以爲日没所入之山)，這裏當作山深處講。

〔三〕“都來”，亦作“大都來”，省作“都”，總計之詞，而含有“不過這麽一些”的意思，言其少。“生涯”，此猶言生計、收入。歎息山農無地可耕，生活極苦。

## 夜宿東渚放歌三首（録二）

前山欺我船兀兀〔一〕，結約江妃行小譎〔二〕：乘我船摇忽遠逃，見我船定還孤出〔三〕！老夫敢與山争强，受侮不可更禁當〔四〕，——醉立船頭看到夕，不知山于何許藏？

天公要餉詩人眼，生愁秋山太枯淡〔五〕：旋裁蜀錦展吴霞〔六〕，低低抹在秋山半。須臾紅錦作翠紗，機頭織出暮歸鴉〔七〕。——暮鴉翠紗忽不見，只見澄江浄如練〔八〕！

〔一〕“兀兀”，摇蕩不定。也説作“摇兀”“臬兀”。

〔二〕“結約”，两人約訂、商量好。“江妃”，見第一七八頁《江水》注〔一〕。“行小譎”，要要個頑皮，作個惡作劇。

〔三〕“孤出”，忽然又突現。人在船中摇兀厲害時，見岸山忽隱忽現，詩人如此寫來，格外有趣。

〔四〕這句是變用杜甫詩“數日不可更禁當”的字面。

〔五〕“生愁”,猶言“就是愁”——“生”是語助詞,“愁”是動詞。口語猶說這話。

〔六〕“蜀”“吴”都是古代紡織工藝發達的地方。此句喻晚霞。

〔七〕“鴟”,即鴉。這是實物——和“紅錦”“翠紗”是虚擬互爲變幻生奇,出人意表。

〔八〕“澄江浄如練”,南齊詩人謝朓的名句,李白非常推許這句詩,說:“解道澄江浄如練,令人長憶謝玄暉!”這裏整句運用。

## 跋徐恭仲省幹近詩(三首録二)

仰枕糟丘俯墨池〔一〕,左提大劍右毛錐〔二〕。朝蘭夕菊都餐却〔三〕,更斫生柴爛煮詩〔四〕!

傳派傳宗我替羞〔五〕,作家各自一風流:黄、陳籬下休安脚〔六〕,陶、謝行前更出頭〔七〕。

〔一〕“糟丘”,糟指製酒所剩下的糟渣。《南史。陳暄傳》:“暄嗜酒,過差非度,其兄子秀憂之,……暄聞之,與秀書曰:‘速營糟丘,吾將老焉! 爾無多言。’”糟丘說酒渣積累如山,《新序·節士》:“桀(夏代暴君)爲酒池,足以運舟;糟丘足以望七里。”這裏是說詩人嗜酒。“墨池”,浙江永嘉積穀山下有晉代大書法家王羲之的古蹟墨池,王嘗守永嘉,常臨此池以練習書法,池水爲之變黑。這裏說詩人愛喜書法。“俯”下暗省一“臨”字。

〔二〕“毛錐”,指毛筆,具名“毛錐子”,這句是用《五代史·史弘肇傳》:“安朝廷,定禍亂,直須長鎗大劍。若毛錐子,安足用哉?”而說詩人文武兼材。

〔三〕《離騷》:“朝飲木蘭之墜露兮,夕餐秋菊之落英;苟余情其信姱以練要兮,長顑頷亦何傷?”(顑頷,不飽的樣子。)“餐却”,喫光了。

〔四〕可參較黄庚《雜詠》詩:“耽書自笑已成癖,煑字元來不療饑。”騷人至於飲朝露、餐落花,已是“顑頷”得很;現在連露水、落花也喫盡了,再喫只好煑“詩”喫吧!

〔五〕這指當時一些詩家各立標榜宗派,各立門户,只事模仿,又互相輕謗詆毁,而不自以爲可恥。當時勢力最大的是江西派的餘風。本篇所攻擊的主要目標亦即在此,故有第三句云云。

〔六〕“黄、陳”,江西派中最大的兩位代表作家黄庭堅(所謂“一祖”)和陳師道(所謂“三宗”之第一宗)。“籬”,猶言門牆。“安脚”,著脚,立足。

〔七〕“陶、謝”,六朝大詩家陶潛和謝靈運。“行(háng)”,行輩,行列。這説不僅黄、陳等人不足效顰模擬,即陶、謝也不應當作偶像而盲目崇拜,以爲不可超越,應該自創一家“風流”,不要爲前人所限。

按以上係(宋孝宗)淳熙十六年(己酉·一一八九)作者在高安任及赴召往杭州途中所作。自《朝天集》諸詩以次至此,在本集中爲《江西道院集》部分。

## 銜命郊勞使客船過崇德縣〔一〕(三首録一)

水面光浮赤玉盤〔二〕,也應知我牽去聲夫寒〔三〕。滿河圭璧無人要〔四〕,吹入詩翁凍筆端。

〔一〕“銜命郊勞使客”,宋孝宗淳熙十六年(一一八九)光宗(趙惇)受禪做皇帝以後,召作者爲祕書監,冬天,借焕章閣學士的官級充當迎接金國賀正旦來使的接伴使。當時宋、金兩國在年節、皇帝生辰等日期照例互派賀者出使,對方則有接伴使、送伴使等官員來送迎陪伴，雖是常例應酬，但每每也暗負有外交上的政治使命，所以人選很重要，要有資望，善於應對機變，處理不好就會引起麻煩。“銜命”，猶言奉命，用《禮記》“銜君命而使”的話。“郊勞”，猶言出迎。《左傳》注：“迎來曰郊勞。”勞字讀去聲如“澇”。“崇德縣”，在浙江杭州東北，臨運河，當時來往必經之道。

〔二〕“赤玉盘”，日影倒映；李賀詩：“誰揭赪玉盤，東方發紅照。

〔三〕“牽夫”，拉船的。牽，去聲，後來寫作“縴”，拉船的繩索，也叫作“百丈”。

〔四〕“圭璧”，指河内的冰塊，光潔如玉。圭璧是古代以美玉製作的最貴重的禮器和符信物，爲王侯等統治者祭祀、朝聘時所用。（“圭璧”一詞，原可分指圭〔形略如刀斧類〕和璧〔扁圓形，中有圓穿孔〕二者，如《詩經》所説“如圭如璧”；但也可單指圭而言，璧字在此則是“玉器”的泛詞了，如《詩經》所説的“圭璧既卒”是例。本篇的“圭璧”不管怎麼解都可以，没有多大關係。）作者見河冰而聯想到圭璧，也可能是因爲把金國來賀正旦暗比爲古代諸侯執圭璧朝見周室天子的緣故。

## 讀笠澤叢書〔一〕

笠澤詩名千載香，一回一讀斷人腸。晚唐異味同誰賞？近日詩人輕晚唐〔二〕。

松江縣尹送圖經〔三〕，中有唐詩喜不勝〔四〕！看到燈青仍火冷〔五〕，雙眸如割脚如冰〔六〕。

拈着唐詩廢晚餐，傍人笑我病詩癲〔七〕。世間尤物言西子〔八〕，——西子何曾直一錢〔九〕！

〔一〕“《笠澤叢書》”，唐陸龜蒙所作、並自編，四卷、補遺一卷；内容多屬小篇短文，自以其“叢脞細碎”，所以名爲“叢書”（和後世集刊若干作家許多書籍成爲一套而名爲叢書者不同）。陸龜蒙隱居松江（笠澤）甫里，號江湖散人、天隨子，不同庸俗流輩交往，和皮日休互相唱和，有《松江唱和集》，時稱“皮、陸”。是屬於晚唐期的詩人。

〔二〕“近日詩人”，實指當時江西派作家而言。“晚唐”，論唐詩分期的，有初唐、盛唐、中唐、晚唐四期和初唐、盛唐、晚唐三期的兩種分法：前者以文宗（李昂）開成元年（八三六）以後爲晚唐，後者以憲宗（李純）元和元年（八〇六）以後即爲晚唐，包括了元、白、韓、柳等大家在内。當時看不起中晚唐詩人的很多，如陸游詩：“數仞李（白）杜（甫）牆，常恨欠領會；元（稹）白（居易）纔倚門，温（庭筠）李（商隱）真自鄶。”又：“天未喪斯文，杜老（甫）乃獨出；陵遲至元白，固已可憤疾；及觀晚唐作，令人欲焚筆！”即是例子。但晚唐詩家雖有缺點，亦不容一筆抹殺；特别是當時江西詩派流毒很深，末流已形成爲一種脱離現實、玩弄文字、典故的作風，而反對江西派的詩家則多從中晚唐詩獲得啓發，别創風格：因此“江西”和“晚唐”在當時實是對立的兩個詩派。作者自已就是初宗江西、後來由學習中晚唐而改變作風、獲得成就的一個。

〔三〕“縣尹”，縣的長官。“圖經”，古代地方誌一類的官書，有圖，有文字紀敍，所以叫圖經。此處則似兼指縣官所送的有關本地方的各種著作，如《笠澤叢書》即多記松江地方的土風習俗。

〔四〕“勝（shēng）”，平聲。

〔五〕“仍”，義同“更”“又加以”，用法屢見。

〔六〕可比較白居易詩：“把君詩卷燈前讀，詩盡燈殘天未明；眼痛滅燈猶闇（暗）坐，逆風吹浪打船聲。”“雙眸如割”，言讀得眼痛。

〔七〕“傍人”，即旁人。“病詩癲”，害“詩癲”病。病字是動詞。

〔八〕“尤物”，本言絶異出奇之物，一般亦特指著名美女。“西子”，西施，古代美女名。

〔九〕"直",即今"值"字。

## 曉過丹陽縣(五首録三)

朝來稍敢出船門〔一〕,霜熟依然冷逼人〔二〕。刮地風來何處避?可憐岸篠猛回身〔三〕。

朱簷碧瓦照青瀾,潔館佳亭使往還〔四〕。船上高橋三十尺〔五〕,市人倚折石欄干〔六〕。

鷄犬漁翁共一船,生涯多在篛篷間。小兒不耐初長日,自織筠籃勝打閑〔七〕。

〔一〕"朝(zhāo)來",猶言今天,相對於"夜來"義爲"昨天"而言。"稍",已然。不是稍微義。

〔二〕"霜熟",言日出霜由"生"變"熟",在要融未融之際。作者又有"霜熟天殊暖""霜熟風酣日上遲"等句。

〔三〕"篠(xiǎo)",小竹子。

〔四〕兩國使者往來不斷,特建好館舍好亭台(往往極奢華)爲招待所。有微諷意。

〔五〕這句是從船中而仰望高高彎架兩岸的河橋。

〔六〕這句寫人們爭看使船經過。誇張寫法,實際並未真倚折欄干。

〔七〕"筠籃",竹籃。"打閑",口語,義爲白白閑過、曠度。

## 舟中晚望(二首録一)

河岸前頭松樹林,樹林盡處見行人;行人又被山遮斷,——風颭酒家青布巾[一]。

〔一〕"颭(zhǎn)",風吹物動。"青布巾",即青旗、酒旗,見第一八〇頁《出横山江口》注〔二〕。

## 晚　　風

晚日暄温稍霽威[一],晚風豪横大相欺[二]。做寒做冷何須怒?來早一霜誰不知!

晚風不許鑑清漪[三],却許重簾到地垂。平野無山遮落日:西窗紅到月來時。

〔一〕"霽(jì)威",雨止天晴爲霽,人發怒、鬧脾氣停止,也叫霽。《漢書·魏相傳》:"爲霽威嚴。"此詩霽威指晚日(俗稱"夕照")的熱力已殺。

〔二〕"横",去聲。

〔三〕"鑑清漪",在平静的水面照見面影。古代還没有發明金屬鏡子時,就是以器盛水來照影,叫作"監",後來加"金"旁爲"鑑"。"漪"本是水波成紋的意思,此借用爲水的泛義,反而指止水、静水。這句説風大水波亂滉,無法觀賞照影。

## 小泊新豐市[一]

也知小倦泊樓船,何苦争先柳岸邊?須把碧篙摇緑净〔二〕,——舟人不惜水中天〔三〕!

〔一〕"新豐市",在江蘇丹陽以北、鎮江東南。陸游《入蜀記》:"過新豐,小憩。李太白詩云:'南國新豐酒,東山小妓歌。'又唐人詩云:'再入新豐市,猶聞舊酒香。'皆謂此,非長安之新豐也(按陝西臨潼東北有新豐鎮)。……至今居民市肆頗盛。"作者另有《暮經新豐市望遠山》云:"小市寒仍静,斜陽澹欲晡;偶看平野去,不是遠山無。處處船遮住,家家有酒酤;朱樓臨碧水,曾駐玉鑾輿(按指高宗趙構親征曾小憩於此地一樓)。"

〔二〕"緑净",指水。韓愈《合江亭》寫江水:"緑净不可唾。"成爲名句。唾都不可,極言水之清碧可愛,不忍些微攪動。而船夫竟然不顧,要插篙撑船,所以接有第四句。是風趣語。

〔三〕"水中天",水面天空倒影,恰好也是清碧無雲,這就又增加了一層"緑净"。

## 過揚子江〔一〕(二首録一)

天將天塹護吴天〔二〕,不數殽函百二關〔三〕:萬里銀河瀉瓊海〔四〕,一雙玉塔表金山〔五〕。旌旗隔岸淮南近〔六〕,鼓角吹霜塞北閒〔七〕。——多謝江神風色好:滄波千頃片時間〔八〕。

〔一〕"揚子江",長江在江蘇揚州至鎮江之間,名揚子江,因其地有揚子津、揚子縣,故稱。

〔二〕"天塹",意謂天設的坑塹,不能越渡,足可恃賴;《南史·孔範傳》:"隋師將濟江(伐陳),羣官請爲備防,範奏曰:'長江天塹,古來限隔,虜軍豈能飛渡?'"陳後主荒淫無道,國家將亡,猶倚長江爲險,以爲隋兵難渡,不作防備。"吴天",猶言吴這一區域,實指江南南宋的國土。

〔三〕"殽(yáo)函",指函谷關,(在河南靈寶),殽山在其東端,故稱殽函。"百二關",《史記·高祖紀》:"秦,形勝之國,帶河山之險,縣隔千里,持戟百萬,秦得百二焉。"百二有兩解:一說意謂秦居險要地方擁兵二萬,足抵諸侯百萬之衆;一說是指倍數,秦兵在險固之地足當諸侯兵之二倍——二百萬。按函谷關,東起殽山,西抵潼津,大山中裂,絶壁千仞,中間一路如槽,車馬難以並行,自古爲著名的險要關口;秦法,雞鳴始開,日入則閉,萬難通過,所以秦恃以爲天險。這説長江比函谷關還險要。

〔四〕此句寫長江直通大海,氣勢雄壯。

〔五〕參看第一九八、一九九頁《雪霽曉登金山》注〔一〕、注〔六〕。

〔六〕此寫只隔北岸,就是淮南邊備之地。

〔七〕"吹霜",吹奏於霜中。"塞北",此指金國;南宋時一渡淮河即是敵界,古來的"塞北"現在已近在目睫之間! 讀來令人笑嘆。著一"間"字,則金人之優勢自在言外。

〔八〕一結兩句表面是感謝江神,慶幸渡江很快當,——可是假如敵兵來渡,只要"風色"一好,照樣也是"滄波千頃片時間",這就將開篇兩句徹底推翻了! 隱諷南宋之危弱,而藝術手法特别蘊蓄、警闢、有力量。同題另一首也很有名:"祇有清霜凍太空,更無半點荻花風:天開雲霧東南碧,日射波濤上下紅。千載英雄鴻去外,六朝形勝雪晴中。攜瓶自汲江心水,——要試煎茶第一功。"一結也是故作閒語而别有深心,都不可草草讀過,甚至以爲是"敗筆"。如《瀛奎律髓》選入這一首,紀昀批語説:"結乃謂人代不留,江山空在,悟紛紛擾擾之無益,且汲水煎茶、領略現在耳。用意頗深,但出手稍率,乍看似不接續。"指出一結另有深意,並非不接,這是能體會詩法的見解(但他所解的"深意",却不正確)。可備參考。參看引言第四節。

# 過瓜洲鎮〔一〕

夜愁風浪不成眠，曉渡清平却晏然〔二〕。數棒金鉦到江步〔三〕，一檣霜日上淮船。佛狸馬死無遺骨〔四〕，阿亮臺傾只野田〔五〕。南北休兵三十載〔六〕：桑疇麥壠正連天。

〔一〕“瓜洲鎮”，在江蘇揚州西南、長江北岸，地當運河口。自唐以後，爲南北咽喉要路。

〔二〕“晏然”，安然無事。

〔三〕“金鉦”，銅鑼，古代行船住船，都有鑼鼓爲號令。“江步”，指瓜洲。凡水邊鑿成磴道，可以停泊船隻，因而後來聚成村落碼頭的地方叫作步；也作“埠”字，是一音之轉，瓜洲也叫瓜埠洲、瓜洲步。《元和郡縣志》：“昔爲瓜洲村，蓋揚子江中沙磧也。”

〔四〕“佛狸”，北魏太武帝拓跋燾的小名。他曾企圖攻南朝宋，南至瓜步，還盱眙，爲沈璞等擊敗。《史通》：“佛狸飲馬長江。”這裏以他來比金主亮之攻南宋、大敗於采石一役，事在紹興三十一年（辛巳一一六一）。因爲金國也是異族在北方立國，常常侵略南宋，南宋偏安在江南，和南朝宋的名稱、形勢都一樣，所以用來相比擬。參看同時詞人辛棄疾《水調歌頭》：“誰道投鞭飛渡，憶昔鳴髇血污，風雨佛狸愁。”也正是以佛狸隱指完顏亮。

〔五〕作者原注：“完顏亮辛巳南寇，築臺望江，受誅其上：土人云。”完顏亮敗後，金兵内部生變，爲部下殺死於瓜洲。

〔六〕從采石一役到本篇作時，約爲二十八九年故云三十載。乾道元年（一一六五）“隆興和議”訂成，從此南宋再不想報仇恢復國土。詩句所説的“休兵”，所説的“桑疇麦垅”，好似一片“太平景象”，不可認爲是作者贊成“休兵”，慶幸“太平”，須知他言外正是感慨忘掉復仇的南宋小朝廷。

## 皂角林

水漾霜風冷客襟，苔封戰骨動人心！河邊獨樹知何木？——今古相傳皂角林〔一〕。

〔一〕“皂角林”，地名，在揚州南三十里，紹興三十一年冬，完顔亮南侵，既得揚州，以兵逐宋帥劉錡，以全軍來争瓜洲渡，劉錡派統制官賈和仲等拒之於皂角林，劉錡陷於重圍，下馬死戰。其中軍第四將王佐，以步兵百餘人往林中埋伏；金兵進入，强弩驟發，金人大敗，斬其統軍高景山，俘虜數百人。是一場非常險惡、激烈的争奪戰，在歷史上很有名。按上句説“知何木”，是説不一定就是皂角樹——後來的景物和早年地理名稱已不相符合了，可是“皂角林”的名氣從此就是古今不變的了。

## 舟過揚子橋遠望〔一〕

此日淮壖號北邊〔二〕，——舊時南服紀淮壖〔三〕！平蕪盡處渾無壁〔四〕，遠樹梢頭便是天。今古戰場誰勝負、華夷險要豈山川〔五〕？六朝未可輕嘲謗：王、謝諸賢不偶然〔六〕。

〔一〕“揚子橋”，揚州以南有揚子津，是古時渡長江的重要津口，對江即京口(今鎮江)。宋高宗趙構南渡，自瓜洲過江，金人曾追至此地。其津渡有橋，名揚子橋。現在其地距長江已遠，僅通運河了。

〔二〕“淮堧(ruān)”,淮河河邊之地。“北邊”,北面的邊疆、邊界。

〔三〕“南服”,猶言南方遠地。古時自王畿千里之外,每五百里爲一等次(是向四方延展而通計,其實是分爲幾個“方圈”地帶),分爲九服,最外“圈”的爲最荒遠之地。服,是“服事天子”的意思。“紀”,用《詩·小雅·四月》:“滔滔江漢,南國之紀。”

〔四〕“平蕪”,猶言平原、平野。“壁”,指軍壘,——軍營垣壁,古代據以爲守者。這説一望平川,並無防守。此聯下句亦進一步加倍寫法——平野之平,與天相連:地平線以内了無遮阻。

〔五〕這一聯流露了作者的儒家觀點:以爲僅僅靠兵備、險要,都不是最根本的辦法,而要有“治國、平天下”的道德、政治措施。

〔六〕“王、謝”,六朝東晉時期的江南官僚世族,以王、謝二家爲最著名。如王導、謝玄等人,都是晉朝的名將相。謝玄大敗前秦苻堅的南侵軍,即是有名的淝水之戰。這裏説晉朝雖然後來偏安江左,被歷來人看不起,但其能立國禦敵,尚有人材,未可輕視;而現在的南宋,則恐怕連東晉也不如了吧?作者這個意思,也常常在他的奏議中出現,以致惹得皇帝很不高興。

## 湖天暮景(五首録四)

湖面黏天不見堤,湖心茭葑水週圍〔一〕。暮鴻成陣鴉成隊,已落還飛久未棲。

坐看西日落湖濱,不是山銜不是雲〔二〕:寸寸低來——忽全没,分明入水——只無痕。

抵暮漁郎初上船〔三〕,一竿摇入水晶天;忍寒不睡妨底事〔四〕?來早賣魚充酒錢。

琱碎肝脾只坐詩〔五〕，鬚髯成雪鬢成絲。暮雲薄倖斜陽劣〔六〕：合造清愁付阿誰〔七〕？

〔一〕“茭葑”，即葑田，見第一五四頁《寒食雨中同舍人約遊天竺得十六絶句呈陸務觀》注〔五〕。茭，即菰，葑是其根糾結而成。

〔二〕“不是雲”，言亦不是被雲遮没。

〔三〕“抵暮”，到晚來。

〔四〕“妨底事”，有甚妨礙？——不關緊要。

〔五〕“琱”，即雕刻的雕，“琱碎肝脾”，比喻創作時構思用心之苦。“坐”，由於，過錯只在於。

〔六〕“薄倖”，無情、負義——没好心。“劣”，頑皮，“使壞”。

〔七〕“合造”，原注合字“音閤”；合造猶言製作、釀造。

## 初入淮河四絶句

船離洪澤岸頭沙〔一〕，人到淮河意不佳〔二〕。何必桑乾方是遠〔三〕，中流以北即天涯〔四〕！

劉、岳、張、韓宣國威〔五〕，趙、張二相築皇基〔六〕。長淮咫尺分南北，淚溼秋風欲怨誰〔七〕？

兩岸舟船各背馳，波痕交涉亦難爲〔八〕。只餘鷗鷺無拘管：北去南來自在飛。

中原父老莫空談，逢着王人訴不堪〔九〕。却是歸鴻不能語：一年一度到江南！

〔一〕“洪澤”,湖名,在江蘇西部,盱眙之北三十里,自北宋開水道以達於淮河,遂爲運輸交通要道。“沙”,水中、岸邊的地,都可泛稱爲沙。

〔二〕作者行入淮河,想到這就成了宋和金的國界,胸懷作惡,意緒悲傷。

〔三〕“桑乾”,河名,當時通名蘆溝河,至清朝改名永定河。發源山西朔縣,流經北京(當時陷金的燕山府)西南,至天津(當時名直沽),入海。

〔四〕“天涯”,天邊,本指極遠之地,實際不論真正距離,只要隔絶、難到,異域他方,都可用此詞來稱呼。這裏指越過淮水中分線北面一步就成了敵國的疆土。作者同時所作《題盱眙軍東南第一山》裏寫道:“(上略)萬里中原青未了,半篙淮水碧無情。登臨不覺風烟暮,腸斷漁燈隔岸明!”都極爲沉痛,可合看。

〔五〕“劉、岳、張、韓”,指劉錡、岳飛、張俊、韓世忠,除張俊後來阿附秦檜殺害岳飛,都是南宋初期抗金殺敵的愛國名將,爲金人所畏懼的民族英雄。“宣國威”,向敵人宣示了國家的威嚴、力量。

〔六〕“趙、張二相”,指趙鼎、張浚,二人在宋高宗建炎四年(一一三五)爲尚書左右僕射並同平章事,是當時的宰相職位。“築皇基”,指奠定了南宋的局面。二人都是力主抗戰的愛國名將相。後來賣國漢奸秦檜當了大權,一一斥罷,一味走投降的道路了。

〔七〕放着愛國名將名相不用,偏偏要寵用大漢奸秦檜及其黨羽,迫害忠義人士,解散抗戰力量,是誰之過呢?言外暗斥最高統治者高宗趙構。

〔八〕宋、金兩國的船隻在淮河中行動起來,連激起來的波痕互相交叉都要惹糾紛。——極言辱國喪權之不堪。

〔九〕“王人”,指從宋朝派往金國去的使臣(王人,見《春秋》《公羊傳》等書)。遺民父老,淪陷已久,好容易看到從故國來的人,偷偷訴説亡國生活之不堪慘痛,——但有什麽用呢?還不如大雁,倒能年年回故國一次,而父老們則永遠淪陷於敵人了!

## 雨作抵暮復晴（五首録二）

棲鵲無陰庇濕衣，行人仄傘避斜絲〔一〕。船兵歸後轎兵去〔二〕，獨立淮河暮雨時。

細雨如塵復似烟，兩淮渡口各收船。南商北賈俱星散〔三〕，古廟無人燒紙錢〔四〕。

〔一〕“仄傘”，側傘。“斜絲”，被風吹得斜落的雨絲。

〔二〕“船兵”“轎兵”，是接伴使的運送、護役人等。

〔三〕“賈(gǔ)”，商人；分别起來，有“行商坐賈”之語。“俱”，平聲字，不音“具”。“星散”，比喻如星辰之分離散佈，各自歸去。

〔四〕“燒”，讀去聲。

## 後苦寒歌

白鷗立雪脛透冷〔一〕，鸕鷀避風飛不正〔二〕；一雙野鴨欺晚寒〔三〕，出没冰河底心性〔四〕？絶憐紅船黄帽郎〔五〕，緑蓑青篛牽牙檣〔六〕；生愁墮指脱兩耳〔七〕，蘆花亦無何許藏〔八〕。遣騎前頭買乾荻〔九〕，速烘餤火與一炙；三足老鵶寒不出〔一〇〕，看雲訴天天不泣。

〔一〕“立雪”，立於雪中。“脛”，小腿。

〔二〕“鸕鷀”，即鶿，俗呼水老鴉，羣棲水岸，泅水捕魚爲食。與“鷺鷥”

非一物。
〔三〕“欺晚寒”，猶言硬是不怕冷，不向晚寒示弱服輸。
〔四〕“底心性”，令人摸不透是什麽意思！
〔五〕“黄帽郎”，古時刺船的戴黄帽，因而相沿如此稱呼船夫。
〔六〕“青篛”，指笠。張志和《漁父》詞：“青篛笠，緑蓑衣，斜風細雨不須歸。”“牙檣”，喻船之美好。杜甫詩：“錦纜牙檣起白鷗。”
〔七〕寒極則手指、耳朵最易凍脱。
〔八〕“何許”，什麽地方，哪裏。
〔九〕“遣騎(jì)”，打發乘馬的役卒。“乾荻”，乾柴薪，——不一定必是荻蘆之類。
〔一〇〕“三足老鴉”，指太陽，見第一七五頁《羲娥謡》注〔二〕。

## 雪曉舟中生火（二首録一）

烏銀見火生緑霧〔一〕，便當水沉一濃炷〔二〕；却因斷續更氤氲〔三〕，散作霏微煖袍袴。須臾霧霽吐紅光〔四〕，烱如雲表昇扶桑〔五〕；陽春和日曛滿室，蒼顔渥丹疑醉鄉〔六〕。忽然火冷霧亦滅，只見紅爐堆白雪〔七〕。窗外雪深三尺强〔八〕，窗裏雪深一寸香。

〔一〕“烏銀”，指炭。唐孟郊詩：“贈炭價重雙烏銀。”“緑霧”，指烟。
〔二〕“水沉”，沉香。亦名沉水香。本是木名，焚燒以爲熏香。“炷”，香一支爲一炷。
〔三〕“氤氲”，香烟很盛的形容。下句的“霏微”是烟氣細的形容。
〔四〕“須臾”，工夫不大，不一會兒。
〔五〕“烱(jiǒng)”，即炯字，光明。“雲表”，雲外，極言其高。“昇扶桑”，言如日出。扶桑,見第一五二頁《雲龍歌調陸務觀》注〔二一〕。

〔六〕“蒼顔”,老年人的面色。“渥丹”,指面色紅潤,《詩經·秦風·終南》:“顔如渥丹。”“疑醉鄉”,意謂蒼老的臉色忽然發了紅潤,好像是喝了酒的一樣。

〔七〕“白雪”,指炭灰。

〔八〕“三尺强”,猶言三尺多深。這句的“雪”是實指詞,下句的“雪”是喻詞,故意相映成趣。

按在寂寞中寫生火、出以熱鬧之筆以自慰解,而又寫得成功的,並不多。可比較蘇軾《夜燒松明火》:“歲暮風雨交,客舍凄薄寒。夜燒松明火,照室紅龍鸞。快焰初煌煌,碧烟稍團團。幽人忽富貴,繐帳芬椒蘭。珠煤綴屋梢,香湍流銅槃。坐看十八公,俯仰灰燼殘。……”

## 雪霽曉登金山

焦山東,金山西〔一〕,金山排霄南斗齊。天將三江五湖水〔二〕,併作一江字楊子〔三〕;來從九天上〔四〕,瀉入九地底;遇嶽嶽立摧,逢石石立碎:乾坤氣力聚此江,一波打來誰敢當? 金山一何强,上流獨立江中央:一塵不隨海風舞,一礫不隨海潮去;四旁無蒂下無根,浮空躍出江心住。金宫銀闕起峯頭,槌鼓撞鐘聞九州〔五〕;詩人踏雪來清游,天風吹儂上瓊樓,不爲浮玉飲玉舟〔六〕,——大江端的替人羞! 金山端的替人愁〔七〕!

〔一〕“金山”,在江蘇鎮江西北七里,“焦山”,在鎮江東北九里:二山相距十五里,對峙於大江中(後來金山因山下沙漲之故,已與江南岸相連)，並稱“金焦”。

〔二〕“三江五湖”，自來的説法極爲紛歧，不能備舉。這裏意指大江從上游所承匯的諸水之多而言。宋程大昌以爲“三江”是江、漢、彭蠡(鄱陽湖)會合之名。《史記·河渠書》索隱以爲“五湖”是具區(太湖)、兆滆(洮湖、滆湖)、彭蠡、青草(湖名，在岳陽)、洞庭。這一類的解釋從本篇詩意説來是較爲切合的。但既是泛語，亦無須拘看。

〔三〕“字楊子”，别稱爲楊子。作爲國名、姓氏的“楊”、“揚”，古代互用，“楊子”亦即“揚子”。見第一八九頁《過揚子江》注〔一〕。

〔四〕“九天”，猶云九重天，極言其高。李白詩：“飛流直下三千尺，疑是銀河落九天。”下句“九地”，極言深。“九”在古代是泛言多的數字。九天、九地，見《孫子》，今俗語猶説“九地”。

〔五〕此借杜甫詩“椎鼓鳴鐘天下聞”及用蘇軾《自金山放船至焦山》“撞鐘擊鼓聞淮南”句，以指著名的金山寺。“撞”，音 chuáng。“聞九州”，聞於九州，誇言全國都聽得見。陸游《入蜀記》：“遂游金山，登玉鑑堂，妙高台，皆窮極壯麗，非昔比。……”“舟中望金山，樓觀重複，尤爲鉅麗！”可與本詩“金宫銀闕起峯頭”句合看。

〔六〕“浮玉”，金山在江中屹立，風起浪作，山勢欲動，所以又叫作“浮玉山”。“玉舟”，指酒杯之大者。《乾淳起居注》：“太后至聚景園，上(皇帝)親捧玉酒船上壽。”即此類。

〔七〕按南宋建炎、紹興中金兵南侵時，金焦地點是最險急的必争的渡口，由於韓世忠、虞允文等率將士奮勇抵抗，金兵敗退未得逞。而當時臣僚竟以爲“水府”“江神”有“保佑”之“靈德陰功”，並請加封“帝號”。陸游《入蜀記》：“(乾道六年六月)二十五日早，以一豨、壺酒，謁英靈助順王祠，所謂下元水府也。祠屬金山寺，……紹興末，完顔亮入寇，樞密葉公審言督視大軍守江，禱於水府祠，請事平奏加帝號。既而不果。隆興中，虜再入，有近臣申言之，議者謂四瀆止封王，水府不應在四瀆上，乃但加美稱而已。”此近臣指洪邁，議者指朱漢章。洪邁《容齋隨筆》：“紹興末，牧馬飲江，既而自斃(指完顔亮爲部下所殺),詔加封馬當、采石、金山三水府。……方完顔亮據淮上,予從樞密行府於建康,嘗致禱大江,能令虜不得渡者,當奏册爲帝。洎事定,朝廷許如約,朱丞相漢章……終以爲不可,亦僅改兩字(所謂"美稱"),吁可惜哉!"作者在本篇詩中,則對此種不自圖强、倚賴"水府"的迷信可恥的思想行爲加以諷刺,末二句指此。同時也指出,可羞之外,也可愁可慮,僅僅倚賴"天險",是十分危險的。又按《入蜀記》云:"山絶頂有吞海亭,取氣吞巨海之意,登望尤勝,每北使來聘,例延至此亭烹茶。"據此可推本篇當即作者陪伴金使登金山時有感而作。

## 竹枝歌 有序(七首録四)

晚發丹陽館下,五更至丹陽縣〔一〕。舟人及牽夫終夕有聲,蓋謳吟歔謔以相其勞者〔二〕。其辭亦略可辨,有云:"張歌歌,李歌歌〔三〕,大家着力齊一拖。"又云:"一休休,二休休,月子彎彎照幾州。"其聲淒婉,一唱衆和。因檃栝之爲竹枝歌云〔四〕。

莫笑樓船不解行〔五〕,識儂號令聽儂聲。一人唱了千人和〔六〕,又得蹉前五里程〔七〕。

岸旁燎火莫闌殘〔八〕,須念兒郎手脚寒。更把緑荷包熱飯〔九〕,前頭不怕上高灘。

月子彎彎照幾州,幾家歡樂幾家愁?愁殺人來關月事〔一〇〕?得休休處且休休〔一一〕。

幸自通宵暖更晴〔一二〕,何勞細雨送殘更?知儂笠漏芒鞋破，須遣拖泥帶水行〔一三〕！

〔 一 〕“丹陽縣”，在江蘇長江以南，鎮江東南、金壇以北，臨運河。

〔 二 〕“謳”，齊聲歌唱。“歗”，即嘯字。“相其勞”，相讀去聲；指以歌聲助其用力。人民在勞動時常常有自己創造的歌聲、口號，如夯歌，俗稱“打號”等皆是。

〔 三 〕“歌歌”，即哥哥。“哥”、“歌”二字宋、元時代通用互代。

〔 四 〕“櫽栝”，本是矯正的意思。文人用以指因某篇原作的詞句不合音律、格式，加以整理改寫。“竹枝歌”，即“竹枝詞”，見第一三八頁《過顯濟廟前石磯竹枝詞》注〔一〕。

〔 五 〕“樓船”，高大壯麗的船，《史記·平準書》：“治樓船，高十餘丈，旗幟加其上，甚壯。”此借用以指官船的巨麗。“不解行”，不能行，不會走，——走不快。

〔 六 〕暗用宋玉《對楚王問》：“客有歌於郢中者，其始曰《下里巴人》（鄉里俗歌），國中屬而和者數千人”的語意。“和”，去聲。

〔 七 〕“蹉前”，趕前。蹉有“過”義。一説：或當是“趖”字的誤寫。趖(suō)，走也。

〔 八 〕“闌殘”，衰歇；指火不旺。

〔 九 〕用唐柳宗元詩：“緑荷包飯趁墟人（趕集的）。”

〔一〇〕“關月事”，關月亮何事？月亮哪裏管人愁事？

〔一一〕“休休”，猶言快樂，和上文的“愁”字對文。不是“休休莫莫”的意思。《書經·秦誓》：“其心休休焉。”孔傳云：“休休，樂善也。”

〔一二〕“幸自”，本來，原是。

〔一三〕“拖泥帶水”，俗語，喻不俐落，動有牽礙。這裏喻意與字面義雙關。宋代詩話和禪宗語録中多引用這句話頭。“須遣”，故意定要使人……。

按以上係（宋孝宗）淳熙十六年（己酉·一一八九）作者在祕書監任爲接伴使時所作。

## 晚寒題水仙花并湖山（三首録一）

鍊句爐槌豈可無〔一〕？句成未必盡緣渠〔二〕。老夫不是尋詩句，——詩句自來尋老夫。

〔一〕“鍊句”，詩家選字鑄詞，要極恰切極精彩，其工夫過程須在創作中逐步研鍊，由粗、泛而達到精、切。所以比喻如鍊金——金屬必須冶鍊才能精熟美好。“爐槌”，即由此喻而來，都是鍊冶的工具。亦作鑪捶。

〔二〕“盡緣渠”，完全由於這種工夫——爐槌，鍊字鍊句。以上兩句說，在藝術上用工夫，乃是不可缺少的訓練與步驟，但僅僅從研鍊字句中去求詩索句，則詩不可得。

## 過新開湖〔一〕（五首録三）

奇哉萬頃水晶盆，一線青羅緣却脣〔二〕；只有向南接天去，更和一線也無痕〔三〕。

漁郎艇子入重湖，老眼慇懃看着渠；看去看來成怪事：化爲獨鴈立横蘆〔四〕。

遠遠人烟點樹梢，船門一望一魂消〔五〕。幾行野鴨數聲鴈：來爲湖天破寂寥。

〔一〕“新開湖”，在高郵西北三里，東南俱通運河，天長以東的水都匯於此湖而入於淮河。《山堂考索》:“淮東川澤之國,凡小洲大豬、水勢環繞、人所不到處,皆水寨也,自老鸛、新開諸湖而言,凡四十餘處,而相通之寨九,一寨一將主之。”南宋所以能守淮河,就恃賴新開等湖爲之險要。

〔二〕“緣却脣”,鑲上了邊兒。

〔三〕此句説:更連一線緑痕也無有了。

〔四〕在很遠處,漁人像一隻鴈、小船像一枝横浮在水面的蘆葦了。

〔五〕“魂消”,在此是極言黯然愁傷之詞,猶言令人精神銷黯。

## 題龜山塔前一首唐律後一首進退格〔一〕(録前一)

龜山獨出壓淮流,寶塔仍居最上頭:銀筆書空天作紙,玉龍拔地海成湫〔二〕。向來一厄遭羣犬,挽以六丁兼萬牛〔三〕。逆血腥羶化爲碧〔四〕,空餘風雨鬼啾啾〔五〕。

〔一〕“龜山”,在盱眙縣東北洪澤湖中,上有塔,高十二層。“進退格”,見第一〇三頁《霜寒轆轤體》注〔一〕。

〔二〕“湫”,此指瀑布。懸瀑水名曰“龍湫”,詩句既喻塔爲玉龍拔地,因此聯喻海水亦因龍之拔起而成爲懸瀑。

〔三〕原注云:“逆亮(完顔亮)南寇,嘗以絹爲繩,令數萬人隔淮河拽之,不動,裂而復合。”上句指此事。“六丁”,神話中神名,能以雷電取物。韓愈詩:“仙官勑六丁,雷電下取將。”這裏指力量大的神。杜甫詩:“大廈如傾要梁棟,萬牛回首丘山重。”黄庭堅詩:“筆端可以回萬牛。”皆以喻力量之大。此處用以寫塔之被拽而不動,如有六丁神力以萬牛之重暗中挽救,使不傾墜。

〔四〕“化爲碧”,《莊子·外物》:“萇弘死於蜀,藏其血,三年而化爲碧。”碧指青色石。詩人多以指忠烈之士的精誠不滅。在此則是逆血化石、陳跡已久的意思,與普通用法頗異。

〔五〕“鬼啾啾(jiū)”,鬼聲衆多,用杜甫詩:“新鬼煩冤舊鬼哭,天陰雨溼聲啾啾。”

## 望楚州新城〔一〕

已近山陽望漸寬〔二〕,湖光百里見千村:人家四面皆臨水,柳樹雙垂便是門。全盛向來元孔道〔三〕,雜耕今是一雄藩〔四〕。金湯再葺真長策〔五〕,——此外猶須子細論〔六〕。

〔一〕“楚州”,今江蘇淮安。“新城”,指南宋初年重修過的楚州城,周十二里;金使路經此地,曾稱之爲“銀鑄城”,可見其規模。(城北一里元時另築一新城,州西三十里南宋末年置新城縣:都和題中所謂的“新城”是兩回事。)

〔二〕“山陽”,楚州古爲山陽郡,宋時猶存此稱。“寬”,屬“寒”韻,本篇詩其他韻脚字都是“元”韻的字,但律詩第一句本可不押韻,押韻時也可借韻母相近可通的韻字,不算出韻。又“元”韻中如“村”“藩”等音古代讀來是諧調的。

〔三〕“全盛”,指北宋時期。“孔道”,大道,要道,必經之路。《讀史方輿紀要》引陳敏云:“楚州:南北噤喉也,長淮二千餘里,河道通北方者凡五:曰潁,曰蔡,曰渦,曰汴,曰泗;而通南方以入江者,惟楚州運河一處。”對南宋説來,地位尤爲緊要,成爲邊疆巨防之地。

〔四〕“雜耕”,杜甫《謁(劉)先主廟》:“雜耕心未已”,用《三國志·蜀志

·諸葛亮傳》:"據武功五丈原,與司馬宣王對於渭南,分兵屯田,爲久住之基,耕者雜於渭濱居民之間,而百姓安堵。"今用此意,指久駐屯田的兵士,雜於百姓之間。"雄藩",邊疆地方勢力雄大的藩鎮,李白詩:"旗節鎮雄藩。"當時陳亮曾説:"韓世忠頓兵八萬於山陽,如老熊之當道,而淮東得以安寢,此守淮之要法也。"

〔五〕"金湯",指以金爲城、以湯爲池(以熱開水爲城濠),極言防禦工事之堅固難攻。"再葺",重修。"長策",好主意。

〔六〕"子細",即仔細。"論",平聲如"淪",討論,講求。這句説,楚州新城修築得好,固然很不錯,但僅僅這個還不够,還有更根本的大計要好好講求。

## 記丘宗卿語紹興府學前景〔一〕

鏡湖泮宫轉街曲〔二〕,纔隔清溪便無俗:竹橋斜度透竹門,牆根一竿半竿竹;恰思是間宜看梅,忽然一枝横出來:霜餘皺裂臂來大音惰,只著寒花三兩箇〔三〕。

〔一〕"丘宗卿",見第六三頁《辛卯五月送丘宗卿太博出守秀州二首》注〔一〕。

〔二〕"鏡湖",紹興的名勝。"泮(pàn)宫",古代相沿稱諸侯所設的學校爲泮宫,此處以指紹興府的府學(封建時代的官學,府有府學,縣有縣學)。

〔三〕"著花",猶言開花;所不同者開花可能指很多花蕾之中開放幾朵而言,而著花指只生長了幾個花蕾而言。梅花的美在於意態,不在繁多濃密。這首詩正是寫其疎簡之美。

按以上係(宋光宗)紹熙元年(庚戌·一一九〇)作者在祕書監任爲送伴使時所作。自《江西道院集》諸詩以次至此,在本集中爲《朝天續集》部分。

## 跋丘宗卿侍郎見贈使北詩五七言一軸〔一〕

太行界天二千里〔二〕,清晨跳入寒窗底;黄河動地萬壑雷,却與太行相趁來〔三〕:青崖顛狂白波怒,老夫驚倒立不住,——乃是丘遲出塞歸,贈我大軸出塞詩:手持漢節娖秋月〔四〕,弓掛天山鳴積雪〔五〕;過故東京到北京〔六〕,淚滴禾黍枯不生〔七〕;誓取胡頭爲飲器〔八〕,盡與遺民解魋髻〔九〕。詩中哀怨訴阿誰?河水嗚咽山風悲!中原萬象聽驅使〔一〇〕,總隨詩句歸行李〔一一〕。——君不見晉人王右軍,龍跳虎卧筆有神〔一二〕;何曾哦得一句子、自哦自寫傳世人?君不見唐人杜子美,萬草千花句何綺〔一三〕;祇以詩傳字不傳,却羨别人雲落紙〔一四〕!莫道丘遲一軸詩,此詩此字絶世奇!再三莫遣鬼神知〔一五〕,——鬼神知了偷却伊〔一六〕!

〔一〕“丘宗卿侍郎”,丘崈字宗卿,光宗時曾官户部侍郎,参看第六三頁《辛卯五月送丘宗卿太博出守秀州二首》注〔一〕。“使北”,指丘前此曾被派爲迎接金國賀生辰使的接伴使。下文以丘遲比丘崈,亦見前詩注〔三〕。

〔二〕“太行”,山名,起河南濟源,北至河北與山西之間。“界天”,言山高如同把天分界爲兩半。"二千里",言其迤邐連緜之遠。

〔三〕"趁(niǎn)",相趕趁,不讀 chèn。

〔四〕"手持漢節",用漢蘇武的故事,蘇武北使匈奴被囚留,牧羊北海,手杖漢節(漢王朝的使節——作使臣的信物、執照),"起卧操持,節旄盡落",見《漢書·蘇武傳》。"娖",通捉,一本即作捉。

〔五〕"弓掛天山",用唐代薛仁貴的故事,薛作鐵勒道行軍總管時,九姓(回紇部落名)十餘萬衆令驍騎數十人來挑戰,他連發三矢,射死三人,九姓氣懾遂降,軍中歌曰:"將軍三箭定天山,壯士長歌入漢關。"見《唐書·薛仁貴傳》。"鳴",指弓弦響聲。按以上兩句"秋月""積雪"是指丘使北的時間,宋孝宗的生辰("會慶節")在十月。

〔六〕"故東京",開封汴京,北宋故都。"北京",今河北大名。宋以大名爲北京、河南商邱爲南京。

〔七〕"禾黍"句,用《詩·王風·黍離》的典故:周朝東遷,大夫行役至於故都宗周之地,見當初的宫室之區都成了莊稼地,遍生禾黍,因此作《黍離》以憑弔故國。作者則推進一層說禾黍不生,加倍寫法,連帶反映了金國農業生産的落後,對北宋故都的破壞。

〔八〕"胡",這裏指金國統治者。"飲器",溺器,小便所用,如古時的"虎子"類。《史記·大宛傳》:匈奴破月氏王,以其頭爲飲器;又《刺客傳》:趙襄子最怨智伯,漆其頭以爲飲器。是對死仇的一種報復洩憤的侮辱作法。

〔九〕"魋髻",即椎髻,將頭髮撮結成一椎狀的髻子。此以指胡裝。解魋髻,説遺民父老已淪陷爲金國人,裝飾都變了,要恢復國土,使遺民還爲宋朝服飾。

〔一〇〕"萬象聽驅使",説各種事物、景物都聽詩筆的差遣使令,隨意摹寫,無所不達。"中原",指北宋故國之地(河南地古稱中原)。

〔一一〕"行李",本是使臣的稱呼,這裏則如通俗意義所指的行裝。

〔一二〕"王右軍",晉王羲之,大書法家,自古以爲書聖,曾作右軍將軍會稽内史。梁武帝評他的書法有"龍跳天門,虎卧鳳閣"之勢。

〔一三〕"杜子美",杜甫字子美;曾有"萬草千花動凝碧"的句子(《白絲行》)。

〔一四〕杜甫詩:"張旭三盃草聖傳,揮毫落紙如雲烟。"(《飲中八仙歌》)張旭,唐代書家,善寫狂草。

〔一五〕"再三",十分叮囑的意思。

〔一六〕"偷却伊",偷走了它。按這兩句鬼神云云,實際含義是指主和派奸人佞黨,專門陷害忠義愛國人士,見此詩必又以爲口實而生事。

## 讀　詩

船中活計只詩編,讀了唐詩讀半山〔一〕。不是老夫朝不食,半山絶句當朝餐。

〔一〕"唐詩",實際指晚唐詩,見第一八五頁《讀笠澤叢書》詩、注。"半山",北宋王安石的别號。王安石是大政治家兼詩人,他學問淵博,修辭藝術至極考究,詩有特殊造就,絶句尤其擅場,作者最佩服,向他學習。參看本集《答徐子材談絶句》詩:"受業初參且半山,終須投換晚唐間:《國風》此去無多子,關捩挑來只等閒(機關挑破,原無其他奥妙)!"

## 夜泊平望

夜來微雪曉還晴,平望維舟嫩月生〔一〕。道是燭花總無恨,爲誰須暗爲誰明〔二〕?

一色河邊賣酒家,於中酒客一家多〔三〕。青帘不飲能樣醉〔四〕：弄殺霜風舞殺他〔五〕！

〔一〕“維舟”，繫船——停泊。

〔二〕“誰”，猶言人；説燭光對着旅客，忽明忽暗，好像也懂得人的心情，起伏不寧。

〔三〕“多”，一本作“些”，義同（古時“些”“多”“他”等字皆押韻）。

〔四〕“能樣”，那麽樣地。——口語。

〔五〕“弄殺霜風”，詩中常説某物弄風，其實是風弄某物：風颺酒旗，酒旗“弄風”。

按以上係（宋光宗）紹熙元年（庚戌·一一九〇）十月以次作者自杭赴建康任途中所作。

## 三月三日上忠襄墳因之行散得十絶句〔一〕（録五）

草藉輪蹄翠織成〔二〕，花圍巷陌錦幃屏。早來指點遊人處，今在遊人行處行。

天公也自喜良辰，上巳風光忽斬新〔三〕。點檢一春好天色〔四〕：更無兩日似今晨。

女唱兒歌去踏青，阿婆笑語伴渠行。只虧郎罷優輕殺去聲〔五〕：榼子雙擔挈酒缾〔六〕。

粉捏孩兒活逼真〔七〕，象生果子更時新〔八〕。輸贏一擲渾閒事〔九〕，空手入城羞殺人〔一〇〕。

切忌尋春預作謀：教君行樂定成愁。老夫乘興翩然出，不遣風知雨覺休〔一一〕。

〔一〕“忠襄”，指楊邦乂，是作者的叔祖，字希稷，吉水人；建炎三年九月，除通判建康軍府、兼提領沿江措置使公事。十一月金兵陷府，知軍府事陳邦光降敵，敵帥欲降邦乂，百般威逼利誘，邦乂但痛駡不屈，欲自撞死，刺血書於衣襟曰：“吾寧作趙氏鬼，不爲他邦臣。”後敵知其不可屈，遂害之，剖腹取心而死。紹興二年謚忠襄，廟祀于建康，曰褒忠，葬於廟東南山上。見作者所撰行狀。“行散”，郊野間閒行。（南北朝時士大夫好服五石散，服後須行走以宣泄藥力，叫作行散，也叫行藥。宋人泛用此詞，以指郊遊，已與服藥了無關涉。）

〔二〕“藉”，以草爲襯墊叫作藉。“翠織成”，翠緑色的絲織品。杜甫《太子張舍人遺（贈）織成褥段（緞）》：“客從西北來，遺我翠織成。”織成之名，見於《後漢書·輿服志》，即織有花紋圖案的錦緞類。

〔三〕“上巳”，見第六〇頁《過秀溪長句》注〔一〕。“斬新”，全新，簇新，極新，今口語猶如此說。亦作嶄新。

〔四〕“點檢”，逐一地檢審評比。

〔五〕“郎罷”，閩人呼父爲郎罷，見唐顧況詩自注，因此成爲詩家的典故，雖非閩人，亦用此稱。“優輕殺”，猶言輕鬆煞。“殺”字下原注去聲，意即讀如“曬”，亦寫作“𡃤”。俗語俗曲中都如此。

〔六〕“欙（léi）子”，此指一種出遊所用的食盒類，以盛酒食，肩挑而行。參看蘇軾《與滕達道書》：“某好攜具野飲，欲問公求紅朱累（即欙）子，兩卓二十四隔者，極爲左右費，然遂成藉草之樂（坐在草地上野餐），爲不淺也！”

〔七〕此指泥人泥娃娃，當時稱作“摩睺羅”（或作“磨喝樂”）。此種玩具不止上巳節有。

〔八〕“象生”，即像生。凡假作而像真物品的都可叫像生。《熙朝樂事》：“燈市出售各色像生人物，則有老子、美人、鍾馗捉鬼……。

又以綾錦或通草及紙製成之花果,形似生成者,謂之像生花、像生果。"《夢粱録》:"果子局:掌裝簇飣盤看果、時新水果、……像生花果。"詩中所指也是玩物類。

〔九〕此指賭博式的買賣,是舊社會的一種壞風俗;後世猶有所謂"抽籤子"之類。宋時叫作"關撲"。僅在節日開禁,許可賭賣賭買。《新編醉翁談録》:"上巳,上開金明池……細民作小兒戲弄之具,而衒賣者甚衆……自元豐初,每開一池日,許士庶蒱博其中……"即指關撲。"一擲",指"孤注一擲",賭博的成語。

〔一〇〕《西湖老人繁勝録》:"清明節……關撲……泥黄胖、花籃兒、一竹竿……糖獅兒……"《東京夢華録》:"遊人往往以竹竿挑掛終日關撲所得之物而歸。"《武林舊事》:"至暮則花柳土宜,隨車而歸。"當時把撲買而得的各種吃食玩物帶回家,叫作"門外土儀"。

〔一一〕"休",語尾詞,不是"勿""莫"或"止"的意思。

# 夏日雜興

金陵六月曉猶寒〔一〕,近北天時較少暄〔二〕。打盡來禽那待熟〔三〕,半開萱草已先翻〔四〕。獨龍岡頂青千摺〔五〕,十字河頭碧一痕〔六〕。九郡報來都雨足〔七〕,插秧收麥喜村村。

〔一〕"金陵",今南京,南宋時爲建康府。

〔二〕"近北",言其隔江即北地。

〔三〕"來禽",果名,亦名林檎,俗稱花紅果、沙果。似蘋果而小。

〔四〕"翻",寫萱花開時瓣往外翩翻捲起。

〔五〕"獨龍岡",疑指青龍山,在南京東南三十五里。

〔六〕“十字河”,北宋時王安石就玄武湖開十字河,立四斗門以泄水,湖遂廢爲田,又跨河爲橋,以通往來。

〔七〕“九郡”,當時建康府轄縣有五:上元、江寧、句容、溧水、溧陽,又統轄四州:太平州、宣州、徽州、廣德州。

## 圩丁詞十解〔一〕(録三)

江東水鄉,隄河兩涯而田其中〔二〕,謂之圩〔三〕。農家云:圩者,圍也:内以圍田,外以圍水。蓋河高而田反在水下,沿隄通斗門〔四〕,每門疏港以溉田,故有豐年而無水患。余自溧水縣南一舍所〔五〕,登蒲塘河小舟,至孔鎮,水行十二里,備見水之曲折。上自池陽,下至當塗〔六〕,圩河皆通大江;而蒲塘河之下十里所,有湖曰石臼,廣八十里,河入湖,湖入江,鄉有圩長,歲晏水落〔七〕,則集圩丁,日具土石捷畚以修圩〔八〕。余因作詞以擬劉夢得《竹枝》《柳枝》之聲,以授圩丁之修圩者歌之,以相其勞云〔九〕。

年年圩長集圩丁,不要招呼自要行。萬杵一鳴千畚土〔一〇〕,大呼高唱總齊聲〔一一〕。

兒郎辛苦莫呼天,一日修圩一歲眠。六七月頭無點雨,試登高處望圩田〔一二〕!

河水還高港水低,千枝萬派曲穿畦。斗門一閉君休笑:要看水從人指揮。

〔一〕“解”,見第七〇頁《秋雨歎十解》注〔一〕。

〔二〕“隄”,動詞,作隄以攔水。“田”,也是動詞,治田。
〔三〕“圩(yǘ)”,俗讀如“圍”。隄。
〔四〕“斗門”,隄堰中開設閘門以便於控制蓄水洩水,名爲斗門。
〔五〕“一舍所”,猶言三十里左右。古時以三十里爲一舍。“所”,約計之詞,亦作“許”。下文“十里所”,用法同。
〔六〕“池陽”“當塗”,皆在今安徽境。
〔七〕“歲晏”,歲晚,將近年末。
〔八〕“捷菑”,枝柯,木材。
〔九〕“相其勞”,見第二〇一頁《竹枝歌》注〔二〕。
〔一〇〕“杵”,用以砸土使之堅實的工具,俗亦名爲夯。“畚(běn)”,盛土的筐類。
〔一一〕即指夯歌打號,有的非常動聽,是勞動人民自己創造的歌聲。
〔一二〕意思説,夏天乾旱時,却去望望我們的圩田吧,——一點也不缺水,長得異様出色!

## 發孔鎮晨炊漆橋道中紀行(十首録三)

斫地燒畬旋旋開〔一〕,豆花麻莢更菘栽〔二〕:荒山半寸無遺土,田父何曾一飽來!

行穿詰曲更崔嵬〔三〕,野店柴門半未開;皂莢樹陰黄草屋,隔籬犬吠出頭來。

雨入秋空細復輕,松梢積得太多生〔四〕。忽然落點拳來大音惰,偏作行人滴傘聲。

〔一〕“斫(zhuó)”,俗讀“坎”,同砍字義。“燒畬(shē)”,山民就坡上砍燒草木爲灰，就灰下種，不施鉏犂，也叫作"火種"。范成大《勞畬耕》詩序："春初斫山，衆木盡蹶（倒）；至當種時，伺有雨候，則前一夕火之，藉其灰以糞（鋪其灰以爲肥料）；明日雨作，乘熱土下種，即苗盛倍收。無雨反是。山多磽确，地力薄，則一再斫燒始可蓺（種植）。""旋旋"，去聲，臨時、立時、隨時而作的意思。今通寫作"現"，實非是。參看第九七頁《城頭秋望》注〔二〕。

〔二〕"菘栽"，白菜幼秧。

〔三〕"詰曲"，指山路彎折。"崔嵬（wéi）"，高峻。

〔四〕"生"，語助詞，無義。

## 水　漚〔一〕

至寶何緣識得全，驪珠浮没只俄然〔二〕；金仙額上莊嚴底〔三〕，只許凡人見半邊！

〔一〕"水漚"，水面浮泡。

〔二〕"驪珠"，《莊子·列禦寇》："河上有家貧恃緯蕭（編織蒿草作簾箔）爲食者，其子没於淵，得千金之珠。其父謂其子曰：'……夫千金之珠，必在九重之淵、而驪龍頷下。子能得珠者，必遭其睡也。使驪龍而寤（醒），子尚奚微之有哉！'"喻難得之至寶。"俄然"，一轉眼之間。

〔三〕"金仙"，佛本有"金仙"的别稱（以佛身金色），宋宣和元年，曾有詔改號佛爲"大覺金仙"。佛像兩眉間或有一顆珠子；又如《佛國記》："僧尼羅國王以金等身鑄佛像，髻裝寶珠。"俗語有"佛頂珠"的話頭。"底"，即今"的"字。"莊嚴"，佛家語，有二義，一爲"具德"義，如"功德莊嚴"是；一爲"交飾"義，如佛像、佛殿等之"莊嚴"（塑繪、建築上的裝飾），爲交飾義。此處屬後一義。

# 發銀樹林

莫過溪橋銀樹林，溪深未抵路泥深。清風一陣掠人面，晴色半開關客心〔一〕。遠嶺惹雲秋裏雪〔二〕，淡天刷墨曉來陰。幾多好句争投我，——柳奪花偷底處尋〔三〕？

〔一〕古時旅行困難，行路之人，最關懷於天氣。
〔二〕這説山雲如同秋天裏的雪景。
〔三〕“底處尋”，何處可尋。

# 過謝家灣

行盡牛蹊兔徑中，忽逢平野四連空〔一〕。意隨白鷺一雙去，眼過青山千萬重。近嶺已看、看遠嶺〔二〕，連峯不愛、愛孤峯。一丘一壑知何意？——踈盡官人着牧童〔三〕！

〔一〕“四連空”，説曠野四望，地與天連。
〔二〕“看”，平聲。
〔三〕末兩句是説，一丘一壑——這種好山好水的幽美地方的“心”真不可解：總是把做官的踈遠絶了而只容許牧童在裏面享受佳景！這是官人羡慕“野人”的生活而自嘲、故意以反語埋怨山水的話。“着”，有安放、安置的語意。

# 早炊高店

過雨溪山十倍明，乍晴風日一番清。白鷗池沼菰蒲影，紅棗村墟鷄犬聲〔一〕。肉食坐曹良媿死〔二〕！囊衣行部亦勞生〔三〕。不堪有七今成九〔四〕，傖父年來老更傖〔五〕！

〔一〕“村墟”，村落。紅棗是秋季鄉村中的有代表性的景物。

〔二〕“肉食”，《左傳》莊十年注：“肉食，在位者。”以指享有優厚俸禄、食用肥美的官僚。“坐曹”，官吏們在衙所裏“辦公”叫作坐曹，略如後來所説的“上班”，《漢書・薛宣傳》：“坐曹治事。”“良媿死”，真真羞死！這是作者面對農家辛勤勞動生産而自斥的話。

〔三〕“囊衣”，裹着衣服——攜着行李。“行部”，上級官吏巡行視查部屬。“勞生”，《莊子・大宗師》：“夫大塊（大地）載我以形，勞我以生……”温庭筠詩：“空復嘆勞生。”封建社會的道家出世思想，以“人生”爲“勞苦”之事，要想法“解脱”的意思；這和當時的窮苦勞動人民爲生活而辛苦掙扎的事情不可混爲一談。作者是站在封建士大夫的階級立場上而説出這種厭倦仕宦生活的心意來的。一説，勞生“生”字即語助，無義，非用《莊子》。

〔四〕“不堪有七”，魏山濤爲選曹郎，舉嵇康自代，嵇康作《與山巨源（濤）絶交書》爲答，表示拒絶，自陳習性不堪與世俗仕宦同流，略謂：“有必不可堪者七，甚不可者二：喜晚起而當關呼之不置，一不堪也；抱琴行吟，弋釣草野，而吏卒守之不得妄動，二不堪也；危坐一時，痺不得摇，性復多蝨，把搔無已，而當裹以章服，揖拜上官，三不堪也；素不便書，又不喜作書，而人間多事，堆案盈机……四不堪也；不喜弔喪，而人道以此爲重……五不堪也；不喜俗人，而當與之共事，或賓客盈坐，鳴聲聒耳，囂塵臭處，千變百伎在人目前，六不堪也；心不耐煩，而官事鞅掌，機務纏其心，世故繁其慮，七不堪也。”這是藉口性情疏懶而拒絶爲封建統治者服務。作者所説“今成九”，指七不堪外又加上肉食坐曹之媿和囊衣行部之勞，故成爲九不堪了。

〔五〕“傖(cēng)父”，古時吴人稱中州(今河南一帶)人爲“傖人”，晉陸機稱左思爲“傖父”，猶言“鄙夫”，是看不起的侮辱詞。意謂有七不堪古人即不可耐，今有九不堪，尚戀棧而不辭官，真是越老越没出息了！“老傖”，語見《南史·王玄謨傳》：“(宋)孝武狎侮羣臣，各有稱目(給人起綽號，如多鬚的呼爲“羊”)。……柳元景、垣護之，雖並北人，而玄謨獨受‘老傖’之目。”玄謨嚴正刻苦，作者隱以自比。

## 道　旁　店

路旁野店兩三家，清曉無湯況有茶〔一〕。道是渠儂不好事〔二〕，青瓷瓶插紫薇花〔三〕！

〔一〕“況有茶”，承上而言，連開水都没有，更不要説茶了。“湯”，滚水。不是現在所指的“羹湯”義。

〔二〕“渠儂”，他。儂，猶如“家”，我稱“我儂”，你稱“你儂”，和單用“儂”字作“我”解的意思不同。“好事”，“好”讀去聲，此指有興致收拾裝飾，有喜愛美好事物的興趣。封建統治階級常常污衊勞動窮苦人民没有審美觀念，不配裝飾點綴，這首小詩作出了很好的回答，也暗示了勞動人民的對於美好生活的要求。

〔三〕“青瓷”，青色釉瓷器，相對於白釉而言；宋代的青瓷器美如碧玉、春水，極爲可愛，是我國陶瓷藝術品中的傑出成就。

## 曉過花橋入宣州界(四首録二)

路入宣城山便奇:蒼虬活走緑鸞飛〔一〕。詩人眼毒已先見〔二〕,——却旋褰雲作翠幃〔三〕!

不是青山是畫圖:南山瘦削北敷腴〔四〕。兩山名姓君知麽〔五〕?——一字玄暉一聖俞〔六〕。

〔一〕“虬(qiú)”,古人以龍子而雙角者爲虬(一角爲蛟,無角爲螭)。這句説山勢如青虬走、緑鸞飛,猶“龍飛鳳舞”之意。

〔二〕“眼毒”,俗語,猶言眼尖、眼“賊”——眼厲害,别人未見他先見。

〔三〕“旋”,去聲,臨時趕作一種動作爲旋,現多誤寫爲“現”。“褰(qiān)”,以手提起衣之前裳爲褰。詩句是説:我早已看見了你——你還臨時拉過雲彩來作翠幃遮蓋呢!意謂已來不及了。

〔四〕作者自注云:“南山名文脊,北山名敬亭。”“敷腴”,猶言豐肥。按敬亭山上舊有敬亭,是南齊詩人謝朓吟詠之處,名勝之地。參看注〔六〕。

〔五〕“麽”,去聲。

〔六〕南齊名詩人謝朓,字“玄暉”,陽夏人,高宗時出爲宣城太守,人稱“謝宣城”。北宋詩人梅堯臣,字“聖俞”,宣城人,詩很有成就,風格深遠古淡,是反對形式主義西崑派的有力者。作者因謝、梅兩大詩人,一在此地作過官,一是此地人,現在路經此地,不禁對他們發生景仰追慕的心情;其另一首寫道:“敬亭宛水故依然,疊嶂雙溪阿那邊。謝守不生梅老死,倩誰海内掌風煙!”也表示了同樣的感情。

# 江天暮景有嘆

只争一水是江淮〔一〕，日暮風高雲不開。白鷺倦飛波正闊，都從淮上過江來。

一鷺南飛道偶然，忽然百百復千千。江淮總屬天家管〔二〕，不肯營巢向北邊。

〔一〕“争”，相差。此説只隔一水(長江)，那邊便是江淮之地了。“江淮”，這裏指長江、淮水之間的安徽(往東還有江蘇)地帶。

〔二〕“天家”，猶言“皇家”、“天子”，指皇帝。此處作者“天家管”云云猶言是“大宋國的領土”。

# 宿峨橋化城寺

一溪秋水一横橋，近路人家却作遥〔一〕。柳遶溪橋荷遶屋，何須更着酒旗招〔二〕！

忽從平地上高城，——乃是圩塘隄上行。厚賽柳神銷底物〔三〕：長腰雲子闊腰菱〔四〕。

〔一〕本來是距離很近的人家，爲秋水横橋所隔，反而變成遠路了——曲折有致了。

〔二〕兩句説，單是一看柳橋荷屋的景物，已然想走過那裏去了，何況又還有酒旗招人前往？——非去不可了。不是真以爲酒旗不必再有的意思。

〔三〕“賽”,古代迷信風俗,秋日有收成,以爲是“神”所“賜”,要謝神祭祀,叫作報賽。往往有歌舞賽會,是當時勞動人民辛苦一年、爲慶祝收成而歡騰的大事情。“銷底物”,需要什麽東西呢?

〔四〕“長腰”,米名,同時詩人范成大詩自注:“長腰米,狹長,亦名箭子。”“雲子”,見第三五頁《晚春行田南原》注〔三〕,這裏以指米。

## 望謝家青山太白墓(二首録一)

阿眺青山自一村〔一〕,州民歲歲與招魂〔二〕。六朝陵墓今安在〔三〕?只有詩仙月下墳〔四〕。

〔一〕“青山”,在安徽當塗東南;南齊詩人謝朓(玄暉)曾築室於山南,因此唐時改名爲謝公山,而大詩人李白悦謝氏青山,有終老於此之志。“阿眺”,即指謝朓,“眺”當作“朓”。

〔二〕“招魂”,古代有召死者亡魂的風俗,據説是持亡人的衣服,登屋而號哭,以望其“復”的意思。此處是祭祀的泛義。作者自注:“(李白)墓次有庵,庵中有太白祠,州郡歲遣教授(學官名)祭之。”又另詩自注云:“州民上塚踏青,畢集祠下。”

〔三〕“陵墓”,皇帝的墳墓。

〔四〕李白墓即在青山之西北。按陸游《入蜀記》:“(乾道六年七月)十七日,郡集於青山李太白祠堂,二教授同集。祠在青山之西北,距山尚十五里;墓在祠後,有小岡阜起伏,蓋亦青山之别支也。祠,莫知其始,有唐劉全白所作墓碣,……太白烏巾白衣錦袍,……。早飯後,遊青山,山南小市有謝玄暉故宅基,今爲湯氏所居。南望平野極目,而環宅皆流泉奇石,青林文篠,真佳處也。”可參看。

# 宿牧牛亭秦太師墳菴〔一〕

函關只有一穰侯〔二〕,“瀛館”寧無再帝丘〔三〕? 天極八重心未死〔四〕,台星三點坼方休〔五〕。只看壁後新亭策〔六〕,恐作柊中屬國羞〔七〕! 今日牛羊上邱壠,不知丞相更嗔不〔八〕?

〔一〕“秦太師”,指千載萬人唾駡的南宋賣國宰相秦檜;秦檜於紹興十二年九月加太師、進封魏國公,見《宋史》。他是江寧(今南京)人,死葬牧牛亭,岳珂《桯史》:“金陵牧牛亭,秦氏之丘壠在焉。”

〔二〕“函關”,函谷關,在今河南靈寶縣西南,是戰國時代秦國東境的險要關口。“穰侯”,戰國時秦國魏冉,封於穰地,號穰侯;秦昭王時,他四次爲相,任用白起爲大將,攻略韓、魏、齊、楚等國,諸侯力量因此削弱,秦國疆土擴張,國勢强盛,得冉之力。這句説魏冉是古代爲相能使國家强大的例子。

〔三〕這句是隱以唐代姦臣許敬宗來比秦檜。“瀛館”,指唐太宗設文學館,以杜如晦、房玄齡等十八人爲學士,並畫象題贊,號爲“十八學士寫真圖”,士大夫羨慕之至,把作文學館學士比爲“登瀛洲”,詳見《舊唐書·褚亮傳》。許敬宗就是十八人中之一。《新唐書·許敬宗傳》:“帝(唐高宗)東封泰山,以敬宗領使,次濮陽,帝問竇德玄:‘此謂帝丘,何也?’德玄不對。敬宗儳曰:‘臣能知之:昔帝顓頊始居此地,以王天下,(中間歷敍各代有關史事)……由顓頊所居,故曰帝丘。……’”數問皆對答如流,皇帝稱“善”。“敬宗退矜(誇)曰:‘大臣不可無學。向德玄不能對,吾恥之!’”許敬宗爲人無品行,但有才學,善諂媚應對,故得皇帝寵任,所以爬到高位,在《新唐書》中許敬宗名列姦臣傳中第一位。作者以此相比於秦檜。

按帝丘,在今河北濮陽縣西南。

〔四〕"天極八重",《晉書·陶侃傳》説:或云侃"夢生八翼,飛而上天,見天門九重,已登其八,唯一門不得入,閽者(守門人)以杖擊之,因墜地,折其左翼;及寤左腋猶痛。……及都督八州,據上流,握强兵,潛有窺窬之志;每思折翼之祥(兆),自抑而止。"按窺窬之志,即指陰懷自立之心,《後漢書·河間孝王開傳》所謂"闚覦神器,懷大逆心",闚覦即窺窬。《宋史·秦檜傳》曾説:"檜兩據相位,凡十九年,劫制君父,包藏禍心","又陰結内侍及醫師王繼先,伺上(皇帝)動静,郡國事惟申省,無一至上前者。——檜死,帝方與人言之。"由作者此句所寫,足見當時人都知道秦檜雖"位極人臣",猶未滿足,實有要作漢奸傀儡皇帝的打算。

〔五〕"台星"句:《晉書·天文志》:"三台:六星,兩兩而居,……一曰天柱,三公之位也,在人曰三公,在天曰三台,主開德宣符也。……三台爲天階,太一(神名)躡以上下:一曰泰階,上階上星爲天子,……中階上星爲諸侯、三公。……"這是封建社會統治階級以迷信、宿命論的"貴人上應天象"的荒謬説法來騙人的把戲,因此把宰相比爲台星,也説成"台輔""台衡"等名稱。《晉書·張華傳》記載:張華居相位,"華舍及監省數有妖怪,少子韙以中台星坼,勸華遜位,華不從,曰:'天道玄遠,惟修德以應之耳,不如静以待之,以俟天命。'"不久遂被害。這是當時人迷信宰相將亡、先有"中台星坼"的凶兆的例子。作者借用此事以寫秦檜的野心至死方休。參看白居易詩:"耀芒射角動三台,上台半滅中台坼。"

〔六〕"壁後新亭策",《晉書·謝安傳》:"頃之,徵拜侍中,遷吏部尚書、中護軍。簡文帝疾篤,(桓)温上疏薦安宜受顧命。及帝崩,温入赴山陵,止新亭(在今南京市漢西門外),大陳兵衛,將移(篡)晉室,呼安及王坦之,欲於坐害之。坦之甚懼,問計於安,安神色不變,曰:'晉祚存亡,在此一行。'既見温,……安從容就席坐定,謂温曰:'安聞諸侯有道,守在四鄰;明公何須壁後置人(埋伏,將要害我)耶?'温笑曰:'正自不能不爾耳。'遂笑語移日。"作者自注云:"(秦檜)暮年起大獄,必殺張德遠(浚)、胡邦衡(銓)等五十餘人。不知諸公殺盡、將欲何爲?奏垂上而卒。故有'新亭'之句。然初節似蘇子卿(武),而晚謬已。"按《宋史。秦檜傳》:"檜於一德格天閣(檜家閣名,紹興十五年四月宋高宗賜檜甲第,十月又親書"一德格天"以爲其閣之匾額,意思是取《書經》"成湯既受命,時則有若伊尹格於皇天"之語來自比成湯、而比檜爲賢相伊尹,可謂無恥已極!)書趙鼎、李光、胡銓姓名,必欲殺之而後已。鼎已死,而憾之不置,遂欲孥戮汾(鼎之子);檜忌張浚尤甚,故(趙)令衿之獄、張宗元之罷,皆波及浚,浚在永州(貶所),檜又使其死黨張柄知潭州,與郡丞汪召錫共伺察之:至是,使汾自誣與浚及李光、胡寅謀大逆,凡一時賢士(反對他的愛國忠義人士)五十三人皆與焉。獄成而檜病,不能書。"可以合看。作者用"壁後"之語,又有影射一德格天閣書趙鼎等姓名的含意。

〔七〕"移(yí)中""屬國",指漢蘇武。《漢書·蘇武傳》:"武,字子卿,以父任兄弟並爲郎,稍遷至移中廄監。"師古注:"移中廄(養馬處)名,爲之監(監管之官)也。"蘇武陷匈奴十九年,苦節不屈,歸國拜官典屬國,據《漢書·昭帝紀》注,典屬國"掌歸義蠻夷,屬官有九譯令。"是管理外國、外族歸附爲屬國的官。按《宋史·秦檜傳》所記,自靖康元年金兵攻汴京,索割三鎮,檜時爲太學學正,即上書論兵機及禦金之計;後檜與程瑀爲割地使,一度至燕山府(今北京)而還;遷左司諫;范宗尹等七十人主張割地與金,檜與其他三十五人力持不可;未幾除御史中丞;汴京失陷,徽、欽二帝往金營,金帥要立異姓(傀儡漢奸),留守王時雍議立張邦昌,百官皆失色不敢答,時檜爲御史臺臺長,獨進狀,請存趙氏,斥張邦昌爲蠹國害民,"若付以土地,使主人民,四方豪傑必共起而誅之!""不顧斧鉞之誅",詞氣慷慨,在國家極端危急之時表現出愛國無畏的氣概;後徽、欽被擄北去,檜與傅叔夜等三四人獨相從至燕山,又徙往韓州(今遼寧昌圖縣)。作者因此以其初節爲可取,比爲蘇武;但晚節既"謬",則這一比喻也就有了諷刺意味了。按評者多以誠齋之以蘇武比秦檜爲謬(如宋岳珂《桯史》,清翁方綱《石洲詩話》);實則誠齋立論平允,早先有一可取,何必因其晚謬而盡爲抹殺。

〔八〕古樂府:"今日牛羊上丘壠(墳墓),當時近前面發紅(怒)。"杜甫詩:"慎莫近前丞相嗔!"故有此語。並參看黄庭堅詩:"牛羊今日上丘壠,當時近前左右嗔。"作者用諸家語。

## 早炊新林望見鍾山〔一〕

辭去鍾山一月前,如何知我北歸軒?不通姓字殷勤甚〔二〕,忽到新林野店邊!

〔一〕"新林",新林浦,亦名新林港,在南京西南十八里。"鍾山",在南京東北十五里。

〔二〕這句是從杜甫《少年行》"不通姓字粗豪甚"而來,把山人格化。

可參看作者《午過横林回望惠山》二首之二:"雪餘官路已生塵,猶喜長河水稍深。恨殺惠山尋不見,——忽然追我到横林!"寫法相類,而又情趣各有獨勝。

按以上係(宋光宗)紹熙二年(辛亥·一一九一)作者在建康任所作。"

## 清曉出郭迓客七里莊〔一〕

偏得春憐是柳條,腰肢别作一般嬌;微風不動渠猶舞,剛道春風轉舞腰〔二〕!

〔一〕“出郭”,出城。郭是外城,對内城而言;泛言無别。“迓客七里莊”,迎客於七里莊。

〔二〕“剛道”,硬説是,偏偏説是。

按這種小詩是對没有骨氣、阿諛諂媚者的諷刺。

## 寒食前一日行部過牛首山〔一〕(七首録三)

綿山恨骨已寒灰〔二〕,儘禁廚烟肯更回〔三〕? 老病不禁餿食冷〔四〕,杏花餳粥湯去聲將來〔五〕!

出了長干過了橋〔六〕,紙錢風裏樹蕭騷〔七〕。若無六代英雄骨〔八〕,牛首諸山肯爾高〔九〕?

擣藍作雨兩宵傾〔一〇〕,生怕難乾急放晴。一路東皇新曬染〔一一〕:桑黄麥緑小楓青。

〔一〕“寒食”,見第三八頁《寒食上塚》注〔一〕。“牛首山”,南京之南三十里有牛頭山,亦名牛首,雙峯對立如牛角,故名。

〔二〕這句指俗傳寒食節禁火冷食是紀念介之推被焚的故事(這傳説並不一定正確)。介之(一作子)推,春秋時人,從晉文公出亡十九年之久,晉文公還國作了國君,他奉老母隱居綿山。其後晉文公想起他來,要予以仕禄,他拒絶不肯出山,晉文公焚山逼他出來,竟抱木而燒死。

〔三〕這句説,任憑大家都焚火不作飯,那也豈能使介之推復回? 回,似兼有“復生”“回心轉意”(即變節)的意思。

〔四〕“餿(sōu)”,食物隔夜將壞而變味。

〔五〕“餳(xíng)”,麥芽糖漿,古時寒食節的代表食品。參看宋代宋祁《寒食》詩:“簫聲吹暖賣餳天。”“湯”,去聲,即今“燙”字,現成食物加火使熱。“湯將來”,燙了來!

〔六〕“長干”,古代金陵里巷名,在今南京之南。《輿地紀勝》:“長干是秣陵縣東里巷名,建康南五里有山岡,其間平地,民庶雜居,有大長干、小長干。”江東呼山隴之間爲“干”。

〔七〕寒食節是古代掃墓、野祭的日子。“蕭騷”,風吹樹木之聲。

〔八〕“六代”,即六朝:吴、東晉、宋、齊、梁、陳,皆建都於建康(今南京)地方。

〔九〕南宋建炎中金兀朮南侵,鑿老鸛河以窺建康,岳飛設伏兵於此相待,大敗之。詩意本指時事,故意託言六朝以避忌諱。“肯爾高”,豈能這樣高?牛首山周迴四十七里,高一百四十丈。按山的高度本不會變改,而假如國亡家破,好像連山的氣勢也“高”不起來了,詩人設想鑄詞極妙。

〔一〇〕“擣藍”,作者曾用“擣藍”字樣以寫青碧色(參看第一六九頁《洗面絶句》注〔二〕)。這是比喻:一場雨後,禾木皆緑,則雨水好像是春神潑下來的許多“染料”一樣了。——所以緊接有最末兩句。

〔一一〕“東皇”,春神。

## 寒食日晨炊姜家林初程之次日也

百五佳辰匹似無〔一〕,合教追節却離居〔二〕。萬家寒食初歸燕,一老春衫政蹇驢〔三〕。毿柳已僧何再髮〔四〕?孺槐纔爪可犀蔬〔五〕。兒書早去聲問歸程日〔六〕,不用嗔渠只笑渠！

〔一〕“百五佳辰”，指寒食節，見第三八頁《寒食上塚》注〔一〕及第八四頁《清明雨寒》注〔二〕。“匹似無”，好比没有一樣——在路途上，逢節如未逢。

〔二〕“合教”，本來應該容許。教，平聲。“追節”，（在家）度節、過節。

〔三〕“一老”，作者自指。“政”，同正。“蹇(jiǎn)驢”，見第一五五頁《跋陸務觀劍南詩稿二首》注〔八〕。

〔四〕“耄(mào)柳”，年齡很老的柳樹。“已僧”，言枝條已秃，如僧無髮。

〔五〕“孺槐”，幼槐。“爪”，喻槐枝之勢如手爪(又有一種下覆如傘形的專名“龍爪槐”)。“犀蔬”，疑當作“犀梳”，唐杜牧詩：“贈之天馬錦，副以水犀梳。”這可能是從上句“髮”義生出，説小槐的手爪可以作梳梳髮。

〔六〕“早問”，已然在問及。

# 宿新市徐公店

籬落疎疎一逕深，樹頭新緑未成陰。兒童急走追黄蝶，飛入菜花無處尋〔一〕。

春光都在柳梢頭，揀折長條插酒樓〔二〕。便作在家寒食看，村歌社舞更風流〔三〕。

〔一〕“飛入菜花無處尋”，因爲菜花是黄的，黄蝶飛入，和花一色，都不可辨。

〔二〕當時風俗，清明寒食節家家折柳枝插於門户，叫作“明眼”。見《夢粱録》。

〔三〕村歌社舞，迎神賽會，是鄉村勞動人民自己的歡樂時節，其間人民繼承、創造着他們自己的歌舞藝術，産生着卓絶的民間藝人，最爲寶貴。作者屢屢寫到這個題目，可見他能重視欣賞它。《傳燈録》："正月十四十五，……看取村歌社舞。"

## 風　　花

海棠桃李雨中空，更着清明兩日風〔一〕！風似病癲無藉在〔二〕，花如中酒不惺鬆〔三〕。身行楚嶠遠更遠〔四〕，家寄秦淮東復東〔五〕。道是殘紅何足惜，後來併恐没殘紅〔六〕！

〔一〕説海棠、桃、李花因一場雨已是凋零殆盡，哪堪再加上兩日風飄，更無幾許殘剩了。

〔二〕"無藉在"，杜甫詩："白頭無籍在"，《敬齋古今黈》："籍在，顧賴之意。"無藉在，在此爲"無賴""惡劣"的意思。

〔三〕"中"讀去聲。"惺鬆"，清醒、伶俐、機警一類意思。

〔四〕"楚嶠(jiào)"，猶言楚嶺(嶠是山鋭而高的意思)。作者此行由今南京入安徽境，在古代是楚地。

〔五〕"秦淮"，水名，在今南京。作者此時在建康(今南京)做官，家寓於此，自己出外，故云。

〔六〕説此後恐怕連殘紅(殘花)也不可再得了。這裏的殘紅，隱指朝中的愛國正義人士，陸續被排擠而去，所餘已無幾；而且即此也不能久在於位，作者本人即是其中之一。

## 宛陵道中

溪繚雙衣帶〔一〕，橋森百足蟲〔二〕；傘聲松徑雨，巢影柳塘風。犬誤隨行客，牛偏識牧童。追程非要緩，路滑試匆匆〔三〕！

〔一〕“繚”，曲繞。

〔二〕“森”，森然羅列。這句説長木橋兩旁許多木樑支出，像一條蜈蚣。古代木橋都是這樣的形制。百足，本是馬陸（馬蚰）的名稱，吴俗亦呼蜈蚣爲百足。

〔三〕兩句説，趕路之間，不容許緩行，可是雨中路滑，好像是一種“考驗”，特地來讓你走走看。

## 桑茶坑道中（八首録七）

田塍莫笑細於椽〔一〕，便是桑園與菜園；嶺脚置錐留結屋〔二〕，盡驅柿栗上山巔！

沙鷗數箇點山腰，一足如鈎一足翹，——乃是山農墾斜崦〔三〕，倚鋤無力政無聊〔四〕！

下山入屋上山鋤，圖得生涯總近居。桑眼未開先着椹〔五〕，麥胎纔茁便生鬚〔六〕。

秧疇夾岸隔深溪，東水何緣到得西？溪面只消横一梘〔七〕,水從空裏過如飛!

䴷麰今歲十分强〔八〕,催得農家日夜忙:已縛桁竿等新麥〔九〕,更將丫木撑去聲攲桑〔一〇〕。

晴明風日雨乾時,草滿花堤水滿溪。童子柳陰眠正着,一牛喫過柳陰西。

山根一徑抱溪斜,片地纔寬便數家:漫插漫成堤上柳,半開半落路旁花。

〔一〕“田塍(chéng)”,本義是稻田畦,此指田畦間小路,俗所謂“畦埂子”。“細於椽(chuán)”,比屋椽子(架簷的小細木梁)還細,説畦埂小路極窄,只有一條土。——便成了栽桑種菜的地方。

〔二〕“置錐”,喻貧苦農民所有的一點極窄隘的地方,《漢書·食貨志》:“富者田連仟佰,貧者亡(無)立錐之地。”

〔三〕“斜崦(yǎn)”,指山坡。

〔四〕“政”,同“正”。

〔五〕“桑眼未開”,指桑葉還未舒展。

〔六〕“麥胎纔茁”,指麥穗剛剛生長。

〔七〕“只消”,只需,只須。“梘(jiǎn)”,通水之器。

〔八〕“麰(móu)”,麥子。

〔九〕“桁竿”,支架以晾曬麥子的竿子。

〔一〇〕“丫木”,上端分兩叉的樹枝,可以架住攲斜的東西。

## 安樂坊牧童

前兒牽牛渡溪水,後兒騎牛回問事;一兒吹笛笠簪花〔一〕，一牛載兒行引子〔二〕。春溪嫩水清無滓音查〔三〕，春洲細草碧無瑕〔四〕，五牛遠去莫管他，隔溪便是羣兒家〔五〕。忽然頭上數點雨，三笠四蓑趕將去〔六〕！

〔一〕“笠簪花”，笠(竹編的帽子，用以遮暑和遮雨的)上插戴着花。

〔二〕“行引子”，説牛領着犢兒行路。

〔三〕原所注“查”音，實讀“渣”，而且這個字(滓而音查)現在就徑直寫作“渣”。

〔四〕“無瑕”，見第一四二頁《舟人吹笛》注〔二〕。

〔五〕這説家在眼前，牛認得路，自己也會回去。

〔六〕説跑起來追上前去。

## 明發茅田見鷺有感〔一〕

自嘆平生老道途〔二〕，不堪泥雨又驅車〔三〕。鷺鷥第一清高底〔四〕，拂曉溪中有幹無〔五〕？

〔一〕“明發”，見第六頁《明發石山》注〔一〕。下二題，用法同。

〔二〕“老道途”，老於道路之間，指作官奔波到老。

〔三〕“車”，讀如“拘”。“驅車”，言駕車征行。

〔四〕“底”，即現在的“的”字。

〔五〕“拂曉”，天將曉，絶早。“有幹無”，有事没有？有所經營否？——也在找食吃吧？這是作者自厭游宦，而身爲士大夫，又不得不藉此求衣食，所以借鷺鷥來發抒感嘆。可比較白居易《池上寓興二絶》之二：“水淺魚稀白鷺飢，勞心瞪目待魚時。外容閑暇中心苦，似是而非誰得知?”這唐、宋兩位詩人觀察、理解鷺鷥，不約而同，而詩的着眼點與用意則十分有異。可説同工異曲。

## 明發西館晨炊藹岡(四首録二)

人家争住水東西,不是臨溪即背溪;拶得一家無去處〔一〕,跨溪結屋更清奇!

也知水碓妙通神〔二〕:長聽舂聲不見人〔三〕。若要十分無漏逗〔四〕,莫將戽斗鎮隨身〔五〕!

〔一〕“拶(ze入聲)”,逼迫。

〔二〕“水碓(duì)”,南方農家利用水力設碓舂米,使碓杵自能起落,不用人力。

〔三〕“聽”,去聲。

〔四〕“漏逗”,洩漏機關、祕密之處。

〔五〕“戽(hù)斗”,田家用以車水的斗形器具,或以竹木,或以陶瓦,通常用人力掣繩舀水以澆灌田畦。這裏非實指,作者有原注説:“宣、歙(安徽宣城、歙縣)就田水設碓,非若江溪轉以車輻,故碓尾大於身,鑿以盛水,水滿則尾重而俯,杵乃起而舂。”這和前面的梘都是古代勞動人民利用物理學原理的智慧創造。“鎮”,常,長,永遠,總是。此句是調侃風趣語。

## 明發祈門悟法寺溪行險絶〔一〕(六首録四)

山不人烟水不橋,溪聲浩浩雨瀟瀟。何須雙鷺相温暖〔二〕，鷺過還教轉寂寥！

溪行盡處却穿山，忽有人家併有田。幸自驚心——小寧貼〔三〕：誤看田水作深川！

山行政好又逢溪，況是危峯斗下時〔四〕！知與此溪有何隙〔五〕？——遣他不去衹相隨！

已是山寒更水寒，酸風苦雨併無端〔六〕。詩人瘦骨無半把，一任殘春料理看〔七〕。

〔一〕參看下頁《閶門外登溪船》注〔一〕。

〔二〕"温暖"，猶言慰藉。所行之境略無人烟，太幽僻了，所以得見兩隻鷺鷥也覺得好些，到底有些"生活氣息"。下句説，及至走過了鷺鷥，更顯得加倍寂寞了。

〔三〕"幸自"：本自，已是。"小寧貼"，稍爲放了心。按作者此時是旅行於絶險之處，其地"右緣絶壁左深溪，頭上春霖脚底泥"，還有"一派泉從千丈崖，轟霆跳雪瀉將來"，不但使人"溪裏仰看驚落膽"，連"兩岸諸峯"也"震欲摧"，故此心驚膽戰。

〔四〕"斗"，同"陡"。

〔五〕"隙"，仇恨。"有何隙"，有什麽"過不去"的地方。

〔六〕"無端"，没來由、没道理、很兇横——竟來欺凌。

〔七〕"料(liào)理"，此是處置、擺佈之意。

## 閶門外登溪船〔一〕（五首録二）

步下新船試水初〔二〕，打頭攬載適逢予〔三〕。一椽板屋纔經雨，兩面油窗好讀書。剩買春風木芍藥〔四〕、亂簪棐几竹籧篨〔五〕。清堆浮取松亭子〔六〕,賞徧千山不要驢〔七〕!

上得船來恰對山,一山頃刻變多般:初堆翠被百千摺,忽拔青瑤三兩竿〔八〕。夾岸兒童天上立〔九〕,數村樓閣電中看〔一〇〕。平生快意何曾夢?——老向闔門下急灘!

〔一〕"闔門",地名,作者《過闔門溪》詩序:"祈門縣(今安徽最南境,再南即江西省地)悟法寺下,並深溪,陸行二十里許,兩山環合,復立雙石刺天如門,溪水過雙石之間,極險,名曰闔門——縣之得名以此也——門外乃可登舟。"

〔二〕"步下",步,見第一九一頁《過瓜洲鎮》注〔三〕。"試水初",頭一次下水試航。

〔三〕"打頭",開頭,破端。俗語。"攬載",車船招攬乘客。亦俗語。這句説此船今日才開始攬客人時,就恰碰着我來坐船。

〔四〕"剩買",多買,儘買。"木芍藥",牡丹的別名。這句説船中多置牡丹花,春光無限。

〔五〕"籧(qú)篨(chú)",粗竹簾。這句接上句而成一句整話,説將花亂篸(同簪字,此猶言插或點綴)於木几竹席之間。

〔六〕"浮取",浮着,飄着,——人在船中,如同水在飄浮着一間松亭以供遊覽一般。

〔七〕坐船"遊"山,不用騎驢了!

〔八〕"青瑤",青玉,喻碧峯。

〔九〕"天上立",寫水低岸高,船中看岸上的感覺,寫得很真切。

〔一〇〕"電中看",寫船下急灘如飛,岸景一瞥即過,如同閃電之逝。

## 入浮梁界

溼日雲間淡,晴峯雨後鮮。水呑隄柳膝,麥到野童肩。漚漩嬉浮葉〔一〕,炊烟倒入船〔二〕。——順流風更順,——只道不雙全〔三〕!

〔一〕寫水漩渦將浮在水面的樹葉捲得亂轉,如同和它戲耍。

〔二〕舊時木船作飯處皆在船尾,遇着順風,所以炊烟從船尾颳入船身,由後至前,故云"倒入"。此景非常真切。

〔三〕舊日俗話常説:世事難得雙全。現在既然是順水行舟,又是順風助力,出人意外——寫乘船者的喜悦。

## 水中山花影

閉轎那知山色濃〔一〕?山花影落水田中。水中細數千紅紫〔二〕,點對山花一一同!

〔一〕"閉轎",閉置於轎中。暗用《梁書·曹景宗傳》:"景宗性躁動,不能沉默;謂所親曰:'來揚州,作貴人,動轉不得;路行開車幔,小人(按指僕從)輒言不可;閉置車中,如三日新婦。遭此邑邑,令人無氣!'""那",讀平聲如"挪",義同現在的上聲"哪"字。"那知",哪裏知道。

〔二〕"數",上聲,動詞。"千紅紫",千朵山花——都數徧了。

## 和王道父山歌〔一〕

東家娘子立花邊〔二〕,長笑花枝脆不堅〔三〕;却被花枝笑娘子：嫁期已是蹉去聲春前〔四〕。

阿婆辛苦住西鄰，豈愛無家——更願貧〔五〕？秋月春風擔閣了〔六〕，白頭始去聲嫁不羞人〔七〕。

〔一〕“王道父”，名自中，温州平陽人，淳熙進士；官分水令。召赴都堂，陳奏甚切，爲朝列所忌，旋起旋罷。著有《厚軒集》。

〔二〕“東家”，東鄰家。

〔三〕“脆不堅”，指花易凋謝，是爲不堅牢之義。並非指其木質鬆脆義。

〔四〕“蹉(cuò)”，遲誤，錯過時機。

〔五〕“更願貧”，豈更願意作窮人？

〔六〕“擔閣”，耽誤，虚度。俗語。

〔七〕“不羞人”，代貧女自説，作爲貧家女，晚嫁是不得已，有甚羞人之處？參看白居易《議婚》詩：“緑窗貧家女，寂寞二十餘；荆釵不直(值)錢，衣上無真珠；幾回人欲聘，臨日又踟躕。”

按王道父原作亦很好，今附録於此：

生來不識大門邊，一片丹心石樣堅；聞道阿郎難得婦，無媒争(怎)得到郎前！

種田不收、一年事，——取婦不着、一生貧；風吹白日漫山去，老却郎時懊殺人！

## 舟過安仁(五首録三)

恰則油窗雨點聲〔一〕，霎時花嶼日華明〔二〕。不須覆手仍翻手〔三〕，可殺春雲没十成〔四〕？

初愛遥山獻畫圖，忽然捲去淡如無。莫欺老眼——猶明在〔五〕，和霧和烟數得渠〔六〕！

一葉漁船兩小童，收篙停棹坐船中。怪生無雨都張傘〔七〕，——不是遮頭是使風。

〔一〕“恰則”，適纔，剛纔，不一會兒之前。“聲”，作聲。動詞。

〔二〕“嶼(xù)”，水中小島、小洲渚。

〔三〕杜甫詩：“翻手作雲覆手雨”，本言舊社會人情反覆遷變無常，一時一態。

〔四〕“可殺”，猶言“可是”，設問之詞。“没十成”，俗語，猶言没定準，出爾反爾。

〔五〕“在”，語尾虚詞，用法見第四頁《題湘中館》注〔四〕。

〔六〕這句説遥山峯嶺，任他帶着霧帶着烟(即第二句所寫“忽然捲去淡如無”的原因)我也數得清楚！

〔七〕“怪生”，猶言“怪不得——原來是……”的“怪不得”，或説作“怪道呢”。

## 發楊港渡入交石夾〔一〕(四首録二)

朝雨匆匆霽，春山歷歷嘉。老青交幼緑，暗錦出明花。漁艇十數隻，雞聲三五家。“人生須富貴”，——此輩亦生涯〔二〕！

荻岸何時了？松舟幾日停？波來全蜀白，樹去兩淮青。柔櫓殊清響〔三〕，征人自厭聽。不知誰子醉〔四〕，垂手瞰江亭〔五〕。

〔一〕“夾”,水道汊港。
〔二〕兩句説,人總是要追求富貴,難道這樣的生活不是生活?——依我看,這才是好生涯,比起“富貴”來高明多了。
〔三〕“殊清響”,十分清響,很好聽。
〔四〕“誰子”,猶言何人。
〔五〕“瞰(kàn)”,俯視,下覽。按此寫官身奔波無有盡期,而以俯瞰江亭的閑身醉人兩相襯託,意在言外自見。

## 水蝗蜋歌

清晨洗面開篷門,巨蝗蜋在水上奔:前怒兩臂——秋竹竿,後拕一腹——春漁船〔一〕;偶然拾得破蛛網,掔取四角沉重淵〔二〕。柳上蝗蜋工捕蟬,水上蝗蜋工捕鱣〔三〕:捕蟬頓頓得蟬食〔四〕,捕鱣何曾得鱣喫?

〔一〕“拕”,即拖字。
〔二〕“重淵”,深水。
〔三〕“工”,善於,專會作。“鱣(zhān)”,魚名,一名黄魚,即鱘鰉。
〔四〕“頓頓”,一日三餐,每吃一次飯叫“一頓”,今俗語猶然。杜甫詩:“頓頓食黄魚。”此暗用。(可參看《柳亭詩話》卷五引《晉書》:“謝僕射、陶太常詣吴領軍,日已中,客比得一頓食。”)

## 阻風鄉口一日詰朝船進雨作再小泊雷江(三首録一)

朔吹憎船進〔一〕,東暾讓雨行〔二〕。雲移青嶂動,鴉度白雲明〔三〕。淹泊寧吾願〔四〕？吟哦且客情。江邊一株柳，憔悴似餘生。

〔一〕“朔吹(chuī)”，北風。這説北風好像厭惡船之前行，故意打頭迎阻。

〔二〕“東暾(tūn)”，東方的早日。暾，日始出貌。《九歌・東君》：“暾將出兮東方。”“讓雨行”，説早日退避、讓雨施行。

〔三〕上句是動、静的互相錯覺，下句是黑、白的互相襯托。

〔四〕“淹泊”，淹留，停滯不前。“寧”，豈是，哪裏是。

## 發趙屯得風宿楊林池是日行二百里

動地風來覺地浮，拍天浪起帶天流。舞翻柳樹知何喜？拜殺蘆花未肯休〔一〕！兩岸萬山如走馬，一帆千里送歸舟。出籠病鶴孤飛後，回首金籠始欲愁〔二〕！

〔一〕此句寫蘆葦因風一起一伏，很像曲身再拜。

〔二〕“病鶴”，作者自喻。“金籠”，喻仕宦的羈縛，説做官表面像“金”，實際不啻是鶴的牢籠罷了。參看《相鶴經》：“畜以籠，飼以熟食，則塵濁乏粹彩。”此時作者已從建康任休官，這是歸里途中所作。

按以上係（宋光宗）紹熙三年（壬子・一一九二）作者在建康任所作。自《朝天續集》諸詩以次至此，在本集中爲《江東集》部分。

## 泉石軒初秋乘涼小荷池上

芙蕖落片自成船〔一〕,吹泊高荷傘柄邊〔二〕;泊了又離離又泊,看他走徧水中天!

〔一〕“芙蕖”,荷花。
〔二〕“泊”,停泊。

## 初夏即事

旋作東陂已水聲〔一〕,纔經急雨恰新晴。提壺醒眼看人醉〔二〕,布穀催農不自耕〔三〕:一似老夫堪笑死〔四〕,萬方口業拙謀生〔五〕。嘲紅侮緑成何事〔六〕?自古詩人没十成〔七〕。

〔一〕“旋”,去聲,“旋作”,纔剛作成的。“陂(bēi)”,蓄水池。
〔二〕“提壺”,鳥名,其鳴聲似此二字;詩人借以喻意,如宋王禹偁詩:“遷客由來長合醉,不煩幽鳥道‘提壺’。”説它是在勸人飲酒。“看”,讀平聲。
〔三〕“布穀”,鳥名,每春從穀雨節直到夏至,鳴聲不休,好像呼“布穀”二字,舊日農家以爲是催耕的候鳥。
〔四〕這句説二鳥都和我一般可笑:只會説、不會作。
〔五〕“萬方”,猶言萬種。“口業”,佛家語,口所造的業,即語言(包括文字)。業,本兼善、惡二者而言,普通多特指惡業。惡的口業是:

兩舌、惡口、妄言、綺語。詩家修飾文詞,故屬於"綺語業";如白居易詩:"些些口業尚誇詩",即此意。

〔六〕"嘲紅侮緑",嘲花侮葉。詩人每託諷於花月景物,故云。——作者以爲這也是只説不作、無補實際的一義。

〔七〕"没十成",見二三七頁《舟過安仁》注〔四〕。

# 有　　歎

飽喜飢嗔笑殺儂,——鳳凰未可笑狙公〔一〕:儘逃暮四朝三外,猶在桐花竹實中〔二〕!

〔一〕"狙公",養狙的。狙,獼猴。《莊子·齊物論》:"狙公賦芧,曰:'朝三而暮四。'衆狙皆怒。曰;'然則朝四而暮三。'衆狙皆悦。"猴子聽説早晨先給三個芧子吃、下午再給四個,都不高興;聽説早晨先給四個、下午給三個時,就歡喜了。其實數量一樣,而傻瓜喜怒不同。

〔二〕這説鳳凰雖然比獼猴好像高明多了,但儘管不再受狙公朝四暮三式的愚弄,究竟還是逃不脱"桐花""竹實"的範圍。唐李德裕《畫桐花鳳扇賦序》:"成都夾岷江磯岸多植紫桐,每至春暮,有靈禽五色,來集桐花,以飲朝露,謂之桐花鳳。"《韓詩外傳》:"黄帝即位,宇内和平,未見鳳凰,乃召天老而問之。……黄帝乃服黄衣……齋於宫中,鳳乃蔽日而至,止帝東園,集梧桐,食竹實。"因此世傳鳳以桐花、竹實爲食。

這首詩是作者自嘲的作品,《後村大全集·詩話·前集》説:"舊讀楊誠齋絶句云(引此詩,第二句作"鳳皇未必勝狙公",第三句"儘逃"作"幸逃"),不解所謂;晚始悟其微意:此自江東漕奉祠歸之作也;鳳雖不聽命於狙公,然猶待桐花、竹實而飽,以‘花’‘實’况(比喻)祠廩(祠禄,作祠官,不任事,白領俸錢)也,欲併祠廩掃空之爾!未幾,遂請掛冠(棄官退休)。”理解非常正確,可供參看。

## 寄陸務觀〔一〕

君居東浙我江西〔二〕,鏡裏新添幾縷絲〔三〕?花落六回疎信息,月明千里兩相思。不應李、杜翻鯨海〔四〕,更羨夔、龍集鳳池〔五〕。道是樊川輕薄殺,猶將萬户比千詩〔六〕。

〔一〕“陸務觀”,見第一五〇頁《雲龍歌調陸務觀》注〔一〕。

〔二〕時陸游家居紹興,作者家居吉州,故云。

〔三〕“絲”,以其形色喻白髮。

〔四〕“李、杜”,指唐代大詩人李白、杜甫。“翻鯨海”,用杜甫《戲爲六絶句(論詩)》之四:“才力應難誇數公,凡今誰是出羣雄?或看翡翠蘭苕上,未掣鯨魚碧海中。”錢謙益箋云:“蘭苕翡翠,指當時研揣聲病、尋摘章句之徒。鯨魚碧海,則所謂渾涵汪洋、千彙萬狀,兼古人而有之者也(意謂杜甫自喻)。”按前者以指淺薄之作,小有容色、悦人耳目,而不能雄深博大、氣象萬千。此句言陸游是當代大詩人。

〔五〕“夔(kuí)、龍”,二人名,夔是虞舜時的樂正官,龍是虞舜時的納言官,見《尚書》。“鳳池”,指封建時代政府的中書省,隋代的中書省長官即是宰相之職,掌握全國政事。《通典·職官典》:“中書省地在樞近,多承寵任,是以人固其位,謂之‘鳳凰池’也。”杜甫詩:“會送夔、龍集鳳池。”以上兩句爲“流水對”,説我們兩人身爲詩人,只當委心文學創作，不可希慕禄位。

〔六〕"樊川"，唐詩人杜牧的别號。杜牧贈張祜詩曾説："誰人得似張公子：千首詩輕萬户侯！"萬户侯，漢制，列侯大者食邑（享受其封邑的剥削租税）萬户。張祜，字受吉，清河人，工詩；自劾棄官隱居。杜牧少時好冶遊，後有"十年一覺揚州夢，贏得青樓薄倖名"的詩句，所以一般人對他的印象是"輕薄"文人、不謹細行（其實那兩句詩是他自初登第爲官、十年以後棄官不作時的寄託婉詞，很有感憤，並非豔詞）。這裏説，人都道杜牧"輕薄"，可是連他都知道勉勵張祜，以從事文學創作爲高，而鄙夷高官厚禄。

這首詩的背景一般認爲是：當時權相韓侂胄專擅，識者知其必誤國，而士大夫紛紛阿附；侂胄修造了一座南園，要請作者爲他作一篇《南園記》，作者堅決峻拒；於是侂胄改請陸游，陸游答應作了；作者特寄此詩以規勉老詩友。羅大經《鶴林玉露》："陸務觀，農師之孫，有詩名。……晚年爲韓平原作《南園記》，除從官。楊誠齋寄詩云（引詩，詞句無異），蓋切磋之也。然《南園記》唯勉以忠獻之事業，無諛詞。"但此説似誤。本篇係紹熙五年（一一九四）春末作，作者和陸游在淳熙十六年（一一八九）曾同官於杭州，當年陸即離杭，算到此時，爲六年，所以詩中有"花落六回"之語。而《南園記》開端即云："慶元三年，二月丙午，慈福有旨以别園賜今少師平原郡王韓公。"是賜園已在一一九七年二月，作記又當稍後。其事晚於本篇之作時蓋三、四年，羅説似不足據。此詩只是彼此間一般的勉勵，恐與南園事無涉。

## 觀　魚

老夫不奈熱，跣足坐瓦鼓〔一〕；臨池觀游魚，定眼再三數〔二〕。魚兒殊畏人，欲度不敢度；一魚試行前，似報無他故;衆魚初欲隨,幡然竟回去〔三〕。時時傳一杯,忽忽日將暮。

〔一〕"跣(xiǎn)",赤足,光脚。"瓦鼓",陶製坐具,形如鼓,夏日取其涼,俗稱"瓷墩"。

〔二〕"數",上聲。

〔三〕"幡然",改變的形容。此指忽然轉頭返回。

## 重九後二日同徐克章登萬花川谷月下傳觴〔一〕

老夫渴急——月更急,酒落杯中月先入;領取青天併入來,和月和天都蘸溼〔二〕。天既愛酒自古傳〔三〕,月不解飲真浪言〔四〕;舉杯將月一口吞,——舉頭見月猶在天。老夫大笑問客道:"月是一團還兩團?"酒入詩腸風火發,月入詩腸冰雪潑;一杯未盡詩已成,誦詩向天天亦驚。焉知萬古一骸骨?——酌酒更吞一團月!

〔一〕"萬花川谷",作者自名其花圃。地方不大,而栽花很多,故云。"傳觴",傳杯——飲酒。

〔二〕"和月和天",猶言連月帶天。

〔三〕《資治通鑑》晉太元三年注引《九州春秋》:"曹公禁酒,孔融以書嘲之曰:天有酒旗之星,地列酒泉之郡。"李白詩:"天若不愛酒,酒星(星名)不在天;地若不愛酒,地應無酒泉:天地既愛酒,愛酒不愧天。"

〔四〕"浪言",妄説,隨意信口而言。李白詩:"舉杯邀明月,對影成三人；月既不解飲，影徒隨我身。”此故意反駁其説。

作者這種詩是學李白的氣勢而又自變其風格，他自己對此篇十分得意。羅大經《鶴林玉露》説：“楊誠齋月下傳杯詩云（引此詩，字句無異），余年十許歲時，侍家君竹谷老人謁誠齋，親聞誠齋誦此詩，且曰：‘老夫此作，自謂彷彿李太白。’”羅大經，字景綸，是作者的同鄉晚輩，和作者的長子楊長孺（東山）也相熟識。

按以上係（宋光宗）紹熙五年（甲寅・一一九四）作者退休家居所作。

## 曉起探梅（四首録一）

一生劫劫只長塗〔一〕，投老山林始定居。夢破青燈窗欲白〔二〕，猶疑雪店聽鷄初〔三〕。

〔一〕“劫劫”，猶言汲汲，奔忙不遑休暇的形容。“長塗”，同長途。
〔二〕“夢破”，猶言夢醒。
〔三〕“聽鷄初”，初聞鷄鳴的時光。“聽”，讀去聲。

## 人日後歸自郡城〔一〕

倦來睡思酒般醲〔二〕，曉起東園看曉風。孤負梅花三四日〔三〕：新年人事到城中〔四〕。

〔一〕"人日",夏曆正月初七日。"郡城",指吉州。
〔二〕"睡思",猶言睏意。思讀去聲。
〔三〕"孤負",也寫作"辜負"。
〔四〕"人事",指世俗應酬,如拜年、謁訪等;舊社會中是不得不爲的浮禮,一不週到便要惹人怪罪、銜恨。作者正月初爲此進城而孤負了好幾天的梅花開得正好的時光,言外是悵悵無已的。

## 與伯勤子文幼楚同登南溪奇觀戲道傍羣兒

鬖鬆睡眼熨難開,曳杖緣溪啄紫苔〔一〕。偶見羣兒聊與戲,布衫青底捉將來〔二〕。

〔一〕"緣溪",沿溪。"啄紫苔",説人拄杖而行,行一步則杖一點地,好像鳥啄食的樣子。"紫苔",指生滿了苔蘚的地。
〔二〕"布衫青底",即"布衫青的",穿青布衫的。"捉將來",捉了來,捉過來。

這詩寫出老詩人逗小孩子玩耍的天真和風趣,别人集中很難得有這類的作品。

## 中塗小歇〔一〕

山僮問"游何許村〔二〕?""莫問何許但出門。脚根倦時且小歇，山色佳處須細看〔三〕。"道逢田父遮儂住〔四〕，説與"前頭看山去；寄下君家老瓦盆〔五〕，他日重游却來取〔六〕"。

〔一〕此題係接承集中前一首《雪後領兒輩行散》而言。"中塗"，中途，半路上。

〔二〕"何許"，哪裏？"許"古音如"滸"，轉爲平聲即如"杭"，寫作"行"，如今口語猶説"哪行兒(急讀音如"合兒")？"

〔三〕"看"，平聲。按"看"字與上文"村""門"不押韻；但"村""門"古代屬"元"韻，而"元"韻字音介乎 en 與 an 兩個韻母之間，所以既有"村""門"等字音，也有"原""軒"等字音。因此在宋時猶可將"看"字借用通押。現在讀音則不能調諧了。

〔四〕"遮儂住"，將我攔住、留住。——要款以杯酒。

〔五〕"寄下"，寄留於您家。"老瓦盆"，酒器。杜甫詩："莫笑田家老瓦盆，自從盛酒長兒孫。"

〔六〕"却"，再。注意以上兩句實是説："您家的好酒，因今天忙着要去看山，且'寄存'下吧，等下次遊山時一定再來領取——叨擾。"不可誤會爲是作者要把自己的酒盆寄存在路上的老農家裏。

## 歲暮歸自城中一病垂死病起遣悶(四首録二)

食罷游東園，慨然傷我懷；昨日病卧時，自謂不復來。入門大風起，萬松聲頓哀；病骨念不堪，欲行重徘徊〔一〕；徘徊南齋前，小倦坐苔堦。齋前花不多，亦有兩古梅〔二〕；似知我至此，頃刻忽盡開。多情梅間竹，偃風特奇哉〔三〕！

不知喜風舞？爲復怯風回〔四〕？萬象皆迎春，我獨老病催；明日能來否？且歸撥爐灰。

病起行不得，坐久情不舒；倔强妻子前〔五〕，欲扶羞索扶；且呼斑竹君〔六〕，寸步與我俱。遠行亦未決，聊復循庭除〔七〕；平地誰云覺，陟降即少徐〔八〕。平生四方志，八極視若無〔九〕；西飛折若木〔一〇〕，東厲騎鯨魚〔一一〕；——即今卧藜床，一起還九噓！力憊志猶在，床頭尋湛盧〔一二〕。

〔一〕這説想要罷遊回去，可是又眷戀不捨。"重"，讀去聲，意義却不是輕重的重，而是複疊的意思。

〔二〕"古梅"，梅花之一種，亦名苔梅。范成大《梅譜》："古梅：會稽最多，四明、吴興亦間有之；其枝樛曲萬狀，蒼蘚鱗皴，封滿花身，又有苔鬚，垂於枝間，或長數寸，風至，緑絲飄飄可玩。初謂古木久歷風日致然，詳考會稽所産，雖小株亦有苔痕：别是一種，非必古木。"

〔三〕"偃風"，因風而彎俯成姿。

〔四〕"不知……？爲復……？"見第六六頁《山居》注〔三〕。

〔五〕"倔强(jiàng)"，執拗，不納人言，不服氣。此指不服老病。

〔六〕"斑竹君"，指竹杖。

〔七〕"循庭除"，沿繞庭院而行。

〔八〕"陟降"，升降。這兩句是説：走平坦之處哪裏覺得有什麽，一到升高一些、下降一些，就覺得力氣不行，須要放慢些了。"少"，義同稍。

〔九〕"八極"，猶言八荒，八方極遠之處。

〔一〇〕"若木"，古代神話：西海日所入處有若木(日出處則有東海扶桑)。

〔一一〕"厲"，穿着衣服涉水爲厲；水淺則"涉"，水深則"厲"。李白自號"海上騎鯨客"。

〔一二〕“湛盧”,寶劍名。

按以上係(宋寧宗)慶元元年(乙卯·一一九五)作者家居時作。

# 觀　社

作社朝祠有足觀〔一〕,山農祈福更迎年〔二〕。忽然簫鼓來何處?走煞兒童最可憐〔三〕!虎面豹頭時自顧〔四〕,野謳市舞各爭妍。王侯將相饒尊貴,不博渠儂一餉癲〔五〕!

〔一〕“社”,見第一七三頁《觀迎神小兒社》注〔一〕。“朝祠”,猶俗云“朝山拜廟”。“有足觀”,大有可觀。

〔二〕“年”,“大有年”的年,指年景、好收成。

〔三〕“走煞”,跑煞,指追看賽會,跟着到處奔跑。“可憐”,可憐愛義。不是可憐恤義。

〔四〕此句指賽會中的裝演者有虎面豹頭之扮相。

〔五〕“不博”,得不到,換不到。説饒你王侯將相,若拿你的爵位來換,也不換給你。“一餉”,猶云頓飯之時,喻爲時不太長。俗亦作“一晌”。“癲”,猶言“狂”,指表演者的當場放情遂意、興高采烈的高度興奮狀態。有放浪形骸的意趣,所以是一種顛、狂。民間藝人,往往身懷絶藝,把作社表演視爲大事,無論如何,也要參加,舊日有的甚至犧牲正事,不惜辭掉工作活路,也不能放棄這一年一度的“一餉癲”的樂事。

# 積雨小霽

雨足山雲半欲開，新秧猶待小暄催。一雙百舌花梢語〔一〕，——四顧無人忽下來。

〔一〕“百舌”，鳥名，善於隨效百鳥的鳴聲，故名。《格物總論》：“百舌春二三月鳴，至五月無聲，亦候禽也。”此詩乃三月間所作。

作者善於寫禽鳥的行動、神態。參看另一首《晚歸再度西橋》：“歸近西橋東復東，蓼花迎路舞西風。草深一鳥忽飛起，——儂不覺他他覺儂。”

# 八月十二日夜誠齋望月

纔近中秋月已清，鴉青幕掛一團冰〔一〕。忽然覺得今宵月，元不黏天獨自行〔二〕。

〔一〕“鴉青”，顏色名稱，一種暗青色，比正青色爲淡雅。這裏用以形容月夜天空的顏色。

〔二〕這是針對第二句而説的，原來一般的錯覺總以爲天空是平面實物，例如詩中所説的一面帳幕；而月亮是黏貼附麗在上面一樣。今夜忽然覺察得月亮原是無所附麗、獨自懸行的。“元”，即“原”字。

## 添盆中石菖蒲水仙花水

舊詩一讀一番新，讀罷昏然一欠伸〔一〕。無數盆花争訴渴，老夫却要作閑人。

〔一〕“欠伸”，欠是人倦時自然大張口作深呼吸的生理動作，俗稱“呵欠”；伸指伸張肢體以解身體倦乏的動作：二者常相伴而行，所以合稱欠伸。

這是作者老來退休而心懷不忘人民國家的作品，所謂以小喻大。

按以上係（宋寧宗）慶元二年、三年（丙辰、丁巳・一一九六——九七）兩年間作者家居所作。

## 初秋戲作山居雜興俳體十二解〔一〕（録五）

甑頭雲子喜嘗新〔二〕，紅嚼桃花白嚼銀〔三〕。笑殺官人浪歡喜〔四〕：村人殘底到官人〔五〕！

自曝羣書舊間新〔六〕，浄揩白醭拂黄塵〔七〕。莫羞空腹無丁字〔八〕，且免秋陽曬殺人！

獨對秋�倒晚壺，喜無吏舍四歌呼〔九〕。柳梢一殼茲緇滓上聲〔一〇〕，屋角雙斑谷古孤〔一一〕。

卓午從他火繖張〔一二〕，先生别有睡爲鄉〔一三〕：竹牀移徧兩頭冷，瓦枕翻來四面涼〔一四〕。

月色如霜不粟肌〔一五〕，月光如水不沾衣：一年没賽中元節〔一六〕，政是初涼未冷時〔一七〕。

〔一〕“俳(pái)體”，遊戲體裁的意思。“解”，見第七〇頁《秋雨歎十解》注〔一〕。

〔二〕“甑(jìng)”，蒸炊器。“雲子”，見第二二〇頁《宿峨橋化城寺》注〔四〕。

〔三〕“桃花”，指一種紅色粗米。

〔四〕“浪”，白白地，徒然，枉自，謾。

〔五〕“殘底”，餘的，剩下的。

〔六〕“間”，去聲，間雜，羼雜。

〔七〕“醭(bu入聲)”，潮霉而生的白色黴菌。

〔八〕“無丁字”，猶言不識一個字。《唐書·張弘傳》：“天下無事，而(爾)輩挽兩石弓，不如識一丁字。”或説“一丁字”本是“一个字”的形近訛誤。《世説》記載，七月七日，當時風俗人人都曝曬經書、衣服，取其不生蠹蟲。郝隆獨在庭中向日仰卧，人問他，他說：“我曝腹中書！”這裏是暗用這個故事而加以詼諧，説幸而腹中無書，不然豈不被秋陽曬殺！

〔九〕“秋筠(yún)”，秋天的竹子。“倒晚壺”，晚間飲酒。《史記·曹相國世家》：“相舍後園近吏舍，吏舍日飲歌呼，從吏惡之……”

〔一〇〕“一殼”，指蟬。“茲緇滓”，是以一個zi音的平、上聲來模擬其叫聲。

〔一一〕“雙斑”，指鳩鳥。“谷古孤”，是以一個gu音的入、上、平三聲來模擬其鳴聲。參看清敦誠《鷦鷯庵筆麈》：“楊誠齋詩：‘柳梢一殼茲緇滓，屋角雙斑谷古孤。’吾宗紫幢居士有聽絃索聲詩：‘隔巷時聞稜等登。’蓋用丁稜登第後謝主司事。未知楊詩出於何典。”按作者當是自出心裁,不必用典。

〔一二〕“卓午”,日正午。“火繖張”,一喻烈日炎氛四射如張火繖。韓愈詩:“赫赫炎官張火繖。”

〔一三〕“先生”,作者自謂。

〔一四〕參看《雲麓漫鈔》:“介甫(王安石)嘗言:‘夏月晝睡,方枕爲佳。’問其何理,曰:‘睡久氣蒸枕熱,則轉一方冷處。’是則真知睡者耶!”正是作者所寫的道理。

〔一五〕“粟肌”,指寒涼使皮膚收縮而生小顆粒如粟米,俗話“起鷄皮疙瘩”。

〔一六〕“没賽”,都比不上。“中元節”,夏曆七月十五日。

〔一七〕“政”,同正。

按以上係(宋寧宗)慶元四年(戊午·一一九八)作者家居所作。

## 送次公子之官安仁監税〔一〕

**汝仕今差晚〔二〕,家庭莫恨離。學須官事了〔三〕,廉忌世人知〔四〕。争進非身福,臨民只母慈〔五〕。關征豈得已〔六〕,壟斷欲何爲〔七〕?**

〔一〕“次公子”,作者呼自己的第二個兒子名叫“次公”的;“公子”二字不連文。“之官”,赴官,之是動詞。“安仁”,縣名,今江西餘江縣。

〔二〕“差”,較。引伸爲頗、甚的意思。這説你現在開始做官,和我當年比起來,已經算很晚了。所以下句説,不必戀家怕離别。差,此義依字書爲去聲 chà 音,但在詩詞中皆作平聲用。

〔三〕“了”,了解,通曉義。《晉書·傅咸傳》:“生子癡,了官事,官事未易了也,……""官事",猶言"公事",指做官"辦公事"而言。這句意思説學問也要在官事中閲歷踐證。(參看黄庭堅《登快閣》:"癡兒了却公家事,快閣東西倚晚晴。"也是用《晉書》的話,但他把"了"變用爲"辦完了""了結"的意思。作者的意思與黄不同,提出以免誤會。)(黄之所以不作"官家事",是因爲宋人稱皇帝爲"官家",故避。)

〔四〕這説廉潔的品德重在實行並應視爲當然本分;如果以廉爲釣名之具,就變質了。另一方面,當時官場貪贓狼藉已成風氣,人人如此;若獨標廉潔之名,必爲人所嫉恨中傷。

〔五〕"臨民",官僚統治人民。臨,是以高臨下的意思,是封建統治階級從其統治者立場而講話的字眼。這句囑他兒子做官對待人民要像慈母對待自己的兒女一樣。

〔六〕"關征",指税關征收税錢。《禮·王制》:"關,譏(盤察)而不征。"關,是入境的要道,所以在此設税卡。

〔七〕"壟斷",《孟子·公孫丑》:"有賤丈夫焉,必求龍斷而登之,以左右望而罔(網羅)市利。"指找個高岡地方登上去以便四望取利。龍斷,《説文》引《孟子》作"壟斷"。這句教誡兒子不可苛察搾取。

按作者送他的幼子幼輿初作官時,也有詩説道:"估人耕貨不耕田,也合供輸餉萬屯。莫道厚征爲報國,厚民却是負君恩!"指出統治者和人民是不能調和的敵對頭。

按以上係(宋寧宗)慶元六年(庚申·一二〇〇)作者家居所作。

## 送子上弟赴郴州使君羅達甫寺正之招〔一〕

郴山奇變水清寫〔二〕,郴江幸繞郴山下〔三〕:韓、秦妙語久絶絃,誰煎鳳觜續此篇〔四〕? 君章詞客山水主〔五〕,雲錦聘君君好赴〔六〕; 爲尋兩公舊游處,得句寄儂儂不妬〔七〕。——休道郴陽和雁無〔八〕,也曾避雪羅浮去〔九〕!

〔一〕"子上",作者的族弟。"郴(chēn)州使君",指郴州的太守——當時正式官稱是"知軍州事"。郴州,治所在今湖南郴縣。"寺正",官名,屬大理寺,掌斷刑治獄。當時宦場習俗,在外郡者,必以其曾任的京職來稱呼。

〔二〕唐韓愈《祭河南張員外文》:"郴山奇變,其水清寫(瀉)。"

〔三〕宋秦觀《踏莎行》:"郴江幸自(本自)繞郴山,爲誰流下瀟湘去?"按郴州最著名的山是黄岑山,其北爲郴江之源所在。郴江一名郴水,下流會耒水、白豹水而入湘江。

〔四〕上句既以"絶(斷)絃"比喻妙語久無人接續,所以這句又以"鳳觜(嘴)膠"能續斷弦來繼續這一比喻。《仙傳拾遺》:"漢武天漢三年,帝巡北海,王母遣使獻靈膠四兩,乃集弦膠也: 出鳳麟洲,洲上多鳳麟,數萬爲羣;煑鳳喙及麟角合煎作膠,名之曰集弦膠,一名連金泥;弓弩已斷之弦,刀劍已斷之鐵,以膠連續,遂不脱也。"杜甫詩:"麟角鳳觜世莫識,煎膠續弦奇自知。"

〔五〕"君章",晉羅含,字君章,謝尚稱之曰:"羅君章可謂湘中之琳瑯。"見《晉書·文苑傳》。此以借指題中的羅達甫。

〔六〕"雲錦",喻書札。李白詩:"手迹尺素中,如天落雲錦。"

〔七〕上句的"兩公",即指"韓、秦"。"儂",我。此句説,尋兩位大文人的舊遊地,得其感受,定有妙句,寄給我,我亦不妬其妙絶——正歡喜讀它!

〔八〕秦觀《阮郎歸》;"鄉夢斷,旅魂孤,崢嶸歲又除。衡陽猶有雁傳書,——郴陽和雁無!""和雁無",連雁也没有。按衡州有迴雁峯,古時人相傳誤以爲雁至此不復南飛(其源始於柳宗元《春日過衡州》:"正是峯頭迴雁時。"但柳詩原爲春日適見雁由南向北飛,純係讀者誤會。辯見《能改齋漫録》卷五)。

〔九〕杜甫《歸雁》詩:“見花辭漲海,避雪到羅浮。”羅浮,山名,在廣東增城、博羅二縣之間。秦觀説郴陽已無雁到——可是杜甫却説連羅浮都有雁去避雪呢:那麽你在郴州,不要藉口“和雁無”而不把妙句好語寄給我吧!雁,古人以爲是傳書的使者,故云。

## 夏夜玩月

仰頭月在天,照我影在地;我行影亦行,我止影亦止。不知我與影、爲一定爲二〔一〕?月能寫我影,自寫却何似?——偶然步溪旁,月却在溪裏!上下兩輪月,若個是真底〔二〕?爲復水是天?爲復天是水〔三〕?

〔一〕“定”,問詞,有“畢竟是”“還是”的語氣。這句説:是一?還是二?
〔二〕“若個”,哪個?“真底”,真的。
〔三〕“爲復”,問詞,義同“還是”,這説到底水是天?還是天是水?(案:這個俗語“還是”,實際應當寫作“或是”。是音轉寫訛所致。)

## 夏夜露坐(二首録一)

火老殊未熱〔一〕,雨多還自晴。暮天無定色,過鳥有歸聲〔二〕。坐久人將睡,更深月始明〔三〕。素娥欺我老〔四〕:偏照雪千莖〔五〕!

〔一〕“火老”,指夏已深。火是“五行”之一,古時人把火屬之夏季(春屬木,秋屬金……)。五行,各有“生”“旺”“壯”“老”之候。這是指季候變化的一種代詞。

〔二〕這説暮鳥歸巢,啼聲也好像有歸意。

〔三〕這一聯兩句是説,真正的好景致,往往不能爲人所知享,例如不到更深,覺察不到月明之夜的真情景,而要到更深,必須久坐以待,人却睏倦要睡了。蘇軾詞:“明風如霜,好風如水,清景無限;曲港跳魚,圓荷瀉露:寂寞無人見。”也是寫夜深獨見之景趣,説明這一層意思。可以參看。

〔四〕“素娥”,此詞由嫦娥一意而來,指月亮,猶言白月、明月,但更加人格化了。

〔五〕“雪”,指白髮。

## 月 下 聞 笛

天色鎔成水,蟾光鍊出銀〔一〕。碧香三酌半〔二〕,玉笛一聲新。小婉還清壯〔三〕,多歡忽苦辛:何人傳此曲?此曲怨何人?

〔一〕“蟾光”,月光。蕭統文:“皎潔輕冰,對蟾光而寫鏡。”

〔二〕“碧香”,酒名。宋蘇軾《送碧香酒與趙明叔教授》:“碧香近出帝子家”;劉子翬詩:“未饒赤壁風流在,且向何家醉碧香。”“三酌半”,是説一共有三酌,正在吃却一半之間。

〔三〕這説笛聲初頭微婉,入後聲漸清壯。

## 秋日早起

雞鳴鐘未鳴,不知嚮晨否〔一〕;起來恐驚衆,未敢啓户牖。殘燈吐芒角〔二〕,上下兩銀帚;定眼試諦觀〔三〕,散作飛電走。

〔一〕“嚮晨”,天將亮。
〔二〕“芒角”,光線幅射時其芒四出,故稱爲芒角(芒角通常指物件的稜角)。
〔三〕“諦觀”,仔細審視。

按此詩所描寫的,是人初睡醒眼尚朦朧而看燈燭光時的情景。當然燈是指古代的油燈,若現代電燈則情況不盡同了。

## 夜 飲

夜飲空齋冷,移歸近竹爐。酒新今晚醉〔一〕,燭短昨宵餘。紫蔗椽來大〔二〕,黄柑蜜不如。醉中得五字〔三〕,索筆不能書。

飲酒無奇訣:且斟三四分;初頭只嫌淺〔四〕,忽地有餘春〔五〕。身外多少事,燈前仔細論〔六〕。絶憐青女老〔七〕,忍冷撒瓊塵〔八〕。

〔一〕“醡(zhà)”,即壓榨的榨字,古時製酒要經過壓榨。參看《雲麓漫鈔》:“李太白詩:‘吴姬壓酒唤客嘗。’説者以爲工在‘壓’字上。殊不知此乃吴人方言耳。至今酒家有‘旋(去聲,即“現”)壓酒子相待’之語。”

〔二〕這説甘蔗幾乎像屋椽子般大小。誇張説法。

〔三〕“五字”,指五言詩句。

〔四〕“淺”,言酒少。這淺是指酒在盃中很淺,就是上句所説的斟了三四分滿。

〔五〕“忽地”,忽然。“春”,指酒力温煖似有春意。“有餘春”,猶俗言“有後勁兒”。

〔六〕“論”,讀平聲。這“論”其實是指心中自作思量。

〔七〕“青女”,古代神話傳説的霜神。下句“瓊塵”即指霜。

〔八〕“忍冷”,猶今言“挨着凍”。

## 醉　吟(二首録一)

三春草草眼中過〔一〕,未抵三冬樂事多〔二〕:燭焰雙丫紅再合〔三〕,酒花半蕾碧千波〔四〕;孤寒霜月儂相似〔五〕,跌宕雪風誰奈何〔六〕?道是閑人没勳績,——一枝樵斧一漁蓑。

〔一〕“過”,讀平聲。

〔二〕“未抵”,跟不上,頂不過。

〔三〕“丫”,凡物分叉的都叫作丫。這句説燭焰由忽然分叉到紅光再合併爲一焰:指冬夜對燭而坐、蠟花燒成各種形象,可見夜坐之久,已到更深。

〔四〕“酒花”，指酒斟入盃，酒沫泛旋如花。唐李羣玉詩：“酒花蕩漾金樽裏。”這句説酒雖很少而酒趣很濃。

〔五〕這句説冬夜的冷月有點像我。

〔六〕“跌宕”，放浪不羈的意思。“誰奈何”，誰奈我何？誰拘管、干涉得着我？

## 曬　衣

亭午曬衣晡摺衣〔一〕，柳箱布襆自攜歸〔二〕。妻孥相笑還相問〔三〕：“赤脚蒼頭更阿誰〔四〕！”

〔一〕“亭午”，日正午。這句説晌午晾衣服，到日晚摺衣收起。

〔二〕“布襆”，指以布束箱，以便攜負。

〔三〕“孥”，孩子。

〔四〕“赤脚蒼頭”，光着脚的老僕人、老家人、老夥計。“阿”，讀入聲，發語詞。這句猶如俗話説：“瞧！你不是個老蒼頭誰還是老蒼頭！”按封建士大夫原都是“四體不勤”的，從來不做體力活。如今自己收收衣服、揹揹箱籠，就好像了不起的大事了，所以妻兒也見笑。另一方面也見出作者的清貧坦率，究竟不同於流俗官僚。

## 讀張文潛詩〔一〕

晚愛肥仙詩自然，何曾繡繪更雕鐫〔二〕？春花秋月冬冰雪：不聽陳言只聽天〔三〕。

山谷前頭敢説詩〔四〕,絶稱漱井掃花詞〔五〕。後來全集教渠見,别有天珍渠得知〔六〕!

〔一〕“張文潛”,名耒,文潛是字;體胖,人稱“肥仙”,號宛丘先生;北宋時淮陰人;自幼能寫作;蘇軾稱賞其文,爲“蘇門六君子”之一;後因此坐黨籍兩次謫貶;家貧,而很有氣節。作文主張以理(思想内容)爲主,反對“以言語、句讀爲奇”的修飾末節;爲詩效法白居易,樂府學張籍,頗能反映社會現實、揭露民生疾苦,實在是北宋時期思想性最突出的詩人之一,風格平易自然,在當時也成爲獨一無二的特例,不受蘇、黄“元祐體”的影響。

〔二〕“繡繪”“琱(雕)鐫”,指作詩專在文字表面上做粉飾、打磨的工夫,即“以言語、句讀爲奇”。

〔三〕“陳言”,古書中、前人用過説過的成語成意。韓愈作文力主“惟陳言之務去”,反對陳陳相因、徒事勦襲,毫無創造。“聽”,讀去聲;這裏有倚仗的意思。“天”,指活生生的現實世界。舊日詩人作詩,往往不是直接向寫作主題對象去探討研求,而是先落在陳言的魔障之内,舉一個簡單例子説明:假如要詠梅花,不是直接去觀察、體味這枝梅花,却是首先想到某人詠梅的名句、某個梅花的典故等等,硬扯來敷衍,這就成了“只聽陳言不聽天”了。這是作者所反對的,所以他提出“聽天”的口號。

〔四〕“山谷”,黄庭堅的别號,黄是江西詩派的創始者,在南、北宋之間最受人崇拜,勢力影響極大,一般人以爲其詩别人不可企及。黄、張同屬“六君子”,所以有“敢説詩”的話,意謂若在山谷面前膽敢説詩,則其詩必大可觀了。

〔五〕《苕溪漁隱叢話》:“王直方詩話云:文潛先與周翰、公擇輩來飲余家,作長句。後數十日再同東坡來,讀其詩,歎息云:‘此不是喫烟火食人道底(的)言語!’蓋其間有‘漱井消午醉,掃花坐晚凉;衆緑結夏帷,老紅駐春粧’之句也。故山谷次韻亦云:‘張侯筆端世,三秀麗齋房;掃花坐晚吹(去聲),妙語益難忘(平聲)。’”

〔六〕“天珍”,極其自然的美好、可貴之物,此指張耒的清新自然的詩格而言。“渠得知”,謂黄只知道稱賞“漱井掃花”,至於張耒詩中更高一層的美,他哪裏見得出！按此二詩係作者借張耒自喻。

按以上係(宋寧宗)嘉泰元年(辛酉·一二〇一)作者家居所作。

## 上元前一日游東園看紅梅(三首録一)

兒牽黄犢父擔犂,社鼓迎神簇紙旗〔一〕。不是豐年那得此〔二〕? 今春大勝去春時。

〔一〕“社鼓迎神”,見第一七三頁《觀迎神小兒社》注〔一〕。“簇紙旗”,簇是聚義。這説無數旗幟攢簇,略如“幡蓋如林”的意思。
〔二〕“那”,設問詞,但是讀平聲,略如“挪”音。已見。

## 雨中入城送趙吉州器之(二首録一)

村店農忙半不開,入城客子去還來〔一〕: 阿耶烏傘兒青笠〔二〕,賣却松柴買菜回〔三〕。

〔一〕“客子”,指不在城中住的、郊外入城的人。“去還來”,進了城又回來。
〔二〕“阿耶”,即“阿爺”,爹爹。
〔三〕“賣却”,賣掉了,賣完了。

## 初夏即事十二解〔一〕(録四)

百日田乾田父愁,只消一雨百無憂〔二〕。更無人惜田中水,放下清溪恣意流。

從教節序暗相催〔三〕,曆日塵生懶看來〔四〕。却是石榴知立夏:年年此日一花開。

東渚西陂萬馬奔〔五〕,浪花吞盡舊波痕。山童莫掃中庭水:要寫錢錢雨點紋。

更無一箇子規啼,寂寂空山花自飛;啼得春歸他更去,——元來不是勸人歸〔六〕!

〔一〕“解”,見第七〇頁《秋雨歎十解》注〔一〕。
〔二〕“消”,猶言“須”。
〔三〕“從教”,任憑。教,平聲。
〔四〕“曆日”,指古代用的曆本(俗稱爲“皇曆”),那時還没有“月份牌”。這説皇曆上面都蒙了一層塵土,也不去翻看。
〔五〕“萬馬奔”,喻水勢之洶湧。
〔六〕子規鳥(杜鵑)的啼聲,古時人以爲像是在説“不如歸去”,所以有這樣的想像譬喻。“元來”,現在寫作“原來”。

## 端午獨酌〔一〕

招得榴花共一觴〔二〕,艾人笑煞老夫狂〔三〕。子蘭赤口禳何益〔四〕？正則紅船看不妨〔五〕。團糭明朝便無味〔六〕，菖蒲今日麽生香〔七〕！一生幸免“春端帖”〔八〕，可遣漁歌譜《大章》〔九〕？

〔一〕“端午”，端陽節，夏曆五月初五日。

〔二〕題目是“獨酌”，上來偏偏先説招來榴花共飲。而“獨酌”之意更鮮活。若直説怎麽怎麽孤單，便不如這樣有趣味有含蓄了。

〔三〕“艾人”，《荆楚歲時記》：“五月五日，四民並蹋百草，採艾以爲人（作成人形），懸門户上，以禳毒氣。”這本是古代人一種樸素的夏季衛生措施，後來成爲節日的點綴風俗。參閲注〔四〕。

〔四〕“子蘭”，戰國楚懷王的幼子、頃襄王的弟弟，爲令尹。屈原諫懷王入秦，懷王不聽，竟死於秦；懷王之行，受子蘭的慫恿，楚人皆咎子蘭。子蘭怒，使上官大夫讒屈原於頃襄王，原因被遷於江濱、至投汨羅而死。《史記・屈原列傳》：“懷王以不知忠臣之分，故……疏屈平而信上官大夫、令尹子蘭，兵挫地削，亡其六郡，身客死於秦，爲天下笑。”作者以此暗喻宋朝徽宗以次諸皇帝的專信佞臣而致身死國破。“赤口”，謂小人誣害之言，厲害如火。《夢粱録》：“（端午）以艾與百草縛成天師，懸於門額上，……或士宦等家以生硃於午時書‘五月五日天中節，赤口白舌盡消滅’之句。”《武林舊事・端午》：“又以青羅作‘赤口白舌’帖子，與艾人並懸門楣，以爲禳禬。”參看《京本通俗小説》卷十一《菩薩蠻》可常作《辭世頌》，末云：“五月五日午時書，赤口白舌盡消除。五月五日天中節，赤口白舌盡消滅。”可見當時風俗皆如此。“禳（ráng）”，以一種儀式、辦法來除災解祟，爲禳。

〔五〕“正則”，指屈原；《離騷》：“名余曰正則兮。”“紅船”，指五月五日賽龍舟的風俗，傳説是因紀念屈原而起。《隋書・地理志・下》：“屈原以五月五日赴汨羅，土人追至洞庭，不見；湖大舡小，莫得濟者。乃歌曰：‘何由得渡湖？’因爾鼓櫂争歸，競會亭上，習以相傳，爲競渡之戲。……觀者如雲，諸郡率然。”“看不妨”，慨諷之詞。

〔六〕“團糭”,當即糭子粉餌之類的食品。《夢粱録》:“(端午)並市茭、糭、五色水糰、時果……”,“團”當即水糰。

〔七〕“菖蒲”,蒲和艾同是五月節的點綴物,《武林舊事·端午》:“而市人門首,各設大盆,雜植艾、蒲、葵花,上掛五色紙錢,排飣果糭。”“麽”,去聲;“麽生香”,怎麽這般香!

〔八〕“春端帖”,見第八頁《立春日有懷二首》注〔四〕、〔五〕、〔六〕及注後説明。士大夫們以作翰林學士爲榮耀,作者却慶幸“幸免”。

〔九〕“《大章》”,古帝堯時樂名。

## 至後入城道中雜興〔一〕(十首録五)

大熟仍教得大晴,今年又是一昇平。昇平不在簫韶裏〔二〕:只在諸村打稻聲。

問渠田父:“定無飢?”却道:“官人那得知!未送太倉新玉粒〔三〕,敢先雲子滑流匙〔四〕?”

長亭阿姥短亭翁〔五〕,探借桃花作面紅〔六〕:酒熟自嘗仍自賣〔七〕,一生割據醉鄉中〔八〕。

豐年物物總欣懽〔九〕,不但人和畜亦蕃。簸處金膚肥彘母〔一〇〕,舂餘珠屑飽鷄孫〔一一〕。

山路肩輿倦僕夫〔一二〕,家兄爲我酒頻沽。賣薪人散知城近,歸柳烏忙覺日晡。

〔一〕“至後”,指冬至節以後。

〔二〕“簫韶”,相傳是古代虞舜之音樂,《尚書·益稷》傳云:“韶,舜樂名;言簫,見細器之備。”這句説真正的太平不在於粉飾昇平、歌頌封建帝王的御用樂歌聲中。

〔三〕“太倉”,指封建時代京師所設的官倉,剥削農民的血汗收穫,貯藏於此,以供統治集團糜費。“玉粒”,玉般潔白的精米。

〔四〕“雲子”,見第三五頁《晚春行田南原》注〔三〕。按前《初秋戲作山居雜興俳體十二解》曾有“笑煞官人浪歡喜:村人殘底到官人”之句,是一時快意(同情農家、鄙夷官人)的話,到這裏才真正寫出不交官租、不敢先吃的真情。

〔五〕“長亭”“短亭”指古代每隔幾里路的站頭,有聚落歇處、售賣飯食者。

〔六〕“探借”,猶言預借。這時是冬至後,還没有桃花,故云。

〔七〕“仍”,更。

〔八〕“割據”,諧語,老大爺、老大娘,獨佔醉鄉,好比是“割據一方”。老百姓没有勢力,也不可能像統治階級那樣割據疆土壓迫别人,割據醉鄉是解嘲、洩憤的反面語。

〔九〕“懽”,同“歡”字。

〔一〇〕“金膚”,指糠粃。“彘(zhì)母”,豬母。

〔一一〕“珠屑”,指舂碎的細米屑。

〔一二〕“倦僕夫”,倦是他動詞,説累壞了抬轎的。

按周密《浩然齋雅談》卷中:“《太平吟》云:‘紛紛紅紫已成塵,布穀聲中夏令新。夾路桑麻行不盡,始知身是太平人。’此可謂善狀太平氣象,勝於誠齋‘太平不在簫韶裏,只在諸村打稻聲’之句。”然誠齋目的實不在寫“太平氣象”,而在於諷刺“簫韶”;合同題其他絶句而看,其意不在“寫太平”尤明。(其實,即《太平吟》原意亦不在“善狀太平氣象”,觀“始知”語氣可知)。周密理解與品評皆未允當。又按作者《秋曉出郊二絶句》:“豐年氣象無多子,只在雞鳴犬吠中。”可與本篇合看。

按以上係(宋寧宗)嘉泰二年(壬戌·一二〇二)作者家居所作。

# 野　望（二首録一）

野童擷菜踈移步〔一〕，客子追程有底忙〔二〕。茅屋破時偏入畫〔三〕，布衫洗了曬枯桑〔四〕。

〔一〕“擷”，采，掐。“踈移步”，緩緩地走動，從容得很。
〔二〕“追程”，趕路。“有底忙”，即有得忙，忙得很。這個“底”是“的”“得”的古代同義異寫的字，不是問詞“什麽”的意思。
〔三〕“入畫”，堪以入畫，可作繪畫題材。此説茅屋雖破亦有畫意。
〔四〕“曬枯桑”，晾於枯桑樹枝上。

# 暮行田間（二首録一）

水滿平田無處無：一張雪紙眼中鋪；新秧亂插成“井”字，却道山農不解書〔一〕！

〔一〕這句猶如現代語：倒説山農不懂得書法、不會寫字！——誰説他不懂不會才怪呢！

按以上係（宋寧宗）嘉泰三年（癸亥·一二〇三）作者家居所作。

# 十山歌呈太守胡平一（録五）

螺岡市上惡少爲羣，剽掠行旅〔一〕，民甚病之；太守寺正胡公〔二〕，命賊曹禽其魁〔三〕，杖而屏之遠方〔四〕，道路清夷〔五〕，遂無豺虎〔六〕。塗歌野詠〔七〕，輒摭其詞隱括爲山歌十解，庶采詩者下轉而上聞云〔八〕。

豺虎深交雁鶩行〔九〕，到官管取汝無妨〔一〇〕。只將剽劫爲"喧鬧"，喝放歸來儘陸梁〔一一〕。

羣盗常山蛇勢如〔一二〕，一偷捕獲十偷扶。十偷行賂一偷免〔一三〕，百姓如何奈得渠〔一四〕？

塗客前春荷一豬〔一五〕，城門賣得兩千餘〔一六〕。明朝回到石斧嶺，連喫數刀今在無〔一七〕？

近有村人帶血論〔一八〕，使君親與驗傷痕〔一九〕。鶩行剛道非行劫〔二〇〕，"只是行人兩作喧！"

行人滿路喜歌呼，小盗何須辱廟謨〔二一〕。早箇使君歸鼎軸〔二二〕，爲禽頡利繫單于〔二三〕！

〔一〕"剽(piāo)掠"，搶劫。"行旅"，旅客，過路人。

〔二〕"太守"，州府長官。此指作者故鄉吉州州官。"寺正"，見第二五五頁《送子上弟赴郴州使君羅達甫寺正之招》注〔一〕。此因胡太守曾官寺正，故以爲稱。

〔三〕"賊曹"，官名，此指州官屬下的佐吏，專管偷盗、訴訟等事的，在宋代即州官下的司法參軍。"禽"，同擒。

〔四〕"杖"，動詞，責杖，是一種刑法。"屏(bǐng)之遠方"，除而置於遠地，即指充軍發配。

〔五〕"清夷"，清平。

〔六〕"豺虎"，比喻劫路害人的壞人。

〔七〕"塗歌野詠"，道途之間、民間的歌頌。

〔八〕"庶"，庶幾，期望之詞。"采詩者"，相傳古代設有采詩(民間風謡等作品)之官,以達於政府。《漢書・藝文志》:"古有采詩之官,王者所以觀風俗,知得失,自考正也。"宋代根本没有這種辦法,作者不過借古語設辭而已。

〔九〕"雁鶩行"(註〔二〇〕"鶩行"同),指地方官府中長官、副長官以下的佐吏人等,如主簿、縣尉等(語出韓愈《藍田縣丞廳壁記》)。這句説劫路者和官府下層官吏勾結、相濟爲惡。

〔一〇〕"管取",猶言管保。這説即使被捉到官府,也管保你没事。

〔一一〕"陸梁",東西跳走之貌,這裏即指任意胡爲。

〔一二〕"常山蛇勢如",像常山蛇勢一樣,互爲救應,任何一處受攻擊,都有别處相呼應。《神異經》:"西方山中有蛇,頭尾差大,有色五彩;人物觸之者,中(去聲音"仲")頭則尾至(起來回擊的意思),中尾則頭至,中腰則頭尾並至:名'率然'。會稽常山最多此蛇。故《孫子》兵法曰:'將之三軍,勢如率然'也。"

〔一三〕"行賂",使錢買動官府。"免",釋放。

〔一四〕"奈得渠",奈得他何?對他有什麽辦法?

〔一五〕"荷",去聲,背負,肩扛。

〔一六〕"兩千餘",指古代銅錢。兩千,兩吊,兩貫。

〔一七〕"今在無",現在還活麽?

〔一八〕"論",讀平聲;指前來告狀。

〔一九〕"使君",尊稱州官。

〔二〇〕"剛道",硬説是。按這句連下句亦即第一首"只將剽劫爲喧鬧"的意思。吏人們硬説不是搶劫案,不過是過路人喧鬧吵架而已。

〔二一〕"廟謨",猶言朝廷的策略謀畫。"辱",封建意識:凡是"卑賤"者勞動了"高貴"者,就是有"辱"於後者。這是階級社會裏非常荒謬的説法。但作者這裏是微詞含諷的語氣。

〔二二〕"早箇",早些,表願望的話。"鼎軸",猶言執政要地。古代把三公、宰相等最高級的大官僚等喻稱爲"鼎"。

〔二三〕"頡利",《新唐書・突厥傳》:"處羅可汗……更取其弟咄苾嗣,是爲頡利可汗。""頡利然之,故歲入寇,然倚父兄餘資,兵鋭馬多,警然驕氣直出百蠻上,視中國爲不足與,書辭悖嫚,多須求(要索)。帝方經略天下,故屈禮,多所舍貸贈賚,然而不厭(不能滿足)無厓(無盡)之求也。"故此處以頡利暗指敵國金人。"單于",漢代匈奴稱其君主爲單于(廣大之貌)。見《漢書·匈奴傳》。"欲試屬國施五餌三表,以係(繫)單于",語見《漢書·賈誼傳·贊》

## 淋疾復作醫云忌文字勞心曉起自警(二首録一)

荒耽詩句枉勞心,懺悔鶯花罷苦吟。也不欠渠陶、謝債〔一〕,——夜來夢裏又相尋!

〔一〕"陶、謝",六朝大詩人陶潛、謝靈運。唐代詩人杜甫等都把他們當作爲前代大詩人的代表。作者把自己愛作詩説成是如同欠陶謝的債一樣,他們總是要來"討賬"。是詼諧語。

## 又自贊〔一〕

清風索我吟〔二〕,明月勸我飲。醉倒落花前,天地即衾枕。

〔一〕按此題係承接集中上一篇《嚴陵決曹易允升自官下遣騎歸寫予老醜(指畫肖像),因題其額》而言,這是在題額後又加上四句自贊詩,故云"又"。

〔二〕“索”,要,討,尋。

按以上係(宋寧宗)嘉泰四年(甲子·一二〇四)作者家居所作。

## 夜讀詩卷

幽屏元無恨〔一〕,清愁不自任〔二〕。兩窗兩横卷〔三〕,一讀一沾襟〔四〕。祇有三更月,知予萬古心〔五〕。病來謝杯杓〔六〕,吟罷重長吟〔七〕。

〔一〕“幽屏(bǐng)”,謂退隱幽居。韓愈詩:“庶幾遺悔尤,即此是幽屏。”“元”,即今“原”字。

〔二〕“任”,平聲;禁,堪。

〔三〕“横卷”,古代書寫都是横幅長卷。

〔四〕“沾襟”,指淚沾衣襟。

〔五〕“萬古心”,指愛國、憂國之心。參看蘇軾詩:“孤月此心明。”

〔六〕“謝杯杓”,辭謝杯杓——戒酒。

〔七〕“重”,讀去聲;而意仍爲“重疊”“重復”的“重”。

## 落花

紅紫成泥泥作塵,顛風不管惜花人。落花辭樹雖無語,别倩黄鸝告訴春〔一〕。

〔一〕“倩(qìng)”,請託,勞煩别人。“黄鸝(lí)”,即黄鶯。

按此詩作時距作者逝世已不遠,當時他是八十高齡,又患病已久,預感在世不久,所以將憂國心事寓寄在“落花”“惜花”這一題意裏。作者在《朝天集》裏有一首《景靈宫聞子規》:“今年未有子規聲,忽向宫中樹上鳴:告訴落花春不管,徘徊曉月恨難平!斜風細雨又三月,柳絮浮雲空一生。豈不懷歸歸未得,倩渠傳語故園鶯。”前半寓意正可與本篇合看。

按以上係(宋寧宗)開禧二年(丙寅·一二〇六)作者家居時所作。作者即卒於是年。自《江東集》諸詩以次至此,在本集中爲《退休集》部分。

# 詞賦選

## 七月十三日夜登萬花川谷望月作《好事近》〔一〕

月未到誠齋〔二〕,先到萬花川谷。不是誠齋無月,——隔一林脩竹〔三〕。　　如今纔是十三夜,月色已如玉:未是秋光奇絕,——看十五、十六!

〔一〕“萬花川谷”,見第二四四頁《重九後二日同徐克章登萬花川谷月下傳觴》注〔一〕。“《好事近》”,詞牌名。

〔二〕“誠齋”,作者極佩服張浚;張浚謫居永州,時作者由贛州司户調來永州作零陵縣丞,因求見張浚。張浚“杜門謝客”,作者“三往不得見。以書力請,始見之”。張浚勉以正心誠意之學,作者“服其教終身,乃名讀書之室曰誠齋”。事見《宋史·楊萬里傳》。

〔三〕“脩竹”,長得很高的竹子。晉王羲之文:“此地有茂林脩竹。”脩,通修,長也。

## 《昭君怨》賦松上鷗〔一〕

晚飲誠齋,忽有一鷗來泊松上;已而復去。感而賦之。

偶聽松梢撲鹿〔二〕，知是沙鷗來宿。稚子莫諠譁，——恐驚他！　俄頃忽然飛去〔三〕，飛去——不知何處？“我已乞歸休”〔四〕：報沙鷗〔五〕。

〔一〕“賦”，動詞，據事直書，寫爲韻語，叫作賦。——不用“比興”的手法。

〔二〕“聽”，讀去聲。“撲鹿”，擬聲詞，形容鳥飛、落時的翅膀響聲。《冷齋夜話》引《龍女詞》：“數點雪花亂委：撲漉沙鷗驚起。”口語常説此話。

〔三〕“俄頃”，不一會兒。

〔四〕“乞歸休”，請求“致仕”。封建時代，官僚“告老”，把官職、俸禄交還政府，辭歸退休，叫作致仕。

〔五〕意思説：我已不作官了，特告沙鷗知道：咱們都是“野人”了，既屬同類，請不要再躲我嫌我吧！

## 《昭君怨》詠荷上雨

午夢扁舟花底，香滿西湖煙水〔一〕。急雨打篷聲，——夢初驚。　却是池荷跳雨〔二〕！——散了真珠——還聚。聚作水銀窩：瀉清波。

〔一〕“扁舟花底”、“香滿西湖”，都是午夢的夢境。“扁(piān)舟”，小船。“花底”，花指荷花，小船在高出水面荷花荷葉的下面。“香”，是夢中所聞，但却是實境中的荷花香氣。

〔二〕“却是”，原來是。“跳(tiāo)雨”，指荷葉被雨點打着，收聚了雨珠，又因振蕩而雨珠迸跳散落。是承接上文“急雨打篷聲”而來：

夢中忽聽急雨打得船篷作響;醒來一看,却是小池内雨打荷葉的聲音。

# 浯 溪 賦

予自二妃祠之下,故人亭之旁〔一〕,招招漁舟,薄游三湘〔二〕。風與水其俱順,未一瞬而百里;欻兩峯之際天,儼離立而不倚〔三〕:其一怪怪奇奇,蕭然若仙客之鑑清漪也〔四〕;其一蹇蹇諤諤,毅然若忠臣之蹈鼎鑊也〔五〕。怪而問焉,乃浯溪也:蓋庴亭峙其南,峿臺歸其北〔六〕;上則危石對立而欲落,下則清潭無底而正黑;飛鳥過之,不敢立迹。予初勇於好奇,乃疾趨而登之;挽寒藤而垂足〔七〕,照衰容而下窺。忽焉心動,毛發森豎;乃蹟故步,還至水滸〔八〕;剥苔讀碑,慷慨弔古〔九〕。倦而坐於釣磯之上,喟然歎曰〔一〇〕:惟彼中唐,國已膏肓〔一一〕;匹馬北方,僅獲不亡〔一二〕。觀其一過不父,日殺三庶,其人紀有不斁矣夫〔一三〕!曲江爲篋中之羽,雄狐爲明堂之柱,其邦經有不蠹矣夫〔一四〕!水、蝗税民之畝,融、堅榷民之髓,其天人之心有不去矣夫〔一五〕!雖微禄兒,唐獨不賈厥緒哉〔一六〕?觀馬嵬之威垂,涣七萃之欲離〔一七〕;殪尤物以説焉,僅平達於巴西:吁不危哉〔一八〕!嗟乎!齊則失矣,而楚亦未爲得也〔一九〕。靈武之履九五,何其亟也〔二〇〕?宜忠臣之痛心,寄《春秋》之二三策也〔二一〕!雖然,天下之事,不易于處,而不難於議也〔二二〕。使夫謝奉册於高邑，稟重巽於西帝〔二三〕；違人欲以圖功，犯衆怒而求濟〔二四〕：天下之士，果肯欣然爲明皇而致死哉？蓋天厭不可以復祈〔二五〕，人潰不可以復支；何哥舒之百萬，不如李、郭千百之師？推而論之，事可知矣〔二六〕。且士大夫之捐軀以從吾君之子者，亦欲附龍鳳而攀日月，踐台斗而盟帶礪也〔二七〕。——一復湴以耄荒，則夫一呼萬旗者，又安知其不掉臂也耶〔二八〕？古語有之："投機之會，間不容穟〔二九〕。"當是之時，退則七廟之忽諸，進則百世之揚觶〔三〇〕：嗟肅宗處此，其實難爲之。——九思而未得其計也！已而舟人告行，秋日已晏〔三一〕；太息登舟，水駛於箭。回瞻兩峯，江蒼茫而不見。

〔一〕"二妃祠"，"故人亭"，皆在湖南永州(今零陵)。二妃，即指傳説中帝舜的妃子娥皇和女英；她們是姊妹兩人，溺死於湘水，遂爲湘君、湘夫人二神(或以爲二妃與湘君等無關)。

〔二〕"招招"，呼人，以手作勢爲招(以言語呼唤爲召)；重疊言之，爲招招。《詩·邶風·匏有苦葉》："招招舟子，人涉卬否。"作者用其語。"薄遊"，薄字爲發語虚字，無義。"三湘"，即湘水，爲湖南第一大川，因其會合瀟湘、灕湘(一説，灕湘當作沅湘)、蒸湘三水而成流，故名三湘，入洞庭湖。作者此行是順流而北航。

〔三〕"欻(hu入聲)"，忽然。又，起也。"際天"，猶言接天，極言其高。"儼(yǎn)"，莊敬端整之貌。"離立"，偶立，並立。離非分離義。"不倚"，言不傾斜，用《禮·中庸》"中立而不倚"語。

〔四〕"鑑清漪"，鑑，在此爲動詞，臨水照影。清漪，猶言清波。

〔五〕"蹇蹇(jiǎn)諤諤(è)"，忠貞正直、不阿附人的樣子。蹇亦作謇，諤亦作愕。《漢書·龔遂傳》："引經義，陳禍福，至於涕泣，蹇蹇無已。"《史記·商君列傳》："千人之諾諾，不如一士之諤諤。"《晉書·武帝紀》："讜言謇諤。"本都是形容直言争辯的詞句。這裏用爲神情的形容詞。“蹈鼎鑊”，古代酷刑，用鼎鑊（大鍋類）烹人。《史記・廉頗傳》：“臣請就鼎鑊。”蹈，有情甘、不辭的意思。

〔六〕“浯溪”“㾢亭”“峿臺”，見第二頁《和蕭判官東夫韻寄之》注〔五〕。——浯、峿、㾢，本都是元結自己“旌吾獨有”的意思，只是“吾”字各加上“水”“山”“广”偏旁，創爲新的形聲字。“峙（zhǐ）”，聳立。“巋（kuī）”，高峻獨立的形狀。參看元結《峿臺銘》序：“浯溪東北廿餘丈，得怪石焉：周行三四百步，……涯壁斗（陡）絶，左屬回鮮，前有磴道，高八九十尺，下當洄潭，其勢硱磳，半出水底，蒼然泛泛，若在波上，……”《㾢亭銘》序：“浯溪溪口，有異石焉，高六十餘丈，周回四十餘步，西面在江中，東望峿臺，北面臨大淵，南枕浯溪，㾢亭當乎石上，異木夾户，疎竹傍檐，……”

〔七〕“垂足”，言脚登危石之上，足趾垂在邊沿之外，極言其險。這句承上文“危石”句；下句承上文“清潭”句。

〔八〕“蹟”，用爲動詞，蹟故步，猶言重履來時的道路。“步”，見第一九一頁《過瓜洲鎮》注〔三〕。“水滸（hǔ）”，水邊。《詩・大雅・緜》：“率西水滸。”

〔九〕此碑指元結所作的《大唐中興頌》的磨崖碑，刻於浯溪。所謂“中興”，指唐玄宗晚年荒淫無道，天寶十五載（公元七五六年），安禄山陷京師，玄宗倉卒逃往西蜀，其子李亨於七月即位於靈武，改元至德，是爲肅宗；次年郭子儀收復東京——這段破而再立、危而復安的歷史經過。元結的《中興頌》，表面是頌揚肅宗重興唐朝，骨子裏却是譏刺他，不該乘他父親不在家而搶着做了皇帝。參看明瞿佑《歸田詩話》：“元次山（結）作《大唐中興頌》，抑揚其詞以示意，磨崖顯刻於浯溪上；後來黄魯直（庭堅）、張文潛（耒），皆作大篇以發揚之：謂肅宗擅立，功不贖罪。繼其作者，皆一律。識者謂此碑乃唐一罪案爾，非‘頌’也。”

〔一〇〕“喟（kuì）然”，歎息的聲貌。

〔一一〕“膏肓（huāng）”，言已病朽到不可救治的地步。《左傳》成十年：“疾不可爲也：在肓之上、膏之下，攻之不可，達之不及：藥不至焉。——不可爲也!”膏,指心臟下面的微脂,肓,指横膈膜上的薄膜。心、膈之間,藥石所不能到,病在於此,所以爲不治之症。這譬喻唐朝到中葉玄宗末期,腐敗已極,如人已病到最深處。

〔一二〕“匹馬北方”,用元結《中興頌》:“天將昌唐,繄曉我皇,匹馬北方。”這兩句説:肅宗隻身留掌北方,勉力維持殘局,才得免於滅亡。《舊唐書·玄宗本紀》:“……謀幸蜀……幸扶風……及行,百姓遮路乞留皇太子,願戮力破賊。……因留太子,……詔以皇太子諱充天下兵馬元帥,都統朔方、河東、河北、平盧等節度兵馬,收復兩京。”北方,指所統朔方諸節度。

〔一三〕“一過不父”,指唐玄宗納了兒子壽王(李瑁)的女人楊氏爲妃,即楊貴妃,荒淫亂倫,所以爲“不父”。一過,用《左傳》“君,一過多矣”的話。“日殺三庶”,玄宗聽信了寵妃和奸人的陰謀,誣太子李瑛、鄂王李瑤、光王李琚三人有“異謀”,又加上奸相李林甫的慫恿,遂於開元二十五年四月將三人都廢爲庶人,不久又都害死,天下冤之,號爲“三庶人”。玄宗納了兒媳,又因寵愛武惠妃(壽王的生母)而致親手置自己的三個兒子於死地,所以作者斥之爲“人紀”“斁”——人倫敗壞!“人紀”,猶言人倫;語出《書·伊訓》。“斁(dù)”,敗也。“有不斁矣夫!”,還有不敗壞的麽!下文兩個“有不……矣夫”的句法同此。

〔一四〕“曲江”,指張九齡,張爲韶州曲江人,開元時爲宰相。玄宗要廢太子瑛,要用李林甫、牛仙客,要赦安禄山,九齡諫阻,都不聽,後來受禍,一如九齡所料,玄宗後悔已晚。天下敬重,稱爲“曲江公”。“篋中之羽”,比喻張九齡如匣中之扇,被棄置不用。九齡因牛仙客事得罪了玄宗,爲李林甫所讒構,乘玄宗賜他白羽扇的機會,作了一篇羽扇賦呈進,寓意自比,中有“苟效用之得所,雖殺身而何忌?……縱秋氣之移奪,終感恩於篋中”等話,事見《新唐書·張九齡傳》。“雄狐”,指楊國忠。國忠是楊貴妃的從兄,楊元琰(貴妃的父親)死,國忠往護視其家,因與從妹(後封虢國夫人)奸通。《詩·齊風·南山》:“南山崔崔,雄狐綏綏。”相傳是諷刺齊襄公和他妹妹文姜(魯桓公的夫人)通奸的詩篇。因此以之指楊國忠。"明堂之柱",明堂是周代天子朝見諸侯的大禮堂,後來用以指皇帝聽政或祭祀典禮的地方。明堂柱,比喻國政的支持、主持者。楊國忠在玄宗時官至宰相,故云。"邦經",猶言國事、國政。"蠹(dù)",被蟲蛀朽。楊國忠初爲李林甫所結納,助紂爲虐,當國後淫縱狼藉,人人怨恨,逼反安禄山,致哥舒翰於敗亡之地;在馬嵬驛,爲陳玄禮率軍士殺死,軍士争食其肉以洩憤。事見《新唐書·楊國忠傳》。

〔一五〕"水、蝗"句,唐玄宗統治時期,水災很多,如《唐書·五行志》所記:大約每兩年就有一次水災,開元十四年秋,天下五十州水災,河南河北尤甚;十五年秋,天下六十三州大水:是尤其嚴重的兩個例子。又記開元三年,河南河北蝗災,四年山東蝗災,蝕稼聲如風雨;二十五年貝州蝗災。但作者所説的水蝗,不過是以二者統包各種天災而言,不必拘看。古代人認爲天災都是皇帝宰相等人政治敗壞所致。"融、堅",指宇文融和韋堅,兩人都是玄宗時期的剥削人民的能手。宇文融獻計括天下游户羨田,弊竇叢生,得田無數,羨餘錢數百萬貫,貪臟狼藉。韋堅則以轉運江淮租賦、搜括各地方物珍奇,以船三百隻裝載陳列,使倡女在船頭唱《弘農得寶歌》,招摇進貢,玄宗大悦,把韋堅加官進禄。作者以融、堅兩人來代表當時專門剥削掠奪人民以討好於皇帝的諸大官僚。"天人之心",實指民心。"天心"雖是封建統治者用以欺人的謬説,以爲皇帝是天心所眷,才教他來統治人民的,如《書·咸有一德》所説的"克享天心,受天明命";而宋儒多已不復如此理解。可看作者《庸言》:"人者天地之心也。""楊子曰:聖人之畏天也以民,聖人之畏民也以天。"前者用《禮·禮運》語,後者略同孟子引《書·泰誓》所謂"天聽自我民聽",都是作者的民本思想的證據。"去",離。

〔一六〕"微",無,没有。"禄兒",指安禄山。參看《能改齋漫録》:"豫章(黄庭堅)中興碑詩:'明皇不作包荒計,顛倒四海由禄兒。'按《禄山事迹》云:'正月二十日,禄山生日,賜物甚多。後三日,召禄山入内，貴妃以錦繡綳縛禄山，令内人以綵輿舁之。宫中……報云：“貴妃與禄山作三日，洗兒。”明皇就觀之，大悦，因賜貴妃洗兒金銀錢物，…… 自是宫中皆呼禄山爲“禄兒”，不禁其出入。’”“獨不”，難道就不？“霣(yùn)厥緒”，斷其統治的接續傳統。

〔一七〕“馬嵬(wéi)”，當時驛站名，在今陝西興平縣以西。玄宗打算隨楊國忠逃往四川，才走到這裏，就被陳玄禮率軍士將楊國忠、楊貴妃等一黨人都處死了。“威垂”，困頓、屯邅、萎靡一類意思；杜甫詩：“北風破南極，朱鳳日威垂。”(朱鳳，即朱雀，指南離、炎方，或火令、夏季而言。)“涣”，離散貌。“七萃”，周代天子的禁衛軍，《詩説》：“《祈招》(逸《詩》篇名)：穆王西征，七萃之士咸怨。……”此以指跟隨玄宗西行的軍士。

〔一八〕“殪(yì)”，殺死。“尤物”，此特指女子而言，猶云“絶色”；《左傳》昭二十八年：“夫有尤物，足以移人。”這裏以之稱楊貴妃。“説”，同悦字。“巴西”，後漢郡名，故治在今四川閬中縣西。玄宗西逃，曾至巴西郡，然後到蜀郡(治今四川成都市)。“吁(xū)”，嘆詞。

〔一九〕“嗟乎”，嘆息詞。“齊則失矣”二句，用《史記·司馬相如傳》引其所作《子虚賦》：“無是公(折中於齊、楚兩國之事)听(qí)然而笑曰：楚則失矣，齊亦未爲得也。”

〔二〇〕“靈武”，以指肅宗，因他在靈武(在今寧夏回族自治區靈武縣西北)即了皇帝位。“履九五”，指做了皇帝；《易·乾》：“九五，飛龍在天。”又《易·履》：“剛中正履帝位而不疚。”疏云：“以剛處中，得其正位，居九五之尊。”因此封建時代用以指做皇帝。“亟”，急切。

〔二一〕“寄春秋之二三策”，説以《春秋》的筆法——寓褒貶於一字一句之間——來寄託諷刺的意旨。“二三策”，用《孟子·盡心》：“吾於武成，取二三策而已矣。”

〔二二〕“處”，上聲，動詞，意思是身臨其境，而有所以立身、存身之道，處置得宜。這兩句是説：天下的事，站在一旁發議論、作品評，不難；若使身居其地，而自處其事，就很不容易了。

〔二三〕“使夫”，假設詞。“謝奉册於高邑”，用《後漢書·光武本紀》：“(諸將屢請劉秀做皇帝,劉秀推辭;後耿純又進勸)純言甚誠切,光武深感,曰:‘吾將思之。’行至鄗(hào),光武先在長安時同舍生彊華,自關中奉‘赤伏符’,曰:‘劉秀發兵捕不道,四夷雲集龍鬥野,四七之際火爲主。’羣臣因復奏……光武於是命有司設壇場於鄗南千秋亭五成陌,六月己未,即皇帝位,……改鄗爲高邑。”謝,辭讓。奉册,即指“赤伏符”。高邑,今河北高邑,在石家莊與邢台之間。按《舊唐書·肅宗本紀》:“上至靈武……(裴)冕等凡六上牋,辭情激切,上不獲已,乃從:是月,上即皇帝位於靈武。”所以用劉秀的相似情況爲比擬。“稟重巽於西帝”,重巽見《易·巽》:“彖曰:重巽以申命。”巽是“卑順之名”,重巽是“上下皆巽,不爲違逆,君唱臣和,教令乃行。故於重巽之卦,以明申命之理”(見孔疏)。西帝,見《史記·魏世家》:“八年,秦昭王爲西帝,齊湣王爲東帝。”此處以指唐玄宗在西蜀。全句説:假設堅辭衆人的推戴、而必要聽從“西帝”玄宗的命令行事。

〔二四〕“違人欲”兩句,參看《左傳》襄十年:“子産曰:衆怒難犯,專欲難成,合二難以安國,危之道也。不如焚書以安衆,子得所欲,衆亦得安,不亦可乎。專欲無成,犯衆興禍,子必從之。”兼看注〔二七〕。

〔二五〕“天厭”,用《左傳》“天而既厭周德矣”語。

〔二六〕“何哥舒之百萬”四句,“哥舒”指哥舒翰;“李、郭”指李光弼、郭子儀。天寶十四載十二月,玄宗斬封常清、高仙芝於潼關,另以哥舒翰爲太子先鋒兵馬元帥,領河隴,募兵守潼關以拒安禄山。宰相楊國忠計窮勢迫,勸玄宗促哥舒翰出兵潼關,以收復陝洛等既陷之地;玄宗信其謬説,派人促戰。哥舒翰大窘,不得已出關,到靈寶,與安禄山屬將崔乾祐交戰,戰敗,引剩卒數百人至潼津,收散兵再守潼關。後爲自己部將火拔歸仁所騙,出關,被執送降安禄山,京師震動,玄宗由是才決定西逃。見《新唐書·哥舒翰傳》。肅宗即位後,以郭子儀爲兵部尚書,依前靈州大都督府長史,李光弼爲户部尚書兼太原尹、北京留守,同中書門下平章事,又得回紇助兵，共討安禄山餘黨，收復兩京，安禄山黨皆敗死。見《唐書》肅宗本紀及安禄山等列傳。這四句是説：哥舒翰當時兵力遠過郭子儀等，何以哥舒敗而李、郭勝？分析比較，則事情自明——可見人心向背，是主要關鍵了。“搉(juè)”，商榷，——有討論、衡量的意思。《桯史》引此賦“搉”作“推”。

〔二七〕這幾句是暗用《後漢書·光武本紀》耿純勸劉秀所説的話：“天下士大夫，捐親戚，棄土壤，從大王於矢石之間者，其計固望其攀龍鱗、附鳳翼，以成其所志耳。今功業既定，天人亦應，而大王留時逆衆，不正號位，恐士大夫望絶計窮，則有去歸之思，無爲久自苦也。——大衆一散，難可復合，時不可留，衆不可逆。”《禮·昏義》：“天子之與后，猶日之與月。”“台斗”，參看第二二二頁《宿牧牛亭秦太師墳菴》“台星三點”注。“盟帶礪”，《史記·高祖功臣侯年表·序》：“封爵之誓曰：‘使河如帶，泰山如厲(礪)，國以永寧，爰及苗裔。’”應劭曰：“封爵之誓，國家欲使功臣傳祚無窮。帶，衣帶也；厲，砥石也：河當何時如衣帶，山當何時如厲石——言如帶砥，國乃絶耳。”這是説要攀附皇帝的統治勢力，做宰輔大官，“子孫萬代”“榮華富貴”的意思。

〔二八〕“涖(lì)”，臨。封建時代以皇帝統治人民爲“臨”。“耄(mào)荒”，年老而荒淫無道的人——指玄宗。“一呼萬旟(yú)”，用元結《中興頌》：“……匹馬北方：獨立一呼，千麾萬旟，我卒前驅。”是説肅宗“登高一呼，萬夫響應”的意思。“旟”，一種畫有鳥象的旗子，用以指揮士卒前進的。《桯史》引本賦此文作“則夫千麾萬旟，一呼如響者……”。“掉臂”，摇動膀臂——猶如俗語所説“甩胳膊就走”。《史記·孟嘗君列傳》：“日暮之後，過市朝者掉臂而不顧。”

〔二九〕語見《唐書·張公謹傳·贊》。意思是説：事情要乘機進行，而機會在幾微之間，稍一間隔遲誤就不行了。會，即機會義。間，讀去聲。穟，同穗。

〔三〇〕“七廟”，《禮·王制》：“天子七廟。”謂天子的祖廟有七。“忽諸”，在此是滅絶義。封建時代以某姓統治者的斷統爲亡國的標誌，因此皇帝的廟祀若斷絶了，也就是那個王朝滅亡了。“揚觶(zhī)”，觶是酒器，揚觶，舉觶而示罰(語見《禮·檀弓》)。這兩句是説：退——辭而不做皇帝，則唐朝眼看就滅亡，進——做皇帝，則百世之下論起這事來都要加以譏議。

〔三一〕“告行”，來告訴説：“要開船了！”“晏”，天晚。

按此賦和同時范成大的《館娃宫賦》，是一時齊名的傑作，當時就很傳誦，後世也十分稱賞，都是借古史以諷時事的成功作品。這裏隱然以唐玄宗影射宋徽宗，以唐肅宗影射宋高宗。宋高宗本不是一個值得稱讚乃至可以爲之辯護的皇帝，作者也十分不贊成他，但在此賦中却説出另一番道理：假使高宗不做皇帝維繫殘局，誰還肯爲徽宗這樣的無道昏君効死抗敵、保家衛國？這却是一種清醒公允的分析論斷。岳珂《桯史》以爲“便覺……肅宗無所逃罪”，其意在惡高宗；而瞿佑《歸田詩話》則以爲“其論甚恕”：是前人對此賦主要精神在體會上還有距離差異。但作者對高宗的譏議仍然是不可掩的，其所以鞭笞徽宗，是爲高宗等皇帝作“前車”之鑑。當時能夠和敢於這樣立論的，實不多見，十分可貴。賦的風格是承襲北宋歐、蘇一脈，以散勢行韻文，韻脚多隱藏在句尾虚字之上，讀去使人不易察覺，非常流利自然。

## 海　鰌　賦　有後序

辛巳之秋，牙斯寇邊〔一〕：既飲馬於大江，欲斷流而投鞭〔二〕。自江以北，號百萬以震擾；自江以南，無一人而寂然〔三〕。牙斯抵掌而笑曰：“吾固知南風之不競，今其幕有烏而信焉〔四〕。”指天而言：“吾其利涉大川乎〔五〕！”方將杖三尺以麾犬羊，下一行以令腥羶〔六〕；掠木罌估客之艓，登長年三老之船〔七〕；並進半濟，其氣已無江壖矣〔八〕。南望牛渚之磯，屹崎七寶之山〔九〕；一幟特立，于彼山顛。牙斯大喜曰："此降幡也〔一〇〕。"賊衆呼"萬歲"而賀曰："我得天乎〔一一〕！"言未既，蒙衝兩艘，夾山之東西，突出于中流矣〔一二〕！其始也，自行自流，乍縱乍收；下載大屋，上横城樓〔一三〕；縞于雪山，輕于雲毬；翕忽往來，頃刻萬周〔一四〕；有雙壘之舞波，無一人之操舟〔一五〕。賊衆指而笑曰："此南人之喜幻，不木不竹，其誑我以楮先生之儔乎〔一六〕？不然，神爲之楫、鬼與之游乎？"笑未既，海鰌萬艘，相繼突出而争雄矣！其迅如風，其飛如龍。俄有流星，如萬石鍾；賈自蒼穹〔一七〕，墜于波中；復躍而起，直上半空；震爲迅雷之隱谹，散爲重霧之冥濛〔一八〕：人物咫尺而不相辨，賊衆大駭而莫知其所從。於是海鰌交馳，攙西蹂東；江水皆沸，天色改容：衝飆爲之揚沙，秋日爲之退紅〔一九〕。賊之舟楫，皆躪藉于海鰌之腹底〔二〇〕；吾之戈鋋矢石，亂發如雨而横縱〔二一〕；馬不必射，人不必攻；隱顯出没，争入于陽侯之珠宫〔二二〕。牙斯匹馬而宵遁，未幾自斃于瓜步之棘叢〔二三〕。予嘗行部而過其地，聞之漁叟與樵童〔二四〕；欲求牙斯敗衂之處，杳不見其遺蹤〔二五〕。——但見倚天之絶壁，下臨月外之千峯；草露爲霜，荻花脱茸；紛櫂謳之悲壯，雜之以新鬼舊鬼之哀恫〔二六〕。因觀蒙衝、海鰌于山趾之河汭，再拜勞苦其戰功〔二七〕；惜其未封以下瀨之壯侯，册以伏波之武公〔二八〕。抑聞之曰：在德不在險，善始必善終〔二九〕。吾國其勿恃此險，而以仁政爲甲兵；以人材爲河山，以民心爲垣墉也乎〔三〇〕！右采石戰艦：曰蒙衝，大而雄；曰海鰌，小而駛〔三一〕;其上爲城堞屋壁,皆堊之〔三二〕。紹興辛巳,逆亮至江北,掠民船,指麾其衆欲濟。我舟伏于七寶山後,令曰:“旗舉則出江!”先使一騎偃旗于山之頂〔三三〕: 伺其半濟,忽山上卓立一旗,舟師自山下河中兩旁突出大江,人在舟中,踏車以行船〔三四〕: 但見船行如飛,而不見有人。虜以爲紙船也〔三五〕。舟中忽發一霹靂礮: 蓋以紙爲之,而實之以石灰硫黄;礮自空而下,落水中,硫黄得水而火作,自水跳出,其聲如雷;紙裂而石灰散爲烟霧,眯其人馬之目,人物不相見。吾舟馳之,壓賊舟,人馬皆溺〔三六〕。遂大敗之云。

〔一〕“辛巳”,宋高宗紹興三十一年(一一六一)。“牙斯”,指前漢末年及新莽時期的匈奴王烏珠留若鞮單于,名囊知牙斯;在此則是借以指稱金國的完顏亮。囊知牙斯本來和漢朝的關係很好,後來因故啓釁,到王莽時期,因新發給他的印文把“璽”字改爲“章”,並加“新”字於“匈奴”之上,這等於把他視爲臣屬,乃開始向新朝進攻,王莽打算分散匈奴的勢力,立十五單于,於是進攻更加厲害。作者所以單單借他來指稱完顏亮,當是因爲囊知牙斯是呼韓邪單于和呼衍王的女兒所生的次子,而完顏亮也是遼王宗幹的次子,所以用來相比擬。囊知牙斯事見《漢書·匈奴傳·下》。“寇邊”,侵略邊疆。

〔二〕“飲(yìn)馬”,《宋書·臧質傳》載質與拓跋燾(北魏太武帝)書,中引童謡有云:“虜馬飲江水,佛狸(燾小名)死卯年。”後因以胡馬飲江之事指北方民族南侵。“大江”,長江。“斷流而投鞭”,用前秦苻堅語。《晉書·苻堅載記》: 苻堅欲謀攻東晉,太子左衛率石越説:“……且晉……國有長江之險,朝無昏貳之釁: 臣愚以爲……未宜動師。”苻堅答道:“昔……仲謀(孫權)澤洽全吴,孫皓因三代之業,龍驤一呼,君臣面縛: 雖有長江,其能固乎? 以吾之衆旅,投鞭於江,足斷其流!"

〔三〕"號百萬""寂然",承上文投鞭斷流之語而續用苻堅侵晉、淝水之戰的典故來比擬金國侵宋、采石之役。《晉書·謝安傳》:"(苻)堅後率衆號百萬,次於淮肥,京師震恐,加(謝)安征討大都督。(謝)玄入問計,安夷然無懼色,答曰:'已别有旨。'既而寂然(指並無旨令下達)。玄不敢復言,乃令張玄重請。……"

〔四〕"抵掌",本當作"抵(zhǐ)掌",擊掌,鼓掌。語見《戰國策·秦策》。"南風不競",《左傳》襄十八年:"晉人聞有楚師,師曠曰:'不害。吾驟歌北風,又歌南風,南風不競,多死聲:楚必無功。'"疏云:"今師曠以律吕歌南風音曲,南風音微不與律聲相應,故云不競。"晉國在北,楚國在南,説南風不競,即意謂由此判斷楚國必無能爲。"競",猶言强。"其幕有烏",《左傳》莊二十八年:"(楚伐鄭),諸侯救鄭,楚師夜遁。鄭人將奔桐丘,諜告曰:'楚幕有烏。'乃止。"軍幕雖在,而内裏軍士已夜中逃走,所以烏鴉才棲止於空幕之上:由此判斷出幕内虚實。

〔五〕"利涉大川",語見《易·需》及《同人》,利涉,順利渡過。大川,此以指長江。

〔六〕"杖三尺",杖,動詞,持。三尺,指劍,《漢書·高帝本紀》:"吾以布衣提三尺取天下。""麾犬羊",揮令士兵前進。犬羊,是對敵國入侵軍的污辱性的詈詞。羊本是馴獸,但古代以爲羊性狠,如《史記·項羽本紀》:"猛如虎,狠如羊,貪如狼",是其例。"一行",指軍令。"腥羶",其義略同上文"犬羊";因古代北方民族如匈奴等多逐水草遊牧,以牛羊爲食品,故云。參看五代皇甫松詞:"毳布腥羶久,穹廬歲月多。"

〔七〕"木緜估客之艓(die 入聲)",指商人船隻;木緜,是一種常緑喬木所生,古代名吉貝、古貝,可紡織,產海南諸國;又草棉亦或稱爲木棉,古代名白疊,即今棉花,出西域。當時都是稀罕的東西,棉花是宋末以來才逐漸普遍於中國的。"估客",賈客,商人。"艓",小船,輕舟。參看蘇軾詩:"東來賈(gǔ)客木棉裘,飲散金山月滿樓。

夜半潮來風又熟，卧吹簫管到揚州。”此係暗用。“長(zhǎng)年三老”，篙工。杜甫詩：“長年三老歌聲裏，白晝攤錢高浪中。”陸游《入蜀記》：“四日，平旦，始解舟。……是日早，見舟人焚香祈神，云：‘告紅頭須小使頭長年三老，莫令錯呼錯唤。’問何謂長年三老，云：‘梢工是也。’長讀如長幼之長。”

〔八〕“壖(ruán)”，緣水兩岸之地。“其氣已無江壖”，言其氣概、氣勢已將江南視爲囊中之物，一舉可得。

〔九〕“牛渚之磯”，牛渚，山名，在安徽當塗縣西北，下臨長江，其北部突入於江中，名曰采石磯，形勢險要，從漢朝以來即常爲兵争之地。《讀史方輿紀要》引顧野王《輿地志》：“牛渚山北，謂之采石，蓋大江東北流，牛渚、采石，俱列江東岸，采石去牛渚不過里許，故牛渚圻通謂之采石。”陸游《入蜀記》：“采石，一名牛渚，與和州(今爲和縣)對岸，江面比瓜洲爲狹，故隋韓擒虎平陳及本朝曹彬下南唐，皆自此渡；然微風輒浪作不可行：……王文公云：‘一風微吹萬舟阻’，皆謂此磯也。”按此爲東采石。從江北而言，和州東二十里爲西采石，其下有楊林渡，即完顔亮督兵渡江處。“七寶之山”，指采石以北的寶積山(江北含山縣境有七寶山，與此無涉)。“屹(yì)峙”，特立，高聳。

〔一〇〕“降(xiáng)幡”，納降旗。唐劉禹錫詩：“千尋鐵鎖沉江底，一片降旛出石頭。”幡、旛通用。

〔一一〕“我得天乎”，《左傳》僖二十八年：“晉侯夢與楚子搏，楚子伏己而盬(gǔ，吸飲)其腦。是以懼。子犯曰：‘吉。我得天，楚伏其罪：吾且柔之矣。’”得天謂臉朝上、面向天。此指取勝。

〔一二〕“言未既”，説猶未了——正説到半截。“蒙衝”，即艨艟，古代戰艦，其形狹長，利於衝突敵船，外罩牛皮帷幕掩護，人藏其中，留有弩眼以射。宋代蒙衝形制又有所改益，見《後序》所敘。

〔一三〕此即所謂“樓船”制度。參看《宋史·兵志》：“建炎初，李綱請于沿江淮河帥府置水兵二軍，……招善舟楫者充，立軍號曰‘凌波樓船軍’。”

〔一四〕“縞(gǎo)於雪山”，縞，白色；謂船皆塗以白色。雪山，誇大形容語(我國高山多得“雪山”之名，以海拔甚高，山上終年有積雪不化)。“雲毬”，指一種燈毬，參看范成大《上元紀吳下節物俳諧體三十二韻》詩：“擲燭騰空穩”，自注：“小毬燈，時擲空中。”——“推毬滚地輕”，自注：“大滚毬燈。”“翕(xi 入聲)忽”，猶言倏忽，形容其輕巧疾快。

〔一五〕“雙壘”，即指樓船戰艦，壘就是軍壘的壘，凡城壁之類可以掩護士兵的軍事建築都稱壘。

〔一六〕“楮(zhǔ)先生”，紙的别名，韓愈《毛穎傳》：“穎(按指毛筆)與絳人陳玄(墨)、弘農陶泓(硯)、會稽楮先生(紙)友善。”本是一種戲稱。這裏説金兵疑心是紙紥的假船。參看注〔三四〕。“儔(chóu)”，流輩、一類的人物。

〔一七〕“流星”，指霹靂礮，見《後序》所敍。“萬石鍾”，鍾，古量器，容六斛四斗。此極言其巨大。“霣”，與隕通，落。此暗用《公羊傳》莊七年“星霣如雨”字。“蒼穹”，天空。

〔一八〕“隱谹(hóng)”，形容大聲，《法言·問道》：“或問大聲，曰：非雷非霆，隱隱谹谹。”“冥濛”，形容景色不分明的樣子。

〔一九〕“衝飆(biāo)”，暴風。飊即飆字。“退紅”，猶言無光(另有一種顔色，名退紅，與此無涉)。按金兵開始南侵，爲秋季；至完顔亮欲渡采石，宋軍迎戰，事則在十一月初八日；今言“秋日”退紅，與史實不符，當因開端明書“辛巳之秋，牙斯寇邊”，相承順筆而寫爲“秋日”。

〔二〇〕“躪(lìn)藉”，踐踏。——這是比喻敵舟被毁，彷彿是被海鰌船“踏”壞了。參看《後序》。

〔二一〕“戈鋋(shán)”，戈是戟類兵器，其小枝向上的爲戟，平出的爲戈。鋋是鐵柄的小矛；《史記·匈奴傳》：“其長兵則弓矢，短兵則刀鋋。”杜甫詩：“戈鋋開雪色，弓矢向秋毫。”“矢石”，箭和礧石。“縱”，讀平聲。

〔二二〕“陽侯”，古代神話中的水神，《漢書·楊雄傳》注：“陽侯，古之諸侯也,有罪自投江,其神爲大波。”“珠宫”,謂以珠寶所作的宫殿,略如俗傳所説龍王住“水晶宫”。這句是詼諧話。

〔二三〕完顔亮渡采石未成,轉至揚州,欲渡瓜洲,將士以爲采石比瓜洲渡口江面窄甚,猶爲不利,建言緩圖渡江,完顔亮震怒,軍令慘急,必欲驅兵渡江,將士漸有逃亡,羣情危懼,其部下遂謀舉事殺亮。十一月三十日,亮爲其部下先射後縊而死(據《續資治通鑑》略敍)。“匹馬宵遁”,是故意貶筆,並非實際就是單人敗逃。

〔二四〕“行部”,長官巡視所屬各地部下。“漁叟樵童”,指采石當地的民間父老。

〔二五〕“敗衄(nǜ)”,敗挫損傷。“杳(yǎo)”,遥遠渺茫,不可見。

〔二六〕“櫂(zhào)謳”,棹歌,舟人所唱的口號。“新鬼”云云,用杜甫詩:“新鬼煩冤舊鬼哭,天陰雨溼聲啾啾”,寫戰後悽慘景象,如同聽到陣亡者的鬼魂在悲哭哀怨。“恫(tōng)”,哀痛。

〔二七〕“河汭(ruì)”,河流之曲處,水灣。“勞苦”,慰問,致以慰勞、欽感之意。勞讀去聲,動詞。

〔二八〕“下瀨之壯侯”,《漢書・武帝紀》注:“瀨,湍也,吴越謂之瀨,中國謂之磧,伍子胥書有下瀨船。”這裏是説海鰌、蒙衝等戰船有戰功,應該像人一樣封侯。“伏波”,漢代將軍的名號,取征討時涉江海使波浪平息的意思。“武公”,公即公侯的公,因是戰船軍功,所以用“壯”“武”等字封公封侯,這是假擬的話。

〔二九〕“抑”,轉折詞,略同“然而”。“在德不在險”,《史記・吴起傳》:“武侯浮西河而下,中流顧而謂吴起曰:‘美哉山河之固!此魏國之寶也。’起對曰:‘在德不在險。’”“善始必善終”,《史記・陳丞相世家・贊》:“(陳)平以榮名終稱賢相,豈不善始善終哉!”

〔三〇〕“垣墉”,此指城池守固之所。按最末數句,歸結到一點:人事才是自强的關鍵、根本,天險不足仗恃。

〔三一〕蒙衝船和海鰌(qiū)船的分别,到此敍明。參看注〔三四〕。按《宋史・兵志》:“其戰艦則有海鰍、水哨馬、雙車、得勝十棹、大飛旗、捷防沙、平底、水飛馬之名。”鰍、鰌,字同。

〔三二〕“堊(è)之”，刷以白粉。

〔三三〕“騎(jì)”，騎兵。“偃旗”，將旗卧倒掩藏不露。

〔三四〕宋時機械工技很發達，已經有木製的輪船，《宋史·岳飛傳》：“(楊)么(人民起義軍的首領之一)負固不服，方浮舟湖中(按指洞庭湖)，以輪激水，其行如飛；旁置撞竿，官舟迎之輒碎。”可見當時人民的智慧創造；後來宋官軍的輪船，就是從楊么的戰船製法學習而來的。“踏車”，用人力踏動機輪。

〔三五〕此即賦中所説的“誑我以楮先生”的話頭。按《宋史·虞允文傳》：“時敵兵實四十萬，馬倍之；宋軍才一萬八千。允文乃命諸將列大陣不動，分戈船爲五，其二並東西岸而行，其一駐中流，藏精兵待戰，其二藏小港備不測：部分(部署、分派)甫畢，敵已大呼，(完顔)亮操小紅旗麾數百艘絶江而來，瞬息抵南岸者七十艘，直薄宋軍，軍小却。……(時)俊即揮雙刀出，士殊死戰，中流官軍亦以海鰌船衝敵舟，皆平沉，敵半死半戰，日暮未退。會有潰軍自光州至，允文授以旗鼓，從山後轉出，敵疑援兵至，始遁；又命勁弓尾擊追射，大敗之。……亮……乃趨瓜洲。……時楊存中……諸軍皆聚京口，不下二十萬，惟海鰌船不滿百，戈船半之。允文謂遇風則使戰船，無風則使戰艦，數少恐不足用，遂聚材治鐵，改修馬船爲戰艦。……庚寅，亮至瓜洲；允文與存中臨江按試，命戰士踏車船，中流上下，三周金山，回轉如飛。敵持滿以待，相顧駭愕，亮笑曰：‘紙船耳！’”《宋史》此文即據作者的虞允文《神道碑》而加簡；據此則完顔亮笑爲紙船，是采石役後在瓜洲的事情。此或先後傳聞異詞的原故。又按所謂戰船，即海鰌及戈船；所謂戰艦，即蒙衝。

〔三六〕“馳之”，猶言衝之。“壓賊舟”，即賦中所説的“賊之舟楫，皆躪藉於海鰌之腹底”，敵船被衝没掩覆於海鰌船底。

# 文選

## 與張嚴州敬夫書

某頓首再拜欽夫嚴州史君直閣友兄〔一〕：屬者曾迪功、蕭監廟、江奉新過桐廬〔二〕，因之致書〔三〕，計無不達之理。孤宦飄零，一别如雨〔四〕，欲登春風之樓〔五〕，究觀三湘之要領〔六〕，此約竟復墮渺茫中〔七〕，不但客子念之作惡而已〔八〕。春風主人〔九〕，不爲造物之所舍〔一〇〕，"人事好乖"〔一一〕，前輩此語，暗與人合，言之三嘆也！即辰小風清暑，恭惟坐嘯釣臺〔一二〕，人地相高〔一三〕，佳政藹如，令修於庭户之間，而民氣和於耕桑壠畝之上〔一四〕，天維相之〔一五〕；台候動止萬福，相門玉婕均慶〔一六〕！某將母攜孥，已至奉新〔一七〕，於四月二十六日交職矣〔一八〕。半生惟愁作邑〔一九〕；自今觀之，亦大可笑！蓋其初，不慮民事，而慮財賦。因燕居深念〔二〇〕：若恩信不可行，必待健決而後可以集事、可以行令〔二一〕，則六經可廢矣〔二二〕。然世皆舍而已獨用，亦未敢自信。又念書生之政，舍此則又茫無據依，因試行之。其効如響〔二三〕。蓋異時爲邑者，寬己而嚴物〔二四〕，親吏而疎民，任威而廢德。及其政之不行，則又加之以益深益熱之術〔二五〕；不尤其術之不善，而尤其術之未精〔二六〕：前事大抵然也。某初至，見岸獄充盈〔二七〕，而府庫虚耗自若也〔二八〕。於是縱幽囚〔二九〕，罷逮捕，息鞭笞〔三〇〕，去頌繫〔三一〕，出片紙書"某人逋租若干"〔三二〕，寬爲之期，而薄爲之取：蓋有以兩旬爲約、而輸不滿千錢者〔三三〕。初以爲必不來——而其來不可止！初以爲必不輸——而其輸不可却！蓋所謂片紙者，若今之所謂"公據"焉，里諳而家給之〔三四〕，使之自持以來，復自持以往，不以虎穴視官府，而以家庭視官府。大抵民財止有此，要不使之歸於下而已。——所謂"下"者，非里胥、非邑吏、非獄吏乎〔三五〕？一鷄未肥，里胥殺而食之矣；持百錢而至邑，羣吏奪而取之矣！而士大夫方據案而怒曰："此頑民也！此不輸租者也！"故死於縲紲〔三六〕，死於飢寒，死於癘疫之染污〔三七〕，豈不痛哉！某至此朞月，財賦粗給〔三八〕，政令方行，日無積事，岸獄常空。若上官倘見容〔三九〕，則平生所聞於師友者〔四〇〕，亦可以略施行之。前輩云：孔子牛羊之不肥，會計之不當，則爲有責；牛羊肥而已矣，會計當而已矣，則亦不足道也〔四一〕。某之所以區區學爲邑者，言之於眼高四海者之前，真足以發一莞也〔四二〕！方衆賢聚於本朝，而直閣猶在輔郡〔四三〕，何也？某無似之迹〔四四〕，直閣推挽不少矣〔四五〕，其如命何！三逕稍具〔四六〕，徑當歸耕爾〔四七〕。鄙性生好爲文，而尤喜四六〔四八〕。近世此作，直閣獨步四海；施少才、張安國，次也〔四九〕。某竭力以効體裁，或者謂其似吾南軒，不自知其似猶未也？與虞相牋一通〔五〇〕，今浼一本〔五一〕，能商略細論以教焉，至幸至幸〔五二〕！戒仲今何曹？定叟安訊不疎否〔五三〕？不貲之身〔五四〕，願爲君民愛之重之！

不宣〔五五〕。

〔一〕“欽夫嚴州史君直閣友兄”，指張栻。栻字欽夫，一作敬夫，號南軒，張浚之子。廣漢人，遷居衡陽。“嚴州史君”，此時張栻正作嚴州守官；宋嚴州治所在今浙江建德縣；史君，同使君，漢以後相承以稱州郡長官。“直閣”，張栻初時以父廕補官，辟爲宣撫司都督府書寫機宜文字，除直祕閣，見《宋史》本傳。作者師事張浚，所以稱張栻爲“友兄”，略如後世俗稱“師兄”。

〔二〕“屬者”，向日，往時。“迪功(郎)”“監廟”“奉新(令)”，是以官階職任爲稱呼，各確指何人，未詳；曾、蕭都是當時廬陵的著姓，疑皆作者同鄉。“過桐廬”，過是“至”、“到”義，不作“經過”解。桐廬，嚴州轄縣；此即以代指嚴州。

〔三〕“因之致書”，因其便捎上書信。

〔四〕“一别如雨”，形容離散，用梁蕭統書：“風流雲散，一别如雨。”謂如雨之分落。

〔五〕“春風樓”，張栻家樓閣名，作者曾有詩題詠之。

〔六〕“三湘”，湘水會三水而成流，故名；此以代稱湖南，指張南軒一派的理學。“要領”，“要”即“腰”字，以衣裳的腰部領部比喻事情的重要綱領。俗讀如“重要”的要(去聲)，誤。

〔七〕言此約會又落空，杳不可期。

〔八〕“作惡”，胸懷不暢，惆悵憂悶。

〔九〕“春風(樓)主人”，指張栻。

〔一〇〕“造物”，古時人以爲大自然萬物有主宰創造者，稱爲造物；此處意指皇帝以次的執政者。“所舍”，所止，所息。全句即謂爲有力者所遷播，以致居止不定。

〔一一〕“人事好乖”，乖，違離；這句話是説人的遇合、機緣、願望等常常是因故遭到間阻，被拆散，被破壞。

〔一二〕“惟”，略如“念”字義。“坐嘯”，《後漢書·黨錮傳》：“後汝南太守宗資任功曹范滂，南陽太守成瑨亦委功曹岑晊，二郡又爲謡曰：

‘汝南太守范孟博，南陽宗資主畫諾。’‘南陽太守岑公孝，弘農成瑨但坐嘯。’”坐嘯，坐而嘯歌，委事務於屬吏；後世用爲頌揚太守州官的詞句，謂其坐嘯而事治，是有才德的表現。“釣臺”，在桐廬，後漢隱者嚴光的釣魚處，見第七七頁《讀嚴子陵傳》注〔一〕。

〔一三〕“人地相高”，謂人以地高（高尚），地以人高，相得益彰。這是稱頌張栻的話，説他在釣臺作官，而不媿嚴子陵的高節。

〔一四〕“令修”兩句：意謂張栻作官，足不出庭户之間，而政令行於一州，又暗用《荀子》“政修則民親其上，樂其君”的語意。修，有治、立、善等含義。按從“佳政藹如（藹然，不暴猛）”以下三句，雖是作者頌揚張栻的話，實際也就是作者自己爲政的理想和綱領。

〔一五〕“維”，語詞。“相”，佑助。

〔一六〕“相門”，因張浚曾作宰相，故稱其家爲相門。“玉婘”，同玉眷，稱人眷屬的美詞。

〔一七〕“將母攜孥”，帶着老母妻子赴任；“將母”本謂奉養母親，語出《詩經》。“奉新”，今江西奉新縣，在南昌市以西。

〔一八〕“四月二十六日”，指乾道六年（一一七〇）的四月二十六日。“交職”，交替職任，即接任。

〔一九〕“作邑”，作縣官。當時作最下級的地方官，差使最不好當，故云“惟愁”。

〔二〇〕“燕居”，安居，即閒來時。“深念”，猶言細想。

〔二一〕“健決”，《埤雅》：“火性：健決躁速。”這裏指剛暴猛烈的作風、手段。“集事”，成事，辦事。

〔二二〕“六經”，儒家以《易》、《書》、《詩》、《禮》、《樂》、《春秋》爲六經。六經大旨是儒家的“仁政”思想，反對暴戾；所以説若必須强暴手段才能辦事爲政，那麼六經豈不都是虚話了？“可廢”，指不必再學習它了。

〔二三〕“如嚮”，《易・繫辭》：“其受命也如嚮。”疏云：“如響之應聲也。”這説立時收到應有的效果。

〔二四〕“異時”，他時——指過去的。“寬己而嚴物”，對待自己寬縱，對待別人嚴刻。"物",是相對"己"而言,指人,不是指"物件"。此處實指人民。

〔二五〕"益深益熱",《孟子·梁惠王》:"簞食壺漿,以迎王師,豈有他哉?——避水火也。如水益深,如火益熱,亦運而已矣。"益深益熱之術,指更加酷烈害民的辦法。

〔二六〕"尤",怨尤,埋怨,責備。

〔二七〕"某",本是"萬里"二字——作者自呼名;留稿編集時則諱去名子,以"某"字代替,因爲古代士大夫只有對長上才自呼名,朋友也不能逕呼姓名,否則便爲大不恭敬。"岸獄",見《詩·小雅·小宛》:"宜岸宜獄";韓詩作"宜犴宜獄",岸、犴音同字通,鄉地方的監禁爲犴,朝廷的監禁爲獄。

〔二八〕"府庫",指地方官署中的錢糧庫。按以上兩句是說:人民交不齊賦税,雖然加以逮捕拘禁,府庫依然是空乏的,全無用處。

〔二九〕"縱幽囚",釋放被囚的罪犯。

〔三〇〕"息鞭笞(chī)",停止用刑拷打。

〔三一〕"頌(róng)繫",指桎梏、枷鎖之類。《漢書·刑法志》:"年八十以上、八歲以下,及孕者未乳,師,朱儒:當鞠繫者頌繫之。"注:"頌讀曰容;容,寬容之不桎梏。"按頌繫本對鞠繫而言,作者這裏實際則包指鞠繫。

〔三二〕"逋租",欠租。

〔三三〕"輸",當繳的數額。此是名詞。下文的輸則是動詞,繳納。

〔三四〕挨門挨户地都給到。"詣(yì)",至。"給",發給。

〔三五〕"里胥",即後世所謂保甲長之類,宋朝制度,管催税的里胥,前後有里正、户長、甲頭、大保長等名目。這些人都是人民出錢僱爲"職役"的,却專門替官府辦事,往往欺壓人民,其地位是介乎官民之間的一種"跑腿"。"邑吏",縣衙内的下級官吏、辦事員。"獄吏",管獄的小官。

〔三六〕"縲(léi)紲(xiè)",縲,亦作纍,紲,亦作絏,拘繫罪犯的繩索。

〔三七〕"癘疫",瘟疫。(當時罪人在牢獄中衛生條件極壞,日久即生病疫。)“染污”,猶現代説傳染。

〔三八〕“朞(jī)月”,滿一個月,週月。“粗給”,略備,大致收齊。

〔三九〕“上官”,上司。“見容”,予以容許,聽其如此作法。按封建時代一般庸吏,不但自己行虐政,遇到下屬作點好事,他也不許可,反要加以禁制彈劾。

〔四〇〕“師友”,意指張浚、張栻父子。他們都講究理學,主張由“正心誠意”的修身作起、而擴及於治理國家。

〔四一〕所引前輩語未詳確指,待考。其意謂僅僅作到官民富足,也還是小焉者;在儒家爲政,有更高的理想。按此前輩之語係用《孟子·萬章》:“孔子嘗爲委吏矣,曰:‘會計當而已矣。’嘗爲乘田矣,曰:‘牛羊茁壯而已矣。’”委吏,主積蓄倉廩;乘田,苑囿之吏,主芻牧六畜。

〔四二〕“眼高四海者”,指張栻,説他的才具足以治天下,哪裏把一州一邑放在眼下?“一莞(wǎn)”,一笑。《論語·陽貨》:“夫子莞爾而笑。”莞爾,微笑貌。

〔四三〕“輔郡”,接近京都的州府地方。

〔四四〕“無似”,猶言“不肖”,見《禮·哀公問》注。是謙語。

〔四五〕“推挽”,《左傳》襄十四年:“或輓之,或推之。”前面拉引爲輓,後面送力爲推。比喻薦引稱道。

〔四六〕“三逕”,《三輔決録》:“蔣詡……舍中竹下開三徑,唯求仲、羊仲從之遊。”陶潛《歸去來辭》:“三徑就荒,松菊猶存。”因此以三徑爲隱士所居之詞。

〔四七〕“爾”,略同“耳(而已)”“罷了”之語氣詞。

〔四八〕“四六”,一種駢體文,通體對偶,講究用典精恰。宋代士大夫必須擅長四六文字,凡正式的啓奏文件,多用此體。

〔四九〕“施少才”,名淵然,蜀人,作者的門生。“張安國”,名孝祥,作者同年、狀元,有《于湖居士集》。

〔五〇〕“虞相”,虞允文。“一通”,一本,一篇。

〔五一〕“迋(wǎng)”,往,——送去。

〔五二〕“商略”,商量,評議。“幸”,望。

〔五三〕“戒仲”,其人未詳,當是張浚家人。“何曹”,作何官職。“定叟”,張杓,字定叟,浚次子,栻之弟;居官有治聲。“安訊不疎否”,常有平安家信來嗎?

〔五四〕“不貲”,言不可限量,無比貴重。

〔五五〕“不宣”,不盡;書信末尾用詞。

# 轉對劄子〔一〕

臣聞保國之大計,在結民心;結民心,在薄賦斂〔二〕;薄賦斂,在節財用。臣伏見陛下深詔執事,會計邦財出入、國用盈虚之數〔三〕,臣仰測聖意,將有以節財用,薄賦斂,以結斯民之心:此宗社生靈萬世之盛福也〔四〕!然臣嘗爲陛下深思其説,以爲陛下雖有薄賦斂之心,恐未得薄賦斂之道;雖有節財用之心,恐未得節財用之策也。何以言未得薄賦斂之道?且今之財賦有地基茗課之征〔五〕,有商賈關市之征〔六〕,有鼓鑄榷酤之入〔七〕,有鬻爵度僧之入〔八〕:猶曰非取於農民也。而取於農民者,其目亦不少矣!民之輸粟於官者,謂之“苗”:舊以一斛輸一斛也;今則以二斛輸一斛矣〔九〕。民之輸帛於官者,謂之“税”:舊以正絹爲税絹也;今則正絹之外,又有和買矣〔一〇〕。民之鬻帛於官者,謂之和買:舊之所謂和買者,官給其直〔一一〕,或以錢,或以鹽,今則無錢與鹽矣。——無錢尚可也,無鹽尚可也,今又以絹估直,倍其直而折輸其錢矣〔一二〕。民之不役於官而輸其僦直者,謂之“免役”〔一三〕：舊以役爲錢也，税畝一錢者，輸“免役”一錢也；今則歲增其額而不知所止矣。民之以軍興而暫佐師旅征行之費者，因其除軍帥謂之經制使也，於是有“經制”之錢〔一四〕；既而經制使之軍已罷，而“經制錢”之名遂爲常賦矣〔一五〕。因其除軍帥謂之總制使也，於是有“總制”之錢〔一六〕；既而總制之軍已罷，而“總制錢”又爲常賦矣。彼其初也，吾民之賦止於粟之若干斛、帛之若干匹而已；今既一倍其粟、數倍其帛矣；粟帛之外，又數倍其錢之名矣，——而又有“月樁”之錢〔一七〕，又有“板帳”之錢〔一八〕：不知幾倍於祖宗之舊〔一九〕？又幾倍於漢、唐之制乎〔二〇〕？此猶東南之賦，臣所知者也；至於蜀民之賦，其額外無名者，臣不得而知也。陛下今欲薄賦斂，有司且曰〔二一〕：無以供經常之費也。臣故曰：陛下雖有薄賦斂之心，恐未得薄賦斂之道也。何以言未得節財用之策？蓋國家之用，有可得而節者，有不可得而節者：如宫室車服之用，如祠祀之用〔二二〕，如交聘之用〔二三〕，如餉師之用〔二四〕，此不可得而節者也。然古者國貧則君服大布之衣〔二五〕，年饑則路馬不食穀〔二六〕，君不祭肺〔二七〕，八蜡不通〔二八〕，——然則宫室衣服祠祀之用，亦有可節者矣。而況今之祠祀又非古之祠祀也，車服之飾，兵衛之衆，錫賚之恩〔二九〕，幾倍於古耶？雖然，猶曰事天地也，事宗廟也，事百神也〔三〇〕，是不可節也。至百官之宂，百吏之宂，師旅之宂〔三一〕，是獨不可求所以節之乎？高宗南渡以來，如節度使，不畀真俸矣〔三二〕，雖然，猶曰某有某戰之功，不可減也；至於將相積官而除者〔三三〕，王族戚里近習宦寺積恩而除者〔三四〕，是獨不可減乎？如國家之官帑有左帑矣〔三五〕,——天子之私藏有内帑矣〔三六〕,且天下之財,孰非天子之有?今也有私藏焉。——已非先王之制矣;而又有曰“封樁”者焉〔三七〕,又有曰“南帑”者焉〔三八〕。南帑今爲“西上帑”矣〔三九〕。左帑之用,西上帑之用,則朝廷之經費也;所謂“封樁”,何爲者也?——不過浚所入之贏〔四〇〕,以入封樁;又浚封樁之贏,以入内帑而已。天下之財,入於内帑,則豈復可得而稽〔四一〕,亦豈復(可)得而節哉!内帑所在,人有覦心〔四二〕,至使人主不敢一顰一笑也〔四三〕,——一顰一笑,則宫闈左右望賜矣;人主不敢一遊一豫也,——一遊一豫,則宫闈左右望賜矣;人主不敢一飲一食也,——一飲一食,則宫闈左右望賜矣:人主之奉幾何?而浮費或相什伯,或相千萬矣〔四四〕!此獨不可節耶?而臣見其費之增也,未見其費之節也。臣故曰:陛下雖有節財用之心,恐未得節財用之策也。今竭東南之財,而支天下之全費〔四五〕;見内帑之富,而忘斯民之日貧,——而議者乃曰:“有司不能爲陛下節財也。”不知有司安能節財?節財在陛下而已!臣愿陛下明詔大臣,立爲法制:凡内帑出入,皆令領於版曹〔四六〕,而經於中書〔四七〕;制之以印券〔四八〕,而覆之以給舍〔四九〕:其大過之恩幸,無功之錫予〔五〇〕,皆得執奏而繳駁之〔五一〕。太祖皇帝嘗令後苑造一薰籠〔五二〕,數日不至;帝責怒左右,——對以事下尚書省,尚書省下本部,本部下本寺,本寺下本局〔五三〕,覆奏,又得旨“依”〔五四〕,方下製造,乃進御〔五五〕。——以經歷諸處故也。帝怒問宰相趙普曰〔五六〕:“我在民間時,用數十錢可買一薰籠;今爲天子,乃數日不得,何也?”普曰:“此是自來條貫〔五七〕,不爲陛下設，乃爲陛下子孫設，使後代子孫若非理製造奢侈之物，破壞錢物，以經諸處行遣〔五八〕，須有臺諫理會〔五九〕：此條貫深意也。”太祖大喜曰：“此條貫極妙！”仁宗皇帝寶元、慶曆四歲之間〔六〇〕，兩命羣臣議行減省；韓琦言〔六一〕：“欲省浮費，莫如自宫掖始〔六二〕。”於是内庭不急之用，悉行裁減〔六三〕。惟陛下推廣太祖、仁宗之德意，而立經久一定之法度，此亦節用之大端也。至於宫室車服祠祀之過制，百官百吏三軍之冗食，中外官吏賜予之濫費，亦皆議所以裁節之者。陛下馭幸以示恩〔六四〕，有司執法以任怨〔六五〕，下之人亦曰：“非上之不與也，有司之法也。”又何怨之有？浮費既節，帑藏自充。——則不惟不取外帑以入内帑而已，亦可如祖宗之時，間出内帑以佐外帑矣〔六六〕；不惟内帑可出以佐外帑而已，如封樁亦可併省而歸於左帑矣；不惟封樁可併而已，如印造楮券之數〔六七〕，亦可少減，鬻爵度僧之政，亦可暫罷，以待軍興不時之須矣〔六八〕。蓋用節而後財可積，財積而後國可足，國足而後賦可減，賦減而後民可富，民富而後邦可寧。不然日復一日，歲復一歲，臣未知其所終也！惟陛下夙夜憂思而速圖之〔六九〕。臣不勝愚忠〔七〇〕。

## 貼黄云〔七一〕

臣近因接送虜使〔七二〕，往來盱眙〔七三〕，聞新酋用其宰臣之策〔七四〕，蠲民間房園地基錢〔七五〕，又罷鄉村官酒坊,又減鹽價,又除田租一年:竊仁義,假王政〔七六〕,以誑誘中原之民,又使虚譽達於吾境〔七七〕。此其用意不可不察。

〔一〕“轉對”,宋制,臣僚輪流每五日一入内殿見皇帝,指陳時政得失,稱爲轉對,也叫輪對。“劄子”,宋時上下行公牘及同僚正式書啓,都有劄子之名;此指上於皇帝的奏劄。

〔二〕“薄賦斂”,减輕賦税剥削掠奪。《孟子·盡心》:“薄其税斂。”

〔三〕“執事”,管事的——泛語,所指隨事而異,這裏略如“有司”,指該管的官僚而言。“會計”,核算,細分則零計叫“計”、總計叫“會”。

〔四〕“宗社”,指宗廟、社稷二者,是封建統治者兩大祭祀對象;後來便用爲封建政權的代稱詞。此在當時猶言“國家”。

〔五〕“地基”之征,《宋史·食貨志》稱爲“城郭賦”,大約猶後世所謂“地皮錢”,指佔用地面而須納税,如房税、地税。“茗課”,茶税。宋代茶爲官賣品,於産地設“山場”,官發本錢給種茶户(稱爲“園户”),生産的茶葉只可以用一部分折交租税,其餘的全數由官低價收買;“凡民茶折税外,匿不送官及私販鬻(賣)者,没入之,計其直(值)論罪;園户輒(擅敢)毁敗茶樹者,計所出茶,論如法。……主吏私以官茶貿易及(達到)一貫五百(錢)者,死。”(《宋史·食貨志》)官場收得茶後,自以高價出賣,爲“禁榷”;由商人花錢領取執照運販,稱爲“通商”。《建炎以來朝野雜記·甲集》:“至紹興末年,東南十路六十州二百四十二縣,歲産茶一千五百九十餘萬斤,收鈔錢二百七十餘萬。”

〔六〕“商賈(gǔ)關市之征”,行販爲商,坐賣爲賈;關,行販的税卡;市,坐賣的市場。《宋史·食貨志》:“商税,凡州縣皆置‘務’(收税處),關鎮亦或有之。……行者齎(攜帶)貨,謂之‘過税’,每千錢算二十(取百分之二的税);居者市鬻,謂之‘住税’,每千錢算三十;大約如此,然無定制。……有官須者,十取其一,謂之‘抽税’。……而貪吏並緣,苛取百出,私立税場,算及緡錢斗米束薪菜茹之屬，擅用稽察、措置、添置、專欄、收檢，……聞者咨嗟，指爲‘大小法場’！”

〔七〕“鼓鑄榷酤之入”，指鑄造錢鈔及官家專賣之利。榷酤字面指禁止民間釀酒，官造專利，但作者言“榷酤”，實包括酒、茶、鹽、香、礬等當時各賣專品而言之。參看《宋史·趙開傳》：“又法成都府法，於秦州置錢引務，興州鼓鑄銅錢。官買銀絹，聽民以錢引(紙幣)或銅錢買之。凡民錢當入官者，並聽用引折納。官支出亦如之。民私用引爲市，於一千並五百上，許從便增高其值，惟不得減削，法既流通，民以爲便，初錢、引兩科通行纔二百五十萬有奇，至是添印至四千一百九十餘萬，人亦不厭其多，價亦不削。”實即增造紙鈔以搜括民財。又同書《食貨志》：“榷酤之法，諸州城内皆置‘務’釀酒，縣鎮鄉閭，或許民釀而定其‘歲課’。……渡江後，絀於養兵，隨時增課，名目雜出。……建炎三年……趙開遂大變酒法，……置‘隔釀’，設官主之，民以米入官自釀，斛輸錢三十、‘頭子錢’二十二。明年，徧下其法於四路，歲遞增至六百九十餘萬緡。……於是東南之酒額亦日增矣。……行之既久，醞賣虧欠，則責入米之家認輸，不復覈其米，而第取其錢，民始病矣。”餘不繁引。

〔八〕“鬻爵度僧之入”，鬻爵指納財捐官的制度。鬻，售賣之義。度僧，指出家者須向官府領取“度牒”(證明書)，要繳納費用，自唐代爲始，也成爲官府一項很大的收入。

〔九〕“輸粟”，繳納糧穀(下文“輸帛”是繳納絲織品)。《吹劍録》：“州縣苛取之門非一，姑述納米之弊：斗斛係文思院給下(文思院是宋代監造器物的官署)，乃於鐵葉下增加板木，復以鐵葉蓋之；甚者輒自創置(自作斗斛量器，變亂規格，以圖多斂)，所增尤不貲。其弊一也。‘斛面’所帶已六七升，又有‘加耗’，又有‘呈樣’‘修倉’名色，又有‘頭脚錢’‘支俵’等費；而耗米則又有用斗量，‘斗面’贏餘，又倍‘斛面’：故率三石方納得一石。至於總數既足，則盡令折納價錢。其弊二也。”可以合看。自宋以五斗爲一斛(古十斗爲一斛)。作者所説,是税外明文附加;《吹劍録》所説,是官吏私弊。

〔一〇〕“和買”,字面是兩相情願的交易:官需絹布絲綿等,民願賣給官家;實際是强迫收買,——再變而爲硬行勒索。《宋史·食貨志》:“太宗太平興國中……馬元方爲三司判官,建言:方春乏絶時,預給庫錢貸民,至夏秋冬輸絹於官。……初‘預買’紬絹,務優直(值)以利民,然猶未免煩民;後或令民折輸錢,或物重而價輕,民力寖困;其終也,官不給直(值),而賦取益甚矣!”

〔一一〕“直”,同今“值”字,價值,價錢。

〔一二〕參看《宋史·林大中傳》:“江浙四路,民苦‘折帛’‘和買’重輸。大中曰:有産則有税,於税絹而科‘折帛’(錢),猶可言也;如‘和買’折帛,則重爲民害。自咸平馬元方建言,於春預支本錢,濟其乏絶,至夏秋使之輸納,則是先支錢而後輸絹;其後則錢鹽分給(一半付現錢、一半以鹽折價);其後則直取(白取)於民!——今又令納‘折帛錢’,以兩縑折一縑之直,大失立法初意!”官方硬將絹價估高一倍、令人民按此高價交納“折帛錢”。折帛錢到此竟成爲一種“賦税”了!

〔一三〕“僦直”,僱用錢。按宋代所謂“力役”法,最爲擾民,即强迫百姓(包括一般小地主)給官府當差。《宋史·食貨志》:“役法,役出於民,州縣皆有常數,……以‘衙前’主官物,以‘里正’‘户長’‘鄉書手’課督賦税,以‘耆長’‘弓手’‘壯丁’逐捕盗賊,以‘承符’‘人力’‘手力’‘散從’給官使令;縣:曹司至押録,州:曹司至孔目官,下至雜職、虞候、揀掐等人,各以鄉户等第定差。”應役之户,往往破産,避役者爲了不被派爲上等户,或嫁祖母、母親,或棄田與人,甚至自殺。而官僚地主則不服役。王安石變法,使民出錢僱人充役,因有“免役錢”“助役錢”“免役寬剩錢”等名目。

〔一四〕“經制錢”,參看《宋史·食貨志》:“宣和末,陳亨伯以發運使兼經制使,因以爲名。建炎二年,高宗在揚州,四方貢賦不以期至,户部尚書吕頤浩、翰林學士葉夢得等言:亨伯以東南用兵,嘗設經制司,取量添酒錢及增一分税錢、頭子、賣契等錢,……於是以添酒錢、添賣糟錢、典賣田宅增牙税錢、官員等請給頭子錢、樓店務增三分房錢，令兩浙、江東西、荆湖南北、福建、二廣收充經制錢，以憲臣領之，通判斂之，季終輸送。”

〔一五〕“遂爲常賦”，變爲經常的正税了。

〔一六〕“總制錢”，參看《宋史·食貨志》：“紹興五年，參政孟庾提領措置財用，請以總制司爲名，又因‘經制’之額，增析而爲‘總制錢’，而總制錢自此始矣。”孝宗時歲收一千七百萬貫。

〔一七〕“月樁錢”，紹興二年創始，即朝廷要向州縣按月索錢。州縣不得不横斂，以致名目百出，如麴引錢、白納醋錢、賣紙錢、户長甲帖錢、保正牌限錢、折納牛皮筋角錢，兩次訴訟不勝則罰錢、勝訴則有歡喜錢……

〔一八〕“板帳錢”，參看《宋史·食貨志》：“所謂板帳者，……如輸米則增收‘耗剩’，交錢帛則多收‘糜費’，幸富人之犯法而重其罰，恣胥吏之受賕(贓)而課其入，索盜賊則不償失主，檢財産則不及卑幼，亡僧絶户，不俟覈實而(將其財産)入官，逃産廢田，不與消除而抑納，他如此類，不可徧舉。州縣之吏，固知其非法，然以板帳錢額太重，雖欲不横取於民，不可得已。”

〔一九〕、〔二〇〕可參看《建炎以來朝野雜記·甲集》：“國朝混一之初，天下歲入緡錢千六百餘萬，太宗皇帝以爲‘極盛’，兩倍唐室矣！……渡江之初，東南歲入不滿千萬；逮淳熙末，遂增六千五百三十餘萬焉。今東南歲入之數：獨上供錢二百萬緡，此祖宗之正賦也；其六百六十餘萬緡，號‘經制’，蓋吕元直在户部時復之；七百八十餘萬緡，號‘總制’，蓋孟富文秉政時創之；四百餘萬緡，號‘月樁錢’，蓋朱藏一當國時取之：自‘經制’以下錢，皆增賦也。合茶、鹽、酒、算、阬冶、榷貨、糴本、和買之入，又四千四百九十餘萬緡：宜民力之困矣！”僅依此而計，已爲“祖宗之舊”的三十三倍，實際尚不止此。按據《通典》載，唐天寶時歲入當合四百七十餘萬緡，據《資治通鑑》載，則大中七年歲入錢增至九百二十五萬餘緡。即以九百餘萬計，宋之六千五百三十萬已爲唐之七倍有餘。

〔二一〕“有司”,該管的官吏。泛詞,所指隨事而異。此指户部。

〔二二〕宋代的祭祀費是一項極大支出;除每三年一次郊禮,還有明堂大祭;可參看《宋史·食貨志》:“及景德中,祀南郊(祭天),内外賞賚金帛緡錢總六百一萬;至是饗明堂(總祭一切神鬼),增至一千二百餘萬。”一次祭祀僅儀仗人等要多到一萬幾千名。可見當時一場祭祀典禮要耗費多少錢物。

〔二三〕“交聘之用”,指南宋既與敵人金國“和議”之後,每年向金國納貢和兩國互派使臣來往上的一切花費。按宋高宗初次“和議”時所奉表文中説:“臣構言:……既蒙恩造,許備藩方,世世子孫,謹守臣節:每年(金)皇帝生辰並正旦(元旦)遣使稱賀不絶,歲貢銀、絹二十五萬兩、匹,自壬戌年(紹興十二年·一一四二)爲首,每春季搬送至泗州交納。有渝此盟,明神是殛,墜命亡氏,踣其國家!”(據《宋史紀事本末》引)至孝宗隆興二年(一一六四)“和議”,歲幣銀絹照前各減五萬兩、匹,即仍須各交二十萬。而貢獻實際情況是:每年先要送銀一百鋌、絹五百匹過淮河交金國官,叫做“呈樣”。金人藉口質量不良,十退八九;宋國要獻賄銀一千三百多兩、金三十五兩,布酒——折銀六百二十兩,餘外酒茶果雜物無數,又要貼“耗銀”二千數百兩。往返數月之久,金國大小官吏既飽於賄賂,才肯部分接受,餘者退換。兵三百人押民夫運送往返,耗用可想。使臣則例帶禮品:金器一千兩、銀器一萬兩,綵段一千匹,其他香、茶、藥、果等無數;如派特使,則禮物加倍。兩國互派正使每年往返八次,每一使官在路上賜筵四次,共費五十九萬貫;其餘供應尚不計算。

〔二四〕“餉師”,指發付軍餉。宋代軍費一般佔國家全部支出的三分之二。

〔二五〕“大布之衣”,粗布衣(見《左傳》)。

〔二六〕“路馬”,國君的馬叫做路馬;路,大也。參看下注。

〔二七〕“不祭肺”,《禮·曲禮》:“歲凶,年穀不登(不收成),君膳不祭肺,馬不食穀,馳道不除(不修治),祭事不縣(不用鍾磬等樂器)。”疏:“夫盛食必祭,周人重肺,故食先祭肺;歲既凶饑,故不祭肺,則不殺牲也。”

〔二八〕“八蜡不通”,八蜡是歲終合聚有關農事諸物的總祭祀;《禮·郊特牲》:“天子大蜡八,……歲十二月,合聚萬物而索饗之也。……八蜡以記四方,四方年不順成,八蜡不通,以謹民財也。”八蜡祭祀對象包括神農、后稷、農官、田廬道路、堤防、溝渠、獸蟲等。

〔二九〕“錫賚(lài)之恩”,指宋代祭祀要放賞,參看註〔二一〕。錫賚,賞賜。

〔三〇〕“事”字在此是侍奉義。

〔三一〕“冗(rǒng)”,散閑多餘的意思,人員多、事務少,掛名食禄而無事作,叫做冗員。宋代官吏極爲冗濫,因其制度是一方面全部承襲了唐、五代所遺留下來的無數官位職名的稱號,而又不實任職事,止作爲品級受俸的依據,此外又有所謂“階”、“勳”、“爵”,也都是受禄的名義;而一方面必須實際任事的則另設所謂“職”官和“差遣”官;又另一方面則大開仕路,貴族大官們的子弟親近人等“恩蔭”極濫,科舉出身的又逐年增加,都要安插。因此官僚機構龐大重疊,冗員多得驚人。官僚的俸禄,又極盡優厚之能事。參看《建炎以來朝野雜記》:“祖宗時,内外文武官通一萬三千餘員;天聖中兩制兩省不及三十員,京朝官不及二千員,三班使臣不及四千員。……乾道中京朝官已三四千員,選人亦七八千員;紹熙二年,京朝官四千一百五十九員,合四選凡三萬三千一十六員;慶元二年,京朝官如紹興之數,選人增至一萬三千六百八十員,大使臣六千五百二十五員,小使臣一萬八千七十員,通四選凡四萬二千有奇:蓋五年之間,所增僅(此僅字不作“止”“纔”講,是“幾乎”義,語氣言其多,不言其少)九千餘員,可謂官冗矣!”兵制也是逐年增加數額,但腐敗得很,以致有“將驕士惰,徒耗國用”、“數日增,而其不可戰也亦愈甚”的現象。

〔三二〕“不畀真俸”:畀,給;真俸,南宋時的一種減發薪俸的制度;《通考・職官考・禄秩》:"中興俸禄之制,……惟兵興之始,宰執請受,權支三分之一或三分之二,或支賜一半;隆興及開禧自陳半支給,皆權宜也。"此謂之真俸。不畀真俸,即特發全數實俸。按《通考》所載,節度使"俸錢、衣賜、傔人、俸馬,權支三分之二"。

〔三三〕"積官",指積累實際功績資歷,屢經升級加銜的。"除",授受新官階;《漢書・景帝紀》注:"凡言除者,除故官、就新官也。"此處指除授節度使而言。

〔三四〕"積恩",指並無實際功績資歷、只是積累屢次的"恩賞"而得官的;參看《文獻通考》:"宋興,節度、觀察使事務悉歸於本州知州、通判兼總之,節度使無定員,恩數與執政同,初除、鎖院降麻,恩禮尤異。祖宗時,以待宗室近屬外戚國婿年勞久次者。……中興、諸州陞改節鎮凡十有二,是時諸將勳名鼎盛,有兼兩鎮三鎮者,……其後相承宰執、從官及后妃之族,拜者不一,然自建炎至嘉泰,宰相特拜者六人、執政一人、從官二人而已;惟紹興中曹勛、韓公裔,乾道中曾覿,嘉泰中姜特立、譙令雍,皆以攀附恩澤,亦累官至焉,非常制也。"又注云:"國初外戚罕有建節者,……中興後外戚節度使二十有二人。哲廟以前節度使未有以恩澤除者,……中興後曹勛、曾覿輩以攀附恩建節。"這正是作者所指的"王族戚里"、"近習宦寺"等人居然高官到節度的例子。

〔三五〕"帑(nú或tǎng)",金幣財貨的貯藏所,即俗所謂庫。"左帑",即左藏庫;從晉以後,國庫分左右藏,唐代左藏貯錢帛、天下賦調,右藏貯銅鐵雜物、珠寶器玩等。宋沿左藏之名。參看下注。

〔三六〕"内帑",宋代有内藏庫,是皇帝的私藏所。《宋史・食貨志》:"凡財貨之不領(掌管)於有司者,則有内藏庫,蓋天子之別藏也。……宋初諸州貢賦皆輸左藏庫;及取荆湖、定巴蜀、平嶺南、江南諸國,珍寶金帛,盡入内府,初,太祖以帑藏盈溢,又於講武殿後別爲内庫,……太宗嗣位,漳、泉、吴、越相次獻地,又下太原,儲積益厚,分左藏庫爲内藏庫,……改講武殿後庫爲景福殿庫,俾隸内藏。其後乃令揀納諸州上供物,具月帳,於内東門進入,外庭不得預其事。……景德四年又以新衣庫爲内藏西庫。”起初猶以有司不能節約、以備軍旅饑饉不時之急需爲詞，其後直以爲皇帝私享。

〔三七〕“封樁”，本錢法名稱，是封樁不得擅動的意思。後演爲庫名。《宋史・食貨志》：“元豐以來，又詔諸路金帛緡錢輸内庫者，委提點刑獄司督趣（促），若三司發運司擅留者，坐之（以法論罪），起發坊場錢，勿寄市易務（税所），直赴内藏庫寄帳封樁；當輸内庫金帛緡錢踰期或他用者，如擅用封樁錢法。……元祐三年，改封樁錢物庫爲元祐庫。”彼時諸路地方所進貢賦内都有一項封樁錢。南宋孝宗時有封樁上下庫。參看下注。

〔三八〕、〔三九〕按南宋時期的内藏諸庫，《宋史》缺載，《通考》所記亦不詳備，唯《夢粱録》“六院四轄”條云：“左藏庫，有東西二庫，在清湖橋。……東庫則掌幣帛絁紬之屬，西庫則掌金銀泉券絲纊之屬。蓋朝廷用度，多靡於贍兵：蜀、湖之餉，江、淮之賦，則歸於四總領；餉諸屯軍，則東西兩庫。歲入絹計者率百四十萬，以緡計之率一千萬：給遣大軍，居什之七；宫禁百司禄賜，裁（纔）三。有非泛浩繁之費，則請於朝，往往出内帑樁，以補其闕耳。封樁上庫，在三省大門内；封樁下庫，在左藏庫中門。安邊太平庫，在下庫南。蓋封樁上庫，肇於孝廟之時，以備緩急支撥，又徙户部錢物隸本所，則有上下庫之别。上庫窠名者：曰折帛、總制、增鹽三分、鹽袋增額，不排辦人使。下庫窠名者：曰賣酒酒息、營田、鹽場、蘆柴、坍江、江沙田額、五釐關子，爲數五夥。”所謂“南帑”，疑指安邊太平庫，因南宋時左藏南庫已撥隸户部，太府寺所領只有交引庫、祗候庫、左藏東西庫、寄樁庫（見《通考》）。“西上帑”何指，未詳。

〔四〇〕“浚”，本義是“煎”；《國語・晉語》：“浚民之脂膏以實之。”引伸爲壓榨、剥削等意思。此是榨取義。“羸”，盈餘。

〔四一〕“稽”，考察。按可參看《宋史・食貨志》：“蓋内藏歲入金帛皇祐中二百六十五萬七千一十一，治平一百九十三萬三千五百五十四；……至於儲積盈縮，則有司莫得詳焉。神宗……嘗謂輔臣曰：

‘比閱内藏庫籍，文具而已（不過官樣文章罷了）；財貨出入，初無關防：舊以龍腦珍珠鬻於榷貨務，數年不輸直（繳入價款），亦不鈎考。嘗聞太宗時内藏財庫每千計用一牙錢記之，凡名物不同，所用錢色亦異，他人莫能曉，匣而置之御閣，以參驗帳簿中定數。……今守内藏臣皆不曉帳籍關防之法。’……元祐元年……明年詔内藏庫物聽以多寡相除。置庫百餘年，至是始編閱云。”可見内庫是根本無所謂規則條例可言的。

〔四二〕“人有覦（yú，或去聲）心”，人人都有想得之心。覬覦，興心想望。按此係用《左傳》襄十五年“則民無覦心”語。

〔四三〕這句和下文是婉詞，爲皇帝開脱。濫賞本由皇帝，現在則反説衆人望賞，使皇帝“不敢”一顰一笑，作者當時爲了不觸忤皇帝，希望他能聽得進諫言而有所改過，不得不如此婉詞曲語。

〔四四〕“相什伯、相千萬”，高至十百倍、千萬倍之多。按此可參看《武林舊事》所記，孝宗每次過德壽宫陪高宗宴樂，都照例“支賜有差”，承應人（太監等）有“目子錢”，近侍進撰進詞，也“各有宣賜”，如“金盃盤、法錦等物”，有一次二女童呈獻伎藝，太后遂宣賜“宣和殿玉軸、沉香槽、‘三峽流泉’正阮（絃樂器名）一面、白玉九芝道冠、北珠緣領道氅、銀絹三百匹兩、會子（錢鈔）三萬貫”，可以推想這種用費之鉅。

〔四五〕兩句説南宋時僅能剥削江南人民，以此收入而支應並不比北宋時代減少的全部費用，如官俸、兵餉、禮費、歲幣、濫賞等都是。

〔四六〕“版曹”，指户部；户部掌管財賦版籍，所以稱爲版曹。版是册籍檔案，曹是官府的分職分部的意思。

〔四七〕“中書”，此指當時中央政府。中書省本是古代三省（中書、門下、尚書）之一，南宋時期三省已併而爲一，無所謂中書省；其長官亦即左右丞相、參知政事，也無復中書令、中書侍郎的名號。

〔四八〕“印券”，指支領内帑的正式執據。

〔四九〕“給舍”，指給事中、中書舍人兩官（前者本屬門下省，後者本屬中書省），他們對不同意的命令措施，有封駁繳奏之權（舍人因本有撰擬詔令文詞的職責,因此可以拒絶起草,繳回命令;給事中本亦有草制之例,後則專管封駁制敕,施行與否,須經他簽署同意)。

〔五〇〕“錫予”,賜賞。

〔五一〕參看注〔四八〕。駮、駁同。

〔五二〕“太祖皇帝”,宋代第一個皇帝趙匡胤。“薰籠”,竹類編織器,可以罩置爐盆之上,用以薰烤衣物。

〔五三〕“省、部、寺、局”,是當時上下級官署遞相隸屬的幾個層次的泛名。以造薰籠而言,宋太祖時確實情況未詳;後來則當由尚書省下達工部,工部下達少府監,少府監下達於文思院。但依上文“令後苑造一薰籠”而推,則又似指後苑造作所,但後苑造作所隸於内侍省,不同於尚書省部的系統。此係傳聞之詞,舉例泛言,不必拘執。

〔五四〕“得旨‘依’”,得皇帝批一“依”字,即批准。

〔五五〕“乃進御”,纔送給皇帝用。

〔五六〕“趙普”,幽州薊人,字則平,佐趙匡胤統一全國,建立宋王朝,拜樞密使,爲宰相,極被倚重。

〔五七〕“條貫”,猶後來所説的“規矩”“章程”。

〔五八〕“行遣”,指諸層官署依法辦理手續,依令執行。

〔五九〕“臺諫”,指御史臺和諫院(有諫議大夫、司諫、正言等官名)二者:御史管糾劾百官失職,諫官則侍從皇帝、進言規諫。給事中專主封駁命令,也稱爲“給諫”。“理會”,有“注意”“照管”“處理”“干涉”等意思。

〔六〇〕指從寶元元年(一〇三八)到慶曆元年(一〇四一)。

〔六一〕“韓琦”,相州安陽人,字稚圭,相宋仁宗等三朝,爲北宋名宰相,任事敢言,不避危疑。謚忠獻。

〔六二〕“宫掖”,猶言宫闈;宫中旁舍名爲掖庭,后妃宫嬪等人所居,故合稱宫掖。按可參看《宋史·食貨志》:“至寶元中,陝西用兵,調度百出……侍讀賈昌朝言:‘……邑有禁兵三千,而留萬户賦輸,僅能取足。郊祀慶賞乃出自内府;計江淮歲運糧六百餘萬石,以一歲之入,僅能充期月之用:三分二在軍旅,(三分之)一在冗食。'……於是議省冗費。右司諫韓琦言:'省費當自掖庭始,請詔三司取先朝及近歲賜予日費之數,裁爲中制,無名者一切罷之。'……其後西兵久不解,財用益屈,内出詔書減皇后至宗室婦郊祀半賜,著爲式;皇后嬪御進奉、乾元節回賜物,皆減半,宗室外命婦回賜權罷。於是皇后嬪御各上奉錢五月以助軍費。"又"熙寧初……帝因論措置之宜,言今財賦非不多,但用不節,何由給足?宫中一私身之奉,有及八十千者,嫁一公主,至費七十萬緡,沈貴妃料錢月八百緡。聞……仁宗初定公主奉料,以聞獻穆,再三始言,初僅得五貫爾,異時中宫月有止七百錢者。……"前後對照,可見宫中糜費,愈來愈奢。早已成爲一大項支出。

〔六三〕"悉",皆。

〔六四〕"馭幸",猶言統掌恩賞、寵幸。

〔六五〕"執法以任怨",依法裁抑,不得賞賜者如有抱怨,由他擔承。

〔六六〕可參看《宋史・食貨志》:"太宗……分左藏庫爲内藏庫……帝因謂左右曰:'此蓋慮司計之臣不能節約,異時用度有闕,復賦率於民,朕不以此自供嗜好也。'自乾德、開寶以來,用兵及水旱振給、慶澤賜賚、有司計度之所闕者,必籍其數以貸於内藏,候課賦有餘,即償之;淳化後二十五年間,歲貸百萬,有至三百萬者;累歲不能償,則除其籍(銷帳)。"

〔六七〕"楮券",紙幣。按宋代紙幣法流行,北宋有"交子""錢引",南宋有"關子""公據""會子"等名色。官府見有利可圖,多濫行印造,其後不能兑現,價值屢貶,成爲害民之政。

〔六八〕"軍興不時之須",戰争起時意外緊急用項。

〔六九〕"夙夜",早晚——時時。"速圖",趕快想法。

〔七〇〕"不勝(shēng)愚忠",不盡其愚忠之意——表示懇悃的話。

〔七一〕"貼黄",宋葉夢得《石林燕語》:"今奏狀劄子皆白紙,有意所未盡,揭其要處以黄紙别書於後,乃謂之貼黄,……"

〔七二〕事見第一八四頁《銜命郊勞使客船過崇德縣》注〔一〕。

〔七三〕“盱眙”,今江蘇盱眙縣,在洪澤湖以南,當時仍屬南宋地。

〔七四〕“新酋”,指金世宗卒後章宗(璟)新立。事在淳熙十六年(一一八九)。

〔七五〕“蠲(juān)”,豁免。

〔七六〕“假王政”,假借“王道”之政。王政即儒家所謂的“仁政”。

〔七七〕“虛譽”,不實之浮名。這是作者故意輕貶敵國的話,實際金國的蠲免賦税並不比宋朝的蠲免更虛假。參看作者《旱暵應詔上疏》:“陛下之於民,田租之課,所蠲者不知其幾;酒課之所蠲者,不知其幾;茶鹽之課,所蠲者不知其幾:可謂上有薄賦斂之君矣。然民之不受其實惠者何也?下之人有以隔之也。陛下蠲之,版曹(中央户部)督之,監司(地方各路監税官)督之,州縣(下級地方官)督之:則是蠲之者,言也;督之者,意也;蠲之者,名也;督之者,實也。言不掩意,實不蓋名:是罔民(欺騙人民)也!”

## 懷種堂記

乾道四年,樞密劉公既登用〔一〕,善類復聚,國勢大競,天下仰目,指期中興。而公孤忠崇崛,不少斵刓,疾視嬖邪,畢力擊排〔二〕。既牢不可動,則嘆曰:“道行則吾止,道止則吾行:是不可並〔三〕。”乃以大資政作藩隆興〔四〕。至則旁搜民瘼,孰爲疽根,弗獮弗薅,我則滌除,俾罔後災〔五〕。首得奉新縣三鄉寓税之弊,欣然上聞〔六〕。其明年,符下轉運〔七〕,悉蠲除之:爲税三十五萬錢有奇,爲米若干,爲帛若干。命下而公已遷荆州牧矣〔八〕。於是三鄉昔無田而有税者,今無其所有;昔有鄉而無民者,今有其所無〔九〕。又明年,五月,予來令奉新。三鄉之民,相率作堂，畫公像於間，以致瞻竚之敬〔一○〕。十一月某日，堂成。予移官成均〔一一〕，將行；邑之士王杲與三鄉之民來請名且記。予不得辭，名堂以"懷種"：種言德，懷言民也〔一二〕。於是民皆歎曰："微公之恩，吾其不首丘矣〔一三〕！"予曰："此非公之恩也。"於是民皆不悦。予重告曰："爾不見前古之君乎：聞興民之害，則勇於敢〔一四〕；聞除民之害，則勇於不敢。今公之言朝奏，而上之命夕應：然則此非公之恩也，上之恩也〔一五〕。"於是民始悦。予曰："亦公之恩也。"於是民皆大惑。予又重告曰："爾不見世之君子乎：一言而爲民百世之害也。彼不曰害民也，曰'利國'也。國可利也，民可害不可害也？而況民有其害，而國不有其利歟？然其人猶矜曰〔一六〕：'吾知忠於國也。'且夫國之所立，其恃者誰也〔一七〕？日夜摇其所恃，以忠其所立〔一八〕，——是果忠不忠也？一言而除民百世之害，如公者，有不有也？然則此又公之恩也。"於是民始大悦〔一九〕。三鄉：曰晉城，曰新安，曰法城云。門生奉議郎新除國子博士楊某記〔二○〕。

〔一〕"劉公"，指劉珙；珙字共(恭)父，武夷人，子羽之長子；忤秦檜，杜佞幸，風節極峻；金人犯邊，南宋抗敵，珙兼權中書舍人，詔檄多出其手，詞氣激烈，聞者泣下。乾道四年(一一六八)，拜中大夫、同知樞密院事；旋參知政事(軍、政兩府的副宰相地位)。

〔二〕"不少齗刓"，猶言略不妥協致傷正氣。《宋史》本傳："龍大淵、曾覿(皆孝宗寵幸的近侍宦官)既被逐，未幾，大淵死，上憐覿，欲還之；珙言二人之去，天下方仰威斷；此曹(輩)奴隸耳，厚賜之可也，若引以自近，使與聞機事，進退人才，非所以光德業，振紀綱。命遂止。"又力劾王琪矯詔命、擅行事，"争之尤力，殿中皆驚！"作者這四句指此等情事而言。"嬖(bì)",愛幸者。

〔三〕三句説,我之道若得行則我留在位,不得行則我必去官,二者不可並立。作者在此故意變幻上下文的"行""止"二字的用法和實指。

〔四〕劉珙因劾奏佞幸,罷政,爲端明殿學士,奉祠;宰相陳俊卿力留之,乃改知隆興府、江西安撫使。"大資政",指資政殿學士(與《宋史》異,見下注〔八〕)。"作藩",作藩鎮——地方大吏。"隆興",今南昌。

〔五〕"民瘼(mò)",人民疾苦所在;《詩・大雅・柔桑》:"瘼此下民。""獮(xiǎn)",殺;"薅",即薅字,拔除。"俾罔後災",使無遺害。這幾句指徹底爲民除弊。

〔六〕"寓税",寄税,指正額以外的附加税。"上聞",向上奏報。《宋史》本傳:"至鎮(隆興),首蠲税務新額,及罷倉苗大斛;屬邑奉新有復出租税,窮民不能輸(納),相率逃去,反失正税。並奏除之。"

〔七〕"轉運",轉運使。宋於每路設轉運使,掌錢糧刑獄等事,亦稱"監司"。

〔八〕《宋史》本傳:"除資政殿學士,知荆南府、湖北安撫使。"此荆南及文内"荆州",指今湖北江陵。"牧",地方長官。

〔九〕"無其所有",指原派加之税今得無。"有其所無",指原逃亡之民今得還鄉。

〔一〇〕"瞻竚",猶瞻仰、思慕。

〔一一〕作者從奉新縣令調任國子博士。"成均",指國子監;周代大學名曰成均,宋代大學名曰國子監,故用以比稱。

〔一二〕"種言德",意取自《書・大禹謨》:"皋陶(yáo)邁種德";種,猶言流布;宋人亦解爲"種植"。"懷言民",取自同書同篇:"黎民懷之";舊註:懷,歸也;這裏亦即懷思的意思。

〔一三〕"微",假如没有。"首丘",比喻返歸而得葬於故鄉;《禮・檀弓》:"古之人有言曰:狐死正丘首。"疏云:"所以正首而嚮丘者,丘是狐窟穴根本之處。"故狐雖死猶首嚮其丘。《淮南子・説林》:"鳥飛反鄉,兔走歸窟,狐死首丘。"

〔一四〕“勇於敢”,勇於敢爲,不顧一切、竭力推行。

〔一五〕此是周旋的話頭,其用意在反跌下文。

〔一六〕“矜”,自誇。

〔一七〕暗指立國所恃在民,民爲國本。

〔一八〕害民而自謂“忠於國”。

〔一九〕上言“上之恩”時,只云“民始悦”;此言“公之恩”時,而云“民始大悦”;民所真悦者在此不在彼,行文用意,在暗中含蓄而見。

〔二〇〕“門生”,按作者《江湖集》卷四,乾道二年所作《見潭帥劉恭父舍人》詩,中云:“道合寧嫌晚,心期不用多”,“門闌當欠士,許寄病身麼?”是初會於此年,已有從學之意,當是後來奉爲師門,或得其薦挽。劉珙一生骨鯁,臨卒猶以“未能爲國報雪仇恥”爲恨,爲官愛民,本傳稱“民愛之若父母,聞訃有罷市巷哭、相與祠之者”。作者早期交往、一生佩服的師友,張浚、胡銓之外,即屬劉珙。

# 誠齋荆溪集序〔一〕

予之詩,始學江西諸君子〔二〕;既又學後山五字律〔三〕;既又學半山老人七字絶句〔四〕;晚乃學絶句于唐人〔五〕:學之愈力,作之愈寡。嘗與林謙之屢歎之〔六〕,謙之云:“擇之之精〔七〕,得之之艱,又欲作之之不寡乎?”予喟曰:“詩人蓋異病而同源也,獨予乎哉〔八〕!”故自淳熙丁酉之春,上塈壬午〔九〕,止有詩五百八十二首〔一〇〕:其寡蓋如此。其夏之官荆溪〔一一〕;既抵官下,閲訟牒〔一二〕,理邦賦〔一三〕,惟朱墨之爲親〔一四〕;詩意時往日來于予懷,——欲作未暇也。戊戌三朝〔一五〕,時節賜告〔一六〕,少公事,是日即作詩。忽若有寤〔一七〕,於是辭謝唐人及王、陳、江西諸君子，皆不敢學，而後欣如也〔一八〕！試令兒輩操筆，予口占數首〔一九〕，則瀏瀏焉無復前日之軋軋矣〔二〇〕。自此，每過午，吏散庭空，即攜一便面〔二一〕，步後園，登古城，採擷杞菊〔二二〕，攀翻花竹，萬象畢來獻予詩材〔二三〕：蓋麾之不去，前者未讎〔二四〕，而後者已迫，渙然未覺作詩之難也〔二五〕。蓋詩人之病，去體將有日矣〔二六〕。方是時，不惟未覺作詩之難，亦未覺作州之難也〔二七〕。明年二月晦〔二八〕，代者至〔二九〕，予合符而去〔三〇〕；試彙其稿，凡十有四月〔三一〕，而得詩四百九十二首。予亦未敢出以示人也。今年備官公府掾〔三二〕，故人鍾君將之自淮水移書于予，曰："荆溪比易守〔三三〕，前日作州之無難者，今難十倍不啻〔三四〕！子荆溪之詩，未可以出歟〔三五〕？"予一笑抄以寄之云。淳熙丁未四月三日，廬陵楊萬里廷秀序〔三六〕。

〔一〕"《荆溪集》"，作者守常州時所作詩篇的結集；荆溪，水名，在常州宜興境，故名。作者詩集是按其生活階段、分别編集而各有集名的。《荆溪集》是他詩全集中的第二分集。

〔二〕"江西諸君子"，指宋代江西詩派中諸名家。《雲麓漫鈔》："吕居仁(本中)作《江西詩社宗派圖》，其略云：古文衰於漢末，……五言之妙，與三百篇、離騷争烈可也。自李、杜之出，後莫能及。……元和之末，無足論者，衰至唐末極矣！……至國朝文物大備，……歌詩至於豫章(黄庭堅)始大出而力振之，後學者同作並和，盡發千古之祕，亡(無)餘藴矣。録其名字，曰江西宗派，其原流皆出豫章也。宗派之祖曰山谷(黄庭堅號山谷道人)。其次陳師道無已、潘大臨邠老、謝逸無逸、洪朋龜父……徐俯師川……韓駒子蒼、李彭商老……凡二十五人，居仁其一也。"江西詩派由此正式得名、成立。其開派人黄庭堅,極力推崇杜甫,説:“老杜作詩……無一字無來處。蓋後人讀書少,故謂……杜自作此語耳。古之能爲文章者,真能陶冶萬物,雖取古人之陳言,入於翰墨,如靈丹一粒,點鐵成金也。”(《答洪駒父書》)又講究“换骨奪胎”(《冷齋夜話》記黄語);任淵《山谷詩集注》自序説:“本朝山谷老人之詩,盡極騷雅之變;後山(陳師道)從其游,將寒冰焉(意謂殆又過之):故二家之詩,一字一句,有歷古人六七作者。”因此其風格特點是曲折而襞積,峭健而生硬,嚴刻而晦澀,冷僻而新奇。此派一開,譽毁紛紜。但因宋代士大夫一般都是書册極富的,江西派的表現方法,很對他們的口味,再加上政治、社會方面的複雜原因,這一宗派的詩風便對南北宋之間的詩壇發生了極大的影響,而末流所至,弊病亦深。比作者稍早的曾幾、陳與義,同時的中興幾大家中的蕭德藻、范成大、陸游,以及略晚的姜夔等詩人,都是在此影響之下,入手便學江西,而後來漸思擺脱這一縛束:如出一轍。

〔三〕“後山五字律”,後山即陳師道,字履常,一字無己,號後山居士,彭城人。被後人列爲江西派中“一祖(杜甫)三宗”的一宗,地位僅次於黄庭堅,並稱“黄陳”。《雲麓漫鈔》:“議者以謂陳無己爲詩高古,使其不死,未必甘爲宗派。”其詩思致比黄更加深密,成爲一種苦調,讀來令人感到悶氣。諸體中以五言律詩尤爲擅長,特點是筆意飛動變化而又凝鍊,能以最少的字句表現出豐富的意思、層次。因此作者學他的五字律。這是有見頭的。但作者得其優點,而無其苦調悶氣,張鎡《南湖集》(卷二)説作者“後山格律——非窮苦,白傳風流造坦夷。”非常中肯。作者自己也説:“黄九陳三外,諸人總解詩;甘心休作許,苦語竟何爲?”

〔四〕“半山老人”,見第二〇八頁《讀詩》注〔一〕。“七字絶句”,七言絶詩。

〔五〕“唐人”,此特指晚唐詩人,已見前注。並參看後文《頤菴詩稿序》。

〔六〕“林謙之”,名光朝,莆田人,紹興進士,理學家,是作者最推崇的同時詩人之一,著有《艾軒集》。劉克莊也最推崇他。

〔七〕“擇之之精”，即指從諸流派中選取某家爲學習對象，而又從某家各體中選取其特别擅長的一體爲學習對象。

〔八〕“喟(kuì)”，嘆息。“獨予乎哉”，豈獨我一人如此！這兩句意謂凡詩人都是擇精、得艱、作寡：受病不同，只是病象之異，而不是道理有所差别。

〔九〕説從淳熙四年(一一七七)上溯到紹興三十二年(一一六二)十五年之間。“塈”，通概，此爲“包”義。

〔一〇〕此即全集中《江湖集》部分，是作者存詩最早的作品。紹興三十二年以前的詩，已焚棄不存。

〔一一〕“其夏之官荆溪”，淳熙四年夏日，赴常州守任。“之”，動詞，赴，往。

〔一二〕“訟牒”，訴訟文件。

〔一三〕“邦賦”，一州的賦税收入。按當時作地方官審訟案、理賦税是兩項主要工作，上司考績時，也是以這兩項來作考察的標準。

〔一四〕“朱墨”，書判公文的兩色筆墨。“親”，接近。

〔一五〕“戊戌”，淳熙五年。“三朝(zhāo)”，元旦，正月初一日。因爲它是“歲之朝、月之朝、日之朝”，故名三朝，見《漢書·孔光傳》注。

〔一六〕“時節”，猶言節令、節日。“賜告”，放假。

〔一七〕“忽若有寤”，一下子似有所悟。寤、悟字通。

〔一八〕“欣如”，欣然。

〔一九〕“操筆”，指紀録。“口占(zhàn)”，口授文詞，令他人紀録。後專用爲作詩直接用口念出、以代替用筆起草的意思。

〔二〇〕“瀏瀏焉”，形容順利流暢。“軋軋”，形容思致艱苦。晉陸機《文賦》：“思乙乙其若抽”，注云：乙，難出之貌，音“軋”；六臣本《文選》徑作“軋軋”。作者蓋用此本。

〔二一〕“便面”，古之團扇；本出門時用以遮面，故名“屏面”。便，音義同“屏”字。

〔二二〕“採擷(jie入聲)”，採，摘取。“杞菊”，枸杞和野菊花，唐陸龜蒙有《杞菊賦》，敍貧士採二物以爲食的苦讀情況(宋蘇軾又作《後杞菊賦》)。

〔二三〕“萬象”句,説各種各色事物都來向我供給作詩的題材——所謂“詩料”。

〔二四〕“讎”,通“酬”,酬答。“未讎”,還没有來得及吟咏描繪。合下句“後者已迫(又跟着來了)”,是寫應接不暇的情形。

〔二五〕“涣然”,形容文章如水流之盛。又參看《後漢書·延篤傳》:“百家衆氏,投間而作,洋洋乎其盈耳也,涣爛兮其溢目也。”注:“涣爛,文章貌。”

〔二六〕“詩人之病”,指作之難而少。“去體”,離身。“有日”,爲期不遠。

〔二七〕“作州”,爲州郡官,處理一州的政務。“未覺作州之難”,隱有所指,因爲他作地方官,一反當時一般官僚的高壓、刻酷的作風,和人民相處關係很好,收到了别人所不能達到的效果,《宋史》本傳説他:“戢(制止)追胥(追逼賦税的胥吏)不入鄉,民逋賦者(欠錢糧的)揭其名市中,民讙(歡)趨之(自動争來交納),賦不擾而足,縣以大治。”(其詳可參看本書所選《與張嚴州敬夫書》)這雖然是他作奉新縣官時的事,但他作常州州官,作風當然是一貫的,不會又有兩樣。他在常州官署,有題爲“卧治齋”的屋室,是用漢汲黯守東海、淮陽,静簡不擾而州郡大治的故事,可以合看。

〔二八〕“晦”,陰曆月盡日(三十日或小月廿九日)。

〔二九〕“代者”,指本任官任期已滿,前來繼任的州官。

〔三〇〕“合符”,符是古時授權的信物(執照),分爲兩半,授權者和受權者各執一半,必要時將兩半對合勘驗,即可見真僞。宋朝地方官並不執符信,而是以官印爲憑,所以這裏説“合符”即如同後世所謂“交印”——辦清了交代的各種手續。

〔三一〕“十有四月”,自淳熙五年正月至六年二月,爲期十四個月。“有”,音義同“又”。

〔三二〕“備官公府掾”,《漢書·陳遵傳》:“公府掾史。”按漢代三公大官,得開府置吏,掾即屬吏。此指作者到杭任樞密院檢詳、守右司郎中的官職。“備官”,謙語,猶言充數而已。

〔三三〕“比”，讀去聲，近來。“易守”，换了守官。

〔三四〕“不啻(chì)”，不止。

〔三五〕鍾將之的意思是：現在可以把《荆溪集》公布給人，以便作州官的可以從中學習些道理。

〔三六〕“淳熙丁未”，十四年(一一八七)。“廬陵”，今江西吉安市，宋爲吉州，作者是吉州吉水人，所以署廬陵。

## 唐李推官披沙集序〔一〕

予生百無所好〔二〕，而顧獨尤好文詞〔三〕，如好好色也〔四〕；至於好詩，又好文詞中之尤者也；至於好晉、唐人之詩，又好詩之尤者也。予於天下士大夫家及入三館〔五〕，傳唐詩數百家〔六〕：多至百千篇，寡至一二篇；自謂三百年間〔七〕，奇瓌詭寶〔八〕，略無遺矣。——晚識李兼孟達於金陵〔九〕，出唐人詩一編：乃其八世祖推官公《披沙集》也。如“見後却無語，别來長獨愁”〔一〇〕；如“危城三面水，古樹一邊春”〔一一〕；如“月明千嶠雪，灘急五更風”〔一二〕；如“煙殘偏有焰，雪甚却無聲”〔一三〕；如“春雨有五色，灑來花旋成”〔一四〕；如“雪藏山色晴還媚，風約溪聲静又回”〔一五〕；如“未醉已知醒後憶，欲開先爲落時愁”〔一六〕：蓋征人淒苦之情，孤愁窈眇之聲〔一七〕，騷客婉約之靈〔一八〕，風物榮悴之英，所謂“周禮盡在魯矣”〔一九〕！讀之使人發融冶之驩、於荒寒無聊之中〔二〇〕，動慘戚之感、於笑談方懌之初〔二一〕：國風之遺音，江左之異曲〔二二〕，其果弦絶而不可煎膠歟〔二三〕？然則謂唐人自李、杜之後，有不能詩之士者，是曹丕火浣之論也〔二四〕；謂詩至晚唐有不工之作者，是桓靈寶哀梨之論也〔二五〕。或曰：推官之詩，子能辨之；子之言，將使誰辨之？曰：嗟乎！後世有曹丕、無靈寶，推官公其已矣〔二六〕，予則有憂也；不然，推官公其已乎？予何憂哉！推官公諱咸用，唐末人也。孟達請予序之。後二年，乃能書以寄之。孟達亦能詩，殊有推官公句法云。紹熙四年十一月既望〔二七〕，誠齋野客廬陵楊萬里序。

〔一〕“推官”，指李咸用。唐代節度使、觀察使，都自辟僚屬，推官爲其屬吏之一。“《披沙集》”，共六卷，皆詩作，今傳本有《四部叢刊》影印南宋“臨安府棚北大街陳宅書籍鋪”本，卷首即冠以本篇序文。

〔二〕“好”，去聲；嗜好，愛好。

〔三〕“而顧”，轉折複詞，略如“但”“特”“却”“可是”。“尤”，甚。下文“尤”字是特異義。

〔四〕“如好好色”，如愛美色（語出《禮記》）；上一好字去聲、動詞，下一好字上聲、形容詞。

〔五〕“三館”，《梁谿漫志》：“唐三館者，昭文館、史館、集賢院是也。……（宋）天聖九年乃徙三館於崇文院，前列三館，後建祕閣，修史、藏書、校讎，皆其職也。中興以來，復建祕書省，而三館之職歸之。”作者曾官祕書少監、祕書監，故云“入三館”。

〔六〕按清代曹寅所編《全唐詩》，共二千二百餘家。

〔七〕唐代起公元六一八年，訖九〇六年，將及二百九十年，舉約數，故云“三百年間”。

〔八〕“奇瓌（guī）詭寶”，猶言奇珍異寶，指詩篇之可珍，如同美玉。

〔九〕“李兼孟達”，名兼，字孟達。“金陵”，宋之建康府，今南京市。

〔一〇〕原集卷三《秋日訪同人》五言律詩的腹聯。

〔一一〕同上《春日》五言律詩的頸聯。

〔一二〕同上《贈來進士鵬》五言律詩的腹聯。

〔一三〕同上卷四《冬夕喜友生至》五言律詩的腹聯。

〔一四〕同上《紅薇》五言律詩的起聯。

〔一五〕同上卷五《題陳將軍別墅》七言律詩的腹聯。

〔一六〕同上卷六《緋桃花》七言律詩的頸聯。按此可參看第六頁《普明寺見梅》注〔二〕。

〔一七〕"窈眇",形容聲音美妙。宋本《推沙集》序作"幼眇"(《長楊賦》"憎聞鄭衛幼眇之聲"句,《文選》李善注引作"窈眇",是幼眇、窈眇同)。

〔一八〕"騷客",指詩人,含有抑鬱憂傷的意味,宋范仲淹《岳陽樓記》:"遷客騷人";蓋由屈原被放,曾作《離騷》而有此名詞。"婉約",一般指文學作品含蓄委婉的風格;《國語·吴語》:"故婉約其辭";注:"婉,順也;約,卑也。"所以後來以不峻激不刻露的文風爲婉約。

〔一九〕《左傳》昭二年:"晉侯使韓宣子來聘,……觀書於大史氏,見易象與魯春秋,曰:'周禮盡在是矣。'"這裏意思是好東西全在此了。

〔二〇〕"融冶",形容和樂舒美。"驩",同歡。

〔二一〕"懌(yì)",喜悦。

〔二二〕"江左",指六朝時代。

〔二三〕"煎膠",指集弦膠,可接斷弦;已見第二五五頁《送子上弟赴郴州使君羅達甫寺正之招》注〔四〕。這裏比喻遺響可繼。

〔二四〕《三國志·魏志·齊王芳紀》注:"魏初,文帝(曹丕)以火性酷烈,無含生之氣,著之《典論》,明其不然,刊石太學,永示來世。至是西域使至,而獻火浣布焉,於是刊滅此論。而天下笑之。"火浣布,古代織物,入火不燃,如後世石綿之類。此比喻見識不廣。

〔二五〕《世説·輕詆》:"桓南郡(玄)每見人不快,輒嗔云:'君得哀家梨,當復不烝(蒸)食不?'"注云:"舊語秣陵有哀仲家梨,甚美,大如升,入口消釋(極嫩)。言愚人不别(辨識)味,得好梨烝食之也。"這裏比喻當時人不懂得仔細尋味、品賞晚唐詩的優美處,而妄詆爲不工,如同把哀家梨蒸着吃了是一樣的殺風景。桓玄一名靈寶，晉龍亢人，字敬道。

〔二六〕“其已矣”，指不被人知賞、不行於世。

〔二七〕“紹熙四年”，公元一一九三年。“既望”，夏曆月之十六日，月圓的次日。

# 頤菴詩藁序

夫詩何爲者也？尚其詞而已矣〔一〕；曰：善詩者去詞。然則尚其意而已矣；曰：善詩者去意〔二〕。然則去詞去意，則詩安在乎〔三〕？曰：去詞去意，而詩有在矣。然則詩果焉在？曰：嘗食夫飴與荼乎〔四〕？人孰不飴之嗜也〔五〕；初而甘，卒而酸〔六〕。至於荼也，人病其苦也；然苦未既，而不勝其甘〔七〕。——詩亦如是而已矣〔八〕。昔者暴公譖蘇公，蘇公刺之；今求其詩，無刺之之詞，亦不見刺之之意也，乃曰：“二人從行，誰爲此禍〔九〕？”使暴公聞之，未嘗指我也，然非我其誰哉？外不敢怒，而其中媿死矣！三百篇之後〔一〇〕，此味絶矣；惟晚唐諸子差近之〔一一〕。寄邊衣曰：“寄到玉關應萬里，——戍人猶在玉關西〔一二〕。”弔戰場曰：“可憐無定河邊骨，猶是春閨夢裏人〔一三〕！”折楊柳曰：“羌笛何須怨楊柳，春光不度玉門關〔一四〕。”三百篇之遺味，黯然猶存也〔一五〕。近世惟半山老人得之〔一六〕。予不足以知之，予敢言之哉？今四明劉叔向寄其父頤菴居士詩稿〔一七〕，命予爲之序；放翁陸務觀既摘其佳句序之矣〔一八〕，予尚何言哉。偶披卷讀之，至

“寂寞黄昏愁弔影，雪窗怕上短檠燈。”又“燭與梅花共過冬，淡月故移疏影去。”又“睡魔正與詩魔戰，窗外一聲婆餅焦〔一九〕。”又《早行》云：“鷄犬未鳴潮半落，草蟲聲在豆花村。”使晚唐諸子與半山老人見之，當一笑曰：“君處北海，吾處南海，不虞君之涉吾地也，何故〔二〇〕？”居士名應時，字良佐。嘉泰元年六月戊戌〔二一〕，誠齋野客楊萬里序。

〔一〕“尚”，動詞，猶言以爲重、以爲上、以爲至。

〔二〕“去意”，按作者此處本意不是真正主張作詩連思想内容都不要，而是説作詩不能像論文一樣，逕直地講道理、宣意旨，——作詩要用一種完全不同的表現方式了。

〔三〕“安在”，何所在。下文“焉在”意同。

〔四〕“夫”，動詞後面的助詞，無義。和首句的“夫”發語虚詞用法不同。“飴(yí)”，米麥製的糖漿，俗亦稱“糖稀”。古代即以此爲糖。“荼”，即茶，古無“茶”字，自唐陸羽始減一筆爲茶。

〔五〕“孰”，誰。“嗜”，愛吃。

〔六〕“卒”，到末了，後來。

〔七〕“未既”，未盡。“不勝(shēng)其甘”，味道好得不得了。

〔八〕説詩也應當如同茶味一樣，不是就把詞意逕直地擺在表皮浮面，而要將詞意釀成一種有深度的“味道”，須使讀者涵詠玩味才能感到，這樣才有藝術力量。

〔九〕《詩·小雅·何人斯·序》：“《何人斯》，蘇公刺暴公也：暴公爲卿士，而譖蘇公焉；故蘇公作是詩以絶之。”蘇、暴，都是周代畿内諸侯國名；暴公與蘇公同爲周之卿士，暴公在周王前讒譖蘇公，使其獲譴，所以蘇公作此以示絶交。其詩有云：“彼何人斯？其心孔艱(甚難知)！胡逝我梁、不入我門(爲何近過我國門外魚梁處、而不來見我)？……二人從行：誰爲此禍？胡逝我梁、不入唁我？……”疏云：“今過我國，何故之（到）我梁而不入我門以見我乎？得不由譖我、意慙而不得來也？”

〔一〇〕“三百篇”，指《詩經》，因其篇數共有三百零五首，《論語・爲政》曾有“《詩》三百”的話，《文選・報任少卿書》也説“《詩》三百篇”，後世因此相承用“三百篇”一詞指《詩經》。

〔一一〕“諸子”，指諸詩人。“差近之”，比較近於上述《詩經》所特有的那含蓄微諷的回味。

〔一二〕按此兩句，今僅見於北宋詞人賀鑄詞中。其爲賀鑄暗用唐人句，抑係誠齋誤記，已不可知。意者兩句風格思路皆類晚唐人詩句，故而誤憶爲唐人之作，或爲可能。

〔一三〕此是陳陶《隴西行》的末二句，其全篇云：“誓掃匈奴不顧身，五千貂錦喪胡塵。可憐無定河邊骨，猶是春閨夢裏人！”

〔一四〕此是王之涣《涼州詞》的末二句，其全篇云：“黄河（一作沙）遠上白雲間，一片孤城萬仞山。羌笛何須怨楊柳，春風不度玉門關。”作者引作“春光”，字異。按王之涣非晚唐詩人，乃是盛唐著名詩人之一；可見作者“晚唐諸子”的話，也是就其風格大概而言，不必十分嚴格看待。

〔一五〕“黯然”，用江淹《别賦》中“黯然銷魂”的話，不是顔色昏黯義。

〔一六〕“半山老人”，見第二〇八頁《讀詩》注〔一〕。

〔一七〕“四明”，指明州，其境有四明山，故名。今浙江寧波市。“劉叔向”，名未詳。

〔一八〕按今本陸游《渭南文集》中無此序文。

〔一九〕“婆餅焦”，一種鳥鳴聲。

〔二〇〕此係借引《左傳》僖公四年楚因被齊侵、向齊師詰問的話。原文云：“君處（上聲，動詞，居住義）北海，寡人處南海，唯是風馬牛不相及也；不虞（不料）君之涉吾地也，何故？”

〔二一〕“嘉泰元年”，公元一二〇一年。

# 詩　　論〔一〕

論曰：天下之善不善，聖人視之甚徐而甚迫〔二〕。甚徐而甚迫者：導其善者以之於道〔三〕，矯其不善者以復於道也〔四〕。宜徐而迫，天下之善始惑；宜迫而徐，天下之不善始逋〔五〕。蓋逋因於莫之矯，而惑起於莫之導。善而莫之導，是謂窒善〔六〕；不善而莫之矯，是謂開不善。聖人反是：徐其所不宜迫，而迫其所不宜徐。經之自《易》而《書》，非不備也，然皆所以徐天下者也〔七〕。啓其扃〔八〕，聽其入；坦其軌〔九〕，縱其馳。入也，馳也，——否也：聖人油然不之責也〔一〇〕。天下皆善乎？天下不能皆善，則不善亦可導乎〔一一〕？聖人之徐，於是變而爲迫。非樂於迫也，欲不變而不得也。迫之者：矯之也。是故有《詩》焉。詩也者：矯天下之具也。而或者曰："聖人之道，《禮》嚴而《詩》寬。"嗟呼！孰知《禮》之嚴爲嚴之寬、《詩》之寬爲寬之嚴也歟〔一二〕？蓋聖人將有以矯天下，必先有以鉤天下之至情〔一三〕；得其至情，而隨以矯，夫安得不從？蓋天下之至情：矯生於媿，媿生於衆〔一四〕。媿，非議則安〔一五〕，議，非衆則私〔一六〕。安，則不媿其媿，私，則反議其議〔一七〕。聖人不使天下不媿其媿、反議其議也〔一八〕，於是舉衆以議之，舉議以媿之。則天下之不善者，不得不媿。媿、斯矯，矯、斯復，復、斯善矣〔一九〕。——此《詩》之教也。《詩》果寬乎？聳乎其必譏，而斷乎其必不恕也！《詩》果不嚴乎？惡莫惡於盜，而懦莫懦於童子：

今夫童子誑其西鄰之童，而奪之一金〔二〇〕，不怍也〔二一〕；而東鄰之童旁觀而適見之〔二二〕，則怍焉；見其奪也，而又以告其不見者，怍焉者病焉〔二三〕。不惟見也，不惟告也，見者與不見者朋譏而羣哂焉〔二四〕：則不惟怍也，不惟病也，則啼焉，則歸之金焉〔二五〕。夫何其不怍於奪、而怍於見？故曰：矯生於媿。夫曷不啼於未譏未哂之先、而歸其奪於譏與哂之後〔二六〕？故曰：媿生於議，議生於衆。夫奪人者，汙也；奪而歸之者，潔也。其汙也可擯，其潔也可進〔二七〕。奪於先而歸於後，汙初而潔終：君子將不恕其初乎？將擯其終乎〔二八〕？則譏爲譽根、哂爲德源矣。故曰：媿斯矯，矯斯復，復斯善矣。詩人之言，至發其君宮闈不修之隱慝〔二九〕，而亦不捨匹夫匹婦復關溱洧之過〔三〇〕；歌詠文武之遺風餘澤，而歎息東周列國之亂哀窮屈〔三一〕，而憎貪讒〔三二〕。深陳而悉數，作非一人，詞非一口，則議之者寡耶？夫人之爲不善，非不自知也，——而自赦也。自赦而後自肆，——自赦而天下不赦也，則其肆必收。聖人引天下之衆，以議天下之善不善，此《詩》之所以作也。故《詩》也者：收天下之肆者也。今夫人之一身，暄則倦，凜則力〔三三〕；十日之暄，可無一日之凜耶？《易》、《禮》、《樂》與《書》，暄也；《詩》，凜也。人之情，不喜暄而悲凜者，誰也？不知夫天之作其倦、强其力而壽之也〔三四〕。天下之於《易》、《禮》、《樂》、《書》、《詩》，喜其四，媿其一：孰知聖人以至媿媿之者，乃所以以至喜喜之也歟〔三五〕？謹論。

〔一〕“詩論”，這是作者《心學論》中的《六經論》之一。“詩”，本專指《詩經》而言,但其中的道理,是當然可以通之於一切詩歌的。

〔二〕"聖人",作者意思當是專指孔子。相傳孔子删定古詩爲三百零五篇,成爲現傳的《詩經》,説見《史記·孔子世家》。"徐",緩。"迫",急。

〔三〕"之",動詞,是"行而至"的意思。

〔四〕"矯",糾正。"復",改過遷善,歸到正途上來。按以上二者,導善是指所謂"徐"的事,矯不善是指所謂"迫"的事。"道",指儒家的所謂道,即"正理""正道",包括仁、義等儒家道德標準而言。

〔五〕"逋",逃,脱逸,隨便。

〔六〕"窒(zhì)",閉塞,扼制。下文"開不善",是反面,開是放任、寬縱的意思。

〔七〕"徐",此處又作動詞用。這説《易經》《書經》,都是旨在導人善的一面。

〔八〕"扃(jiōng)",門户,鎖鑰。

〔九〕"坦其軌",把行車的道路修治平坦了。

〔一〇〕這説如門户道路,都擺好在那裏,有願入願馳的,聽之;如其不入不馳,也只由他,而不去責怪他。"油然",在此是聽其自然而生長的意思。

〔一一〕反問句:難道不善也是導得的嗎?

〔一二〕"孰知",誰知道?"嚴之寬",表面似嚴而實際寬。"寬之嚴",表面似寬而實際嚴。

〔一三〕"鉤",動詞,探索。《易·繫辭》:"鉤深致遠。"疏:"物在深處,能鉤取之。"

〔一四〕"矯生於媿,媿生於衆",意謂人所以有改過之心,是由内愧;而人所以有慚愧之情,是由於社會生活中的羣衆關係約制所致,换言之,没有社會羣衆在互相約制,也就没有羞愧"對不起人"的情感可言了。

〔一五〕這句説,人雖有知愧之心,但若没有批評意見在約制它,也就自原自恕,久而不覺其非了。

〔一六〕這句説,批評意見如果不來自羣衆,則其意見必偏私而不公正。

〔一七〕"反議其議",反要批評别人的意見爲非是。

〔一八〕這個"也"字是句中呼起下文的引語語氣,和一般在句末作收束語氣用的"也"字不同。

〔一九〕"斯",於是,乃,則。"復"就是上文"復於道"的意思——由不善而歸於善。

〔二〇〕"奪之一金",即騙取鄰童一文錢。"金",古代是錢幣數量名稱,一金,爲金屬幣類二十兩或一斤;後來稱銀一兩也沿用"一金"的成詞;但作者此處是泛語,不一定即指一兩銀子,也可以指銅錢一枚。

〔二一〕"不怍(zuò)也",不以爲愧。怍,慚。

〔二二〕"適見之",正巧看到眼裏。

〔二三〕以上"則怍焉"主詞指奪金之童;"見其奪也……"主詞則指東鄰旁觀之童。這種例子在古典散文中是常有的。"病焉",指心中憂懼悵恨,參考俗語"心裏成了病"。

〔二四〕"朋譏""羣哂(shěn)",大家一起譏諷嘲笑。

〔二五〕"啼焉",哭起來。"歸之金焉",把錢送還給人家。

〔二六〕"曷不",同"何不"。"歸其奪"的"奪"是名詞,指所奪之物。

〔二七〕"擯(bìn)",棄。"進",指學好、向上,漸進於成就之地。

〔二八〕"揜",略同掩。"揜其終",指掩没其後來改過的善處。

〔二九〕"宫闈不修",指其國君的女眷有淫亂之行。參看《新書·階級》:"古者大臣有坐污穢、男女無别者,不謂污穢,曰帷薄不修。"按《詩經》中諷刺宫闈淫穢的很多,例如《邶·匏有苦葉》,是"刺衛宣公也:公與夫人並爲淫亂"。《鄘·君子偕老》,是"刺衛夫人也:夫人淫亂,失事君子之道也"。《鄘·牆有茨》,是"衛人刺其上也:公子頑通(奸通)乎君母,國人疾之,而不可道也"。(以上皆引詩序,下同。)"隱慝(nì)",猶言不可見人的醜事。

〔三〇〕"復關",指《衛·氓》篇,中有"乘彼危垣,以望復關:不見復關,泣涕漣漣;既見復關,載笑載言"的話(這是女方追敍當初傾心於男方之誡);詩序説是"氓,刺時也:宣公之時,禮義消亡,淫風大行,男女無别,遂相奔誘;華落色衰,復相背棄。或乃困而自悔,喪其妃耦。故序其事以風焉。美反正,刺淫泆也"。《鄭·溱洧》,詩序説:"刺亂也:兵革不息,男女相棄,淫風大行,莫之能救焉。"

〔三一〕"文武",指周文王、武王。"東周列國",即春秋、戰國時期。《詩》中例多,不能備舉。

〔三二〕例如《魏·伐檀》,是"刺貪也:在位貪鄙,無功而受禄,君子不得進仕爾。"《魏·碩鼠》,是"刺重斂也:國人刺其君重斂蠶食於民,不修其政,貪而畏人,若大鼠也"。例如《唐·采苓》,是"刺晉獻公也:獻公好聽讒焉"。

〔三三〕"暄則倦,凜則力",説暖了則覺倦怠,冷時反覺精神振作。

〔三四〕"夫",句中動詞下面的虚字助詞,和在句首的引詞"夫"字用法有異。"作",振作。"壽",動詞,使之壽。

〔三五〕意謂以極可愧者諷之使覺醒,正是以極端愛護的用心來愛護他。大旨即是説,詩用意非常嚴正,毫不寬恕,但其最終目的,却不是絶人於善,而仍是與人爲善的。

## 國　勢　(中)〔一〕

臣聞聖人不幸而當天下分裂之際者,有所謂萬世之業,有所謂數百年之業。國無兩存、無兩亡,非有北無南,則有南無北爾〔二〕。有能舉天下之二而一之〔三〕,此萬世之業也;盡地以相伺,據險以相拒,攻則不足,守則有餘,此數百年之業也。今聖天子既懲于一舉而折〔四〕,則萬世之業,其成未有形,而其發未有候也;而數百年之業,亦獨擾擾而未求所定,岌岌而未見所立,則亦可謂不能也已?

非不能也，能而不爲也；非不爲也，爲而不果也。果則爲，爲則能矣。昔司馬晉内有王敦、蘇峻之亂〔五〕，外有劉、石之敵〔六〕，晉宜不能乎晉也〔七〕，而無病乎江左十葉之基〔八〕。劉宋之初〔九〕，譙縱梗蜀〔一〇〕，盧循逼都下〔一一〕，而姚氏、慕容氏、拓跋氏沸中原〔一二〕，宋宜不能乎宋也，而無害乎南朝數百年之祚〔一三〕。晉、宋之君何人哉？使朝廷當此時〔一四〕，將不爲國乎？雖然〔一五〕，此猶有天下之半也；至于七十里而興商，百里而造周，湯、文何人哉〔一六〕？朝廷當此時，將不爲國乎？雖然，此猶有土也；至于漢高帝一劍之外無餘物〔一七〕，光武一牛之外無餘資〔一八〕，而以創業，以中興〔一九〕。二君何人哉？朝廷當此時，又將不爲國乎？嗟乎！以高、光爲之，能以無國爲有國也；以湯、文爲之，能以一國爲天下也；以晉、宋爲之，能以危國爲安國也：然則天下豈有不可爲之國哉？亦存乎其人如何爾。今也（内）無敦、峻、譙、盧之猖獗，外無劉、石之英雄，而獨當一未亡之金虜，而又以全楚爲家，吴越爲宫〔二〇〕，此楚莊、吴闔閭、子胥、種、蠡之所以强霸用武之國也〔二一〕；西控全蜀，南擁荆襄，北據長淮，此高帝、先主、孫仲謀、楊行密之所以興起之根本也〔二二〕；鉅海限其東，而三江五湖繚其南北，此古之六朝所恃以爲不拔而不可兼得者也；引巴蜀之饒〔二三〕，漕江淮之粟〔二四〕，市西戎之馬〔二五〕，而號召荆楚奇材劍客之精鋭〔二六〕，此漢、唐之所仰以爲資者也：奄是數者而有之〔二七〕，而日夕惴焉不能以自存，常若敵人之制其命，是挾千金而憂貧，有孟賁之力而憂弱者也〔二八〕。故曰：非不能也，能而不爲也；非不爲也，爲而不果也。使天子一日斷自一心，不惑羣議，卓然挈吾國而大有所建立，則萬世之業，爲之有餘也，而況數百年之業哉！獨患乎因循頽墮，忘其我之所可惜〔二九〕，而徹其敵之所可忌者而已矣〔三〇〕。蓋吾之所可惜、而吾不惜，則凡所可惜者，無所往而惜，無所往而惜者，亡之所從開也〔三一〕；彼之有所忌，而吾不示之以其所忌，則凡所可忌者，無所往而忌，無所往而忌者，寇之所從召也〔三二〕。昔者秦之滅六國，非秦能滅六國也，六國實自滅也。不思久長之計，而苟一日之安，争先割地以求和于秦，地朝割而兵夕至，蓋六國之君臣，其初以爲尺寸之地不足惜也；不知夫國之亡，乃自不惜尺寸始。非尺寸之地能亡國也，尺寸之不惜，則不至于亡國則不止！頃者虜人求唐、鄧，則與唐、鄧；求海、泗，則與海、泗〔三三〕。此何爲者耶？人有禦寇，而不禦之垣之外，乃毁垣以納之，曰：吾將拒之户〔三四〕。是得爲善禦寇者乎？夫室以户存，户以垣存也，垣毁，是無户也，室其得存乎？蜀失漢中而劉禪降〔三五〕，唐獻淮南而李景蹙〔三六〕。朝廷獨不見之耶？此臣所謂患乎忘其我之所可惜者也。漢高帝之西入關也，兵之所至，迎刃而解〔三七〕，如此其鋭也！以仁義之師，乘暴秦之亡，如此其易也！以高帝自將〔三八〕，而子房爲之謀〔三九〕，如此其全也！——而不敢越宛而擊秦〔四〇〕。非宛之能重秦也；能病漢也。蓋宛者，漢之後顧之病也。宛一下則漢何病焉。使秦人先得漢之所忌，遣一將固守而不下，則秦未易以歲月入也。異時朝廷舉長淮數千里而視之如隙地〔四一〕，不葺一壘，不置一卒，使寇之去來，如入無人之境。此何爲者耶？議者猶曰："是時虜之創痍未盡瘳〔四二〕，而勢力未全盛也。"而今者狠然有窺吾淮甸、南下牧馬之意〔四三〕，朝廷倘復如前日，置淮于度外，則天下之大禍至矣！虎之所以不可捕者，穹崖深林，入者凜然，而又羆游乎其前，豹伏乎其左，此人之所以甚忌也；使羆與豹皆去，而虎立于途，人孰不操戈以制之哉？臧質壁盱眙而佛狸亟還〔四四〕，劉仁贍堅守壽春而周師未得志〔四五〕。朝廷獨不見之耶？此臣所謂患乎徹其敵之所可忌也。大抵敵人之求，可以無與；天下之地，可以無守。可以守、可以與者，貨也；可以無與者，地也。可以無守者，已失之地也；可以守者，未失之地也。可以無與而與焉，可以守而不守焉。今之大患不在此耶？蓋逆亮嘗求漢、淮之地矣，而光堯不與之地而與之戰〔四六〕。臣願朝廷以光堯之塞逆亮而塞虜之貪。如蜀、如荆襄、如武昌、如沿江，朝廷固嘗嚴守備矣；臣願今日以待沿江之工而待淮，凡淮之要害之地，虜之所必攻者，巨鎮如廬、壽、廣陵者〔四七〕，則各擇一大將，委以一面，而付之重兵。至于其他州郡，則多其壁壘，而葺其城池。城池堅則可攻而不可下，壁壘多則寇有牽而不敢越；有大將重兵以居要，則沿淮之州有所恃而無所懼：兵法所謂常山之蛇者〔四八〕，此也。蓋固國者，以江而不以淮，固江者以淮而不以江。而今之説者或曰："淮不可守而江可恃。"嗟呼！不恃江者，江可恃也；恃也，則江不可恃矣〔四九〕。昔者陳後主盡召江北之諸將以朝正〔五〇〕，而韓擒虎、賀若弼掩其虚以至江上，陳之君臣猶曰：天塹必無可濟之理〔五一〕，且引周、齊之兵五來皆敗以待隋。言未既〔五二〕，隋師濟矣！甚矣夫江之誤南國也！——非江誤人之國也，恃之者誤之也。宫之奇曰：虢，虞之表也，唇亡則齒寒〔五三〕。江者，淮之虢也；淮者，江之虞也。朝廷其勿恃江而恃淮，勿恃淮而備淮：則數百年之業，可得而議矣。不然，臣恐未可以一朝居也。或者又曰："守淮善矣，其如淮地之空曠何？若夫江者，紀涉所謂備之不過數處，直差易爾〔五四〕。"是不然。有淮，而後江者吾之江也；無淮，則江者非獨吾之江也，——亦敵之江也！全而有之，猶恐失之；而況分之哉！且吾之有淮，以爲空曠也；使吾不有而虜有之，彼以爲空曠耶？——彼將居而耕，耕而守，守而伺：則吾之一喘而彼聞，一動而彼見。人惟有所不可測，而後不可圖。引寇以自逼，而日夕與之相目于一水之間〔五五〕，則國尚（何）可爲而敵尚何可備哉！故夫江者，誤人之國，而紀涉之論，又誤人之江者也。且吴人者，欲淮而不得也，非得淮而不欲也。吾則有吴人之所無，而又可棄吾之所有耶？臣是以流涕而極言至此！

〔一〕這是作者《千慮策》中的一篇。此下的《論兵》《刑法》《民政》並同。題下的（中）字是原來每一題又分爲上、中、下三篇的標目。

〔二〕"南""北"，實指金、宋兩國。"爾"，見第二九六頁《與張嚴州敬夫書》注〔四七〕。

〔三〕"一之"，統一了它。一，動詞。

〔四〕"懲於一舉而折"，指宋孝宗即位後即任用張浚，發動北伐，爲南宋數十年所未有之舉；不幸遭致符離之潰。見第一八頁《讀罪己詔》注〔一〕。

〔五〕"司馬晉"，司馬氏作皇帝的晉朝（二六五——四一九）。稱司馬晉，以别於五代時石氏的晉朝（後晉）。"王敦"，臨沂人，字處仲，尚晉武帝女襄城公主，爲大將軍；後鎮武昌，率其所部犯京師，晉帝以之爲丞相，始返鎮所。其後謀篡，晉明帝討之，病死。"蘇峻”，掖人，字子高，懷帝永嘉亂後擁有重兵，以破王敦有功；成帝時漸有異志；及有命召爲大司農，峻疑懼，遂起兵陷京師，肆行屠掠，遷皇帝於石頭；温嶠等討之，敗死。

〔六〕“劉、石之敵”，晉懷帝永嘉二年(三〇八)，漢王劉淵稱帝號，五年，其子劉聰陷洛陽，擄懷帝以去，七年，懷帝遭害，愍帝建興四年(三一六)漢劉曜陷長安，愍帝出降，西晉由此遂亡。東晉元帝大興元年(三一八)劉曜自立，次年遷都長安，改國號曰趙(前趙)。同年石勒稱趙王，是爲後趙之始；成帝咸和五年(三三〇)石勒稱帝；至穆帝永和七年(三五一)石祇被殺，後趙始亡。

〔七〕“晉宜不能乎晉也”，那麽晉就該不成其爲晉——不能立國了？

〔八〕“無病乎”，不害乎，無礙於。“江左”，江南。“十葉之基”，指東晉自渡江偏安，歷元、明、成、康、穆、哀、廢、簡文、孝武、安等十帝，至恭帝，始亡於劉裕(建南朝宋，又稱劉宋)。

〔九〕“劉宋”，劉裕，彭城人，仕晉封宋王，晉恭帝元熙二年(四二〇)，廢帝自立，號宋。稱“劉宋”，以别於趙氏的宋。

〔一〇〕“譙縱”，南充人，曾爲安西府參軍；後率兵屯白帝城，自稱成都王。將順江東下聲討劉裕，爲裕將所敗，自縊死。

〔一一〕“盧循”，涿人，漢盧植之後，字于先，孫恩妹婿；恩奉五斗米道，聚衆數十萬，反抗晉朝，及死，衆推盧循爲主，攻永嘉，佔廣州，晉朝無力征討，以之爲廣州刺史；安帝義熙中劉裕伐慕容超，循乘虚陷南康諸郡，進逼建康(東晉國都)；後爲劉裕擊敗，奔交州，投水死。

〔一二〕“姚氏”，姚萇(自公元三八四年)稱秦王，爲後秦；至晉末(四一七)爲劉裕所滅。“慕容氏”，慕容德(自公元三九八年)稱燕王，爲南燕，至晉末(四一〇)爲劉裕所滅。“拓跋氏”，拓跋珪(自公元三八六年)立爲代王，旋改號爲魏，爲北魏，歷南朝晉、宋、齊、梁，至公元五三四年始滅。

〔一三〕如自東晉起計至陳亡(三一八—五八八)，共二百七十年。

〔一四〕“使朝廷當此時”，假使南宋君臣當乎晉宋之世的環境條件。

〔一五〕“雖然”，雖説如此。注意“雖然”自成一句，不可和現代語裏的“雖然”相混，後者只是個轉折詞，相當於古典散文中的一個“雖”字。

〔一六〕参看《孟子・公孫丑》：“以力假仁者，霸；霸必有大國。以德行仁者，王；王不待大（國）：湯以七十里，文王以百里。”又《梁惠王》：“臣聞七十里爲政於天下者，湯是也。未聞以千里畏人者也。”又《公孫丑》：“然而文王猶方百里起。”是商、周開始時地方極小。

〔一七〕《漢書・高祖紀》：“（十二年）……疾甚，吕后迎良醫，……於是上嫚駡之曰：‘吾以布衣、提三尺、取天下，此非天命乎？’”師古注：“三尺，劍也。”按漢高祖名劉邦，沛豐邑人，爲泗水亭長，後沛人立爲沛公，與項羽同伐秦，滅之，又敗項羽，自立爲漢帝。

〔一八〕“一牛之外無餘資”，語未詳何本；《後漢書・光武紀》劉秀曾有“今兵穀既少，而外寇强大”的話。“光武”，後漢光武帝，名劉秀，高祖九世孫，起兵舂陵，破王莽（莽篡漢，國號曰新）；後自立，是爲後漢之始。

〔一九〕“創業”，指高祖；“中興”，猶言重興，指光武。

〔二〇〕“全楚爲家，吴越爲宫”，春秋時代的楚國，爲“七雄”之一，其領土約有今湖南、湖北、安徽、江蘇、浙江諸省之地。吴越，本春秋時二國名，亦用爲地名，吴約爲江蘇地，越約爲浙江東北部地，後越王併吴，奄有江、浙地。這説南宋基本疆土尚有全楚之地，而以江、浙地方爲首都、畿輔中心地區。

〔二一〕“楚莊”，楚莊王，名侶，在位二十三年，勵精圖治，國土拓展，並有統一周朝天下之志。“闔閭”，吴王，名光，用楚國亡臣伍子胥，伐楚，大敗之，又東征卑廬，西伐巴、蜀，威震中國，在位十九年。“子胥”，姓伍，名員，本楚人，父兄並爲楚平王殺害，乃奔吴，佐闔閭。“種、蠡”，文種和范蠡，二人皆楚人，又並仕越爲大夫，種字會；蠡字少伯，與文種同事句踐；越得二人，終滅吴國。句踐將屈身入吴服事吴王夫差，臨行，説：“蠡：爲我守於國。”范對曰：“四封之内，百姓之事，蠡不如種；四封之外，敵國之制，立斷之事，種亦不如蠡。”句踐以爲是，乃委政於文種，令其守國，自與范蠡等入官於吴（以爲後來報仇之計）。（據《資治通鑑外紀》文簡敍。）

〔二二〕“高帝”漢高祖劉邦。“先主”蜀先主劉備。“孫仲謀”,吴大帝孫權,字仲謀。“楊行密”,合肥人,字化源,仕唐,後爲五代吴之開國者。

〔二三〕“饒”,財富。

〔二四〕“漕(cáo 或 zào)”,水路轉運糧米爲漕。

〔二五〕“西戎”,指當時西北、西南的少數民族。《宋史・食貨志》:“南渡以來,文、黎、珍、敍……凡八場(易馬場),其間盧、甘蕃馬歲一至焉,洮州蕃馬或一月或兩月一至焉,疊州蕃馬或半年或三月一至焉,皆良馬也。……”大抵皆今川、貴、黔等地,設場交易。

〔二六〕“奇材劍客”,詳見第三四六頁《論兵》注〔三六〕。

〔二七〕“奄是數者而有之”,舉以上條件皆包而有之。奄,本訓“覆”,訓“大有餘”,如《詩・魯頌・閟宫》:“奄有下國”;又《大雅・皇矣》:“奄有四方。”

〔二八〕“孟賁”,戰國時的勇士;《孟子・公孫丑》疏引《帝王世説》云:孟賁“能生拔牛角”;或以爲“衛人”,或以爲“齊之力士”;常被引以爲大力士之典故。(《史記・秦本紀》作“力士……孟説”。)

〔二九〕“所可惜”,實指國土。

〔三〇〕“徹”,同撤。“敵之所可忌者”,實指守衛邊疆的一切措施。

〔三一〕“亡之所從開也”,國家滅亡的所以開端。

〔三二〕“召”,招致。

〔三三〕“頃者”,往者,——指不太久的過去時間。“唐、鄧”,宋二州名,今河南南陽、鄧縣一帶地;“海、泗”,宋二州名,今江蘇東海、泗縣一帶地。按孝宗北伐纔一小挫,即全盤改變國策,與金議和,稱“叔姪”,納歲幣,割四州之地。這四州之割,經多少人反對,皆無效,終於送與敵人。事在隆興二年。

〔三四〕人家抵禦盜賊的,不將盜攔於牆外而自己拆了牆,反説:“我將在室門口來抵禦他!”

〔三五〕“漢中”,郡名,秦置,漢仍之,治所在南鄭(今陜西南鄭之東),有今陜西南部等地;三國時屬蜀(轄境已縮小);公元二六三年,魏伐蜀，漢中既先失於魏，魏兵得入蜀，蜀後主劉禪降，蜀亡。所以漢中乃是蜀之“垣牆”——外防。參看《資治通鑑·漢紀(五十九)》：“黄權言於劉備曰：若失漢中，則三巴不振，此爲割蜀之股臂也。”

〔三六〕周世宗顯德五年(九五八)南唐李璟以江以南、淮以北之地獻於周，不久周滅於宋，至宋太祖開寶八年(九七五)，曹彬克其首都(今南京)，南唐亡。“蹙(cù)”，窮困，促迫。是江淮地區乃南唐之“垣牆”。

〔三七〕“迎刃而解”，以劈竹爲喻，刀刃未至處，竹已先順紋理而開裂，極其容易；《晉書·杜預傳》：“今兵威已振，譬如破竹，數節之後，皆迎刃而解。”

〔三八〕“自將”，特指皇帝親自領兵出征。

〔三九〕“子房”，張良字子房，是漢高祖最得力的助手。參看下注。

〔四〇〕“宛”，今河南南陽；當時南陽郡的治所。《資治通鑑·秦紀》：“二世三年……四月……張良引兵從沛公(劉邦)。沛公……與良俱南。六月，……略南陽郡，南陽守走保城守宛。沛公引兵過宛西。張良諫曰：‘沛公雖欲急入關，秦兵尚衆距險；今不下宛，宛從後擊，强秦在前：此危道也。’”於是劉邦復返攻宛。宛既降，以西皆不攻自下。

〔四一〕“異時”，往日，昔者。“隙地”，空地，閑地。

〔四二〕“創痍(yí)”，創傷。“瘳(chōu)”，痊愈。按此指金人前次南侵失敗尚未恢復力量。

〔四三〕“淮甸”，淮邊地區。“牧馬”，侵略、蹂躪的代詞。唐詩：“漢家自失李將軍，單于公然來牧馬。”

〔四四〕“臧質”，南朝宋東莞莒人，字含文，元嘉二十七年北魏太武帝拓跋燾率兵數十萬南侵，渡淮，次年正月，悉力攻盱眙，質與太守沈璞完共守，與敵書，詞氣極壯，大戰三旬，敵人死者與城平，至二月二日乃遁走，圍解；以功爲冠軍將軍、寧蠻校尉、雍州刺史，封開國子。事見《宋書·臧質傳》。“佛狸”，拓跋燾小名。質與燾書中引童謡有云：“虜馬飲江水，佛狸死卯年。”“壁”，動詞，以軍壘固守。

〔四五〕“劉仁瞻”,南唐淮陰洪澤人,字守惠;周世宗帥大兵攻南唐,仁瞻以清淮軍節度使守壽州(今安徽壽縣),周以兵夫數十萬衆數道攻城,四閲月不能下;少子崇諫謀降,腰斬之;及諸將皆降周,憤歎成疾;後其營田副使孫羽代仁瞻遞表請降,仁瞻已不知人事,是日即卒,州人皆哭,裨將士兵自剄以殉者數十人。事詳陸游《南唐書·劉仁瞻傳》。

〔四六〕“光堯”,當時人稱宋高宗,因高宗的尊號是“光堯壽聖太上皇帝”,這是他禪位於孝宗後所得的尊號。(高宗是他死後的稱呼,所謂“廟號”。)紹興三十一年五月,金使高景山、王全來見高宗,當面提出要割淮南江北、漢水以東之地。即將南侵。高宗不得已抗戰,十月下詔,中有“輒因賀使,公肆嫚言,指求將相之臣,坐索漢淮之壤”等語。後金主亮即死於此役,金人竟未得逞。

〔四七〕“廬”,廬州,今安徽合肥;“壽”,壽州,已見注〔四五〕;“廣陵”,今江蘇揚州,在宋爲揚州廣陵郡:三處都是江以北、淮以南的重要防守點。

〔四八〕“常山之蛇”,見第二六九頁《十山歌呈太守胡平一》注〔一二〕。

〔四九〕這是説,大江雖是天險,但僅僅靠它,則必不可恃;須另有所以保護、守衛大江之道,而後江才可以不失爲險阻,可以爲我用。

〔五〇〕“朝(cháo)正(平聲)”,《左傳》文三年:“昔諸侯朝正於王”,注:“謂朝而受其政教也。”古代有“朝廟”禮,歲首而朝廟,爲朝正;作者用以指諸將盡來朝見陳後主——到長江以南去保護他。餘見下注。

〔五一〕陳後主禎明二年(五八八),隋伐陳,以廬州總管韓擒虎出廬江,自横江渡攻姑孰,以吴州總管賀若弼出廣陵,自瓜洲渡攻京口……共出總管九十員,兵五十一萬八千。十二月,大兵臨江。及議事,後主説:“王氣在此,齊兵三來,周師再(兩次)來,無不摧敗,彼何爲者耶?”都官尚書孔範説:“長江天塹,古以爲限隔南北,今日虜軍豈能飛渡耶? 邊將欲作功勞,妄言事急……”次年元旦,賀若弼即自廣陵渡江,陳人全不知覺;同時韓擒虎自率五百人自横江夜渡采石,陳守者皆在醉中(據《資治通鑑》文簡敍)。

〔五二〕“言未既”,話還没説完——極言其事之緊相接連。

〔五三〕語見《左傳》僖五年:“晉假道(借路)於虞以伐虢。宫之奇諫曰:‘虢,虞之表也;虢亡,虞必從之(而亡):諺所謂“輔車相依,脣亡齒寒”者,其虞、虢之謂也。’”比喻休戚相關極切。

〔五四〕“涉”,當作“陟”。《三國志·吴書·孫皓傳》甘露元年注:“(紀)陟,字子上,丹陽人。”干寶《晉紀》曰:“陟……奉使如魏,……魏帝見之,使儐問曰:……‘吴之戍備幾何?’對曰:‘自西陵以至江都五千七百里。’又問曰:‘道里甚遠,難爲堅固。’對曰:‘疆界雖遠,而其險要必争之地不過數四,猶人雖有八尺之軀,靡不受患,其護風亦數處耳。’”作者引語指此。“直差易爾”,意思説防江設備不過幾處重點,明明是容易得多了。

〔五五〕“目”,動詞;“相目”,相視,你看我、我看你。按以上一段可參較胡銓隆興二年八月上書,中云:“海、泗,今之藩籬咽喉也,彼得海、泗,且決吾藩籬以瞰吾室,扼吾咽喉以制吾命,則兩淮決不可保,兩淮不保,則大江決不可守,大江不守,則江浙決不可安:可弔三也。”與作者見地正同;但兩人敍論手筆,風格各異。

## 論兵(下)

臣聞計天下者,不可以狃於利〔一〕,亦不可以懲於害。狃於利而必爲者,害至而不思;懲於害而必不爲者,利必有所遺。議者皆曰:“鄉兵之法,不可行也:民樂於爲農,而不樂於爲兵。奪其所樂,而强其所不樂,時則有擾民之害〔二〕;以農爲兵,非其習也,守則潰,戰則奔,時則有敗事之害。”彼見石晉籍諸州鄉兵謂之“武定軍”,而民不聊生,是以曰“擾民”；見石晉置兵謂之“天威軍”者，竟以不可用而罷，是以曰“敗事”〔三〕。知此而已矣。不知夫有不擾民而安民、不敗事而成事者也〔四〕。天下未有無害之利也。天下而有無害之利，則誰不能計之者？利於一必害於一〔五〕。越人坐於舟而行之以手〔六〕，燕人見而悦之，皈而以手行於塗〔七〕，未有（不）匍匐顛仆而可笑者〔八〕。燕人而爲越人，固害也；越人而不爲越人，豈不害哉〔九〕？議者見燕人顛仆之害矣，未見夫越人千里咫尺之利也。民不同地，地不同利，逆其不同而同之〔一〇〕，使燕人而爲越者也；因其不同而不同之，使燕者爲燕、越者爲越者也〔一一〕。今夫民之生，有安地，有危地；生於安地者，以危地爲懼，而生於危地者，亦不以安地爲慕。内地之民，仰父而俯子〔一二〕，安居而暇食，至有老死而不至州縣、不識官吏者，而況於兵革乎？邊地之民則不然：朝而春熙，暮而凜秋〔一三〕，今日之安集，明日之離散；自内地之民視之，何可頃刻居也！而邊地之民，寇來則支，不支則移，寇去則皈。夫曷不遂徙以避，而何樂於皈也〔一四〕？非樂也，勢也：魚以淵爲皈，鳥以林爲皈，夫豈以燥濕而相易也哉？故夫鄉兵者，臣以爲行於内地則不可，行於邊地則何爲而不可？觀其寇來則支，此已有鄉兵之資〔一五〕；不支則移，此已病於無鄉兵之助〔一六〕；寇去則皈，此已有樂爲鄉兵之意。上之人迎其意、乘其資而成其助〔一七〕，則鄉兵之法，有不難行者。得其人、講其術而行以漸，荆襄、淮甸之民〔一八〕，皆韓信背水之兵也〔一九〕。故田單以掘冢墓激齊人而破强燕〔二〇〕，周德威以土兵據險而制契丹〔二一〕，祖宗以河北鄉兵而備北虜〔二二〕。蓋以國守邊，不若以邊守邊。何則？人自爲守也〔二三〕。夫人自爲守者，守不以城〔二四〕；人自爲戰者，戰不以兵〔二五〕；守不以城者，以人爲城也；戰不以兵者，以心爲兵也〔二六〕。彼石晉者，欲舉鄉兵而行之天下，則過矣。民不臨危，必不肯違其安〔二七〕；民不見死，必不肯捐其生〔二八〕。以不危不死之民，而望之以不安不生之事：此石晉之鄉兵所以擾民而無用歟！雖然，懲石晉之擾，併與其不擾者廢之，懲石晉之不得其用，併與其有用者棄之，又過矣！臣嘗愛班固“山西出將”之説〔二九〕：以爲隴西諸郡迫近羌胡，民習戰備，故風聲氣俗，高尚武勇。此説得之〔三〇〕。故夫山西出將，非天也；地也。地迫於夷狄，而民習於戰備，則何地不“山西”也哉？或曰：“淮民之脆，非山西比也〔三一〕。”是不然。宋武帝之取關中，非借兵於西也〔三二〕；陳慶之之取河南，非募衆於北也〔三三〕。兵豈有常地哉，顧所用耳〔三四〕。且黥布之兵，能使高帝亦避其鋒，非淮人耶〔三五〕？李陵與奇材劍客蹀血虜庭，非楚人耶〔三六〕？而可謂其脆也哉？昔周世宗之侵唐也，淮之民方苦於唐政，而小民相與聚山澤，立堡壁，以農器爲兵，以楮爲甲〔三七〕，而周師屢爲所敗，唐地多爲所復：當時謂之“白甲軍”者是也。夫民苦於主〔三八〕，而猶能拒敵，而況愛其主者耶？百人操兵而攻一虎者，虎勝；一夫荷鋤而遇一虎者，人勝。——非百人之弱，而一夫之强也：鬬而得地者勝，不得地者敗。曷謂“地”，死是也〔三九〕。地有所必死，則勢有所必奮；勢有所必奮，則鬬有所必力〔四〇〕。一夫者，居必死之地，此其所以必生也。彼百人者，既以生地自居矣，焉得勝〔四一〕？故古之善用兵者，以死求生，而不以生求生。邊地之民，亦死而求生者耶？雖然，行鄉兵之法於邊地者，決不可自官行之。官行之則擾，私行之則樂〔四二〕。官行之則敵必疑，私行之則敵不知其所窺〔四三〕。使緣淮郡縣，不禁土豪之聚衆挾兵，而又陰察其才且强者，禮而厚之，時有以少蠲其征役，或因使之除盜而捐一官以報其功，庶幾邊民之樂於戰〔四四〕。一旦有急，敵人未易南下也。

〔一〕“狃(niǔ)”，習也。“狃於利”，拘習於利，認定此利爲一定不變之理、一定可行之政。

〔二〕“時”，是。

〔三〕“石晉”，石敬瑭所立的後晉（五代之一）。《資治通鑑·後晉紀·齊王》：“開運元年……敕天下籍鄉兵，每七户共出兵械資一卒；……詔諸州所籍鄉兵號‘定武軍’，凡得七萬餘人。時兵荒之餘，復有此擾，民不聊生。”次年，改名爲“天威軍”。又次年晉即爲契丹滅。

〔四〕下面有實例，可看注〔一九〕、〔二〇〕、〔二一〕。

〔五〕利於一點、一面，必損於另一點、另一面。

〔六〕“越人”，今浙江人——水鄉之民。“行之以手”，謂以手操舟代步。

〔七〕“燕(yān)人”，今河北北京一帶人。“皈”，同歸。“以手行於塗”，這指真的以手而行於道路。“塗”，同途。

〔八〕“匍(pú)匐(fú)”，以手扶地而行。“顛仆”，跌倒。

〔九〕“燕人而爲越人”，平原人而非要學水鄉人的行走法。“越人而不爲越人”，水鄉人而不要水鄉人的行走法。

〔一〇〕“逆其不同而同之”，定要違反其歧異差别而一律對待。

〔一一〕分别具體情況而因宜對待，各得其所便所利。

〔一二〕“仰父而俯子”：“仰”，仰事——上而服事、奉養尊親；“俯”，俯蓄——下而養活子女。

〔一三〕早晨方安樂和暖如在春景，晚上忽爾又淒冷如居秋境——極言地方情形變化之大。

〔一四〕那麽爲什麽不乾脆搬家躲開這種地方、又何所戀而必要再回來呢?

〔一五〕"資",猶言本領、能力、資格。

〔一六〕所患在無有人給以幫助支持。

〔一七〕"迎",迎合,湊泊;"乘",利用,掌握;"成",足成,成全。

〔一八〕"荆襄、淮甸",指長江中下游一帶地區。

〔一九〕"韓信背水之兵",漢時韓信帶兵遠路攻打趙地,形勢居於不利之地,而韓信對將士説:"今日破趙會食。"諸將皆心不信服,假意答應。信乃使萬人先出,背水而爲陣,趙兵望見,大笑。後此水上軍皆殊死戰,遂勝趙。諸將問韓信説:"兵法有右背山陵、前左水澤。今者將軍令臣等反背水陣,曰'破趙會食',臣等不服,然竟以勝。此何術也?"他説:"此在兵法,顧諸君弗察耳。兵法不曰'陷之死地而後生、投之亡地而後存'乎? ……其勢非置死地、人人自爲戰。今即予生地,皆走,寧尚得而用之乎?"諸將皆服。事見《漢書·韓信傳》。

〔二〇〕《史記·田單傳》:"(燕侵齊,陷七十餘城,唯莒與即墨尚存,燕軍圍城),單又縱反間曰:'吾懼燕人掘吾城外冢墓,僇(戮)先人,可爲寒心!'燕軍(中其計,果然)盡掘壟墓,燒死人。即墨人從城上望見,皆涕泣,共欲出戰,怒自十倍。田單知士卒之可用,乃身操版插(修築工具),與士卒分功(共同力作),妻妾編於行伍之間,盡散飲食饗士。……"卒獲大勝。田單,戰國時齊臨淄人。破强燕,收復七十餘城,封平安君。

〔二一〕《五代史·周德威傳》:"周德威,字鎮遠,小字陽五,朔州馬邑人也。……驍勇,便(平聲)騎射,膽氣智數皆過人。……(天祐)十四年三月,契丹寇新州,德威不利,退保范陽,敵衆,攻僅(幾達)二百日,外援未至,德威撫循士衆,晝夜乘城,竟獲保守。"作者當即指此。

〔二二〕"祖宗",此是宋朝人指其開國初期的皇帝。"鄉兵",宋代兵制之一,《宋史·兵志》:“鄉兵者,選自户籍,或土民應募,在所(當地)團結訓練,以爲防守之兵也。……其後議者論‘義勇’爲河北伏兵,以時講習,無待儲廩,得古寓兵於農之意。”名目很多,有“忠烈”“宣勇”“廣鋭”“神鋭”“忠順”等。其用意即在備遼之侵擾。“北虜”,指遼。

〔二三〕“人自爲守”,人人自爲守衛。

〔二四〕“城”,城池的防守形式。

〔二五〕“兵”,兵器,武備工具。

〔二六〕“心”,猶言民氣、志願。

〔二七〕“違其安”,抛棄其和平安樂的生活。

〔二八〕“捐其生”,犧牲其性命。

〔二九〕“山西出將”,班固《漢書·趙充國辛慶忌傳·贊》:“秦、漢已來,山東出相,山西出將。……何則? 山西天水、隴西、安定、北地,處勢迫近羌胡,民俗修習戰備,高上勇力,鞍馬騎射,……其風聲氣俗,自古而然,今之歌謡慷慨,風流猶存耳。”按“山”,指華山。天水、隴西、安定、北地等,秦、漢時郡名,皆在今甘肅省境。

〔三〇〕“此説得之”,這種説法爲得其理,爲是。

〔三一〕“非山西比”,不是山西的倫類,没法比山西。

〔三二〕《宋書·武帝本紀》:“(義熙十二年)初公平齊,仍有定關洛之意,值盧循侵逼,故其事不偕;荆雝既平,方謀外略。會羌主姚興死,子泓立,兄弟相殺,關中擾亂,公乃戒嚴北討。”至十三年,遂定關、洛。其兵皆發自東南,非借於西北。

〔三三〕《梁書·陳慶之傳》:“陳慶之,字子雲,義興山國人也。……大通初,魏北海王元顥以本朝大亂,自拔來降,求立爲魏主,高祖納之,以慶之爲假節飆勇將軍,送元顥還北。顥於涣水即魏帝號,授慶之使持節鎮北將軍護軍前軍大都督,發自銍縣,……奉迎顥入洛陽宫,……自發銍縣,至於洛陽,十四旬,平三十二城,四十七戰,所向無前。”按以上皆舉六朝時代偏處東南之國而其兵能以勝北的實例。

〔三四〕“顧所用耳”，但在所用之道是否得當而已。

〔三五〕“黥布”，即英布，因犯法被黥（以墨色刺面）刑，故名黥布。《史記·黥布傳》：“黥布者，六人也，姓英氏。……（初屬項梁，後屬項籍）楚兵常勝，功冠諸侯，諸侯兵皆以服屬楚者，以布數（屢）以少敗衆也。……漢三年，漢王（劉邦）擊楚，大戰彭城，不利，……漢王曰：‘孰能爲我使淮南（英布），令之發兵倍（背）楚，留項王於齊數月，我之取天下可以百全（《漢書》作“萬全”）。’”可見劉邦當時亦避其鋒。《正義》云：“故六城在壽州安豐縣西南百三十三里，按黥布封淮南王，都六，即此城。”故謂爲“淮人”。

〔三六〕《漢書·李陵傳》：“陵字少卿。……善騎射。……天漢二年，貳師將三萬騎出酒泉擊（匈奴）左賢王於天山，召陵欲使爲貳師將輜重。陵召見武臺（殿），叩頭自請曰：‘臣所將屯邊者，皆荆楚勇士、奇材劍客也，力扼虎，射命中，願得自將一隊，到蘭于山前以分單于（匈奴王）兵，毋令專鄉（嚮）貳師軍。’（又言）‘無所事騎（不用騎馬），臣願以少擊衆，步兵五千人涉單于庭。’上壯而許之。”“蹀（dié）血”，謂殺人多，至以足涉血而行。

〔三七〕“兵”，兵器。“楮”，紙。《資治通鑑·後周紀·世宗》：“顯德三年……初，唐人以茶鹽强民而征其粟帛，謂之‘博征’；又興營田於淮南，民甚苦之。及周師至，争奉牛酒迎勞。而將帥不之恤，專事俘掠，視民如土芥，民皆失望，相聚山澤，立堡壁自固，操農器爲兵，積紙爲甲，時人謂之‘白甲軍’；周兵討之，屢爲所敗，先所得唐諸州，多復爲唐有。”

〔三八〕“苦於主”，爲其統治者所苦，心懷怨恨。

〔三九〕“死是也”，猶言不鬭則必死之勢是也。

〔四〇〕“力”，奮力，盡力。

〔四一〕“焉得勝”，怎麽能得勝？哪能得勝？

〔四二〕“私行之則樂”，自己行之則樂於自衛，不像官行時定有許多擾民的弊政。

〔四三〕“不知其所窺”，不知從哪裏去窺探，無法窺測。

〔四四〕“庶幾(平聲)”,期望之詞,意謂只有如此纔可能。

# 刑　法　(上)

臣聞聖人之仁,必有所止;仁而無止,則將以仁天下、適以殘天下〔一〕。仁而至於殘,非仁之罪也,仁而無止之罪也。事固有所極,有所反〔二〕;仁而無止,則其極不得不反而爲殘。殘非出於仁之外也,而生於仁之中。然則與其無止以殘吾仁,孰若有止以全吾仁也哉?是故聖人之心愛天下則無止,而其仁則與天下爲有止〔三〕。溥之以無止之心,而約之以有止之仁:故仁則有止矣,而所以仁則無止也〔四〕。古者司寇當獄之成也,以告於王,王命三公參聽之;至於將刑也,王曰宥之,司寇曰不可;王又曰宥之,司寇又曰不可;宥至於三,而司寇卒不從,於是焉而殺之,——王則爲之徹膳,爲之不舉樂〔五〕。且夫以天子之尊,而三拒於司寇,天子欲活一夫,而卒坐視其死。三宥不從,何不四宥之也?四宥不從,何不屢宥不一宥也〔六〕?不一宥而猶不從,何不自宥之而必聽於司寇也?且彼罪人者,吾君不能活其死,而徒徹膳以致無益之憐,則亦幾於不仁矣〔七〕。然三代行之〔八〕,未之有改,何也?蓋宥之者,聖人之仁也;宥止於三者,仁固有所止也。今夫天地之仁萬物也,春而萬物欣欣焉〔九〕,夏而萬物油油焉〔一〇〕;夫欣欣油油,萬物之至願也,天地既仁夫萬物矣,則何不與萬物旦旦而春、旦旦而夏也〔一一〕?而必摧之以風霜、毒之以冰雪，使夫欣欣者悲、油油者瘁，何奪其所至願而與其所不願也？聞之曰：冬閉之不固，則春生之不茂〔一二〕。使天地而與物旦旦春夏也，則無來歲可也，有來歲，則何以繼也？仁而無止，天地不能不究也，而聖人能之歟？國朝之法〔一三〕，獄成而罪人以寃告者，則改命他郡之有司而鞫焉〔一四〕；鞫止於三而同焉，而罪人猶以寃告也，亦不聽。此得古者三宥之意也。而議者以爲，聖人之仁，當盡天下之情，而勿限以三鞫。其説聽之可樂也。然自朝廷行之十有餘年，獄訟日滋，蠹弊日積，姦民得策，而無辜者代之死。則議者之説之爲害也。臣請言其害：殺人者一夫也，而連逮者十之焉〔一五〕；不惟十也，有再其十、有三其十者焉：捕同捕也，繫同繫也，訊同訊也，獄吏豈曰彼有罪汝無罪也哉？幸而獄成矣，連逮者得釋矣，而殺人者臨刑不伏，則又鞫也；則連逮者釋未畢也，而捕又繼之；又伏而又不伏，則又鞫也，而連逮者復與焉〔一六〕：鞫至於三、至於五、至於十，而連逮者皆與焉。連逮者家破矣，瘐死矣〔一七〕，而獄未竟也。大抵一獄有十年不決者焉；獄決矣，不殺人者俱死，而殺人者獨生焉。其勢：連逮者死不盡，則獄不決。何其仁於一罪人，而不仁於十百平民也〔一八〕？其害一也。罪人之不伏也，其爲擾也，至於百郡有浮費，而數路無寧居〔一九〕：外路之官吏，被命而往鞫者，所居則有給〔二〇〕，所過則有給，所至則有給。不(給)則居者行者交病於飢寒，給則縣官不勝其費。其鞫之一，其里之千，費錢萬者，亡慮三數十焉〔二一〕；其鞫之十，則爲千里者十，費錢萬者，亡慮三數百焉。此其費何名者耶？猶曰："推仁不計費也。"而官吏之行者，若江淮之間，道里之遠，飢寒之恤，猶忍言也；至於二廣，則風土之惡，瘴癘之禍，不忍言也。父母妻子哭其去，又哭其皈〔二二〕：去則人也，其哭猶忍聞也；皈則喪也，其哭不忍聞也！大抵去而人者十焉，皈而鬼者七八焉，而人者二三焉；二三人者雖不死而死矣，——何也？病也。病而全者，又十而一二焉。外路之官吏何辜，而使之至於此也？其害二也。夫議者之初則曰："鞫不限於三者，仁也。"而仁之害一至於此！豈非仁而無止，則仁反而爲殘哉？然則古之聖人，仁止於三宥，其所慮詳也。臣願朝廷深詔有司：少增三鞫之舊法，而止於五；使天下之無罪而死者還其生，而有罪以生者還其死。此不亦三代之至仁也哉！

〔一〕"仁天下""殘天下"，仁，殘，皆動詞：仁，仁愛；殘，殘害。

〔二〕"極"，盡，窮。《吕氏春秋·大樂》："物極復反。"説事物走到極端，必定向相反的方向轉化。

〔三〕"與"，給與。

〔四〕"溥(pǔ)"，普遍，廣被。"仁則有止"，實行"仁"的辦法有約限；"所以仁則無止"，所以爲仁的本心則並無限止，反能得到更符合原意的效果。

〔五〕《禮·文王世子》："公族無宫刑，獄成，有司讞(稟白，申告)於公，……公曰：'宥之(寬減一些吧)。'有司又曰：'在辟(管刑獄的官又去平審，結果仍然報告説：當治"死"罪)。'公又曰：'宥之。'有司又曰：'在辟。'及三宥不對，走出，致刑於甸人(掌郊野之官，行刑於彼地)；公又使人追之，曰：'雖然，必赦之。'有司對曰：'無及也。'反命於公(報告已執行)。公素服不舉(饌食)……"作者語本此。"司寇"，刑獄官。"三公"，太師、太傅、太保。"徹"，同撤。

〔六〕"屢宥不一宥"，加重言屢次的古代語法。例如常説"屢見不一見"。

〔 七 〕“幾”，平聲；接近，和……差不多。

〔 八 〕“三代”，夏、商、周。

〔 九 〕“欣欣”，充滿生機，自得其生理的樣子。陶潛文：“木欣欣以向榮。”

〔一〇〕“油油”，生長得十分茂盛而發出光澤的樣子；《史記·宋微子世家》：“禾黍油油。”

〔一一〕“與萬物旦旦而春、旦旦而夏”，使萬物一年到頭經常是在欣欣油油的盛境中。

〔一二〕“閉”，古時人以爲冬季天地之氣不相交通，爲閉塞，萬物收斂，爲閉藏。《禮·月令》：“孟冬之月……天氣上騰，地氣下降，天地不通，閉塞而成冬。命百官謹蓋藏。”《韓非·解老》：“周公曰：冬日之閉凍也不固，則春夏之長草木也不茂。天地不能常侈常費，而況於人乎！”

〔一三〕“國朝”，本朝。

〔一四〕“鞫（jú）”，勘驗獄辭，復審。

〔一五〕“十之焉”，增加到十倍了。

〔一六〕“與”，在數，在内。按“又伏而又不伏”句，上伏字疑當作鞫。

〔一七〕“瘐（yǔ）”，獄囚被刑及飢寒虐待病死爲瘐。

〔一八〕“平民”，無罪良民，亦説作“平人”。和後來用爲“普通老百姓”義無涉。

〔一九〕“路”，宋代的行政區劃，分全國爲若干“路”，略當於後來的“省”。“寧居”，安居。

〔二〇〕“給”，供給，費用。

〔二一〕“亡慮”，無慮——不待細瑣計慮即可知。“亡”，同無。

〔二二〕“皈”，同歸。

## 民　政　（上）

臣聞民者，國之命而吏之仇也；吏者，君之喜而國之憂也：天下之所以存亡，國祚之所以長短〔一〕，出於此而已矣。且吏何惡於民而仇之也？非仇民也，不仇民則大者無功，而其次有罪：罪驅之於後，功啗之於前〔二〕，雖欲不與民爲仇，不可得也。是故一政之出，上有意而未決，則吏贊之；上有命而未行，則吏先之〔三〕。吏所以贊上之決而先上之行者，非贊其便民者也，贊其不便於民者爾。曷爲不贊其便民而贊其不便於民者耶〔四〕？贊其便民者無功，而贊其不便於民者則有功也！是故政之不便於民者，未必皆上之過也。朝廷將額外而取一金〔五〕，以問於其土之守臣，必曰："可也。"民曰："不可"，不以聞矣〔六〕。——不惟不以聞也，從而欺其上曰："民皆樂輸〔七〕。"又從而矜其功曰〔八〕："不擾而集。"上賦其民以一，則吏因以賦其十〔九〕；上賦其民以十，則吏因以賦其百。朝廷喜其辦〔一〇〕，而不知有破家鬻子之民〔一一〕；賞其功，而不知有願食吏肉之民！吏之肉，不足食也；功皈於臣，怨皈於君〔一二〕，利於國者小，害於國者大：此可悼爾〔一三〕。古之人君，所以至於民散國亡而不悟者，皆吏誤之：蓋夫賦重而民怨，此姦雄敵國之資也〔一四〕，可不懼哉！唐趙贊爲一切聚斂之策，德宗盡用之〔一五〕；及涇卒之變〔一六〕，都民散走，而賊大呼曰："汝曹勿恐：不奪汝商貨僦質矣！不稅汝'間架''陌錢'矣〔一七〕！"德宗亦聞此也乎?! 奉天之圍，危於一髮〔一八〕，而猶庇趙贊若愛子然。夫愛一趙贊，而不愛社稷之重；忍於圍逼之辱，而不忍於誅一聚斂之臣：其入人之深如此，至於反國〔一九〕，可以戒矣！然趙光奇訴之以和糴害民〔二〇〕，則不信；蘇弁欺之以宮市利民〔二一〕，則信焉。且夫朝廷之政，雖聖人豈能盡善，惟其思以出之，詢以審之，見不可而更之：斯聖人而已矣〔二二〕。何德宗之難悟也？國家軍旅再動〔二三〕，蓋有不得已而取之於民者；然譬之張琴〔二四〕：動則急之，静則緩之；蓋動必有静，静之則其動必調；急必有緩，緩之則其急不絶；以動繼動，以急增急，則雖以黄帝五十絃之瑟，亦無全絃矣〔二五〕！聞之道路：往歲郴“寇”之作〔二六〕，亦守臣和糴行之不善之所致也，嘗有以告陛下者乎？天下皆知朝廷有意罷此等之役矣；雖然，臣猶有聞焉：江西之郡，蓋有甲郡以絹非土産而言於朝、乞市之於乙郡者〔二七〕。此何謂也？民所最病者，與官爲市也：始乎爲市，終乎抑配〔二八〕。是以聖人謹其始也。今乙郡之諸邑，已有論税之高下而科之者矣〔二九〕，無一錢償民也；民之不願者，官且治之。名爲督責於正租，實爲鄰郡之横斂。且有所謂“和買”者，已例爲正租矣；又有所謂“淮衣”者〔三〇〕，亦例爲正租矣；今又求鄰郡之絹，是三者之絹，與正租之絹，爲四倍而取之矣！民何以堪？而吏不以聞。惟朝廷亟罷之〔三一〕，庶不爲斯民不拔之疽根也〔三二〕。且無使民言曰：此絹自陛下始。若曰：其如甲郡軍士之寒何？然則前乎此者，士皆冬而不裘耶？且甲郡欲市乙郡之絹，何不遣吏私市之？何必假朝命而官市之哉?！此必有姦焉。甲郡則出大農之錢〔三三〕，且書之曰：“某日出某錢以市某郡之絹也。”——然某錢不及乙郡之民也。此必有私之者矣！民何從而訴哉？蓋民訴於朝廷，朝廷下之於州縣；州縣執訴者笞之，以誣其服〔三四〕；又呼其民，强使之書於紙曰：“官有錢償我矣。”州縣以訴者之所服，與民之所書，而復於朝廷，無以詰也〔三五〕。罰一懲百，誰敢復言者?民有飲恨而已矣[三六]!晉女叔齊曰:"何必瘠魯以肥杞[三七]?"聖天子在上,而有司不平如此[三八]!

〔 一 〕"天下",猶言國家,全國。"國祚",國家的命運,立國年代的久暫。

〔 二 〕"啗(dàn)",以利誘人,如以食餌誘人來喫。《史記・高祖紀》:"啗以利。"

〔 三 〕"先",去聲,動詞。

〔 四 〕"曷爲",爲什麽。

〔 五 〕"額外而取一金",在正式租賦定額之外而加收一錢。

〔 六 〕"不以聞矣",就不使之得知了,不報告了。

〔 七 〕"樂輸",願意繳納。

〔 八 〕"矜",自誇,自以爲"賢能"。

〔 九 〕"賦",動詞,征税。"因以",循其事例,藉其事端。

〔一〇〕"辦",幹辦,有辦事能力。

〔一一〕"鬻(yù)子",賣孩子。

〔一二〕"皈",同歸。已見前。

〔一三〕"爾",見第三五三頁《與張嚴州敬夫書》注〔四七〕。

〔一四〕"姦雄敵國之資",有利於姦臣(例如擅權思篡的)或敵國的條件。

〔一五〕"趙贊",唐德宗時官户部侍郎,奸相盧杞用之爲判度支,想盡方法搜括錢財。《舊唐書・盧杞傳》:"……河北、河南連兵不息,……杞乃以户部侍郎趙贊判度支。贊亦計無所施,乃與其黨太常博士韋都賓等謀行括率,以爲泉貨所聚,在於富商,錢出萬貫者,留萬貫爲業,有餘,官借以給軍,冀得五百萬貫,上許之。明年六月,趙贊又請税'間架'、算'除陌'。"參看注〔一七〕。

〔一六〕"涇卒之變",德宗建中四年(七八三)九月,遣發涇原諸道兵往救襄城。十月,涇原節度使姚令言率兵五千至京師,軍士冒雨寒甚;多攜子弟,想得厚賜;既至,一無所賞;發至滻水,犒師,只有粗米淡菜,衆怒,以足踢覆於地,遂鼓譟而變,復返京師,皇帝急發賞賜,已不可收拾(據《資治通鑑》簡敍)。

〔一七〕《舊唐書·盧杞傳》:"(趙贊既行苛斂之法)怨讟之聲,囂然滿於天下;及十月涇師犯闕,亂兵呼於市曰:'不奪汝商户僦質矣!不稅汝"間架""除陌"矣!'是時人心愁怨,涇師乘間謀亂。……"參看《資治通鑑·唐紀(四十四)》:"建中四年……冬十月……賊已入城,喧聲浩浩,不復可遏;百姓狼狽駭走,賊大呼告之曰:'汝曹勿恐:不奪汝商貨僦質矣!不稅汝"間架""陌錢"矣!'"作者蓋本此文。按同書《唐紀(四十三)》:"時兩河用兵,月費百餘萬緡,……太常博士韋都賓……建議,……大索長安中商賈所有貨,意其不實,輒加搒捶,人不勝苦,有縊死者,長安囂然如被寇盜!……又括僦櫃質錢,凡蓄積錢帛粟麥者,皆借四分之一,封其櫃、窖,百姓爲之罷市。"胡注云:"民間以物質錢,異時贖出,於母錢之外,復還子錢(利息),謂之僦櫃。"此即後來的典當庫;"質",以物作押而借錢。又同書《唐紀(四十四)》:"所謂'稅間架'者,每屋兩架爲間,上屋、稅錢二千,中、稅千,下、稅五百;吏執筆握算,入人室廬,計其數。或有宅屋多而無它資者,出錢動數百緡,敢匿一間,杖六十,賞告者錢五十緡。所謂'除陌錢'者,公私給與及買賣,每緡(緡即貫,千錢)官留五十錢。給它物及相貿易者,約錢爲率(折成錢價而計)。敢隱錢百,杖六十,罰錢二千,賞告者錢十緡:其賞錢皆出坐事(犯罪)之家。於是愁怨之聲,盈於遠近。"這都是趙贊出的主意。

〔一八〕"奉天之圍",涇卒變後,時朱泚(曾爲涇原節度使討涇州劉文喜)失權廢居,叛兵與之勾結,朱泚以爲衆望所歸,遂決意自立;德宗奔奉天(今陝西乾縣),朱泚兵圍奉天,幾於被陷。時趙贊相隨在奉天圍内。

〔一九〕"反國",傾覆國家。

〔二〇〕《資治通鑑·唐紀(四十九)》:"貞元三年……十二月……自興元以來,是歲最爲豐稔,米斗直錢百五十,粟八十,詔所在'和糴'(官向民買米,"和",指雙方同意)。庚辰,上畋(獵)於新店,入民趙光奇家,問:'百姓樂乎?'對曰:'不樂。'上曰:'今歲頗稔,何爲不樂?’對曰:‘詔令不信(毫無信用)。前云兩税之外,悉無它徭,今非税而誅求者殆過於税。後又云“和糴”,而實强取(奪)之,曾不識一錢(未見付一文的價錢)。始云所糴粟麥納於道次(當地路上道邊),今則遣致(送)京西行營,動數百里,車摧馬斃,破産不能支! 愁苦如此,何樂之有? 每有詔書優恤,徒空文耳。恐聖主深居九重,皆未之知也!’上命復其家(除其賦役)。”司馬光評曰:“……民愁怨於下而君不知,以至於離叛危亡,凡以此也。德宗幸以遊獵得至民家,得光奇敢言而知民疾苦,此乃千載之遇也,固當按有司之廢格詔書、殘虐下民、横增賦斂、盗匿公財,及左右諂諛日稱民間‘豐樂’者而誅之,然後洗心易慮,一新其政,……則太平之業可致矣;——釋此不爲,乃復光奇之家! 夫以四海之廣,兆民之衆,又安得人人自言於天子、而户户復其徭賦乎?”諷諭甚當,作者所謂“不信”,亦即此意。

〔二一〕《資治通鑑·唐紀(五十一)》:“貞元十三年……十二月……先是宫中市(買)外間物,令官吏主之,……比歲(近來)以宦者爲使,謂之‘宫市’,抑買人(之)物,稍不如本估(原價),其後不復行文書(也没有公文憑證),置‘白望’數百人於兩市及要鬧坊曲(熱鬧街巷),閲人所賣物,但稱‘宫市’,則斂手付與,真僞不復可辯,無敢問所從來及論價之高下者;率用直(值)百錢物、買人直數千物;多以紅紫染故衣敗繒(綢絹),尺寸裂而給之(當作抵價),仍索‘進奉’‘門户’及‘脚價’錢;人將物詣(至)市,至有空手而歸者: 名爲‘宫市’,其實奪之。商賈有良貨,皆深匿之,每敕使出,雖沽漿賣餅者,皆撤業閉門。……以問户部侍郎蘇弁,弁希宦者意,對曰:‘京師游手萬家,無土著生業,仰宫市取給(賴有宫市來賣錢生活)。’上信之。故凡言宫市者皆不聽。”

〔二二〕“斯聖人而已矣”,這也就算得起是聖人了。

〔二三〕“軍旅再動”,指受金國侵略,重新興起戰事。

〔二四〕“張琴”,張絃於琴上,調奏時則須擰絃使緊纔能發音;不彈時須將絃鬆下來。

〔二五〕傳説庖犧始製瑟,原有五十根絃;黄帝破爲二十五絃。見《世本》。這譬喻不管有多少條絃,都得斷了完事。按以上兩條注可參看《淮南子·繆稱》:“治國譬若張瑟,大絃袒(急),則小絃絶矣。”

〔二六〕“郴‘寇’”,見第四〇頁《旱後郴“寇”又作》注〔五〕。

〔二七〕“乞市之”,請買之。

〔二八〕“抑配”,强行科派,白取。

〔二九〕“論税之高下而科之”,按照民户原來出税額的多少而攤派這項絹匹。

〔三〇〕“和買”,官家“買”絹,實亦白取;正如“買”糧謂之“和糴”。“淮衣”,藉口爲淮邊守軍製衣服而額外索絹匹,也是一種苛斂的名目。

〔三一〕“亟”,趕緊。

〔三二〕“不拔之疽根”,無法救治的毒瘡病根。

〔三三〕“大農”,大司農,古代官名,掌錢穀,即後世的户部。“大農之錢”,指地方應繳歸中央户部的錢。

〔三四〕“笞(chí)之,以誣其服”,拷打之,逼使承認——“屈打成招”。

〔三五〕“無以詰也”,無從去質問他。

〔三六〕“飲恨”,猶言滿腹含冤、滿心怨恨。

〔三七〕《左傳》襄二十九年:“晉使司馬女叔侯(女齊)來治杞田。……叔侯曰:‘何必瘠魯以肥杞?’”瘠,薄;作動詞用。作者借來比喻:何必薄於民而厚於吏?

〔三八〕“有司”,指該管官吏。按此與上文“未必皆上之過也”都是婉語,爲皇帝留“面子”;但文章内容本身已然否定了這一提法,作者實際並未真留情面。

## 文帝曷不用頗牧論〔一〕

論曰:賢者不能使人知〔二〕,而能使人思〔三〕。知與不知，賢者初莫之計；思與不思，有國者竟莫之悟〔四〕：二者常巧於相違，而不喜於相遭〔五〕。是可歎也！漢文帝聞説者之論，而思頗、牧之賢〔六〕。謂文帝之思爲未善，不可也；然當頗、牧之時，或以間而擯〔七〕，或以讒而殞〔八〕，孰知其誣，孰知其賢哉〔九〕？其生也莫知，其往也始思，——思頗、牧而天下無頗、牧矣！使其復有頗、牧，其能知頗、牧乎？淺於知而深於思，薄今而厚古，豈特一頗、牧而已哉！揚雄曰："文帝曷不用頗、牧〔一〇〕？"賢者不求不用，亦不求必用；吾之所挾〔一一〕，不用則澤其身，用則澤其國〔一二〕。謂賢者求不用，賢者有是心乎？然其挾在我，其用不在我；不在我而我求之，又從而必之〔一三〕：自古聖賢君子，未有或是之能也〔一四〕！頗、牧之在趙也，頗、牧不負趙，而趙實負頗、牧。負與不負，頗、牧何心焉？可悼者：趙之社稷而已矣！生靈而已矣！使頗不以趙括代，牧不以郭開死，韓、魏不侵，匈奴不侵，非頗、牧之功也，——二子遲一日而去趙〔一五〕，則趙之國遲一日而爲秦〔一六〕：此誰之功乎？雖然，二子之功，不求其君之不負也，求其略知焉而不得也！知且不知也，而況於思乎？漢文帝之思二子，亦可爲二子賀矣；使二子而有知，亦少慰矣。然天下之事至於思其人而不獲其用，君子謂之無益。漢文之不思二子，二子之病不加多；漢文之思二子，漢文之病不加少。且匈奴之寇日迫，而帝也乃欲起頗、牧於九原〔一七〕，——不徒匈奴聞之爲之一笑而已〔一八〕，使頗、牧聞之，有不笑者耶？漢文之於魏尚，猶趙之於頗、牧也；捨今頗、牧而思古頗、牧，善謀國者然乎哉？帝能思頗、牧，吾亦能思魏尚也〔一九〕。願以帝思頗、牧之心，爲帝知魏尚之心，帝其許之乎？馮唐謂：帝有頗、牧，亦不能用。其意則然矣；其氣無乃猶未平、其辭無乃猶未婉乎？氣平則辭自婉，辭婉則君自悟〔二〇〕。吾於馮唐之論，猶有憾焉。且帝嘗謂李廣曰："使廣在高帝時，萬户侯豈足道哉〔二一〕！"士患不遇主，廣之受知於帝，尚可諉曰不遇主耶〔二二〕？遇主而又云云若爾〔二三〕，是高帝不生，廣終不用也！有李廣則捨之於今焉，無頗、牧則思之於古焉。馮唐謂帝雖有頗、牧不能用，帝則怒唐也；怒馮唐之言，而不悔李廣之論，——帝其忘之乎？帝不忘之，帝當悔之矣；悔於廣則不怒於唐矣。不怒於唐而悔於廣，則頗、牧二子者，思之可也，——不思亦可也。謹論。

〔一〕"文帝曷不用頗、牧"，是"（漢）文帝曷爲不能用頗、牧"的省語。"曷爲"，何爲，詰問詞。"頗"，廉頗；"牧"，李牧：二人都是戰國時趙國的名將。廉頗，在趙惠文王時，破齊兵立功，爲上卿；與藺相如交好，二人同時，一爲良將，一爲良相，秦國因此不敢加兵於趙國。趙孝成王時，受了秦國的離間計，使趙括代廉頗；趙括爲秦將白起所破，被殺，趙兵大敗，幾乎被秦國傾覆。燕國乘機來攻，復用廉頗，果大敗燕軍，燕至割五城以求和。趙悼襄王立，又以樂乘代廉頗，廉頗得罪亡走入魏。後來趙國屢困於秦兵，欲再用廉頗，而其仇人郭開用計進讒，終不得召用。卒於楚之壽春。李牧，守北邊代、雁門等地，大破匈奴，匈奴十餘年不敢來犯。又曾大破秦軍，秦賄郭開，使進讒言，妄謂李牧欲反，趙王遂斬之。牧死不久，趙即爲秦滅。餘參注〔六〕及〔一〇〕。

〔二〕"知"，指才幹的充分被認識。

〔三〕"思"，指事後的追念。

〔四〕"有國者"，指封建時代最高統治者皇帝而言。

〔五〕"相違"，相左，相錯。"相遭"，相遇，相合。兩句是説：應當被人知的人材和能够思人材的君主,總是碰不到一起,——碰到一起了,又往往不會有什麽好結果。

〔六〕《漢書·馮唐傳》:"(馮)唐以孝著,爲郎中署長。……帝輦過問唐曰:'……吾居代(地名)時,吾尚食監高祛,數爲我言趙將李齊之賢,戰於鉅鹿下。吾每飲食,意未嘗不在鉅鹿也。父老(指馮唐)知之乎?'唐對曰:'齊,尚不如廉頗、李牧之爲將也。'上曰:'何已?'唐曰:'臣大父(祖父)在趙時,爲官帥將,善李牧(和李牧交好);臣父故爲代相,善李齊:知其爲人也。'上既聞廉頗、李牧爲人,良説(大悦),乃拊髀曰:'嗟乎!吾獨不得廉頗、李牧爲將!——豈憂匈奴哉!'"

〔七〕"間"去聲,離間,挑唆讒毁的陰謀詭計。"擯(bìn)",棄。此指廉頗屢次爲人讒沮。

〔八〕"殞",死。此指李牧受誣被害。

〔九〕"孰",誰。

〔一〇〕《漢書·馮唐傳》,馮唐既告文帝以廉頗、李牧之爲人,文帝恨不得頗、牧。馮唐乃説:"陛下雖有廉頗、李牧,不能用也!"文帝怒,入禁中,良久,召馮唐而責問道:爲何當衆辱我,豈不可以在方便的場合來和我談嗎?當時文帝以匈奴爲患,因此後來又問馮唐:"公何以言吾不能用頗、牧也?"馮唐於是對言:"古代王者遣將,跪而推轂,申以專任,軍功爵賞,皆決於外(將軍),歸而奏之,此非空言也:臣大父言李牧之爲趙將,居邊軍市之租,皆自用饗士,賞賜決於外,不從中覆也(不向皇帝報告)。委任而責成功,故李牧乃得盡其知(智)能,選車千三百乘,彀騎萬三千匹,百金之士十萬,是以北逐單于,破東胡,滅澹(dān)林(民族名),西抑强秦,南支韓、魏:當是時,趙幾伯(趙國幾乎成爲諸侯中的霸主)。後會(值,逢)趙王遷立,其母,倡也,用郭開讒而誅李牧,令顔聚代之:是以爲秦所滅。今臣竊聞魏尚爲雲中守,軍市租盡以給士卒,出私養錢,五日一殺牛以饗賓客、軍吏、舍人:是以匈奴遠避,不近雲中之塞;虜嘗一入,(魏)尚帥車騎擊之,所殺甚衆。夫士卒,盡家人子,起田中,從軍,安知尺籍伍符(軍令等事)? 終日力戰,斬首捕虜,上功幕府,一言不相應,文吏以法繩之: 其賞不行,吏奉法必用(有罰無賞)。愚以爲陛下法太明、賞太輕、罰太重。且雲中守尚坐上功首虜差六級,陛下下之吏,削其爵,罰作之。由此言之,陛下雖得李牧不能用也。"文帝遂令馮唐持節赦魏尚,復以爲雲中守。班固《贊》云:"揚子以爲: 孝文(漢文帝)親詘帝尊,以信(申)亞夫之軍(指周亞夫細柳營無軍令不許皇帝進入之事),曷爲不能用頗、牧? 彼(馮唐)將有激(以言激文帝)云爾!"

〔一一〕"所挾",指才幹、智能。

〔一二〕"澤",動詞,猶言有益於、惠及。

〔一三〕"必",動詞,硬欲斷定其必成。

〔一四〕"未有或是之能",未有或能作到這一點的。

〔一五〕"去趙",離開趙國。

〔一六〕"而爲秦",指爲秦滅、變爲秦地。

〔一七〕"九原",猶言地下。九原本地名,春秋晉國卿大夫的墓地所在,後用與"九泉"同義。

〔一八〕"不徒",不但,不只。

〔一九〕"吾",泛指後人;意謂漢文帝在廉頗、李牧之後,徒思其人,而不能用當時的魏尚,則後來者又當如漢文帝之思頗、牧而又思魏尚了——趙不能用廉頗、李牧,漢不能用魏尚,豈不正是一丘之貉?

〔二〇〕意思説,和皇帝争論,目的不過是要説服他,使國事得益;不在於以激烈之言相向,那樣惹惱了他,於身有危,於事無益;言辭委婉,聽者自然易入。

〔二一〕《漢書·李廣傳》:"廣世世受射(世傳射法),孝文十四年,匈奴大入蕭關,而廣以良家子從軍擊胡,用(因)善射殺首虜多,爲郎騎常侍。數從射獵,格殺猛獸。文帝曰:'惜廣不逢時令: 當高祖世,萬户侯豈足道哉!'"

〔二二〕"諉",藉口云云,歸過於。

〔二三〕"云云若爾",指上引漢文帝所説的使廣"當高祖世,萬户侯豈足道哉”那樣的話。

## 庸　言〔一〕

楊子曰〔二〕：君子恩及禽獸，而周公必驅犀象〔三〕。聖人仁及草木，而后稷必薅荼蓼〔四〕。

〔一〕“庸言”，常言；取《易·乾》“庸言之信”及《禮。中庸》“庸言之謹”語。是作者的語録式的文字，其體蓋仿揚雄《法言》。這裏是選録。

〔二〕“楊子”，作者自指。

〔三〕《孟子·滕文公》：“及紂之身，天下又大亂。周公相武王，誅紂伐奄，……驅虎豹犀象而遠之，天下大悦。”

〔四〕“后稷”，周之始祖（當堯時生，十五傳至武王），相傳是開始教民稼穡的人。《詩·周頌·良耜》：“其鎛（鋤類）斯趙（刺），以薅荼蓼。”“荼蓼朽止，黍稷茂止。”“薅（hāo）”，拔草。“荼”旱田穢草。“蓼”，水草。

楊子曰：仁者安其固然，故不憂。知者明其當然，故不惑。勇者信其不然，故不懼。〔一〕

〔一〕《論語·子罕》：“子曰：知者不惑，仁者不憂，勇者不懼。”知、智通。又《憲問》：“子曰：君子道者三，我無能焉：仁者不憂，知者不惑，勇者不懼。子貢曰：夫子自道也。”

或問：田不井，曠百世，王澤其不下究歟〔一〕！欲王澤之下究，其必自井田始矣。百世之主，非其智不足以及之，惟其勇不足以行之：蓋仁於奪一夫之有，而不仁於均萬夫之無〔二〕。是以王澤不下究也。楊子曰：奪一夫之有，以均萬夫之無，可也。萬夫未得其所無，而一夫先訟其所有，可乎？或曰：上均之，下焉得而訟之？曰：下患無所訟乎？秦之慘刻，民不訟于秦而訟于漢；新室之紛更，民不訟于新室而訟於光武〔三〕。下患無所訟乎？

〔一〕“田不井”，土地不行井田法。相傳黄帝時代，始立井田，商時以地六百三十畝（周以九百畝）畫爲九個方塊，每一區七十畝，當中一區是公田，外圍八區分給八户，各自耕種，爲私田；八家共代耕公田，私田不復出税。“曠百世”，已經隔百世而不再行此法了。“下究”，用《漢書·鼂錯傳》“盛德不及究於天下”語意；“究”，竟，盡。

〔二〕奪一夫之産而不忍，而忍於使萬夫無産。

〔三〕“新室”，王莽篡漢自立，國號新。“光武”，見第三三六頁《國勢》注〔一八〕。按此則表示反對行井田法。宋以前到唐代中葉“均田制”（每丁授田百畝）早已行不通，改行“兩税制”；到南宋，歷史條件更不可能了，連所謂“方田”法、“經界”法試行，也弊竇叢生，屢行屢廢。所以作者認爲井田法不可行，行時只有官吏得以作弊，人民反無實惠。他的態度似偏於保守，但在當時想行井田是不現實的。他把均田和“慘刻”混而爲一，並不正確。但他提出，如果統治者慘刻虐民如秦皇、新莽，則人民是會革命推翻他的，這一點對南宋王朝説來，仍有其現實意義。

楊子曰：“君子不器〔一〕”：不以一能而盈諸身〔二〕。“及其使人也，器之〔三〕”：不以衆能而責諸人。

〔一〕語出《論語·爲政》。器,一件器物,只有一種特定的局限的用途;不器,其材用可以無所不施。參看《禮·學記》:"大道不器",鄭注:"聖人之道,不如器,施於一物。"

〔二〕"盈諸身",滿足於自己。"諸","之於"二字的合音。

〔三〕《論語·子路》:"君子易事而難説(悦)也,説之不以道,不説也;及其使人也,器之。"度材而用之,不能責其備。

楊子曰:直於己之謂忠,孚於物之謂信〔一〕。

〔一〕"孚",信。"孚於物",信於衆人,爲人所信。"物"是指對待於"己"的人,不單指事物、器物。

楊子曰:"學以聚之",無不受也;"問以辨之",有不受也〔一〕。

〔一〕《易·乾·文言》:"君子學以聚之,問以辨之。"學和問本是兩重學習的層次(後轉爲名詞"學問")。作者指出,聚學則當博采,以淹貫的精神而匯通之;辨問則當簡擇,以批判的態度而取舍之。

楊子曰:"割不正不食","席不正不坐"〔一〕。——身而不正,可乎?"食不厭精,膾不厭細〔二〕。"——學而不精,可乎?

〔一〕語並見《論語·鄉黨》。

〔二〕亦見《論語·鄉黨》。"膾(kuài)",細切肉。

楊子曰：建官以利民，——有害民而得官。用人以立國，——有誤國而得用。

楊子曰：天下之才，動則生，靜則息。

楊子曰：子路問死，子曰："未知生，焉知死〔一〕？"以其所不必知，害其所必知，仲尼不爲也〔二〕。子路問事鬼神，曰："未能事人，焉能事鬼〔三〕？"以其所無用，害其所有用，仲尼不爲也。

〔一〕語見《論語·先進》。"焉知"，哪知？

〔二〕"仲尼"，孔子的字。

〔三〕亦見《論語·先進》，也是孔子答子路的問語。"事"，動詞，略如事養、事奉的事。

楊子曰：人之爲善，百善而不足；人之爲不善，一不善而足。

孔子曰："如有周公之才之美，使驕且吝，其餘不足觀也已〔一〕！"楊子曰：學者無周公之所有，而有周公之所無〔二〕，吾何以觀之哉！

〔一〕語見《論語·泰伯》。

〔二〕"所有"，指"之才之美"；"所無"，指"驕且吝"。

楊子曰：置虛器於水，中未充則鳴，既充則默〔一〕。噎噎以爲知道〔二〕，囂囂以爲知德〔三〕，充乎哉〔四〕！

〔一〕把中空的用器放在水中,水未滿時則出聲響,及滿則無聲。

〔二〕“嚄嚄(huò)”,叫嚷。

〔三〕“囂囂(xiāo)”,喧聲。

〔四〕“充乎哉”,諷語,猶言“這難道就是‘充’嗎!”,説其中實無一物也。

或問:“非知之艱,行之惟艱”,傅説之言也〔一〕;不致其知,不力其行,小程子之言也〔二〕。由前之説,珍乎行;由後之説,珍乎知〔三〕。學者將疇從〔四〕?楊子曰:知,譬則目也;行,譬則趾也。目焉而已矣,離婁而躄也,可乎〔五〕?趾焉而已矣,師冕而馳也,可乎〔六〕?人乎人,目趾具而已矣〔七〕。

〔一〕《書·説命》:“王曰:‘……乃不良於言,予罔(無)聞於行。’(傅)説拜稽首曰:‘非知之艱,行之惟艱。’”孔傳:“言知之易、行之難。”

〔二〕“小程子”,指程頤,頤與其兄顥並爲宋理學家,稱“二程”,人又以顥爲“大程”,頤爲“小程”。頤字正叔,人稱伊川先生。著有易傳、語録等。“致知”,本《禮·大學》語;“致”,鄭注孔疏以爲“至”“招致”義,朱注以爲乃“推極”之意。“不致其知,不力其行”,意思説,不明白道理,則不能很好地實行;言外重知。參看程頤《顔子所好何學論》:“然學之道,必先明諸心,知所養,然後力行以求至,所謂自明而誠也。……信道篤則行之果,行之果則守之固。”又《語録》:“未致知,怎生行得?勉强行者,安能持久?除非燭理明,自然樂循理。”

〔三〕“珍”,貴,重。

〔四〕“疇從”,誰從——從誰?

〔五〕“目焉而已矣”三句,假如只有眼睛就算了(而没有脚),那麽,離婁雖能目察秋毫而不能走路,那行嗎?“離婁”,《孟子》趙注:“古之明目者，黄帝時人也，…… 能視百步之外，見秋毫之末。”“躄(bì)”，足不能行。

〔六〕“跐焉而已矣”三句，假如只有脚就算了(而没有眼睛)，那麽師冕要跑起來，那行嗎？“師冕”，《論語・衛靈公》：“師冕見。”孔注：“師，樂人，盲者，名冕。”

〔七〕這兩句説，人之所以成其爲人，就得要眼睛和脚都具備了才是啊。作者反對片面地看待問題，知和行是不能側重、偏廢的。按朱熹亦嘗言：“知、行常相須：如目無足不行，足無目不見。”二人同時，而意思全同，不知是闇合抑彼此有所影響？

楊子曰：仁與義，吾之左右手也，不可以獨有，亦不可以獨無。仁言覺，義言宜也。覺其宜則行，覺其不宜則止。故仁者右，義者左。

楊子曰：利不歸於上，則不國〔一〕；故《詩》曰：“雨我公田，遂及我私〔二〕。”利歸於上，則無民〔三〕；故《詩》曰：“彼有遺秉，此有滯穗，伊寡婦之利〔四〕。”

〔一〕“不國”，不能立國，不能成爲國家。

〔二〕見《詩・小雅・大田》；箋云：“其民之心，先公後私。”“私”，私田。

〔三〕“無民”，失民心。

〔四〕見《詩》同篇。“遺秉”“滯穗”，遺漏下來的禾把、穀穗。“伊寡婦之利”，爲孤寡無贍養者所利賴。

楊子曰：水託於器而有象，器毁則象亦毁。火託於薪而有質，薪化而質不化。象者形之虚，質者象之實。

楊子曰：三年耕，必有一年之蓄。而學者朝學之，夕喪之。

或曰：後世爲將者，多養寇以封己〔一〕，非罪歟？楊子曰：非其罪也，有誨之者也〔二〕。自高帝殺韓信始也〔三〕。

〔一〕“封己”，厚己；《國語・晉語》：“引賞以封己。”

〔二〕“誨”，教。

〔三〕韓信，漢名將，淮陰人；助漢高祖，虜魏王，定趙、齊，滅項羽，功勞最大；而被誣謀反；韓信相信漢高祖不會殺他，竟被騙至長樂宮斬首，並夷三族。

按此則當是有感於當時誣害愛國將領而發。

楊子曰：天下之至神者，其惟人心乎：己有過焉，何必人告也？見人之過，得己之過；聞人之過，得己之過。——何必今人也？見古人之過，得己之過；聞古人之過，得己之過。——何必古人也？見日月之過，得己之過；見寒暑之過，得己之過。——何必天地也？見韋弦之過〔一〕，得己之過；見輪几之過〔二〕，得己之過。——何必萬物也？因前日之過，得今日之過；因今日之過，得前日之過。——何必有過也？一言之過，未言而得其過；一行之過，未行而得其過。是數者之得，非人告也，心告也。故有不善，未嘗不知，不惟顔氏子而已矣，——知之未嘗復行，惟顔氏子而已矣〔三〕！

〔一〕“韋弦”，《韓非子・觀行》：“西門豹之性急，故佩韋以緩之。董安于之性緩，故佩弦以急之。”韋，柔皮繩，性緩；弦，弓弦，性緊。

〔二〕“輪几”,未詳。後漢李尤《几銘·序》:“黄帝軒轅恐事之有闕(缺失),作輿几之法。”疑或指此。

〔三〕“顔氏子”,孔子弟子顔回。《易·繫辭》:“子曰:顔氏之子,其殆庶幾乎!有不善未嘗不知,知之未嘗復行也。”

或問:近世士風大不美,何以易之?楊子曰:奚而不美也〔一〕?曰:病在奔競〔二〕。曰:病不奔競耳;奔競,非病也。未諭〔三〕。曰:顔子曰:“仰之彌高,鑽之彌堅,瞻之在前,忽焉在後〔四〕。”使天下之士,皆奔競於此,奚病哉?病不奔競於此而已矣〔五〕!

〔一〕“奚而不美”,何爲不美?

〔二〕“奔競”,鑽營門路,争逐利禄。這是問者的本意,而作者下文答語故意將“奔競”一詞作爲泛語,意即“奔競”本身並不一定壞,要看所奔競者爲何事。

〔三〕“未諭”,問者不懂答語的意思何在。

〔四〕語見《論語·子罕》,謂孔子之不可企及。

〔五〕作者以爲,把孔子作爲目標,竭力學他的道德,這也是一種“奔競”啊,爲何不奔競於此呢?——正因不奔競於正道,才奔競於利禄。

按可參看《續資治通鑑·宋紀》(百三十八):“隆興二年春正月……帝謂侍臣曰:‘近日士大夫奔競之風少息否?’宰相湯思退等曰:‘方欲措置。’”又同書(百三十九):“乾道元年……十一月……洪适等言:‘近來士風奔競,争圖换易舊制。已有差遣人,不許入國門(京師);新授差遣人,限半月出門。今請令宰執不許接見已有差遣之人。’”奔競固非美事,但實際投降派排擠正人,也借口於正人“奔競”。

或問:“大德不踰閑,小德出入可也〔一〕。”何如? 楊子曰: 召公不云乎:“不矜細行,終累大德〔二〕。”子夏之言是,召公之言非矣〔三〕!

〔一〕語見《論語·子張》;這是子夏(孔子弟子)所説的話。“大德”,朱注以爲“猶大節”。“踰閑”,越出法度。“出入可也”,出入於法度,不求全責備的意思。

〔二〕語見《書·旅獒》;《旅獒》云:“太保作旅獒。”孔傳:“召公陳戒。”“召(shào)公”,名奭,周文王的庶子,成王時爲三公,和周公分陝而治,有德政。“不矜”,不重,輕忽。“細行”,小節。

〔三〕這説如果子夏的話對,那麼召公説錯了? 言外不贊成子夏此言。作者反對以“不拘細節”爲借口而胡作非爲的僞君子。

楊子曰: 人莫不愛其生,故莫不厚其生;莫不厚其生,故莫不傷其生。

楊子曰: 有善而盈,曰驕。有不善而執,曰吝〔一〕。

〔一〕孔子曾説:“如有周公之才之美,使驕且吝,其餘不足觀也已!”已見前條。可見孔子以驕、吝二者爲最能害德之事。作者爲驕、吝作出自己的體會與解釋。“執”,謂固執不改。

楊子曰: 學而不化,非學也。故曰:“雖愚必明,雖柔必强。”豈惟愚明柔强哉? 雖明必愚,雖强必柔。

楊子曰: 頭垢則思沐,足垢則思濯。——心垢則不思沐濯焉。何哉?

楊子曰：意者，逆其所未然；必者，期其所願然；固者，安其所不然。其病三，其源一，曰：有我〔一〕。

〔一〕《論語·子罕》："子絶四：毋意，毋必，毋固，毋我。"作者作出解釋並分析，以爲四者雖並列，而病根在"我"，——只從個人的私意出發。

楊子曰：見乎表者作乎裏〔一〕，形於事者發於心。是心作焉，其外寂然，其中森然〔二〕。勿謂無形，峙於丘陵〔三〕；勿謂無見，爗於震電〔四〕！

〔一〕凡是外面有可見者，其内中一定先有所動了。"作"，起，動，生。

〔二〕三句説，一種心意既起，儘管外表寂然——還未行動，可是其中之意已森森然擺列在那裏非常分明了。

〔三〕"峙於丘陵"，比山丘之聳立還要顯著。

〔四〕"爗於震電"，比閃電之光亮還要耀目。

楊子曰：精於理者，其言易而明。粗於事者，其言費而昏。

或曰：學者莫上於敏，莫下於鈍〔一〕；然敏或以窒〔二〕，鈍或以通。何也？楊子曰：不可怙者天〔三〕，不可畫者人〔四〕。

〔一〕没有比聰敏更好、比愚鈍更壞的了。

〔二〕"窒（zhì）"，塞。

〔三〕“怙(hǔ)”,恃賴。“不可怙者天”,天然的資質,是不可以仗恃的。
〔四〕“晝”,拘限。“不可晝者人”,人爲的努力,是不可以限量的。

或問:子曰:“回也非助我者也,於吾言無所不説〔一〕。”無所不説於聖人之言而曰非助,何也?楊子曰:鍾不自鳴〔二〕,撞而後鳴。夫子,萬石之鍾也;回也,不撞而聽其自鳴,則鍾之鳴也不數矣〔三〕。使七十子皆如回,則《論語》《孝經》或幾乎息矣〔四〕!《論語》《孝經》而息,豈惟無助於夫子,亦無助於天下後世;豈惟無助於天下後世,亦無助於天地萬物。

〔一〕語見《論語·先進》。回,指顏回,孔子弟子。説、悦通。
〔二〕“鍾”,通鐘字。
〔三〕“數”,入聲,頻,屢。
〔四〕“七十子”,指孔子的衆門人;傳説孔子門徒三千,身通六藝者七十二人。《論語》《孝經》都是記載孔子的言行的書。“或幾乎息”,就要没有了。“幾(平聲)乎”,近乎。按此用《易·繫辭》“易不可見,則乾坤或幾乎息矣”語式。

或問:君子不言而信〔一〕,此何理也?楊子曰:見桑者有燠意〔二〕,見米者有飽心。桑與米言乎哉〔三〕?

〔一〕《禮·中庸》:“故君子不動而敬,不言而信。”信,見信於人。
〔二〕“有燠意”,有暖的感覺。這説桑能養蠶,蠶絲織帛作衣,故見桑而有暖意。
〔三〕桑與米,有其實際功用,就能見信於人;人有實在德行,所以大家就都能相信他,何待用言語表示。按此則可參看《易·繫辭》:"默而成之,不言而信,存乎德行。"

楊子曰:有心而弗治,"子有庭内,弗灑弗掃"者也。有師友而弗問,"子有鐘鼓,弗鼓弗考"者也〔一〕。

〔一〕"弗鼓弗考",不敲不擊。所引兩處,皆《詩·唐風·山有樞》中語。

楊子曰:學有思而穫,亦有觸而穫。思而穫,其覿親〔一〕;觸而穫,其詣速〔二〕。

〔一〕"其覿(dí)親",其所見者親切。——這説通過日久逐漸思考而有得。

〔二〕"其詣速",其所到達者快。——這説因機緣觸磕一下子有所領悟。

或問:漢儒句讀之學何如〔一〕?楊子曰:非不善也,——説字無字外之句,説句無句外之意,説意無意外之味。故説經彌親,去經彌疎〔二〕。

〔一〕"句讀(dòu)",讀書時點斷句、逗。——實指漢儒講經書偏重文字訓詁之學,忽略精神義理。

〔二〕"彌親","彌疎"句,説漢儒把經書的文字講得越詳切,距離其真正精神義理越遠。"去",離開。

楊子曰：古人之言，意愈切者辭愈緩。孟子告齊宣王，當其責王臣之友，不知其責士師；當其責士師，不知其責王〔一〕。

〔一〕《孟子·梁惠王》："孟子謂齊宣王曰：王之臣，有託妻子於其友而之(往)楚遊者；比(及)其反(歸)也，則(發現其友)凍餒其妻子。則如之何？王曰：棄之。(孟子)曰：士師(獄官)不能治士(治獄)。則如之何？王曰：已之(去之)。(孟子)曰：(國王)四境之内不治。則如之何？王(慙，無詞可對)顧左右而言他。"

或問：孔子曰："温故而知新，可以爲師〔一〕。"何也？楊子曰：温故而知新，豈特可謂一時之師哉〔二〕，爲百世之師可也。然則其誰能之？曰：其惟孔子乎。然則温故爲難乎？温故而知新爲難乎？曰：温故非難也，温故而知新，則難也。然則其孰爲故、孰爲新〔三〕？曰：古人已往之迹之謂故，出古人故迹之外神而明之之謂新也〔四〕。

〔一〕語見《論語·爲政》。
〔二〕"豈特"，豈止。
〔三〕"孰爲故、孰爲新"，什麽是故，什麽是新？
〔四〕"××之謂×"，古漢語句法，猶言"××××，這叫作××。""之謂"上面的"之"，屬上文，"神而明之"爲一單位。"神而明之"，語出《易·繫辭》，不拘其迹而通其精神，不搬教條，因宜制用。

楊子曰：一思而是非之心明，再思而利害之心生。

利害之心生，而是非之心昏矣。學者警之。

或問：《詩》有“六義〔一〕”，何如？楊子曰：此説詩者失之也。詩之體有三，詩之作有三。一曰風，二曰雅，三曰頌，此詩之體也。一曰興，二曰賦，三曰比，此詩之作也。何“義”之有？

〔一〕《詩·大序》：“詩有六義：一曰風，二曰賦，三曰比，四曰興，五曰雅，六曰頌。”古時説解者都不够明白，如唐孔穎達疏：“風、雅、頌者，詩篇之異體，賦、比、興者，詩文之異辭；大小不同，而並爲六義者，賦、比、興是詩之所用，風、雅、頌是詩之成形，用彼三事，成此三事，故得並稱爲義。”讀後仍感模糊不清。作者指明：風、雅、頌，是三種體裁名稱；興、賦、比，是三種作法——不同的表現手法。於“義”何關？這是作者不泥於舊説而又善於思辨分析的例子。

## 跋忠簡胡公先生諫草〔一〕

澹菴先生之孫榥〔二〕寄示先生諫草，凡十一行〔三〕，卒章云〔四〕，“臣不忍見虜寇入門”等語，其痛次骨〔五〕，萬里讀至此，不覺涕泗之沱若也〔六〕！蓋當是時，和戰之雜之時也〔七〕：國是數定而婁摇〔八〕，國勢將怯而復壯〔九〕。仲尼曰〔一〇〕：“民到于今受其賜〔一一〕。”

〔一〕“忠簡胡公先生”，胡銓，字邦衡，號澹菴，廬陵人；謚忠簡。作者嘗從其學，所以稱之爲先生。“諫草”，諫奏的稿本。《宋史·胡銓傳》:"(紹興)八年宰臣秦檜決策主和,金使以'詔諭''江南'爲名(金爲帝,去宋國號,爲臣),中外洶洶,銓(時爲樞密院編修)抗疏曰:'臣謹案王倫本一狎邪小人、市井無賴,頃緣宰相無識,遂舉以使虜,……天下之人切齒唾罵,今者無故誘致虜使以"詔諭""江南"爲名,是欲臣妾我也!……倫之議乃曰:我一屈膝,則梓宫(徽宗屍柩)可還、(韋)太后可復、淵聖(欽宗)可歸、中原可得。嗚呼!自變故以來,主和者誰不以此説啗陛下哉!然而卒無一驗,則虜之情僞已可知矣,而陛下尚不覺悟,竭民膏血而不恤,忘國大讎而不報,含垢忍恥,舉天下而臣之(投降於它)甘心焉!……今内而百官,外而軍民,萬口一談,皆欲食倫之肉!謗議洶洶,陛下不聞,正恐一旦變作,禍且不測!臣竊謂不斬王倫,國之存亡未可知也。雖然,倫不足道也,秦檜以腹心大臣,而亦爲之!……檜不能致君如唐、虞,而欲導陛下爲石晉!(五代時契丹立石敬瑭爲帝,史稱後晉,後晉向契丹稱臣。)……不唯陛下之罪人,實管仲之罪人矣!孫近傅會檜議,遂得參知政事,……伴食中書,漫不敢可否事。……臣竊謂秦檜、孫近亦可斬也!臣備員樞屬,義不與檜等共戴天!區區之心,願斷三人頭,竿之藁街,然後羈留虜使,責以無禮,徐興問罪之師,則三軍之士,不戰而氣自倍。不然,臣有赴東海而死爾,寧能處小朝廷求活耶?'"此書一上,中外振動,金使至以千金求其疏文;當時對愛國抗敵方面所起的影響很大。又如隆興二年曾上書有云:"自靖康迄今,凡四十年,三遭大變,皆在和議:則醜虜之不可與和,彰彰然矣!肉食鄙夫,萬口一談,牢不可破,非不知和議之害,而争言爲和者,是有三説焉:曰偷懦,曰苟安,曰附會。……今日之議若成,則有可弔者十,若不成則有可賀者亦十,請爲陛下極言之:……臣恐'再拜'不已,必至稱臣;稱臣不已,必至請降;請降不已,必至納土;納土不已,必至銜璧;銜璧不已,必至輿櫬(皇帝帶着棺材投降,以示當死);輿櫬不已,必至如晉帝青衣行酒,然後爲快!此其可弔者九也。事至於此,求爲匹夫,尚可得乎?此其可弔者十也。……去十弔而就十賀,利害較然，雖三尺童稺亦知之，而陛下不悟！《春秋左氏》謂無勇者爲婦人，今日舉朝之士皆婦人也！如以臣言爲不然，乞賜流放竄殛，以爲臣子出位犯分之戒！"其激昂峻厲，大都如此，當時膽敢直言攻擊主和投降派的，要以胡銓爲第一。

〔二〕"槻"，胡銓之孫，《宋史》云官至尚書。

〔三〕"凡"，共。"十一行"，當是殘稿。

〔四〕"卒章"，此指文稿的末尾。

〔五〕"次骨"，猶言至骨，喻極深刻。

〔六〕"沱若"，形容涕淚之垂流。《易·離》："出涕沱若。"

〔七〕疑此句"之雜""之"字有誤（今所據爲《四部叢刊》本）。

〔八〕"國是"，國策，國家大計。"數"，入聲；屢屢。"婁"，同屢。

〔九〕可參看作者《澹菴先生文集序》："紹興戊午，高宗皇帝以顯仁皇太后駕未返，不得已將以大事小、屈尊和戎，先生上書力爭，至乞斬宰相。在廷大驚，金虜聞之募其書千金，三日得之，君臣奪氣，知中國有人，奉皇太后以歸；自是胡馬不南者二十年。昔魯仲連不肯帝秦，秦軍聞之，爲却五十里，後人疑之以爲説士之夸辭。……吾宋之安强，不以百萬之師，而以先生之一書，後之人聞之者，烏知其不若今之人聞仲連之事者乎？亦以爲夸，未可知也。……嗚呼！先生之功其遠矣哉！"

〔一〇〕"仲尼"，孔子之字。

〔一一〕《論語·憲問》："子曰：管仲相桓公，霸諸侯，一匡天下，民到於今受其賜。微（没有）管仲，吾其被髮左衽矣！"管仲佐齊桓公，執行"尊周室""攘夷狄"的政策，領率諸侯，保全周朝的統一，不爲夷狄所滅，所以孔子稱贊他，説，"若没有管仲，我不也早成了夷狄了嗎！"作者以此相比，意謂胡銓的功勞，彷彿管仲的"尊王攘夷""一匡天下"。

# 跋張魏公答忠簡胡公書十二紙

此帖十二紙，皆紫巖先生魏國忠獻張公答澹菴先生忠簡胡公手書也〔一〕。紹興季年〔二〕，紫巖謫居於永〔三〕，澹菴謫居於衡〔四〕，二先生皆年六十矣。此書還往，無一語不相勉以天人之學〔五〕，無一念不相憂以國家之慮也。萬里時丞零陵〔六〕，一日而併得二師〔七〕。今犬馬之齒〔八〕，七十有六，夙夜大懼此身將爲小人之皈〔九〕。復見此帖，再拜三讀，二先生忽焉洋洋乎如在其上，如在其左右〔一〇〕！

〔一〕“紫巖先生魏國忠獻張公”，指張浚；已屢見前注；參看第一八頁《讀罪已詔》注〔一〕及第二七三頁第一首詞注〔二〕。浚號紫巖，封魏國公，謚忠獻。“澹菴先生忠簡胡公”，指胡銓，見前篇注〔一〕、注〔二〕。這是作者平生所最敬佩的兩位愛國人士，感情極深厚。

〔二〕“季年”，末年。

〔三〕“永”，永州，治今湖南零陵。按張浚自秦檜當國時謫居連州，紹興二十年徙永州；二十五年，檜卒，以浚判洪州，浚以丁母憂不赴，仍居永守喪；二十六年，又上書忤秦黨万俟卨、湯思退，復永州居住(謫居編管)。至三十一年，殿中侍御史陳俊卿爲言浚忠義，詔湖南任便居住(不再編管監視)。金人進侵事急，始復起用，判潭州，改建康府、行宫留守。

〔四〕“衡”，衡州，治今湖南衡陽。按胡銓自上書觸怒秦檜，屢經流放荒遠之地，紹興二十五年檜卒，始自吉陽軍量移(减輕、移謫較近之地)衡州。三十二年，孝宗即位，始得復原官、知饒州，後召赴行在，隆興改元爲祕書少監。

〔五〕“天人之學”，《法言》：“聖人存神索至，成天下之大順，致天下之大利，和同天人之際，使之無間者也。”宋代士大夫往往想貫通一切天時人事、或唯心地研究所謂“天理人欲”之學，以爲修身、治學、爲政的標的；所謂“理學”“心學”“道學”，大致也都包括着這層用意。張浚雖然以開府用兵、抗金衞國聞名，而“學邃於《易》，有《易解》及《雜説》十卷，《書》《詩》《禮》《春秋》《中庸》亦各有解”（《宋史》本傳）；其子張栻更是南宋有名的理學家。

〔六〕作者曾爲零陵丞，事已屢見前注。

〔七〕可參看《鶴林玉露》：“楊誠齋爲零陵丞，以弟子禮謁張魏公；時公以遷謫故，杜門謝客；南軒（浚子張栻）爲之介紹，數月，乃得見。因跪請教。公曰：‘元符貴人，腰金紆紫者何限！惟鄒至完、陳瑩中，姓名與日月争光。’誠齋得此語，終身厲清直之操。”

〔八〕“犬馬之齒”，指自己的年齡，卑謙之詞。《漢書·孔光傳》：“臣智謀短淺，犬馬齒𢦔（老耄）。”

〔九〕“小人之皈”，皈同歸；言終歸爲小人。小人，相對“君子”而言，本是封建社會的階級區分：統治階級的人物自以爲君子，呼被統治者爲小人；後來則統治階級内部復分君子、小人，往往分朋樹黨，彼此交詆。在南宋多以君子指正義、愛國人士，以小人指奸佞、賣國誤國、唯私身利益是圖而不顧國家人民、專門排擠正人的壞人一流。但這裏是作者自勵的話，所謂“小人”，是自愧不能達到師友所教誨、所期望的高度成就，不能樹立大節的意思。可參看《鶴林玉露》：“（誠齋）晚年退休，悵然曰：‘吾平生志在批鱗請劍（犯皇帝怒，請斬佞臣）、以忠鯁南遷（被謫放）。幸遇時平主聖（婉詞），老矣，不獲遂所願矣！’”可見作者終身以張、胡等人爲榜樣，要想作到他們那樣，才够一個“君子”。

〔一〇〕《論語·子罕》：“顔淵喟然歎曰：仰之彌高，鑽之彌堅，瞻之在前，忽焉在後：夫子（指孔子）循循然善誘人；博我以文，約我以禮，……”《禮·中庸》：“子曰：鬼神之爲德，其盛矣乎！視之而弗見,聽之而弗聞,體物而不可遺,使天下之人齊明盛服、以承祭祀,洋洋乎如在其上,如在其左右。”疏云:“洋洋乎……言鬼神之形狀,人想像之,如在人之上,如在人之左右:想見其形也。”作者用此等話來比方,是説,因重讀先師的手札,覺其精神如在我之上、之左右一樣,好像仍在勉勵、督促我。

# 重版附記

本書初版後，得到西南師範學院江家駿、南開大學許政揚、人民文學出版社楊霽雲、科學院語言研究所舒寶璋諸位先生的熱情指教，得以改正了六處失誤和許多處注音上的疵病。舒先生除指正注音之外，並指出三三六頁注〔一八〕“一牛之外無餘資”句當是本於《後漢書・光武紀上》“……光武初騎牛，殺新野尉，乃得馬”諸語，尤所感荷。謹誌於此。

人民文學出版社黃肅秋先生見告：三二五頁注〔一二〕所涉舊詩二句，實仍是唐人作品，唯確切出處尚待查明。亦在此深志謝忱。

此外，我自己在版面許可的範圍内作了若干校改。唯三六九頁“雖愚必明，雖柔必强”二語見於《中庸》，原亦失注，因無法補入，今附記於此。

關於注音，因爲詩句時時牽及格律和諧韻的問題，很難完全依照現行普通話標準讀音來處理，有時不得不稍加變通。這一點也希望讀者注意加以區別。

切盼讀者和專家續予指正，俾得盡量減少疵謬。

汝昌謹記

一九六三年八月

# 《中國古典文學名家選集》已出書目

王維孟浩然選集　／王達津選注
高適岑參選集　／高文、王劉純選注
李白選集　／郁賢皓選注
杜甫選集　／鄧魁英、聶石樵選注
韓愈選集　／孫昌武選注
柳宗元選集　／高文、屈光選注
白居易選集　／王汝弼選注
杜牧選集　／朱碧蓮選注
李商隱選集　／周振甫選注
歐陽修選集　／陳新、杜維沫選注
蘇軾選集　／王水照選注
黄庭堅選集　／黄寶華選注
楊萬里選集　／周汝昌選注
陸游選集　／朱東潤選注
辛棄疾選集　／吴則虞選注
陳維崧選集　／周韶九選注
朱彝尊選集　／葉元章、鍾夏選注
查慎行選集　／聶世美選注
黄仲則選集　／張草紉選注